本书为教育部重大招标项目"英语世界中国文学的译介与研究"（12IZD016），以及贵州师范大学博士科研项目"中国古代女诗人在英语世界的接受与变异研究"的项目成果

The Translation and Study of Chinese Literature in the English-Speaking World

主编 ◎ 曹顺庆

英语世界中国文学的译介与研究丛书

中国古代女诗人在英语世界的传播与研究

何嵩昱 ◎ 著

中国社会科学出版社

图书在版编目(CIP)数据

中国古代女诗人在英语世界的传播与研究/何嵩昱著.—北京：中国社会科学出版社，2019.10

(英语世界中国文学的译介与研究丛书)

ISBN 978-7-5203-5240-6

Ⅰ.①中… Ⅱ.①何… Ⅲ.①古典诗歌—英语—文学翻译—研究—中国②女性—诗人—人物研究—中国—古代 Ⅳ.①I207.22②H315.9③K825.6

中国版本图书馆CIP数据核字(2019)第216313号

出 版 人	赵剑英
责任编辑	任　明
责任校对	郝阳洋
责任印制	郝美娜

出　　版	中国社会科学出版社
社　　址	北京鼓楼西大街甲158号
邮　　编	100720
网　　址	http://www.csspw.cn
发 行 部	010-84083685
门 市 部	010-84029450
经　　销	新华书店及其他书店
印刷装订	北京君升印刷有限公司
版　　次	2019年10月第1版
印　　次	2019年10月第1次印刷
开　　本	710×1000　1/16
印　　张	18.5
插　　页	2
字　　数	309千字
定　　价	98.00元

凡购买中国社会科学出版社图书，如有质量问题请与本社营销中心联系调换
电话：010-84083683
版权所有　侵权必究

英语世界中国文学的译介与研究丛书　总序

　　本丛书是我主持的教育部重大招标项目"英语世界中国文学的译介与研究"（12JZD016）的成果。英语是目前世界上使用范围最为广泛的语言，中国文学在英语世界的译介与研究既是中国文学外传的重要代表，也是中国文化在异域被接受的典范。因此，深入系统地研究中国文学在英语世界的译介与研究，既具有重要的学术价值也具有重大的现实意义。

　　中国正在走向世界，从学术价值层面来看，研究英语世界的中国文学译介与研究，首先，有利于拓展中国文学的研究领域，创新研究方法。考察中国文学在异域的传播，把中国文学研究的范围扩大至英语世界，要求我们研究中国文学不能局限于汉语及中华文化圈内，而应该将英语世界对中国文学的译介与研究也纳入研究范围。同时还需要我们尊重文化差异，在以丰厚的本土资源为依托的前提下充分吸收异质文明的研究成果并与之展开平等对话，跨文明语境下的中国文学研究显然是对汉语圈内的中国文学研究在视野与方法层面的突破。其次，对推进比较文学与世界文学研究具有重要的学术意义。通过对英语世界中国文学的译介与研究情况的考察，不但有助于我们深入认识中外文学关系的实证性与变异性，了解中国文学在英语世界的接受情况及中国文学对英语世界文学与文化的影响，还为我们思考世界文学存在的可能性及如何建立层次更高、辐射范围更广、包容性更强的世界诗学提供参考。

　　从现实意义层面来看，首先，开展英语世界中国文学研究可为当下中国文学与文化建设的发展方向提供借鉴。通过研究中国文学对"他者"的影响，把握中国文学与文化的国际影响力及世界意义，在文学创作和文化建设方面既重视本土价值也需要考虑世界性维度，可为我国的文学与文化发展提供重要启示。其次，还有助于提升中国文化软实力，推动中国文化"走出去"战略的实施。通过探讨英语世界中国文学的译介及研究，发现中国文学在英语世界的传播特点及接受规律，有利于促进中国文学更好地走向世界，提升我国的文化软实力，扩大中华文化对异质文明的影响，这对于我国正在大力实施的中国文化走出去战略无疑具有十分重大的意义。

正是在这样的认识引导下，我组织一批熟练掌握中英两种语言与文化的比较文学学者撰著了这套"英语世界中国文学的译介与研究"丛书，试图在充分占有一手文献资料的前提下，从总体上对英语世界中国文学的译介和研究进行爬梳，清晰呈现英语世界中国文学译介与研究的大致脉络、主要特征与基本规律，并在跨文明视野中探讨隐藏于其中的理论立场、思想来源、话语权力与意识形态。在研究策略上，采取史论结合、实证性与变异性结合、个案与通论结合的研究方式，在深入考察个案的同时，力图用翔实的资料与深入的剖析为学界提供一个系统而全面的中国文学英译与研究学术史。

当然，对英语世界中国文学的译介与研究进行再研究并非易事，首先得克服资料收集与整理这一困难。英语世界中国文学的译介与研究资料繁多而零散，且时间跨度大、涉及面广，加之国内藏有量极为有限，必须通过各种渠道进行搜集，尤其要寻求国际学术资源的补充。同时，在研究过程中必须坚守基本的学术立场，即在跨文明对话中既要尊重差异，又要在一定程度上寻求共识。此外，如何有效地将总结的特点与规律运用到当下中国文学、文化建设与文化走出去战略中去，实现理论与实践之间的转换，这无疑是更大的挑战。这套丛书是一个尝试，展示出比较文学学者们知难而进的勇气和闯劲，也体现了他们不畏艰辛、敢于创新的精神。

本套丛书是国内学界较为系统深入探究中国文学在英语世界的传播与接受的实践，包括中国古代文化典籍、古代文学、现当代文学在英语世界的传播与接受。这些研究大多突破了中国文学研究和中外文学关系研究的原有模式，从跨文明角度审视中国文学，是对传统中国文学研究模式的突破，同时也将中国文学在西方的影响纳入了中外文学关系研究的范围，具有创新意义。此外，这些研究综合运用了比较文学、译介学等学科理论，尤其是我最近这些年提出的比较文学变异学理论[1]，将英语世界中国文学

---

① Shunqing Cao, *The Variation Theory of Comparative Literature*, Springer, Heidelberg, 2013.

的译介与研究中存在的文化误读、文化变异、他国化等问题予以呈现，并揭示了其中所存在的文化话语、意识形态等因素。其中一些优秀研究成果还充分体现了理论分析与现实关怀密切结合的特色，即在对英语世界中国文学的译介与研究进行理论分析的同时，还总结规律和经验为中国文化建设及中国文化走出去战略提供借鉴，较好达成了我们从事本研究的初衷与目标。当然，由于时间仓促与水平所限，本丛书也难免存在不足，敬请各位读者批评指正。

曹顺庆

2015 年孟夏于成都

目 录

绪论 ……………………………………………………………………（1）
第一章 译介与传播 ……………………………………………………（16）
　第一节 滥觞期（1589—1920年）："诗神远游"不列颠 …………（16）
　　一 发端英国 ……………………………………………………（21）
　　二 译介粗浅 ……………………………………………………（22）
　第二节 发展繁荣期（20世纪20—90年代）："兰舟"漂洋行
　　　　欧美 …………………………………………………………（29）
　　一 译介进入自觉状态 …………………………………………（45）
　　二 传播范围渐宽，翻译内容渐广 ……………………………（47）
　　三 译介和传播队伍迅速壮大、成分多元化 …………………（48）
　第三节 深化延展期（20世纪90年代至今）："彤管清徽"
　　　　探深源 ………………………………………………………（51）
　　一 译介内容丰富，传播范围深广 ……………………………（51）
　　二 手段多样化 …………………………………………………（55）
　　三 走向系统化和学理化 ………………………………………（60）
第二章 过滤与变异 ……………………………………………………（76）
　第一节 翻译文本的选择倾向与文化过滤 ……………………………（76）
　　一 聚焦著名诗人 ………………………………………………（77）
　　二 关注妓女/交际花诗人 ……………………………………（84）
　　三 偏好"艳情"诗，突出"情色"色彩 ……………………（93）
　　四 观照"冷门"诗人 …………………………………………（97）
　第二节 译介策略的选择及变异特点 …………………………………（105）

一　外交官的译本：以介绍和传播文化为目的的"文化
　　　过滤" ……………………………………………………（107）
　二　诗人的译本：以表达自我为目的的"创造性叛逆" ……（112）
　三　学者的译本：以文本还原为目的的"忠实" ……………（125）
　四　华人的译本："归化"与"异化"的融合 ………………（135）

第三章　研究与阐释 …………………………………………（147）
第一节　20世纪90年代之前的研究方向和特色 ……………（147）
第二节　20世纪90年代以后的研究方向和特色 ……………（151）
第三节　主要研究者及其研究内容 …………………………（160）
　一　孙念礼及其班昭研究 ………………………………（163）
　二　胡品清及其李清照研究 ……………………………（166）
　三　罗溥洛及其贺双卿研究 ……………………………（169）
　四　珍妮·拉森及其唐代女诗人研究 …………………（172）
　五　管佩达及其佛道女诗人研究 ………………………（174）
　六　孙康宜等人及她们的明清女诗人研究 ……………（180）

第四章　视角与创新 …………………………………………（190）
第一节　西方文论视域下的中国古代女诗人研究 …………（190）
　一　新批评：宇文所安对《〈金石录〉后序》的细读 ……（190）
　二　平行比较：谭大立等人对李清照的研究 …………（198）
　三　精神分析学：伊鲁明对唐代女诗人的研究 ………（202）
　四　女权主义批评：柴杰对汉魏晋女诗人的研究和艾朗诺对
　　　李清照接受史的研究 ……………………………（207）
第二节　英语世界中国古代女诗人研究的创新性及借鉴意义 ……（216）
　一　西学中用 ……………………………………………（216）
　二　中西结合，平等对话 ………………………………（218）
　三　疑而求新 ……………………………………………（220）

第五章　接受与他国化 ………………………………………（222）
第一节　叩寂寞以求音：英语世界仿中国古代女诗人的诗歌
　　　创作 …………………………………………………（222）
　一　艾米·洛威尔的仿中国诗："新诗运动"中的他国化
　　　产品 ………………………………………………（223）
　二　卡洛琳·凯瑟的仿中国诗：美国现代版的闺怨诗 ……（227）

第二节 过天堂而留影：其他文学作品中的中国古代女诗人 …… (232)
　　一 《孟沂的故事》与《问流水》中的薛涛形象 ………… (232)
　　二 《天堂过客》中的鱼玄机形象 ……………………… (234)
结语 …………………………………………………………… (238)

附录　主要论著中诗人及诗题中英文对照表 ………………… (242)
参考文献 ……………………………………………………… (268)

绪　　论

一

在源远流长的中国文学史上，涌现过无数才华横溢的女诗人。她们出自女皇后妃、女官宫娥，或是名媛闺秀、娼尼婢妾等各个阶层。从挥笔立就、禀赋过人的谢道韫、徐惠、李冶、上官婉儿、朱淑真，到一门风雅、满室芝兰的沈宜修、叶纨纨、叶小纨、叶小鸾；从身处乱世、命运跌宕，于颠沛流离中心系家国、忧患天下的蔡琰、李清照，到沦落风尘或步入空门，而在无奈的应酬交际和精神煎熬中修艺韬光，铸就女性精魂的薛涛、鱼玄机……她们以卓越的才华和精美的诗作，为繁花似锦的中国文坛增添了几多姹紫嫣红，也赋予了博大精深的华夏文化更多丰富内涵。

然而，正如谭正璧在《中国女性文学史》一书中所说："如果说以'质'和'量'来说中国的女性文学，那么女性文学在中国文学史里占不到十分之一二的地位。"[①] 在中国烟波浩瀚的文学长河中，男性文学巨擘的名字灿若星河，女作家、女诗人的名字却宛若河道上的灯盏，稀疏寥落，而被载入目前我国影响力较大的几本《中国文学史》中的女性作家就更是寥寥无几、屈指可数了。

是什么原因导致了中国文学的阳盛阴衰？是什么原因导致了中国文学史的女性缺席呢？深究发现，中国漫长的农业社会的宗法制文化背景和儒教的伦理纲常是最主要的原因。在古代中国，随着母系社会的解体，妇女几乎成为历史盲点。"两千多年的封建社会一向以男性为中心，妇女处于

---

① 谭正璧：《中国女性文学史》，百花文艺出版社2001年版，第14页。

较低的地位，她们的文学创作从未受到应有的重视。偶尔有天才横溢的女诗人或文学家在文学艺术方面崭露头角，也难免受到种种的歧视和压制，使得妇女文学在中国文坛上的地位，始终不及男子般具有同等的影响力。"① 在两千多年的中国文学史中，女作家一直"被缄默"着，"始终蜷伏于历史地心"，"禁锢在坚硬的历史地壳中"，直至"五四"的"一瞬间才被喷出、挤出地表，第一次踏上了历史那黄色而浑浊的地平线，浮出历史地表"②。

但是，我们不能否认，"人类是由男女两性组成，人类整部的过去的历史，实际上就是一部两性串演的剧本，女性在其中扮演着重要角色，甚至有时还起着重大的作用"③。中国的诗歌史正是如此，即使古代女诗人因长期"被缄默""被禁锢"而在中国诗歌历史长河中寥若晨星，流传下来的作品不及男诗人那般耀眼夺目，但仔细探究女诗人的作品时我们发现，她们个个诗赋优美，文辞婉丽，才华出类拔萃，绝不在男诗人之下。尽管在中国古代宗法制社会中妇女总是受到卑视，地位十分低下，但她们总是能够在地位的卑视中发挥最伟大的母性，同时也发挥着文学甚至文化的最高作用。古代女诗人们皆能采撷天地灵气，挥毫泼墨，绘就才华横溢的诗篇，为我们呈现广阔的历史生活画面，显示其独特的思想价值和审美情趣。正如谭正璧所说，"女性的文学是正宗文学的核心"④，历代女性诗歌从一种独特的角度体现着中华民族的思想观念、价值选择、情感意向和精神构架。

文学是人类把握和反映世界精神生活的一种重要方式，文学创作与"性别"有着天然的紧密关系。对于不同性别的诗歌创作者而言，他们的人生经历、社会阅历和精神体验等必定会给他们的作品打上相应的性别烙印，使他们的创作文本承载丰富的性别信息。也就是说，性别对诗歌文本的创作、文本的内涵，以及文本的传播和接受都会产生深刻的影响。因此，我们有必要，也有理由把古代女诗人作为一个性别群体的文化代言人从诗歌史中抽离出来，从性别视角切入，分析性别因素在艺术审美创造中的渗透和表现，考察性别因素对文学受众的影响，从而深入探讨人类文学

---

① 黄嫣梨：《汉代妇女文学五家研究》，河南大学出版社1993年版，第1页。
② 孟悦、戴锦华：《浮出历史地表》，中国人民大学出版社2004年版，第1页。
③ 谭正璧：《中国女性文学史》，百花文艺出版社2001年版，第1页。
④ 同上书，第15页。

活动与性别之间的相互关系。事实上，很多国家的文学研究者们早已开始了对性别的关注，并将之与种族、阶级等范畴综合加以讨论，性别研究已成为当下世界文学研究的重要发展趋势之一，而在中国古代文学研究中引入性别视角分析，无疑也是一个有效而又合理的选择。

二

据文献记载，自16世纪以来，欧美读者和学者对中国古诗的编译和研究从未间断，对中国古代女诗人的研究也逐步兴盛，特别是20世纪以后，英语世界掀起了欣赏中国古诗的热潮，各种对中国古代女诗人的研究成果也层出不穷，且传播日益广泛，影响日渐增大。与此同时，随着西学东渐和女性主义思潮的影响，我国学者研究中国古代妇女作家的热潮也逐渐形成。伴随着国内女学的兴起、女性意识的觉醒和女权运动的蓬勃，研究中国古代女诗人逐渐成为一门显学。但是，在国内和国外学界都同样热衷于研究中国古代女诗人，且成果斐然的情况下，双方却似乎相互隔离，互不关注。特别是国内学界对国外研究成果一派繁荣的景象少有问津。目前国内学界不仅无人就"中国古代女诗人在英语世界的传播与研究"这一课题进行过专门的研究讨论，甚至没有学者对此作过专门的介绍。综观目前国内的研究现状，研究的重点主要在于"关起门来"探讨古代女诗人的创作特点及创作成就，而探讨其在国外的传播、接受及影响的研究成果极为缺乏，仅限于几篇简短的期刊论文，在个别古典诗歌研究专著中也只是偶尔提及。

（一）英语世界的中国古代女诗人译介及研究

在博大精深的中华文化中，古诗不仅是我国传统文化中最受关注的部分，也是东西方其他民族咀嚼体味中华民族悠远历史和灿烂文化的关键所在。几百年来，国内外读者和学者对古诗的编译和研究从未间断，而中国古代女诗人作为中国诗歌的有机组成部分，也随着汉诗外传而进入英语世界，且传播日益广泛，影响日渐增大。

据文献记载，中国古诗传到国外已有四百余年。在国外的中国古诗研究中，翻译是首要研究的内容，西方汉学界长期遵守"无翻译，则无文学研究可言"的铁则，因此，许多汉学家和国内学者都将翻译作为古诗研究的首要任务。中诗英译最早见于16世纪后期，英国学者乔治·普腾汉（Richard Puttenham）于1589年出版了《英文诗艺》（*The Art of English*

Poesie），探讨了汉英双语诗词格律，并将一位名叫 Kermefine 的中国女性的诗作收录于书中，尽管后人对 Kermefine 的生平考证无果，但这也可以算是中国女性的诗作首次进入英语世界。近代第一位翻译中国古诗的人是威廉·琼斯（William Jones），琼斯翻译了若干《诗经》片段。进入 19 世纪后，詹姆斯·理雅各（James Legge）翻译出版了《中国经典》（The Chinese Classics）共 22 卷。理雅各把整部《诗经》全部翻译成散体和韵体英文，对后世学者的英译汉诗实践产生了十分重大的影响，自他的英译《诗经》之后，国内外古诗的英译作品不断涌现。19 世纪末，英国外交官赫伯特·艾伦·翟里斯（Herbert Allen Giles）翻译出版《古今诗选》（Chinese Poetry in English Verse，1898），撰写《中国文学史》（A History of Chinese Literature，1900），较为系统地介绍了中国历史上不同时期的文学创作，并向英语世界译介了众多中国诗人的诗作，其中包括杜秋娘、杨玉环、赵彩姬、赵丽华、方维仪五位女诗人的诗作，这是英语世界第一次明确地把可以考证的中国古代女诗人传播进入英语世界。

到 20 世纪初，英美进入了翻译汉诗的兴盛期，美国诗人埃兹拉·庞德（Ezra Pound）的《华夏集》（Cathay）带动了以自由体英译中国诗的体式，汉诗英译在美国风靡一时。而 1921 年美国女诗人艾米·洛威尔（Amy Lowell）和美国汉学家弗洛伦斯·埃斯库弗（Florence Ayscough）合作出版的汉诗英译集《松花笺》（Fir-Flower Tablets：Poems From the Chinese）更是在英语世界掀起了一股欣赏中国古诗的热潮，且因诗集名称与唐代女诗人薛涛有密切关联，故该诗集激起了英语世界对中国古代女诗人的浓厚兴趣。此后，中国学者也加入了英译中诗的队伍，最早翻译中国古诗的中国翻译家是蔡廷干（Ts'ai Ting-kan）。早在 1905 年时，蔡廷干就开始在上海发行的英文刊物《亚东杂志》（The East of Asia Magazine）上发表英译汉诗。1932 年，芝加哥大学出版社出版了他花费近三十年时间编译的诗歌集《唐诗英韵》（Chinese Poems in English Rhyme），该书将宋代女词人朱淑真介绍给了英语世界的读者。1926 年，在美国韦斯利学院留学的冰心（Bing Xin）撰写了硕士学位论文《李易安女士词的翻译与编辑》，系统介绍有关词的基本知识，并译介了 25 首李清照的经典词作。冰心的英译李词在 1930 年被刊登于波士顿期刊《诗人学识》（Poet Lore），使李清照为英语世界读者所识。1929 年，翻译家威特·宾纳（Witter Bynner）与中国学者江亢虎（Kiang Kang-hu）合作出版汉诗英译集《群玉山头：

唐诗三百首》(*The Jade Mountain：A Chinese anthology, Being Three Hundred Poems of the Tang Dynasty*, 618-906)，两位译者采用散体意译法来翻译中国古诗的方式，受到学术界好评，该书对杜秋娘进行了译介；1937年，留学英国剑桥大学的中国学生初大告（Ch'u Ta-kao）英译了50首宋词，结集成《中华隽词》(*Chinese Lyrics*)一书，由剑桥大学出版社出版。初大告在书中译介了李清照和管道升的作品。

20世纪50年代起至今，是英语世界中诗英译的第二个高潮期。其中，英美汉学家英译的中国古诗影响较大的有英国汉学家阿瑟·韦利（Arthur Waley）翻译的《九歌》(*The Nine Songs*, 1955)，英国汉学家戴维·霍克思（David Hawkes）翻译的《楚辞》(*Ch'u Tz'u：the Songs of the South, and Ancient Chinese Anthology*, 1959)，英国汉学家葛瑞汉（Angus Charles Graham）的英译诗集《晚唐诗》(*Poems of the Late T'ang*, 1965)，以及美国翻译家麦克诺顿（William McNaughton）翻译的《诗经》(*The Book of Songs*, 1971)等。同期，瑞典汉学家高本汉（Bernhard Karlgren）也英译《诗经》(*The Book of Odes*, 1950)，而由特维尔（Robert Kotewall）和诺曼·史密斯（Norman L. Smith）合译的《企鹅丛书·中国诗歌卷》(*The Penguin Book of Chinese Verse*, 1962)，更是开了中诗英译经典化的先河。其中，《企鹅丛书·中国诗歌卷》译介了女诗人班婕妤、杜秋娘、李清照的诗词作品。

从英译中国古诗选集来看，突出的有当代著名汉学家伯顿·华生（Burton Watson）编译的《中国韵文》(*Chinese Rhymed-Prose*, 1971)和《哥伦比亚中国诗选：从早期到13世纪》(*The Columbia Book of Chinese Poetry：from Early Times to the Thirteenth Century*, 1984)。《哥伦比亚中国诗选：从早期到13世纪》一书涵盖了中国诗歌史上典型诗人的诗作，对西方文坛产生了重大影响，书中对李清照等女诗人进行了译介。华裔学者叶维廉（Wai-lim Yip）翻译了《汉诗英华》(*Chinese Poetry：Major Modes and Genres*, 1970)，被英美多所大学作为教材多次重印，书中也有对李清照的译介。佛拉桑（J. D. Frodsham）等人编译了《中国诗选集》(*Anthology of Chinese Verse*, 1967)，约翰·特纳（John A. Turner）翻译了《英译汉诗金库》(*A Golden Treasury of Chinese Poetry*, 1976)，包含自周至清代120多首古诗译文，特纳将李清照、刘细君、陈玉兰等女诗人的作品收录其书中。美国汉学家肯尼斯·雷克斯洛斯（Kenneth Rexroth）的汉诗英译集《中国诗歌一百首》(*One Hundred Poems from the Chinese*, 1956)、《爱与流年：续汉诗百首》(*One Hundred More Poems from the Chinese: Love and the Turning Year*, 1976)，和柳无忌（Wu-chi Liu）、罗郁正（Irving Yucheng Lo）编写的《葵晔集：中国诗歌三千年》(*Sunflowers Splendor: Three Thousand Years of Chinese Poetry*, 1975)选译了中国文学史上较有影响的诗，同时还给出了几种不同的译文以供读者欣赏和参考，在西方文化中产生了不可低估的影响。这几本著作选译了李清照、鱼玄机、薛涛、朱淑真、班婕妤、蔡琰等女诗人的多首诗词作品。

在大量译作的基础上，西方继而涌现出了不少汉诗英译的研究成果和关于汉诗格律、主题、题材、创作手法等各方面的研究成果：雷·泰勒（Roy Earl Teele）编著的《透过模糊的镜面：汉诗英译研究》(*Through a Glass Darkly: A Study of English Translation of Chinese Poetry*, 1949)，标志着汉诗英译在英语世界的深入发展；哈佛大学白思达（Glen William Baxter）教授的《词律的起源》(*Index to the Imperial Register of Tz'u Prosody*, 1956)，标志着英语世界中唐宋词学研究的起步；哈佛大学首位华裔女教授卞赵如兰（Rulan Chao Pian）的《宋代音乐题材及其解说》(*Song Dynasty Musical Sources and Their Interpretation*, 1967)，对汉诗的格律等进行了详细的讨论。到了20世纪七八十年代，西方的中国古诗研究愈见丰富，呈现出百花齐放的纷繁景象，学者们将西方理论界流行的各种文学批评理论如新批评、文类学、读者批评理论、解构主义理论等纷纷运用到了古诗的研究之中。从20世纪90年代开始，国际汉学界更是开始尝试从性别视角切入中国古代文学的研究领域，由于女权运动的推动作用，西方学者运用性别理论切入中国古代诗歌创作的研究很快就取得了丰硕的成果，尤其在探讨文学中的男性和女性"声音"的主题方面建树最大。美国汉学家莫琳·罗伯森（Maureen Robertson）研究了明清时期闺秀诗人的作品如何通过自我表述疏通"德"与"才"的矛盾，确立女性写作的合法化；美国卫斯理公会大学的教授魏爱莲（Ellen Widmer）从男女两性共通的文人文化出发，探讨了女性如何组成她们自己的诗社和文化圈等；美国芝加哥大学教授蔡九迪（Judith T. Zeitlin）通过对明清诗文作品的细读来讨论女性与鬼故事之间的密切联系；美国哥伦比亚大学教授高彦颐（Dorothy Ko）对儒家的"二从"思想进行了全新解读，认为中国古代妇女非常善于在通行的性别体系内部给自己制造空间，为自己赋予意义，并借此带来安慰和尊严……这些学者独特的研究视角、观点和结论令人眼前一亮,他们对中国古代妇女作家各类创作的重新发掘与解读均令人感到耳目一新。

进入 21 世纪以后,英语世界对中国诗歌的译介和研究依旧热情不减,其中女诗人越来越成为热点,托马斯·克利里(Thomas Cleary)与周班尼(Bannie Chow)的《秋柳:中国黄金时代女诗人诗选》(*Autumn Willows: Poetry by Women of China's Golden Ages*,2003)、管佩达(Beata Grant)的《虚空的女儿:中国佛教女尼诗选》(*Daughters of Emptiness: Poems of Chinese Buddhist Nuns*,2003)、珍妮·拉森(Jeanne Larsen)的《柳酒镜月:唐代女性诗集》(*Willow, Wine, Mirror, Moon: Women's Poems from Tang China*,2005)等对某一朝代、某一类型女诗人作品进行译介的诗集不断推出;对女诗人及诗作的理论研究也在不断深入,罗溥洛(Paul S. Ropp)的《谪仙人:寻找中国农民女诗人——双卿》(*Banished Immortal: Searching for Shuangqing, China's Peasant Woman Poet*,2001)、曼素恩(Susan Mann)的《张门才女》(*The Talented Women of the Zhang Family*,2007)、方秀洁(Grace S. Fong)和魏爱莲的《跨越闺门:明清女性作家论》(*The Inner Quarters and Beyond: Women Writers from Ming through Qing*,2010)等专著分别从历史学、社会学、性别理论等角度对中国古代女诗人的生活和创作进行了深入的研究;欧美各高校的博士和硕士学位论文也出现了以中国古代女诗人为选题来进行研究的情况,美国马里兰大学帕克分校谭大立(Dali Tan)博士的《性别与文化的交汇:从比较观重读李清照和艾米丽·狄更生》("Exploring the Intersection Between Gender And Culture-reading Li Qingzhao and Emily Dickinson from a Comparative Perspective",1998)、美国研究生院碧翠丝·霍尔兹·伊鲁明(Beatrice Holtz Ilumin)的《汝见我心:李冶、鱼玄机、薛涛选篇中的神圣与荒淫》("The Sacred and the Erotic in the Selected Works of T'ang Dynasty Poetesses: Li Ye, Yu Xuanji, and Xue Tao",2008)等运用心理学、比较文学的方法对中国古代女诗人的诗作进行了较为细致的分析和讨论。而伊维德(Wilt Idema)和管佩达的《彤管——帝国时期的女作家》(*The Red Brush: Writing Women of Imperial China*,2003)则更是从宏观的角度对中国女性文学史进行了综合性的概述和分析,从内容的广度和理论的深度上将英语世界中国女性文学研究推向了一个新的高度。时至今日,用各种西方理论对中国古诗进行讨论越来越受到更多西方学者的关注和喜爱，研究成果正在不断推出。

(二) 国内学界对古代女诗人的研究

在英语世界对中国古代女诗人进行大量译介和研究的同时，我国国内的古诗研究也呈现出了越来越明显的观照性别、关注女性的走向。目前，性别视角已经成为内地及港台地区诸多研究者们自觉或不自觉地运用的方法视角之一，女性的文学创作，尤其是古代女诗人的创作正渐渐成为学者们关注和研究的热点。

纵观中国古代诗歌创作和研究的历史可以看到，中国女性的诗歌创作历史悠久，在我国的第一部诗歌总集——《诗经》中就已经出现了若干女性作品。据现有文献记载，中国最早的女性诗人可以追溯到上古的涂山氏之女和有娀氏之女。但中国的女诗人长期处于男性社会的边缘，因为这一社会的"文化不许女人承认和满足她们对成长和实现自己作为人的潜能的基本需要，即她们的性别角色所不能单独规定的需要"①，因而"女子无才便是德"之类的观念扭曲了无数女性的灵魂，扼杀了女性的文学才华，将女性创作冷酷地隔阻在了文学殿堂之外。古代女诗人作为几千年来中华文明的盲视区，要浮出历史地表必然要历经坎坷，男权文化对女诗人及其创作或诋毁揶揄，如董毅《碧里杂存》曰："蔡文姬、李易安，失节可议；薛涛倚门之流，又无足言；朱淑真者，伤于悲怨，亦非良妇"；或不屑一顾，如《宋诗钞》只录男诗人作品，女诗人作品一篇也不录，而在其他各种选集或总集中即使对女诗人的作品有所选录，也不过置于僧道之后，灵怪之前。在男性社会文化阈值中，古代女诗人的创作身份与写作价值极其模糊与低下。

直到明清之后，随着社会经济的发展，女性意识在个性解放启蒙思潮的推动下逐渐觉醒，众多女性作家群体不断出现，加之传统礼教对人性束缚的逐渐剥离，妇女创作开始受到关注和提拔，辑录妇女作家作品在明清成为一种社会文化风尚，钟惺的《名媛诗归》、金圣叹的《(评点) 女才子诗合集》、赵世杰和朱锡纶的《历代女子诗集》、完颜恽珠的《国朝闺秀正始集》等纷纷出现。除了作品集之外，还出现了专以女诗人为研究对象的评介性著作，如江盈科的《闺秀诗评》、沈善宝的《名媛诗话》、方

---

① 赵雪沛:《明末清初女词人研究》，首都师范大学出版社 2008 年版，第 21 页。

维仪的《宫闺诗评》、梁章钜的《闽川闺秀诗话》等。其间整理妇女著作文献功绩最著者当推清王士禄的《然脂集》和徐乃昌的《小檀栾室汇刻百家闺秀词》。

到了20世纪，西学东渐之势渐盛，女性主义思潮对大陆文坛的影响也日趋显著，妇女问题开始受到前所未有的社会关注，女性视角开始为学者们所认识和熟悉。在欧风美雨的浸淫下，伴随着女学的兴起、女性意识的觉醒和女权运动的蓬勃，中国古代妇女作家研究因其独特的人文气息而成为反封建、反礼教的见证，并渐渐拉开了作为一门现代学科的帷幕。一批中国学者借鉴西方女性主义的思想和方法，将女性视角引入具体的文学研究，结合中国文学的实际，开始了对古代女性创作卓有成效的批评实践。如谭正璧的《中国女性的文学生活》、谢无量的《中国妇女文学史》和梁乙真的《中国妇女文学史纲》等，以别具一格的"性别诗学"为理论基础，对中国的女性文学创作历史进行梳理，成为国内颇有影响力的"中国古代妇女文学史"专著。此外，还出现了对古代妇女作家作品选集的大量编选，以及对个别著名女诗人的专题研究，如吴仪的《李清照与柳如是：离乱时代成长起来的女诗人》、昌炳兰的《晚唐文苑中的一朵奇葩——鱼玄机诗初探》、朱德慈的《薛涛诗艺术风格摭谈》、刘知渐的《关于元稹、薛涛的关系问题》、艾芹的《鱼玄机的女性意识及其爱情诗》、张乘健的《感怀鱼玄机》、苏者聪的《论唐代女诗人鱼玄机》等论著，对多位女诗人的才华、情操、命运等做了详细介绍，对她们诗歌创作的审美心理特征等做了深入分析，还评介了她们生活的时代背景，挖掘了部分女诗人悲剧命运的成因。总之，对女诗人的创作进行了多方面的理论分析和概括。

港台地区对古代女性创作的研究也卓有成效，先后出版了张寿林的《李清照评传》、洪淑苓和梅家玲等人的《古典文学与性别研究》、钟慧玲的《清代女诗人研究》等专著。台湾颇具影响力的文学研究刊物《中外文学》还先后出版了《女性主义文学专号》（1986年3月）、《女性主义/女性意识专号》（1989年3月）等，对西方女性文学做出自己的解读和改造，对女性主义文学理论和性别诗学进行大力提倡，大大促进了我国古代女诗人研究的发展。

由上可见，内地和港台的中国古代文学研究者都从不同程度不同范围注意到了运用性别视角来观照古代文学中的作者、文本、读者接受等诸多方面的问题,在对女诗人的创作研究方面已取得了显著的成绩。

(三) 国内对英语世界中国古代女诗人研究的述介与研究

尽管国内和国外学界都同样热衷于探讨中国古代女诗人的创作问题,但却似乎相互隔离,互不关注。从目前国内学界相关研究的情况来看,涉及中国古代女诗人在英语世界译介和研究的仅有以下几个方面的成果。

一是部分研究者在对英语世界中国古典文学研究情况进行总体考察和宏观梳理时,零星提及女诗人研究情况。1985 年中国社会科学出版社出版的赵毅衡的《远游的诗神——中国古典诗歌对美国新诗运动的影响》,1994 年北京语言学院出版社出版的宋柏年的《中国古典文学在国外》,1994 年上海古籍出版社出版的莫砺锋主编的《神女之探寻——英美学者论中国古典诗歌》,1996 年江苏人民出版社出版的乐黛云、陈珏主编的《北美中国古典文学研究名家十年文选》,1997 年学林出版社出版的黄鸣奋的《英语世界中国古典文学的传播》,2000 年山东教育出版社出版的尚学峰等人的《中国古典文学接受史》,2002 年上海外语教育出版社出版的何寅和许光华的《国外汉学史》,2003 年上海译文出版社出版的赵毅衡的《诗神远游——中国如何改变了美国现代诗》,2003 年湖北教育出版社出版的马祖毅和任荣珍的《汉籍外译史》,2009 年里仁书局出版的王万象的《中西诗学的对话——北美华裔学者中国古典诗研究》,2011 年华东师范大学出版社出版的顾伟列主编的《20 世纪中国古代文学国外传播与研究》,2013 年学苑出版社出版的江岚的《唐诗西传史论——以唐诗在英美的传播为中心》,2015 年中国社会科学出版社出版的王峰的《唐诗经典英译研究》等著作,以及黄鸣奋的《美国华人中国古典文学博士论文通考》(1994) 和《哈佛大学的中国古典文学研究》(1995) 等论文,站在跨文化的立场,以宏阔的视野、深厚的文化底蕴和深刻的学术见解对中国古典文学,尤其是中国古典诗歌在英语世界的译介和研究情况进行了系统的梳理和深入的探讨,但性别视角不是此类论著的主要视角,因此涉及女诗人的内容非常少,部分论著甚或根本没有提及。

二是部分学者关注到了英语世界研究中国古代女诗人的个别汉学家及个别论著,但未进行深入研究和系统整理。如郁敏、纪敏发表于《传奇传记文学选刊》2011 年第 6 期的《肯尼斯·雷克斯洛斯与中国古代女诗人》一义,论及美国汉学家雷克斯洛斯对中国古代女诗人李清照和朱淑真的研究,以及李清照和朱淑真等中国女诗人对雷克斯洛斯的影响;华东师大

2009级赵文君的硕士学位论文《论美国学者孙康宜之明清女性文学研究》，对孙康宜的明清女性文学研究进行了概括性介绍和分析，并对孙康宜研究成果的学术价值及缺憾提出了较为中肯的评价；华东师范大学2009级刘文婷的硕士学位论文《加拿大汉学家方秀洁对明清知识女性的研究》，较为全面地介绍了方秀洁在明清女性研究领域的研究成果，并通过与国内相关领域研究成果的比较，总结方秀洁的研究重点和研究特色，指出值得借鉴之处；华东师范大学2005年王郦玉的硕士学位论文《美国汉学家对明晚期至清中叶妇女诗词创作的研究初探》，就孙康宜、曼素恩、高彦颐等海外汉学家对明清时期中国女诗人研究的成果进行了介绍和评述。

还有对英语世界中国古代女诗人研究论著进行介绍和评述的，例如陆汀、王蔚、梁霞发表于《励耘学刊》（文学卷）2009年第1期的《中国女性文学史的新篇——评〈彤管：中华帝国时代的女性书写〉》，对美国哈佛大学费正清研究中心主任伊维德和美国华盛顿大学亚洲与近东语言文学系教授管佩达合作编写的中国古代女诗人研究专著《彤管——帝国时期的女作家》的内容进行了介绍；刘舒曼发表于《中国社会经济史研究》2007年第2期的论文《一幅前清妇女生活的长卷——评曼素恩（Susan Mann）〈珍贵的记录漫长的18世纪中的中国妇女〉》，对曼素恩的 *Precious Records: Women in China's Long Eighteenth Century* 一书进行了评论性的介绍。

但是这些研究还只是停留在对个别汉学家的个别成果的介绍和评价，并未由此进行扩展性研究，从而关注到更多英语世界的研究成果。

三是大量研究成果集中在对汉诗英译问题的探讨上。国内研究成果中涉及英语世界古代女诗人研究内容的主要集中于汉诗英译问题。这些研究主要从三个方面展开。

首先是对汉诗英译总体情况进行介绍，对国内外出现的英译汉诗进行整理、比录和集注。其中最具代表性的是吕叔湘编著的《中诗英译比录》（1948）、刘文彬编著的《中国古诗汉英比译五十三首》（2005）、王峰和马琰编著的《唐诗英译集注、比录、鉴评与索引》（2011）。《中诗英译比录》一书共收集了59首中国古诗的各家不同的英译文本共207种，将每首汉诗的不同英译文本进行对照排列；《中国古诗汉英比译五十三首》一书共收集了53首中国古诗的各家不同的英译文本317种；《唐诗英译集注、比录、鉴评与索引》一书共收录了108首中国古诗的各家不同的英译五百余种。这类文献首先对几百年来汉诗英译史上在海内外公开出版发行的各种中外诗词英译著作和英译汉诗选集中的汉诗英译作品进行统计分析，然后博采不同时期、不同国籍、不同风格中西方汉诗英译者的译作进行比录，有的还提供文字或背景注释，以简练的文字对不同译诗进行品评鉴赏。这类研究成果对学界来说是十分有益的参考资料，为学者提供了同一首诗在不同译本中的收录情况，不仅方便后人按图索骥，还有助于深入比较和研究翻译之用。但是在这3本文献中，涉及女诗人的作品并不多，吕叔湘书中仅收录了杜秋娘《金缕衣》的4种英译作品，王峰和马琰的《唐诗英译集注、比录、鉴评与索引》中涉及的女诗人也只有杜秋娘《金缕衣》的3种英译作品。

其次是从语言学和翻译学的角度对中国古诗的英译策略和方法等进行总体性研究。如林建民的《中国古诗英译》（1995）、穆诗雄的《跨文化传播：中国古典诗歌英译论》（2004）、毛华奋的《汉语古诗英译比读与研究》（2007）、顾正阳的《古诗词英译文化理论研究》（2013）等专著。以及中国知网所收录的5253篇以"中国古典诗歌英译"为主题的硕士学位论文和6652篇研究中国古典诗歌英译的期刊论文，这类成果看起来数量相当可观，但其中涉及女诗人译介的极少。

此外，还有专注于个别女诗人诗作英译情况研究的。这类成果主要以硕士、博士学位论文和期刊论文为主，专著较少。其中研究李清照和薛涛诗歌英译情况的论文数量较多，论述角度也较为多元。如对薛涛诗歌英译研究的成果主要有8篇，其中硕士学位论文1篇，期刊论文7篇。于洪波的硕士学位论文《从奈达功能对等理论评薛涛诗词的英译》（2009）和期刊论文《从奈达的等效翻译理论评价薛涛诗词的三个英译本》（2008），主要以奈达的功能对等理论为依据，从语义和风格两方面对薛涛诗词的英译文本进行研究和分析；周彦的《红笺小字走天涯——薛涛诗英译的文化意义》（2004）从文化研究的角度切入薛涛诗英译研究，重点探讨了薛涛诗中的"合欢扇""同心结"等富有文化内涵的词汇和薛涛井、薛涛笺等所富含的文化魅力的物象；卢丙华的《薛涛诗英译与西方女性主义文学》（2009）以西方女性主义文学批评理论为研究手段，探讨了薛涛诗词中女性意识的觉醒及女性意识的历史社会成因，论述了薛涛诗词英译对西方女性文学的影响；丁洪波的《从翻译目的论角度评价薛涛诗词两个英译本》（2013）从翻译目的论角度对薛涛诗词的两个英译本进行了对比分析和研究；于洪波的《小议薛涛诗词英译中联想意义的传递》（2014）以英国语言学家利奇对语义的分类为指导，对薛涛诗词汇的内涵意义、反映意义、情感意义等方面进行了对比研究和分析。对李清照诗词英译研究的成果也较为丰硕，如华东师范大学2005级郦青的博士学位论文《李清照词英译对比研究》（2009年以专著形式出版）、上海海事大学2006级谢玉珍的硕士学位论文《从阐释学角度分析宋女词人李清照词的翻译》、首都师范大学2007级刘丹芹的硕士学位论文《论王红公、钟玲〈李清照诗词〉之英译策略》、四川师范大学2008级夏毅的硕士学位论文《从阐释翻译理论看李清照词的英译》、山东大学2011级张春雨的硕士学位论文《互文视角下李清照词英译研究》、哈尔滨师范大学2011级于明达的硕士学位论文《从斯坦纳的阐释翻译学角度分析李清照词的英译》、中国海洋大学2011级赵亮亮的硕士学位论文《李清照词英译对比研究》、广西师范大学2012级刘娟华的硕士学位论文《图式理论视角下李清照词英译的对比研究》等等。此外，还有少量对鱼玄机、朱淑真、李冶等女诗人诗词英译进行专门研究的论文。

总而言之，国内对英语世界中国古代女诗人研究情况还缺乏较为全面系统的关注和研究，现有极少的相关论文和著作，内容也仅为泛泛而谈的概貌综述或是对个别女诗人的微观分析，尚未进行细致梳理和深入探讨。至今没有学术专著或学位论文对英语世界的古代女诗人研究进行过系统、全面、深入的梳理和研究。

三

古人云："他山之石，可以攻玉。"对英语世界的中国古诗研究成果进行梳理和研究，将使我们大获裨益。

首先，通过研究英语世界对于中国古代女诗人的接受，了解他者视角下的中国古代女诗人形象，不仅有助于我们弄清英语世界研究者在接受中国古代女诗人过程中因文化背景和思维方式的差异而产生的不同理解，而且还可让我们透过英语世界研究者眼中的中国古代女诗人形象，从一定角度窥见他们心目中所构想和重塑的中国形象。

其次，梳理英语世界对中国古代女诗人的理解与阐释，有利于拓展跨文化的辩证视域，有助于达成互识和互补，丰富我们对我国古代女诗人及其诗歌价值的再认识、再发现，更有助于我们通过国外读者的接受状况来反躬自身，检查中国古代女诗人的国内接受情况，促进中国古代诗歌研究的进一步发展，并最终带动中国文化软实力和国际影响力的进一步提升。

故本书以借鉴国外对中国古代女诗人的研究成果为动机，以促进国内外研究成果的相互交流为目的，具体展开以下三个方面的研究活动。

一是梳理资料，分析总结。力求站在跨文明的高度，在比较文学视域下，在占有丰富原始资料的基础上提炼出展示中国古代女诗人作品对外传播的实质与规律性的重要问题，通过对大量翻译及研究资料的广泛阅读与深入整理，勾勒出中国古代女诗人在英语世界接受的脉络图，构建起中国古代女诗人及其作品对外传播的立体阐释框架，为国内读者提供系统、全面的资料参考。

二是中外对比，提供借鉴。本书内容包含两方面的对比研究：一方面是中国古代女诗人诗词作品的中文原文与英语译文之间的对比。通过对中国古代女诗人的诗词原文与不同版本的英语译文相比较，了解英语世界不同译者在翻译中国古代女诗人作品的过程中所表现出来的相对于原文的忠实性与创造性，以及因文化差异而在翻译文本中呈现的变异性。另一方面是将英语世界关于中国古代女诗人的研究成果与国内的研究成果进行对比。并据此探讨英语世界关于中国古代女诗人研究的创新与失误，同时为国内的相关研究提供启示与借鉴。

三是实现中英世界文学及研究成果的平等对话。在本书的论述过程中，不唯西方马首是瞻，在指出其创新性的同时，也力求指出其局限性。同时，在研究过程中将关注点引向以往中国古代女诗人研究中被忽略的中国本土因素。从而使中英世界在中国古代女诗人研究中能够做到互识、互补和互证，并最终实现平等对话。

四

在本书进入正文之前，先对论文牵涉到的"英语世界""中国古代女诗人"两个概念进行说明。

学界对于"英语世界"概念界定的说法很多，笔者比较赞同厦门大学黄鸣奋教授的观点。黄鸣奋说："所谓'英语世界'现今包括三个层面，它们分别以英语为母语、通用语和外国语。以英语为母语的文化圈在发生学意义上仅限于英国；以英语为通行语的文化圈导源于英国的殖民活动，其他地理范围为英国的殖民地或前殖民地；以英语为外国语的文化圈是由于各英语国家的对外影响而形成的,目前几乎可以说覆盖了全球(当然不一定是每个角落)。这样的划分并不排斥各个层面的相互转化的可能性。例如,英语在美国已从通行语转变为国语,对它的大多数居民来说成为母语;英语在英国虽是母语,但对旅居英伦的外国人来说则非如此。"① 通过对黄鸣奋先生观点的解读可看出,"英语世界"包含了三个层次的内容:一是指发生学意义上的地域(英国、美国);二是指语言使用的区域;三是指传播媒介。同样,本书中的"英语世界"也涵盖了上述三个层次的内容。具体来说,本书所提及的"英语世界中国古代女诗人研究"指的是人们用英语书写的、以英语为载体发表于以英语为官方语言的地区的各类关于"中国古代女诗人研究"的论著(包括译本、专著、书评、期刊论文、博士学位论文、各类单行本论文等各类成果)。经查证统计,到目前为止,使用英语来研究"中国古代女诗人"的国外研究者主要集中在美、英两国,所以笔者在本书的论述过程中也将以他们的研究成果为主体,以其他国家使用英语研究所取得的成果为补充。当然,要研究这些理论成果,也就必然要研究英语世界对中国古代女诗人及其作品的接受历程。

"中国古代女诗人"这一对象包含有"古代""女诗人"两个关键性概念。根据《辞海》中的解释,所谓"古代"是指过去距离现代较远的时代,该词目用以区别于"近代、现代"。在我国历史上,古代泛指19世纪中叶以前的时代。在本书中,古代被用作一个较为宽泛的时间概念,包含中国历史上的上古、中古和近古时期,上不设限,下到清代结束为止,也即到公元1911年中国封建社会结束为止。由于诗和词的文体特征十分接近,人们通常用"诗词"一词来统指古体诗、近体诗和格律词为代表的中国汉族传统诗歌,且中国古代的很多诗人既创作诗也创作词,故本书中的"诗人"概念泛指写诗、词(甚至还包括少数写赋)的人,"女诗人"则是指写诗、词(还包括少数写赋)的女性。总结来讲,"中国古代女诗人"便是指生活和创作于清代以前,包括清代的中国女性诗人。

综合上述两个概念,本书的研究对象也就十分明了了,主要包括四个方面的内容:一是英语世界关于中国古代女诗人的译介及研究成果;二是英语世界对中国古代女诗人的接受历程;三是英语世界的研究人员;四是英语世界的研究方法、研究焦点以及研究带来的影响。

---

① 黄鸣奋:《英语世界中国古典文学之传播》,学林出版社1997年版,第24页。

第一章

译介与传播

中国古代女诗人的作品是中国古代诗歌的一部分。中国古代女诗人最早进入英语世界是在中国古代诗歌传入英语世界的过程中被无意识地、零星地带入的。故本书将通过考察中国古代诗歌进入英语世界的路径来梳理中国古代女诗人进入英语世界的详细历程。根据对大量译介和研究文本的梳理及分析,笔者将中国古代女诗人在英语世界的传播和翻译划分为滥觞期、发展繁荣期和深化延展期三个阶段。

第一节 滥觞期(1589—1920年):"诗神远游"不列颠

据学界考证,中国诗歌在英语世界的译介始于16世纪。我国当代学者黄鸣奋提出:"中国诗歌传入以英语为交际手段的文化圈(即英语世界)的时间,可以追溯到16世纪末。"[1]黄先生在他的《英语世界中国古典文学之传播》一书中明确指出:"据现有资料记载,汉诗被译成英文,最早见于英国学者乔治·普腾汉(George Puttenham,1520—1601)在16世纪后期出版的《英文诗艺》(*The Arte of English Poesie*,1589)一书中,作者在讨论英文诗歌格律的时候,译介了中国古诗,以此率先向英语读者介绍了中国古典诗歌的格律。"[2]对于普腾汉译介的中文诗,钱锺书也曾做过考证。钱先生曾于1945年12月6日在上海对美国人发表题为"谈中国诗"的演讲,演讲稿中说:"假使我的考据没有错误,西洋文学批评里

---

[1] 黄鸣奋:《英语世界中国先秦至南北朝诗歌之传播》,《贵州社会科学》1997年第2期。
[2] 黄鸣奋:《英语世界中国古典文学之传播》,学林出版社1997年版,第181页。

最早的中国诗讨论，见于1589年出版的泼德能（即普腾汉）所选《诗学》（*The Arte of English Poesie*）。泼德能在当时英国文坛颇负声望，他从一个到过远东的意大利朋友那里知道中国诗押韵，篇幅简短，并且可以排列成种种图案形状。他译了两首中国的宝塔形诗作例，每句添一字的画，塔形在译文里也保持着——这不能不算是奇迹。”①

钱锺书先生和黄鸣奋先生所论及的这两首诗正是最早进入英语世界的中国诗，其中一首出自女性之手。据《英文诗艺》记载，这两首诗歌的作者分别是鞑靼大汗 Temir Cutzclewe 和他的情人 Kermefine。书中介绍说 Temir Cutzclewe 是一位战功赫赫的大汗，一次在他打了胜仗凯旋之时，他的情人 Kermefine 为他写了一首诗，诗中的每一个字皆用红宝石和钻石镶嵌而成，诗句排列为菱形，也可叫作长斜方形或钻石形，普腾汉将其称为菱形诗②（The Lozange，又译“洛扎纳”③）（见图1-1）。而 Temir Cutzclewe 则用翡翠雕出一首梭形，即纺锤形或窄钻石形的诗来回复 Kermefine，普腾汉将其称为梭形诗（The Fuzie）④（见图1-2）。

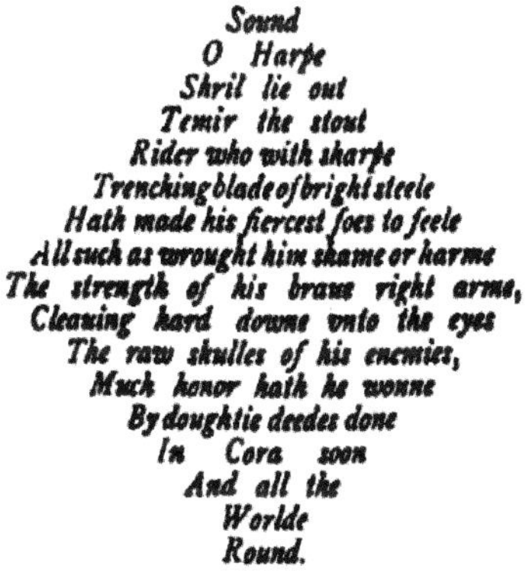
Sound
O Harpe
Shril lie out
Temir the stout
Rider who with sharpe
Trenching blade of bright steele
Hath made his fiercest foes to feele
All such as wrought him shame or harme
The strength of his braue right arme,
Cleauing hard downe vnto the eyes
The raw skulles of his enemies,
Much honor hath he wonne
By doughtie deedes done
In Cora soon
And all the
Worlde
Round.

图1-1 Can Temir Cutzclewe 的诗

普腾汉的《英文诗艺》第一次将中国诗歌传播进入英语世界，同时

① 转引自任增强《中国古典诗歌在英国的传播与著述的出版》，《出版广角》2013年第15期。

② 张弘：《中国文学在英国》，花城出版社1992年版，第41页。

③ George Puttenham, *The Arte of English Poesie*, London: Richard Field, 1589, pp. 106-107.

④ Ibid., p. 107.

```
            Fine
         Sorebatailes
         Manfully fought
          In  bloudly  fields
        With bright blade in hand
       Hath Temir won & forst to yeld
      Many a Captaine strong & stoute
     And many a king his Crowne to vayle,
     Conquering  large  countreyes  and  land,
      Yet  ne  uer  wanne  I  vi  cto  rie,
       I  speake  it  to  my  greate  glo  rie,
       So  deare  and  ioy  full  on  to  me,
       As  when  I  did  first  con  quere  thee
        O  Kerme  sine,  of  all  myne  foes
         The  most  cruell,  of  all  myne  woes
          The  smartest,  the  sweetest
           My  proude  Con  quest
            My  vi  chest  pray
             O  once  a  daye
              Lend  me  thy  sight
              Whose  only  light
                Keepes  me
                  Alius.
```

图 1-2　Kermefine 的诗

资料来源：George Puttenham, *The Arte of English Poesie*, London: Richard Field, 1589, p. 107。

也是第一次将中国古代女性的诗歌作品传入英语世界。通过普腾汉的译介，Kermefine 成为进入英语世界的第一位中国古代女诗人，但普腾汉在书中对 Kermefine 的介绍十分简单，只用一句"Temir Cutzclewe 所爱的女子"带过。根据普腾汉书中提供的简单信息，笔者未能在中国历史和文学史资料中考证到 Kermefine 的相关信息，也未能查找到这首英译菱形诗的汉诗原文，只能根据普腾汉的英译诗句看出这首诗是以歌颂 Temir Cutzclewe 的骁勇善战为主题内容。

普腾汉开启了英译中国古典诗歌的先河。但自普腾汉发表《英文诗艺》后，英语世界的中国古诗译介和研究却陷入了一段漫长的沉寂期。直到 17 世纪以后，随着资产阶级大革命的爆发，英国在开拓海外市场的需求召唤下逐渐开始了对外扩张之路，触角逐渐伸向了远东地区，大批英语地区的传教士和商人进入中国，通过传教士和商人对中国的直接接触及不断传播，英语世界对中国的认识从之前通过德、意、法等间接认识的方式转变为了直接认识，对中国的物质文化和精神文化也有了更深入的了解。由此，英语世界对中国古典诗词的译介和研究在 17 世纪末才又慢慢兴盛起来。但在 17、18 世纪对中国古诗的译介和研究过程中，女诗人却一直是一个盲点，在当时出版的汉诗译介的相关著作中，均未收录女诗人的作品。如 1761 年托马斯·珀西（Thomas Percy）的清代小说《好逑传》英译本（*Hau Kiou Choaan or, The Pleasing History*），珀西在译本附录"中国诗歌的片段"(Fragments of Chinese Poetry)中收录了 21 首汉诗,其中没有女性诗人的作品;1829 年英国著名汉学家约翰·弗朗西斯·戴维斯(John Francis Davis)在伦敦出版的《汉文诗解》(*The Poetry of the Chinese*),对中国古诗进行了较为全面、系统的译介,书中选译的中文诗歌多达 100 首,时间跨度上起秦汉,下迄明清,译介诗人数量众多,从李白、杜甫等诗坛巨擘到名不见经传的无名氏皆有所涉及,但其中没有包括女性诗人。

直到 1883 年,中国古代女诗人及其作品才又再一次出现在英语世界。1883 年英国汉学家翟里斯自费印刷他在中国古典文学译介领域的第一部力作《古文选珍》(*Gems of Chinese Literature*),书中选译的作家作品较多,时间跨度从公元前 1000 年一直到近代,章节内容按照中国朝代顺序来排列,内容包括散文、诗歌、书信等。书中译介的一百多位诗人中包含了一位女诗人——班婕妤(Pan Chien-Yu)。书中翻译了班婕妤的《团扇诗》(The Autumn Fan)一诗,但未对班婕妤的生平作介绍,甚至未将班婕妤称为"诗人",而是称其为"即将失去宠幸的皇妃"。

1898 年,翟里斯的又一中国古典文学译介专著——《古今诗选》(*Chinese Poetry in English Verse*)出版,该书是英语世界第一本英译汉语诗集。在该书中,翟里斯译介了 5 位女诗人的 5 首诗作,并专门用"poetess"和"lady"等称谓明确标示了她们的诗人身份和性别身份。从《古今诗选》开始,中国古代女诗人不再是普腾汉《中国诗艺》中的"情人"(lover),不再是翟里斯《古文选珍》中的"宠妃"(imperial favorite),而是以"女诗人"(poetess)的身份正式亮相英语世界。书中译介的 5 位女诗人及诗作分别是西汉班婕妤(The Lady Pan)的《团扇诗》(The Autumn Fan);唐代杜秋娘(Tu Ch'iu-niang)的《金缕衣》(Golden Sands);宋代朱淑真的(Chu Shu-chen)的《初夏》(Summer Begins);明代赵彩姬(Chao Ts'ai-chi)的《暮春江上送别》(To Her Love);明代赵丽华(Chao Li-hua)的《答人寄吴笺》(To an Absent Lover)。[①]

1900 年翟里斯在其另一专著《中国文学史》(*A History of Chinese Literature*)中又再次译介了杜秋娘、赵丽华、赵彩姬的诗作,另外还译介了明

---

① Herbert Giles, *Chinese Poetry in English Verse*, London: Bernard Quaritch; Shanghai: Kelly and Walsh, limited, 1898, pp. 19, 139, 150, 183, 186.

代女诗人方维仪（Fang Wei-i）的《死别离》（书中未出现诗名，笔者根据诗文内容考证而知）①。

1916年，英国汉学家、翻译家阿瑟·韦利（Arthur Waley, 1888—1966）的英译诗集《中国诗选》（*Chinese Poems*）一书出版。书中译介了4首唐代女性的诗歌（"The four following verses are all written by women in T'ang Dynasty"②），但韦利在书中没有明确写出诗人的名字，只交代了其中1首诗歌的诗题为"夏雨"（Summer Rain），其余3首均未给出诗歌标题，且其中有1首为西班牙语译文，而非英语译文。

1918年，韦利的又一译著《汉诗170首》（*A Hundred and Seventy Chinese Poems*，又名《古今诗赋》）在伦敦出版，韦利在书中译介了两位女诗人的作品，一首是刘勋的妻子（Liu Hsun's wife）的《婚床帷》（The Curtain of The Wedding Bed），另一首是谢道韫（Tao-yun）的《泰山吟》（Climbing A Mountain）。韦利还在书中对唐代女性诗歌的主题进行了专门的探讨。

1919年，英国著名翻译家和外交官威廉·约翰·班布里奇·弗莱彻（William John Bainbrigge Fletcher, 1879—1933）出版了两本汉诗英译专著——《英译唐诗选》（*Gems of Chinese poetry: Translated into English Verse*，又译《中国诗歌精华》）和《英译唐诗选续集》（*More Gems of Chinese poetry: Translated into English Verse*，又译《中国诗歌精华选续集》），弗莱彻在《英译唐诗选续集》中译介了女诗人杜秋娘（Mrs. Tu Ch'iu）的《金缕衣》（Riches）一诗。

由上可以看出，1589—1920年，英语世界已经开始了对中国古代女诗人的译介，但总体说来，这一阶段英语世界对中国古代女诗人的关注程度还比较低，关注中国古代女诗人的学者较少，受关注的中国古代女诗人数量也较少。恰如当代学者张弘所言："这样的介绍毕竟分量太小，就像一滴春雨跌落在大漠上，瞬间无影无踪。"③故笔者将这一时期称为英语世界中国古代女诗人传播和译介的"滥觞期"，并将其传播和译介特点概括如下：

---

① Herbert Giles, *A History of Chinese Literature*, New York: D. Appleton and company, 1900, pp. 178, 333, 417.
② Arthur Waley, *Chinese Poems*, London: Bros, 1916, p. 8.
③ 张弘：《中国文学在英国》，花城出版社1992年版，第41—42页。

一 发端英国

这一时期英语世界关注和翻译中国女诗人的主要是外交官,如翟里斯和弗莱彻都曾在中国担任过二十余年的外交官。而且他们大多来自英国,上面提及的翟里斯、韦利、弗莱彻都是英国人,美国和其他英语国家尚未开始对中国古代女诗人的翻译和传播。20 世纪初美国本土译介和研究中国诗歌的代表人物詹姆士·威特沃(James Whitall)、埃兹拉·庞德(Ezra Pound)、斯塔特·梅里尔(Stuart Merril)等都还没有关注到中国古代女诗人。1918 年纽约出版威特沃的《中国歌辞:白玉诗书——自朱蒂斯·戈蒂耶法译本转译》(Chinese Lyrics from the Book of Jade)一书,该书从法国唯美主义女诗人朱蒂斯·戈蒂耶的法译汉诗集《白玉诗书》(Le Livre de Jade)中的 110 首法文汉诗中选取 30 首译成英文,其中没有女诗人的诗作。美国著名意象派诗人和文学评论家庞德于 1915 年出版的汉诗英译选集《华夏集》(Cathay,书名另译《古中国》/《神州集》)一书中也没有收录女诗人的作品。《华夏集》一书共译介中国古典诗歌 19 首,该书是"20 世纪初在英语世界流行最广的汉诗译本之一"[1],被誉为"西方现代诗歌史上划时代的作品"[2]。该书中所译的诗歌源于一位名叫厄内斯特·费诺罗萨(Ernest Fenollosa)的西班牙裔美国人,费诺罗萨毕业于哈佛大学,对东亚艺术有着浓厚兴趣,一生致力于宣扬和研究东方文化,尤其对中国诗歌情有独钟。1908 年他猝然去世,留下许多他学习东方文化的笔记未整理。他的遗孀找到了当时在美国文坛崭露头角的诗人庞德,拜托庞德对这些珍贵的笔记进行翻译和整理,《华夏集》便是庞德根据费诺罗萨关于中国古诗的笔记整理出来的成果。据资料记载,费诺罗萨的笔记记录了大约 150 首中文诗,其中有李白、杜甫等男性诗人的作品,也有班婕妤等女性诗人的作品。庞德从中选译了 19 首,但他没有选译女诗人的作品,而是彻底把她们摒弃在了选集之外。庞德是美国文坛上举足轻重的人物,他为中国诗歌在英语世界的传播和接受做出过卓越贡献,他"在新诗运动的早期就把接受中国诗的影响提到运动宗旨的高度,此后又终身不

---

[1] 江岚:《唐诗西传史论——以唐诗在英美的传播为中心》,学苑出版社 2013 年版,第 199 页。
[2] 蒋洪新:《庞德的〈华夏集〉探源》,《中国翻译》2001 年第 1 期。

懈地推崇中国诗学"①。他的《华夏集》一书是中国诗歌在英语世界传播史上的经典之作。美国新泽西州威廉帕特森大学语言文化系教授江岚称《华夏集》为"美国人了解中国诗歌的一扇窗口"。其实从文化双向交流的角度来说,《华夏集》不仅是美国人了解中国诗歌的一扇窗口,也是我们了解中国诗歌在美国译介和研究情况的一扇窗口,是当今中国学者在研究英语世界的中国古诗传播情况时不可忽略的一部重要文本,但遗憾的是,透过这扇窗口,我们没有发现20世纪初美国学界对中国女诗人的关注和研究。

和美国的情况一样,除英国之外的英语世界其他国家,在这一时期的中国诗歌译介和研究论著中也都看不到中国古代女诗人的身影。

二 译介粗浅

如上文所述,16世纪至20世纪初英语世界中国古代女诗人研究的成果主要集中于英国,从当时英国的几本汉诗英译选集和中国文学史专著中所收录的内容来看,主要情况如下:一是译介的女诗人数量少、朝代分布不全,选译作品代表性不强。据统计,这一时期被写入英语世界汉诗英译选集和中国文学史专著的女诗人有班婕妤、杜秋娘、朱淑真、赵彩姬、赵丽华、方维仪、王宋、谢道韫,还有韦利《中国诗选》中四位没有提及名字的唐代女诗人,总共12位,其中西汉1位、三国1位、东晋1位、唐代5位、宋代1位、明代3位,人数极少,朝代的分布也不全面,且其中王宋、赵丽华、赵彩姬属于创作成就很小,在中国文学史上不知名的诗人。可以看出,英国汉学家对中国历朝历代的女诗人还缺乏整体性了解,他们只能凭借自己对中国古代女诗人作品支零破碎的接触来展开译介工作。被译介的女诗人及作品显然并非经过鉴赏和甄选的结果,或许她们只是偶然进入研究者的视野罢了。二是研究成果中还存在着不少的知识性错误和理解上的歪曲。下面笔者将通过对翟里斯《中国文学史》和韦利的《古今诗赋》的具体分析来仔细探讨这种局限性和知识性错误的具体体现。

(一) 翟里斯的《中国文学史》

翟里斯在《中国文学史》一书中总共译介了唐代杜秋娘及其《金缕

---

① 赵毅衡:《诗神远游——中国如何改变了美国现代诗》,上海译文出版社2003年版,第17页。

衣》、明代赵丽华及其《答人寄吴笺》、赵彩姬及其《暮春江上送别》、方维仪及其《死别离》共四位女诗人的诗作四首。

从译介诗人的朝代分布来看，只涵盖了唐代和明代，且其中有三位集中在明代，历史朝代的分布体现出较大局限性。我们知道，尽管明代是中国女性诗人创作的一个高峰期，但中国历朝历代都有出类拔萃的女诗人，从周朝的庄姜到汉代的班婕妤、蔡琰，从唐代的三大女冠诗人到宋代的李清照、朱淑真，从元代的管道升到明清的众多女作家社团……虽然中国古代女诗人的地位远不及男性诗人高，但任何一个朝代的文学发展过程中都不乏女诗人，而翟里斯的《中国文学史》作为一本向西方全面介绍中国两千多年文学发展历史概况的著作，只介绍了一位唐代诗人和三位明代女诗人，却对其他多个朝代的女诗人只字未提，显然有厚此薄彼之嫌，而且这种做法也不符合翟里斯以该书向西方"全面介绍中国文学"的初衷[①]，故他厚此薄彼的最大原因可能是他对中国女诗人的整体创作情况认识有限，缺乏全面了解。

从译介诗人及诗作的数量看，四人四诗，万之不及其一。日本汉学家前野直彬曾说："文学史有两个使命：一个是正确地记述文学发展的轨迹；另一个是无所遗漏地网罗历代著名的作家和作品。"[②] 如果从文学史收录女性作家作品的情况来衡量的话，翟里斯的《中国文学史》显然远远没有实现前野直彬所提到的第二个使命。

从译介的女诗人的历史地位看，翟里斯所选录的四位诗人皆非名流之辈，她们既无数量众多的传世之作，也无显赫的身世，更无卓越的诗歌才华，在中国国内学界从未引起过太多的关注。单就女诗人来说，唐代是我国古代诗歌成就最高的时代，涌现出了数量众多且才华卓著的女诗人，其中成就最为显著、在后世名气最大者当属"三大女冠诗人"——薛涛、鱼玄机、李冶，其次还有刘采春、上官婉儿等一众。相较之下，杜秋娘可谓逊色，甚至在唐代诗家中至今无法考证确有杜秋娘其人，而归入杜秋娘名下之作也仅有一首《金缕衣》。若翟里斯对唐代的女性诗人及诗作有全面深入的了解，他怎能将那些作品丰厚、才华出众的一干女诗人搁置在一边，而去介绍实名未得以考证的杜秋娘呢？而他所译介的三位明代女诗人

---

① Herbert Giles, *A History of Chinese Literature*, New York: D. Appleton and company, 1900, p. v.
② [日] 前野直彬：《中国文学史》，上海古籍出版社1995年版，第5页。

也存在着同样的问题,在众多优秀的明代女诗人中,翟里斯所选译的赵丽华、赵彩姬和方维仪都没有卓著的传世诗作,也没有响亮的名气,她们何以代表明代女性诗作的成就,又如何能实现翟里斯想让英人了解中国文学概貌的初衷?

从翟里斯对入选诗人的介绍和评价看,他对李白、杜甫、王勃、陈子昂、白居易、李贺、孟浩然等男性诗人的生平和创作情况进行了较为详细的介绍,但对女性诗人的生平和创作情况介绍相对简单。譬如,对杜秋娘的介绍仅有简简单单的一句话:

> 下面的诗句出自《唐诗三百首》,作者是9世纪的女诗人杜秋娘。①

而且翟里斯介绍女诗人时重心显然不在于介绍她们的个人情况,而在于介绍中国古代社会中妇女的生活状况,比如在介绍赵丽华和赵彩姬两位女诗人时,翟里斯先是用大段文字对中国古代"妓女"阶层的社会地位和生活情况作介绍,他在书中写道:

> 中国上古和中古时期的官妓是一个特别的社会阶层,今天这个阶层已不复存在,她们就像古希腊的"高级妓女"一样,受过良好的教育,具有相当大的影响力。关于她们当中的那些名妓的传记一直得以流传,最晚可以回溯到17世纪。②

翟里斯还列举了一位名为"谢素素"的明代名妓作为例证,说她:

> 有着无与伦比的美——她是美之精华,有着迷人的甜美声音和优雅的举止。她是一个技艺超群的艺术家,她还是一个出色的女骑士,能射箭骑马,具有百步穿杨的技术……她交友很挑剔,只和那些才华

---

① Herbert Giles, *A History of Chinese Literature*, New York: D. Appleton and company, 1900, p. 178.
② Ibid., p. 332.

出众、出类拔萃的人交往。①

翟里斯在对"官妓"阶层进行了细致介绍之后,才顺带引出赵彩姬和赵丽华两位女诗人的作品:

> 这类女性的诗作或剧作被精心保存下来,并通常作为某些朝代的文集的补充。例如下面这首诗,其作者是 15 世纪的赵彩姬。②
> ……
> 接下来是另一篇意义晦涩的诗作,作者是 16 世纪的赵丽华,这首诗比较难以翻译。③

书中唯有对方维仪的生平介绍相对详细一些,说她:

> 出身高贵,嫁给了一个有前途的官员,但婚后不久丈夫就死去了,她便成了一个无儿无女、忧伤凄惨的寡妇。后来她在黑暗中找到光明,她不顾父母的恳求,毅然决定做一个尼姑,将余生献给佛。④

但据笔者考证,翟里斯对方维仪的译介是存在疏漏讹误的。根据国内的相关资料记载,方维仪在丈夫死后便回到娘家,守志"清芬阁"(方维仪的书斋),孤灯伴影,潜心研究诗画,并未曾出家。

从对翟里斯所译介的诗作内容(见表 1-1)来看,这四首诗的内容都比较简单通俗,要么展示普通人的离愁别绪,要么表达珍惜时光、爱惜青春的思想,而这些都是人类共有的普通情感,不会因为中西文化的差异而带来理解的困难。且这四首诗的遣词造句也较为通俗易懂、贴近生活,没有艰深的典故和生涩的音律,即便是异国读者,也不需要太多推敲就能理解。通常情况下,像这类通俗易懂的诗句未必能进入文人和学者所编撰的主流文集,但往往会在民间大众中广泛传播。翟里斯曾作为外交官在中国

---

① Herbert Giles, *A History of Chinese Literature*, New York: D. Appleton and company, 1900, p. 332.
② Ibid., p. 333.
③ Ibid..
④ Ibid., p. 417.

的上海、天津、宁波、广州、厦门、汕头、福州等地工作生活过 26 年，以这些诗歌的难易程度以及在民间的流传广度来看，或许它们比那些登学者文集"大雅之堂"的上乘作品更容易进入他的视线范围。

表 1-1　　　　　　　　翟里斯《中国文学史》英译作品

诗人	朝代	诗　名	诗句内容
杜秋娘	唐	《金缕衣》	劝君莫惜金缕衣，劝君惜取少年时。 花开堪折直须折，莫待无花空折枝。
赵丽华	明	《答人寄吴笺》	感君寄吴笺，笺上双飞鹊。 但效鹊双飞，不效吴笺保。
赵彩姬	明	《暮春江上送别》	一片潮声下石头，江亭送客使人愁。 可怜垂柳丝千尺，不为春江绾去舟。
方维仪	明	《死别离》	昔闻生别离，不闻死别离。 无论生与死，我独身当之。 北风吹枯桑，日夜为我悲。 上视沧浪天，下无黄口儿。 人生不如死，父母泣相持。 黄鸟各东西，秋草亦参差。 予生何所为，予死何所为。 白日有如此，我心当自知。

为什么在英语世界的第一本中国文学史英文专著中，作为英国汉学界"三大星座"之一的著名汉学家、译介和研究中国古典文学的泰斗级人物的翟里斯，没有向英语世界译介李清照、薛涛、鱼玄机、班昭等在中国女性诗人名册中熠熠生辉的人物，而是介绍几位名不见经传的平凡之辈？综上所述，笔者大致推断，翟里斯在写作《中国文学史》一书时对中国古代女诗人的创作情况了解并不全面，也没有专门从性别的角度去研究中国古代女诗人的意图，上述四位女性诗人及其诗作入选更可能是一种偶然的结果。

（二）韦利的《中国诗选》和《古今诗赋》

除翟里斯之外，韦利对中国古代女诗人的研究也暴露出了一定的局限性和错误。韦利的《中国诗选》中收录唐代女诗人的诗作四首，韦利在书中以一句"以下四首诗皆出自唐代女诗人之手"① 明确指出了诗人的性别身份。但韦利并没有在书中列出原诗，而且四首诗歌中有一首为西班牙语译文，其他三首诗的译文语言较为简单，内容和主题都与闺怨相关。

---

① Arthur Waley, *Chinese Poems*, London: Bros., 1916, p. 8.

第一首为：

I am like the water in the brook;
The water flowing never leaves its pebbles.
Your heart is like the down of the willow-trees;
Following the wind with no fixed course.①

第二首为：

Summer Rain
A summer day, but the North wind cool.
Behind the weaves, the rain's threads long.
Threads that cannot weave a man's gown,
But only can cleanse his heart.②

第三首为：

Ku-su terrace above, the moon, round, round,
Ku-su terrace beneath, the water trickle, trickle.
The moon sinking on the western side, will rise, rise again.
But the water flowing eastward away, when shall it ever return?③

经笔者考证，第三首并不是唐代女诗人的作品，而是元代女诗人薛蕙英、薛兰英姐妹的《苏台竹枝诗》（姑苏台上月团团/姑苏台下水潺潺/月落西边有时出/水流东去几时还）。

《中国诗选》出版两年之后，韦利于1918年推出了他的又一译著《汉诗170首》（*A Hundred and Seventy Chinese Poems*，又译《古今诗赋》），在第一部分中，韦利对女性诗歌和创作进行了专门探讨，他说：

---

① Arthur Waley, *Chinese Poems*, London: Bros., 1916, p.8.
② Ibid., p.8.
③ Ibid..

尽管古典时期（唐宋时期）并没有出现什么伟大的作家，但女诗人在中国古代占据了相当重要的地位。她们的创作主题较为守旧，总是与"弃妇"（rejected wife）相关，她们或因失宠而漂泊，或因被休而返家，又或因家里无钱陪嫁而守寡。而在中国的传统社会制度中，一个弃妇是完全没有社会地位的，故她们提笔写诗本身就是个悲剧。①

韦利是英语世界最早对中国古代女性诗歌创作进行探讨的汉学家，但从他上面两本专著的论述中可以看出，他对中国古代女性诗歌创作的认识非常有限：首先他在《中国诗选》一书中错误地将一首元代诗人的作品当作唐代女诗人的作品；其次他认为中国古典时期（唐宋时期）没有伟大的女性创作者这一观点有失偏颇，事实上我国唐代女性诗人不仅数量多，而且创作质量较高，如李冶、鱼玄机、薛涛三大女冠诗人的创作成就就相当大，即使放入世界文坛作比较，唐代女诗人的作品也堪称上乘，故韦利应该是没有读过她们的作品才会出此言；此外，韦利还简单地把"闺怨"看成是唐代女性诗歌创作的唯一主题，这也充分暴露了他对唐代女性诗歌创作认识的局限，"闺怨"的确是唐代女诗人创作的一大主题，但绝不是唯一主题，"弃妇"也不是唐代女性诗歌中女性的唯一形象，如帝王武则天的庙堂之作，薛涛"无雌声"②的男性化写作等，岂是"闺怨"二字可以涵盖的。

在《古今诗赋》的第二部分中，韦利共译汉诗170首，其中140首是前人未曾翻译过的，剩余30首是前人翻译过但存在较多翻译错误的，所以韦利对之进行再译和修正。韦利将译诗分列为两个部分：一是先秦至明代的诗歌111首，共计五章；二是白居易诗歌的专门译介。在第一部分的111首诗中，根据韦利的提示，可以明确判断其中有两首为女性所作。第一首诗名为《婚床帷》（The Curtain of The Wedding Bed），韦利在评注中写道：

> 该诗作者为刘勋之妻（公元前3世纪），该女子在嫁到刘家多年

---

① Arthur Waley, *A Hundred and Seventy Chinese Poem*, New York: Alfred A Knopf, 1918, p. 6.
② 明人胡震亨《唐音癸签》中论及薛涛时曾云："（涛）工绝句，无雌声，自寿者相。"见胡震亨《唐音癸签》，古典文学出版社1957年版，第83页。

后被刘勋休返娘家，原因是刘勋爱上了别的女人。①

据此信息可以看出韦利认为该诗的作者是刘勋的妻子王宋。另一首诗的诗名为《泰山吟》(Climbing A Mountain)②，韦利的评注内容是：

作者谢道韫（约公元前400年），王凝之将军的夫人，王凝之因愚笨无能而被她抛弃。③

据评注可推断该诗作者为东晋女诗人谢道韫。此处，韦利对两首诗的介绍均有误。第一首诗其实并不是王宋所作，而是魏文帝曹丕写的代言诗《代刘勋妻王氏杂诗》，曹丕以弃妇王宋的口吻代言其情，而韦利直接将作者认定为王宋，并为原诗加上了一个新的诗名《婚床帷》，这显然不符实。而在第二首诗中，韦利对于谢道韫丈夫王凝之的叙述也不符实，历史上并没有王凝之遭妻抛弃的相关记载。

总而言之，从16世纪末到20世纪初，中国古代诗歌已经逐渐被大量译介和传播进入英语世界，而女诗人也在这一传播过程中受到了部分学者的关注，但被传播和译介进入英语世界的女诗人及诗作数量还很少，不成规模，缺乏体系，学者们对女诗人的翻译和传播还处于明显的自发状态，故我们将这一传播阶段定位为英语世界中国古代女诗人传播和翻译的"滥觞期"。

第二节 发展繁荣期（20世纪20—90年代）："兰舟"漂洋行欧美

自20世纪20年代开始，英语世界的中国古代女诗人传播和译介进入了快速发展和繁荣时期。经历了19世纪欧风美雨的涤荡之后，中国人在20世纪开始自觉地向西方寻求救世良药，与此同时，中国文化也在20世纪开始大量西传，中西文学和文化交流进入了一个活跃频繁的时期，欧美

---

① Arthur Waley, *A Hundred and Seventy Chinese Poems*, New York: Alfred A Knopf, 1918, p. 90.

② Ibid., p. 120.

③ Ibid..

文坛掀起了一股译介中国古诗的热潮。尤其是在美国 1912—1922 年十年的"新诗运动"（The American Poetry Renaissance）中，中国古诗受到以庞德为首的美国意象派诗人的青睐，他们不仅大量译介中国古诗，还创作了不少仿中国诗。中国古代女诗人的诗歌也在这股汉诗译介的热潮中大量进入英语世界，并在接下来的几十年中蓬勃发展，直至繁荣。

1921 年，美国著名的意象派诗人、文学评论家艾米·洛威尔（Amy Lowell）与美国汉学家弗洛伦斯·埃斯库弗（Florence Ayscough）合作出版了汉诗英译集《松花笺》（Fir-Flower Tablets: Poems from the Chinese）。该书共译我国自先秦至清代的诗歌 140 余首，其中包括 8 位女诗人的诗作共 8 首，分别是班婕妤（Pan Chieh-yu）的《怨诗》（Song of Grief）、江采萍（Chiang Ts'ai-p'in）的《谢赐珍珠》（Letters of Thanks for Precious Pearls）、杨贵妃/杨玉环（Yang Kuei-fei）的《赠张云容舞》（Dancing），以及梁朝的女性组诗（Liang Dynasty Songs of the Courtesans）：丁六娘《十索四首》（Ting Liu-niang: One of the "Songs of the Ten Requests"）、罗爱爱《闺思》（Ai Ai: Thinks of the Man She Loves）、张碧兰《寄阮郎》（Sent to Her Lover Yuan at Ho Nan [South of the River] by Chang Pi Lan [Jade-green Orchid] from Hu Pei [North of the Lake]）、秦玉鸾《忆情人》（Ch'in: the "Fire-bird with Plumage White as Jade", Longs for Her Lover），此外还有宋桓公夫人的《诗经·国风·卫风·河广》（Mother of the Lord of Sung: "The Great Ho River"）。

洛威尔与埃斯库弗是一对好友，两人在少年求学时代就结下了深厚的友谊。埃斯库弗的父母长期在中国经商，故她经常往来于美国与中国之间，对中国文化有着浓厚的兴趣和深入的了解。1917 年，埃斯库弗从中国带了一些书法艺术作品回到美国举办展览，为了让美国的观众能够懂得那些中文字符的含义，埃斯库弗对书法作品中的诗歌进行了"粗略的翻译"（rough translation），为了让译文更加富有诗歌的艺术情趣，埃斯库弗请当时在美国诗坛颇有名气的洛威尔为自己的译文进行"诗歌形式"（poetic form）的润色，洛威尔一接触到中国诗歌便被其"新颖和神奇"（new and magnificent）深深吸引，痴迷于其中。在埃斯库弗和洛威尔的合作下，画展取得了非常好的效果，而两人在画展结束后便开始了长期的汉诗英译合作事业，身居中国的埃斯库弗负责选诗和初译，将原诗逐字逐句翻译成英文，并对诗歌内容加上一些注解。埃斯库弗译完第一遍后便寄回波士顿，洛威尔在她的译文基础上进行修改、润色，最终定稿。经过四年的远距离通信合作，克服了战争等困难因素的阻挠，两人"长期艰苦"（long and arduous）的合作终于取得成效，1921年《松花笺》在美国正式出版，成为美国"新诗运动"中继庞德所译《华夏集》（《华夏集》中未选译女诗人的诗作，故在此不做分析）之后的又一部广受欢迎的汉诗译本。该书在刊行后的20年间就先后再版三次，1971年时又第四次出版。尽管该译著收录的女性诗人诗作数量不多，大约只占全书译诗总数的0.05%，但从该书的书名《松花笺》却可看出两位身为女性的译者对中国女性文学创作有着特别的关注和一定的认同。松花笺是指唐代女诗人薛涛设计制作的一种专门用以写诗的加工染色纸，人称薛涛笺。因薛涛采用其住所旁的浣花溪水来进行纸张制作，故又名浣花笺。相传薛涛通常在制作笺纸时撒入植物花瓣，将纸染成彩色，正如唐代诗人李商隐的诗作所录："浣花笺纸桃花色，好好题词咏玉钩"（《送崔钰往西川》）。两位译者在出版译著时将诗集命名为《松花笺》，并选取红色作为诗集的封面底色，用黑色毛笔楷体题"松花笺"三个字于其上，这不仅沿用了浣花笺的原本桃红色，更凸显了两位美国作者对中国女诗人薛涛的追慕之情。

1926年，在美国威尔斯利学院留学的中国现代作家冰心撰写了她的硕士学位论文《李易安女士词的翻译与编辑》，这是英语世界的第一篇译介研究中国古代女诗人的学位论文。论文系统地介绍了有关词的基本知识，又以晚清词人王鹏运所辑的《漱玉词》为底本，从中选译了《声声慢》《武陵春》等25首经典词作。冰心的英译李词沿袭20世纪初英美汉学界诸如庞德、韦利等汉诗英译名家所倡导的"散体"译法，用现代英语口语、灵巧的"形美"灵活巧妙地再现了"易安词风"[1]。冰心的译介让李清照词第一次进入英语世界，具有相当的开创性和一定的影响力，1930年波士顿期刊《诗人学识》（*Poet Lore*）以"中国萨福"（A Chinese Sappho）为题刊登了冰心的英译李词，1989年香港中文大学翻译研究中心的《译丛》杂志再次刊登了冰心的英译李词。[2]

1928年，美国哥伦比亚大学的博士孙念礼（Nancy Lee Swann，1881—1966）以中国东汉女诗人班昭作为研究对象，写成了博士学位论文《班昭传》（Ban Chao: Foremost Woman Scholar of China），并凭此文获得

---

[1] 冰心：《我自己走过的道路》，人民文学出版社2007年版，第235页。
[2] Bing Xin, "Selected Poems", *Renditions*, 1989, Vol. 1.

了文学博士学位。《班昭传》于1932年由美国世纪出版公司正式出版，全书分为"导论""班昭的世界""班昭的家庭""班昭的文学创作"，以及"一位代表性的中国妇女"五个部分。正如美国著名的中国史学研究专家恒慕义（Arthur W. Hummel）在《美国历史评论》（*The American Historical Review*）上发表的书评所言："该书不仅向我们展示了中国古代一位才女的创作，也生动地描绘了她那个时代的社会和思想状况。"① 该书全面而详细地介绍了班昭生活及创作的方方面面，书中"班昭的文学创作"部分对班昭的作品进行了译介，其余四个部分则用了大量的篇幅来介绍班昭的家世及生平事迹，以及班昭所生活的汉代的时代背景与社会文化状况。

1929年，美国诗人威特·宾纳和中国学者江亢虎合著的汉诗英译集《群玉山头：唐诗三百首》（*The Jade Mountain, A Chinese Anthology, Being Three Hundred Poems of the Tang Dynasty*, 618–906）在纽约出版。该书是英语世界最早的英译唐诗选本，也是蘅塘退士所编《唐诗三百首》的最早的英文全译本。江亢虎在该书"前言"中指出，蘅塘退士的《唐诗三百首》所选的唐诗体裁完备、风格多样，具有代表性，且通俗易懂，是在中国流传最广的唐诗选本。因此他们选择蘅塘退士的《唐诗三百首》作为英译唐诗的底本。该选本的翻译方式与《松花笺》非常相似，也是由两位译者合作完成。江亢虎负责第一遍翻译，宾纳在其初译作品基础上进行润色。不同的是《松花笺》的两位译者都是美国人，而《群玉山头：唐诗三百首》的译者一个是美国人，另一个是有着深厚的中国传统文化素养的华裔，所以该书算得上是英语世界最早的"中西合璧"的汉诗英译集。该英译集对女诗人的作品有所关注，但由于该书译诗选诗是以蘅塘退士的《唐诗三百首》为底本，故入选书中的女诗人和诗作与《唐诗三百首》一样，仅有杜秋娘的《金缕衣》入选。

1932年，中国翻译家蔡廷干（Ts'ai Ting-kan，1861—1935）编译的《唐诗英韵》（*Chinese Poems in English Rhyme*）一书由芝加哥大学伊利诺伊分校出版。蔡廷干是我国晚清和民国时期位高权重的政治家、外交家和军事家，曾任北洋水师海军军官、华盛顿会议中国代表团顾问、税务处督办、外交总长等职务。他在中国饱受屈辱的时代长期与西方人士打交道，

---

① 顾钧：《美国第一位女汉学家》，《中华读书报》2013年8月7日。

清醒地意识到文学和文化走出国门的重要性,因此身体力行,利用自己行政工作之余的时间,经过长达15年的用心历练,编译了这本《唐诗英韵》。该译本在中国古典文学西传的历史中具有特殊的意义。正如时任中国太平洋研究所委员会执行秘书在该书的前言中所说:"该著是中国本土学者独立完成的首部英译古典诗集。"① 尽管1932年之前在西方已经出版了几本中国古典诗歌译作,但都是由西方学者编译的。"《唐诗英韵》是中国本土学者向西方系统译介本国传统诗歌的滥觞之作,是中国对外文学翻译史上的创举,蔡廷干也因此成为中国近现代主动'送出'本国文学经典的先驱之一。"② 在该书译介的122首唐代诗歌中,包括了朱淑真(Chu Shu-cheng)和她的《即景》(The Passing Moment)一诗,蔡廷干在该书正文后的索引中专门用"poetess"一词来注明朱淑真的性别。尽管该书仅收录了一位女诗人的诗作,但在当时中国国内学界本身极少关注女诗人的情况下,蔡廷干在自己的英译诗集中专门为女诗人留有一席之地实属难得,此举可谓意义重大。《唐诗英韵》出版后在西方引起较大反响,美国著名文学评论杂志《星期六文学评论》(*The Saturday Review of Literature*)刊出一篇题为"中诗英译"(Chinese Poetry in English)的书评,高度评价了蔡廷干的译诗,认为《唐诗英韵》的译诗技巧较为高超,英译诗句很优美,比起同类译作略胜一筹。该书被学界视为汉诗英译的经典之作,曾在国内外多次再版,直到今天也仍有着重要的研究价值。

1936年,美籍学者魏莎(Genevieve Wimsatt)出版《卖残牡丹:鱼玄机生平及诗选》(*Selling Wilted Peonie: Biography and Songs of Yu Hsuan-chi, T'ang Poetess*)一书,对唐代女诗人鱼玄机的诗歌进行英译,对鱼玄机的生平经历作了十分详细的介绍。该书是"英语世界第一部唐代女性诗作英译单本"③,有着独特的历史价值。

1937年,剑桥大学出版社出版《中华隽词》(*Chinese Lyrics*)一书,该书是中国著名的翻译家和语音学家初大告于20世纪30年代在剑桥大学留学期间编译的一部中国古典文学经典。全书共译介了50首中国古典诗词,其中包括李清照和管道升两位女诗人的作品各1首:李清照的《武陵

---

① Ts'ai Ting-kan, *Chinese Poems in English Rhyme*, The university of chicago press chicago Illinois, 1932, p. viii.
② 马士奎:《蔡廷干和〈唐诗英韵〉》,《名作欣赏》2012年第33期。
③ 王凯凤:《英语世界唐代女性诗作译介述评》,《中外文化与文论》2013年第3期。

春》(Li Ch'in-chao：Weighed Down) 和管道升的《我侬词》(Kuan Tao-sheng：You and I)。该书一出版便以其精美的译文和地道的英文表达博得了英国文艺界的好评。伦敦的《诗歌评论》(Poetry Review)、《伦敦信使》(London Mercury) 等杂志纷纷发文表示赞叹。英国著名刊物《英语新周刊》(New English Weekly) 于 1937 年 10 月 7 日发表英国知名作家、文艺评论家奎勒·库奇 (Arthur Quiller-Couch) 的评论文章，文中写道："在翻译中国诗词的比赛中，韦利先生遇到了一位强有力的竞争者——初先生。这些词不但是以令人钦佩的鉴赏力精选出来的，而且译得极其优美。"[①]《中华隽词》在我国国内也深受译界欢迎，1987 年，《中华隽词》经扩充修订后再次出版，再版时更名为《中华隽词 101 首》(101 Chinese Lyrics)，译诗从 1937 年版的 50 首增加到 101 首。书中共译介了 46 位诗人的词作，其中女诗人的作品也从原来的两首增加到了 8 首，具体为：李清照 (Li Qingzhao) 的《一剪梅》(Love Thoughts)、《醉花阴》(The Double-ninth Festival)、《渔家傲》(Putting out to Sea)、《武陵春》(Weighed Down)、《如梦令》(Dream Song) 共 5 首，朱淑真 (Zhu Shuzhen) 的《蝶恋花》(Spring)，管道升 (Guan Daosheng) 的《我侬词》(You and I)，聂胜琼 (Nie Shengqiong) 的《鹧鸪天》(The Farewell)。

1945 年，美国学者魏莎继她的鱼玄机研究之后又推出一部研究中国古代女诗人的专著——*A Well of Fragrant Waters, A Sketch of the Life and Writings of Hung Tu*，这是英语世界第一部译介薛涛的专著。书中共翻译了 81 首薛涛诗词，没有附中文原诗。1948 年，我国著名学者张蓬舟之子、薛涛研究专家张正则先生将该书译为《芳水井》。

1962 年，英国企鹅图书出版了由罗伯特·科特瓦尔 (Robert Kotewall) 和诺曼·史密斯 (Norman L. Smith) 合译，澳大利亚戴伟士 (Albert Richard Davis) 主编的《企鹅丛书·中国诗歌卷》(The Penguin Book of Chinese Verse)。该书译介了自春秋至 20 世纪初的中国诗歌，其中包括女诗人班婕妤 (The Lady Pan) 的《怨歌行》(Resentful Song)、杜秋娘 (Tu Ch'iu-niang) 的《金缕衣》、李清照 (Li Ch'ing-chao) 的《武陵春》(Spring at Wu-ling)，1990 年，香港大学出版社出版了该书的中英双

---

① 参见袁锦翔《一位披荆斩棘的翻译家——初大告教授译事记叙》，《中国翻译》1985 年第 2 期。

语版。

1965年，美国格罗夫出版社（Grove Press）出版了英国汉学家西里尔·白之（Cyril Birch）的《中国文学作品选集》（上卷）（*Anthology of Chinese Literature: From Early Times to the Fourteenth Century*），全书正文共487页，收录了大量的中国古代文学作品，历史跨度从周朝到元代，体裁包括散文、历史传记、诗歌、小说等，诗歌所占比重较大，共选译35位诗人的诗作数十篇，其中有宋代女诗人李清照的8首诗词和一位无名女诗人的1首词入选：李清照（Li Ch'ing-chao）的《点绛唇》（Crimson Lips Adorned）、《减字木兰花》（Magnolia Blossom）、《蝶恋花》（The Butterfly Woos the Blossoms）、《声声慢》（Endless Union）、《武陵春》（Spring at Wu-Ling）、《一剪梅》（One Spring of Plum）、《永遇乐》（The Approach of Bliss）、《如梦令》（Dream Song）①，无名女诗人（Anonymous Woman Poet）的《醉郎》（The Drunken Young Lord）②。该选集一出版就获得高度评价，被联合国教科文组织收入中国代表著作系列——中国文学系列译丛，从而确立了该选集在西方汉学界作为译介范本的权威地位。《亚洲研究者》（*The Asian Studier*）期刊上有文章评论道："该书是近些年来最好的英译中国文学作品选集"，《纽约人》（*New Yorker*）、《选择》（*Choice*）等知名杂志社也纷纷发文给予该选集各种赞誉。该选集还被美国多所大学的东方文学系作为了指定教材，"独霸美国二十世纪六七十年代各大学东亚文学系"③。

1966年，美国纽约特怀恩出版公司出版《李清照》（*Li Ch'ing-chao*）一书。该书是台湾中国文化学院胡品清（Hu, Ping-ching）教授应"特怀恩世界作家系列丛书"（*Twayne's World Authors Series*）编者的邀请而撰写的。书中共编译了李清照的54首词和2首诗，涵盖了几乎所有现存的李清照诗词。胡品清的英译诗词具有典型的"忠实性"特点，但该书不是仅停留在对李清照诗词的译介层面，胡品清还为读者提供了李清照生平与历史资料等生动而丰富的"背景知识"，并对李清照诗词进行了深入的学

---

① Cyril Birch, *Anthology of Chinese Literature: From Early Times to the Fourteenth Century*, New York: Grove Press, 1965, pp. 358-364.
② Ibid., p. 353.
③ 陈橙：《论中国古典文学的英译选集与经典重构：从白之到刘绍铭》，《外语与外语教学》2010年第4期。

术性分析，对李清照诗词的生活原型、意境塑造、语言特征及韵律美学特质等进行了归纳总结。该书以其内容的丰富性和学术深度在英语世界中国古诗词研究界引起了较大反响。

1968年，美国女诗人、剧作家、演员肯尼迪（Mary Kennedy）出版薛涛诗歌英译专著《思念：薛涛诗选》[*I am A Thought of You：Poems by Sie Thao（Hung Tu），Written in China in the Ninth Century*]。肯尼迪在书中共翻译和改写了47首薛涛诗词，在"前言"中对薛涛的家世和人生经历进行了介绍，她在"致谢辞"中说，该书所译的诗歌大部分来自她年轻时在上海一家书店里所发现的一本中文薛涛诗集，剩余的部分诗歌摘自她之前写的一部关于薛涛的歌剧。

1976年，华裔学者叶维廉（Wai-lim Yip）的汉诗英译选集《汉诗英华》（*Chinese Poetry：Major Modes and Genres*）在美国加州大学出版社出版。该书选译了大量中国古典诗歌作品，其中包括女诗人李清照（Li Ch'ing-chao）的《如梦令》（Tune："Dream Song"）。[①] 叶维廉是蜚声于中西比较诗学研究界的理论批评家，他对中国古典诗学、比较文学、中西比较诗学都有着较深的认识。该书是他通过英译的方式来介绍和评述中国不同历史时期诗词曲赋的代表作品，自出版后便在西方学术界引起较大反响，曾被英美等西方国家的大学广泛用作汉学教材。

1972年，美国著名诗人肯尼斯·雷克斯洛斯（Kenneth Rexroth）与中国学者钟玲合译的诗集《兰舟：中国女诗人诗选》（*The Orchid Boat：Chinese Women Poets*）刊行。该作的书名源于李清照诗句"轻解罗裳，独上兰舟"里的"兰舟"，李清照词中的兰舟本来是指用木兰树的木材制造的船——Magnolia Boat（木兰舟）。"兰舟"还是中国古典文学作品中常用的对船的美称，如唐代诗人许浑的"西风渺渺月连天，同醉兰舟未十年"（《重游练湖怀旧》），清代龚自珍的"春灯如雪浸兰舟，不载江南半点愁"（《过扬州》）等诗句。王红公认为"兰花舟"比"木兰舟"更富诗意，故他将李清照词中的"兰舟"译作 Orchid Boat（兰花舟），并将"Orchid Boat"作为自己的书名。该书仅有150页的篇幅，内容较少，没有前言和导论，开篇便直接进入女诗人作品的翻译。编者在该书的正文后面，对正文中出现的部分女诗人及诗作进行了评注。评注内容主要包括对

[①] Wai-lim Yip, *Chinese Poetry：An Anthology of Major Modes and Genres*, Durham and London：Duke University Press, 1990, p. 327.

诗人的介绍和对诗集内容及诗作背景情况的介绍，但评注中除对李清照、朱淑真等少数诗人的介绍稍显细致外，对其他大部分诗人的介绍都较为简单。该书附录部分辑有钟玲所写的《中国妇女与文学——一份简单的调查》。钟玲结合中国传统社会的思想观念和文化状况，对中国古代女诗人的生活和创作情况进行了较为细致的评述。该书共选译了中国几千年文学史上 54 位女诗人的 112 首诗，具体情况如表 1-2 所示。

表 1-2　　《兰舟：中国女诗人诗选》英译女诗人及作品

诗人及选译诗歌数量	诗歌名
何氏 Lady Ho（1 首）	《喜鹊吟》A Song of Magpies
卓文君 Chuo Wen-Chun（1 首）	《白头吟》A Song of White Hair
班婕妤 Pan Chieh-Yu（1 首）	《自伤赋》A Song of Grief
蔡琰 Ts'ai Yen（1 首 6 曲）	《胡笳十八拍》I、II、VII、XI、XIII、XVII From 18 Verses Sung to a Tatar Reed Whistle
孟珠 Meng Chu（1 首）	《阳春歌》Spring Song
子夜 Tsu Yeh（5 首）	《子夜歌五首》Five Tzu Yeh Songs
无名氏 Anonymous（1 首）	《华山畿》On the Slope of Hua Mountain
苏小小 Su Hsiao-Hsiao（1 首）	《咏西岭湖》A Song of Hsi-ling Lake
鲍令晖 Pao Ling-Hui（1 首）	《古诗十九首》之一（《青青河畔草》）After One of the 19 Famous Han Poems
武则天 Empress Wu Tse-T'ien（1 首）	《如意娘》A Love Song of the Empress Wu
关盼盼 Kuan P'an-P'an（1 首）	《临殁口吟》Mourning
李冶 The Taoist Priestess Li Yeh（1 首）	《湖上卧病喜陆鸿渐至》A Greeting to Lu Hung-chien Who came to visit me by the lake in my illness
鱼玄机 Yu Hsuan-Chi（4 首）	《赠邻女》Advice to a Neighbor Girl
	《夏日山居》Living in the Summer Mountains
	《游崇真观南楼睹新及第题名处》On a Visit to Chung chen Taoist Temple I See in the South Hall the List of Successful Candidates in the Imperial Examinations
	《春情寄子安》Sending Spring Love to Tzu-an
薛涛 Hsuen T'ao（2 首）	《秋泉》The Autumn Brook
	《寄旧诗与元微之》An Old Poem to Yuan Chen
薛琼 Hsuen Ch'iung（1 首）	《赋荆门》A Song of Chin Men District
韩翠苹 Han Ts'ui-P'in（1 首）	《红叶题诗》A Poem Written on a Floating Red Leaf
张文姬 Chang Wen-Chi（1 首）	《池上竹》The Bamboo Shaded Pool

续表

诗人及选译诗歌数量	诗歌名
赵鸾鸾 Chao Luan-Luan（5 首）	《纤指》Slender Fingers
	《檀口》Red Sandalwood Mouth
	《柳眉》Willow Eyebrows
	《云鬟》Cloud Hairdress
	《酥乳》Creamy Breasts
花蕊夫人 Lady Hua Jui（3 首）	《口答宋太祖》The Emperor Asks Why
	《述国亡诗》My Husband Surrendered
	《宫词》Life in the Palace
蒨桃 Ch'ien T'ao（1 首）	《呈寇公》Written at a Party Where My Lord Gave Away a Thousand Bolts of Silk
魏夫人 Lady Wei（1 首）	《菩萨蛮》To the tune "The Bodhisattva's Barbaric Headdress"
李清照 Li Ch'ing-Chao（7 首）	《减字木兰花》To the short tune "The Magnolias"
	《小重山》To the tune "A Hilly Garden"
	《如梦令·常记溪亭日暮》Happy and Tipsy：To the tune "A Dream Song"
	《蝶恋花·泪湿罗衣脂粉满》The Sorrow of Departure：To the tune "Butterflies Love Flowers"
	《武陵春·春晚》Spring Ends：To the tune "Spring in Wu-ling"
	《渔家傲》To the tune "The Honor of a Fisherman"
	《好事近》To the tune "Eternal Happiness"
无名氏 Anonymous Courtesan（attributed to Li Ch'ing-Chao 认为属于李清照）（2 首）	《点绛唇》To the tune "I Paint My Lips Red"
	《采桑子》To the tune "Picking Mulberries"
朱淑真 Chu Shu-Chen（5 首）	《赏春》Spring Joy
	《春夜》Spring Night
	《谒金门》To the tune "Panning Gold"
	《咏梅》Plum Blossoms
	《清平乐·夏日游湖》Playing All a Summer's Day by the Lake To the tune "Clear Bright Joy"
聂胜琼 Nieh Sheng-Ch'iung（1 首）	《鹧鸪天·寄李之问》Farewell to Li：To the tune "A Partridge Sky"
唐婉 T'ang Wan（1 首）	《钗头凤》To the tune "The Phoenix Hairpin"
孙道绚 Sun Tao-Hsuan（1 首）	《如梦令》To the tune "A Dream Song"
王清惠 Wang Ch'ing-Hui（1 首）	《满江红》To the tune "The River Is Red"

续表

诗人及选译诗歌数量	诗歌名
管道升 Kuan Tao-Sheng（1 首）	《我侬词》 Married Love
无名氏 Anonymous（1 首 2 曲）	《红绣鞋·赠妓》 I、II Courtesan's Songs：To the tune "Red Embroidered Shoes"
朱仲娴 Chu Chung-Hsien（1 首）	《竹枝词》 To the tune "A Branch of Bamboo"
无名氏 Anonymous Courtesan（1 首）	A Song of the Dice（未查到此诗）
黄峨 Huang O（6 首）	《卷帘雁儿落》 To the tune "The Fall of a Little Wild Goose"
	《南商调·梧叶儿》 A Farewell to a Southern Melody
	《巫山一段云》 To the tune "A Floating Cloud Crosses Enchanted Mountain"
	《南中吕·驻云飞》 To the tune "Soaring Clouds"
	《红绣鞋》 To the tune "Red Embroidered Shoes"
	《北双调·折桂令》 To the tune "Plucking a Cinnamon Branch"
马湘兰 Ma Hsiang-Lan（1 首）	Waterlilies（未查到此诗）
邵飞飞 Shao Fei-Fei（1 首）	《薄命词》 A Letter
王微 Wang Wei（1 首）	《舟次江浒》 Seeking a Mooring
贺双卿 Ho Shuag-Ch'ing（2 首）	《湿罗衣》 To the tune "A Watered Silk Dress"
	《浣溪沙》 To the tune "Washing Silk in the Stream"
孙云凤 Sun Yun-Feng（4 首）	《征程》 On the Road Through Chang-te
	《山行》 Travelling in the Mountains
	《登韬光寺》 Starting at Dawn
	《巫峡道中》 The Trail Up Wu Gorge
吴藻 Wu Tsao（7 首）	《酷相思》 To the tune "The Pain of Lovesickness"
	《长相思》 For the Courtesan Ch'ing Lin To the tune "The Love of the Immortals"
	《清平乐》 To the tune "The Joy of Peace and Brightness"
	《扫花游》 To the tune "Flowers Along the Path through the Field"
	《浣溪沙》 Returning from Flower Law Mountain on a Winter Day To the tune "Washing Silk in the Stream"
	《满江红·谢叠山遗琴二首，琴名号钟，为新安吴素江明经家藏》 In the Home of the Scholar Wu Su-chiang from Hsin-an, I Saw Two Psalteries of the Late Sung General Hsieh Fang-te
	《如梦令》 To the tune "A Dream Song"
俞庆曾 Yu Ch'in-Tseng（1 首）	《醉花阴》 To the tune "Intoxicated with Shadows of Flowers"

续表

诗人及选译诗歌数量	诗歌名
秋瑾 Ch'iu Chin（4首）	《风雨口号》A Call to Action
	《踏莎行・陶荻》A Letter to Lady T'ao Ch'iu To the tune "Walking through the Sedges"
	《临江仙》I、II Two poems to the tune "The Narcissus by the River"
	《满江红》To the tune "The River Is Red"

  该书只是一本薄薄的小册子，但它是英语世界第一部对中国古代女诗人进行整体性译介和研究的专门性著作，在该书出版后长达二十余年之久才又出现了第二部对中国古代女诗人进行整体观照的论著，故该书有着十分特殊的价值和意义，"在（该书出版）之后很长的一段时间内，一直是美国的中国女性文学爱好者或者研究者唯一的读本"①。

  1975年，印第安纳大学的美籍华人教授柳无忌（Wuji Liu）和罗郁正（Irving Yucheng Lo）共同编撰的《葵晔集：中国诗歌三千年》（*Sunflowers Splendor: Three Thousand Years of Chinese Poetry*）在美国安克出版社和道布尔戴出版社（Anchor Press/Doubleday）出版。第二年，该诗集所编选的诗词中文原文由美国印第安纳大学出版社（Indiana University Press）出版。该书中文版收录了从《诗经》到当代共145位诗人的800多首诗、词、曲作品，英文版则选译了近1000首诗、词、曲作品，同时给出了几种不同的译文以供读者欣赏和参考，译文来自50多位译者。该诗集选译了4位女诗人的22首诗作，分别是：蔡琰（Ts'ai Yen）的《悲愤诗》（The Lamentation）；薛涛（Hsueh Tao）的《月》（The Moon）、《送友人》（Farewell to a Friend）、《柳絮》（Willow Catkins）、《秋泉》（Autumn Spring）4首；鱼玄机（Yu Hsuan-chi）的《赋得江边柳》（Composed on the Theme "Willows by the Riverside"）、《和新及第悼亡诗》（Replying to a Poem by a New Graduate Lamenting the Loss of His Wife）、《寄子安》（To Tzu-an）、《江行》（On the River）4首；李清照（Li Ch'ing-chao）的作品有《清平乐》（Tune: "Pure Serene Music"）、《武陵春》（Tune: "Spring at Wu-ling"）、《南歌子》（Tune: "A Southern Song"）、《醉花阴》（Tune:

---

① 陆汀、王蔚、梁霞：《中国女性文学史的新篇——评〈彤管：中华帝国时代的女性书写〉》，《励耘学刊》（文学卷）2009年第1期。

"Tipsy in the Flower's Shade")、《小重山》(Tune:"Manifold Little Hills")、《减字木兰花》(Tune:"Magnolia Blossoms, Abbreviated")、《念奴娇》(Tune:"The Charm of Nien-nu")、《如梦令》两首(Tune:"As in a Dream: A Song," Two Lyrics)、《浣溪沙》两首(Tune:"Sand of Silk-washing Stream, Two Lyrics")、《采桑子》(Tune:"Song of Picking Mulberry")、《诉衷情》(Tune:"Telling of Innermost Feeling")共13首。两位编者还在书后的附录中对这4位女诗人的生平和创作情况进行了较为细致的介绍。该书内容丰富，体例完备而独特。开篇是柳无忌和罗郁正所写的前言，用以交代该书的编写情况。然后是罗郁正写的长篇导论，交代了中、英文诗歌的差异，并详细阐述了中国诗歌的特点、发展历程等。书的附录部分还详细介绍了作者的相关情况和诗、词、曲作品的创作背景，列出了中国朝代顺序表，为那些想要深入了解中国文学的西方读者提供了很大的便利。该书出版后在美国引起了不小的轰动，不到半年时间就印行了17000册，被用作美国多所大专院校的汉学教材，还被列为美国"每月读书俱乐部"(Book of the Month Club)的副选本。美国勃朗大学的大卫·拉铁摩(David Lattimore)教授在美国书评界权威报刊《纽约时报——星期日书评》1975年12月21日版上发表长篇书评，称该书是一部划时代的作品。后来该书分别于1975年、1983年、1990年、1998年由纽约道布尔戴出版社与印第安纳大学出版社多次再版。

1976年，特纳编译的《英译汉诗金库》(*A Golden Treasury of Chinese Poetry*)一书出版。该书包含自周至清代120多首古诗译文，其中女诗人的诗作有：李清照(Li Ch'ing-chao)的《渔家傲》(A Dream)、《如梦令》(Madrigal:"As in a Dream")、《声声慢》(Sorrow)3首；陈玉兰(Ch'en Yu-lan)的《寄夫》(To Her Husbandat the North Frontier)1首、刘细君(Liu-His-chun)的《悲愁歌》(Lamentation)1首。

1979年雷克斯洛斯与钟玲再度合作推出《李清照全集》(*Li Ch'ing-chao: Complete Poems*)，选编了李清照作品65首，其中词作50首，诗作17首。该书的编排打破以往中国诗词全集以作品创作年代为序的惯例，改为以主题为分类标准对67首诗词进行排序。全书共分为7个主题，第一个主题为"青春"(Youth)，包含14首诗词；第二个主题为"孤独/寂"(Loneliness)包含16首诗词；第三个主题为"放逐/流离"(Exile)，包含9首诗词；第四个主题为"悼"(His Death)，包含7首诗词；第五个主题是

"讽"（Politics），包含11首诗词；第六个主题是"玄"（Mysticism），包含3首诗词；第七个主题是"暮年"（Old Age），包含5首诗词，书后的附录用了22页的篇幅对正文所录诗词中的48首进行译介注释。[①] 该书以其独有的编排体例和"创意英译"的翻译特色吸引了众多英语世界的读者和专家学者，一度成为学界关注的热门对象。专家学者认为该书"对西方读者了解李清照的坎坷生世和绝世才华，都有很好的帮助"[②]。

1984年，美国学者克莱尔（James Cryer）的《梅花：李清照词选》（*Plum Blossom：Poems of Li Ch'ing-chao*）由卡罗莱纳·瑞恩出版社出版。该书共译介了55首作品，但并非55首都是李清照创作的。克莱尔解释说："其中43首确为李清照本人所作，另外12首是我从30首被认为是李清照的作品中选取出来的。这些词作读起来很像李清照的作品。"[③] 克莱尔的译文具有独特的"形式美"。一方面克莱尔在英译时有意模仿汉语句法特征，如省略主语、省略介词，或是行首字母不采取大写形式等；另一方面从句子的长短和行数上有意体现"参差不齐"的特点。最终他的译文形成了一种介于中国古诗词与英诗之间的新奇而独特的诗歌范式。

1987年，美国女诗人珍妮·拉森（Jeanne Larsen）的译作《锦江集：唐代名妓薛涛诗选》（*Brocade River Poems：Selected Works of the Tang Dynasty Courtesan Xue Tao*）出版。拉森由于受到洛威尔及其译作《松花笺》的影响，对薛涛的离奇人生和诗作抱有浓厚的兴趣，她认为："薛涛虽然地位低下，却是一位独立的女性，这在那个年代并不是一件容易的事。"[④] 该书先是对薛涛其人及其创作进行了详细介绍，然后翻译了68首薛涛诗作，数量较多，几乎占据了现存薛涛诗的3/4。该书将68首诗分为咏物诗、送别诗、爱情诗、情景诗、放逐诗、十离诗、咏圣人圣景诗、山水诗、回复诗九大类进行编排，其中咏物诗、送别诗和爱情诗所占比重最大。书中的译诗采取汉英对照的形式进行编排。拉森这本译著的内容实际上源自她写于1983年的博士学位论文，但出版时考虑到接受对象主要是普通读者，而非专门做研究的学者，所以她从博士学位论文中删减掉一

---

① Kenneth Rexroth, *Li Ch'ing-Chao：Complete Poems*, New Directions Publishing, 1979, p. 95.
② 林煌天编：《中国翻译词典》，湖北教育出版社1997年版，第390页。
③ James Cryer, *Plum Blossom：Poems of Li Ch'ing-chao*, N. C.：Carolina Wren Pr., 1984, p. 88.
④ Jeanne Larsen, *Brocade River Poems*, Princeton University Press, 1987, p. vii.

些不易被普通读者所接受的诗作,并对译文进行修改,采取口语化较强的表达方式让译文更加富有"诗意",而且还为大部分译诗加上英文注释,甚至对原诗的相关典故也做了英译注释。

1987年,加拿大诗人格莱温(Greg Whincup)的译作《中国诗歌精神》(*The Heart of Chinese Poetry*)面世。格莱温选译了57首他认为最好的中国古诗词,将这些诗词分为中国诗歌精神(The Heart of Chinese Poetry)、中国诗歌史(The History of Chinese Poetry)、黄金时代(唐代)三大诗人(Three poets of the Golden Age)、战争主题诗(Poems of War)、女性写作或写作女性的诗歌(Poems by and about Women)、风景诗/启蒙诗(Landscape/Enlightenment)6个类别进行编排。

格莱温出版该书的目的是"让57位中国诗人鲜活地走进西方读者的世界,以一种新的译诗方式让读者面对面地接触到中文原诗的本来面目,了解写作这些诗歌的诗人所生活的真实世界"[①]。为了达成这一目标,《中国诗歌精神》采取了较为独特的编排体例,在每首英译诗歌的后面都列出了原诗的汉字和拼音,并且把每个汉字所对应的英文意思用一个单词或词组翻译出来(见图1-3)。这不仅让读者能够直接感受原诗的发音和

图1-3 《中国诗歌精神》的诗歌编排体例

---

① Greg Whincup, *The Heart of Chinese Poetry*, New York: Anchor Press, Doubleday, 1987, p. vii.

汉字排列，明白每个汉字的字面意思，还能从诗人翻译的整个诗句中体会诗歌所表达的意象和情感。格莱温还在每一位诗人的译作后面加上评注，对该诗人的生平和创作进行介绍，并讲述一些与诗人相关的逸闻趣事。

在"女性写作或写作女性的诗歌"这一部分中，格莱温共选录了4位女性诗人的5首诗词，分别是唐代姚月华（The Poetess Yau Ywe-hwa）的《阿那曲》（He Does Not Come）、六朝乐昌公主（Princess Le-Chang）的《饯别自解》（The Farewell Feast）、唐代孟昌期妻孙氏（Madame Meng, nee Swun）的《闻琴》（On Hearing the Lute）、宋代李清照（The Poetess Li Ching-jau）的《醉花阴》（Lyrics to the Tune "Tipsy in the Flowers' Shade"）和《武陵春》（Lyrics to the Tune "Spring in Wu-ling"）。书中专门用"Poetess"和"Madame"等词来标明这些女诗人的性别，并对她们的生平作了较为详细的介绍。

1989年，我国内地学者王椒升英译的《李清照词全集：英译新篇》（*The Complete Ci-poems of Li Qingzhao: A New English Translation*）[①]在美国学术期刊《中国—帕拉图杂志》（*Sino-Platonic Papers*）发表，同年宾夕法尼亚大学出版社将其作为专著出版。王椒升长期致力于英译中国古词，在该书出版前他就已经有若干古词英译作品被美国哥伦比亚大学编辑的《中国传统文学选》收录。《李清照词全集：英译新篇》一书共译李清照

[①] 在本书所涉及的英文译著中，《李清照词全集：英译新篇》是一部由一个没有海外生活经历的中国国内研究者编译的诗集。将该书列为研究对象的原因是该书在海外出版且在英语世界有一定影响。该书作者王椒升是中国大陆的一位中学教师，从小爱好英语，参加工作后坚持利用个人的业余时间学习和研究英语。"上世纪40年代，王椒升开始尝试文学与翻译创作，在国内外的期刊、报纸上陆续发表了一系列作品，包括 North China Daily News 和 The China Journal of Science and Art。英国 Chambers's Edinburgh Journal 上刊也登了他寄往国外的第一篇作品。"（见靳振勇《王椒升与易安词的英译》，《洛阳师范学院学报》2013年第6期）因此他受到国外一些学者的关注，并跟美国著名汉学家、汉语史专家梅维恒开始了长期的书信往来。《李清照词全集：英译新篇》一书就是在梅维恒的鼓励和帮助下完成的。"梅维恒和王椒升从20世纪80年代初开始通信，两人保持了十多年的信件往来。在那个没有电脑和电子邮件的年代，王椒升用一台破旧的打字机打出英文译稿，爱好书法的他还会用毛笔写出汉语原文，一次次寄往大洋彼岸的美国，两人间的每次信件往来都需要很长的时间。在梅维恒的鼓励下，王椒升完成了李清照全词和其他一些词的翻译工作。"（见靳振勇《王椒升与易安词的英译》，《洛阳师范学院学报》2013年第6期）王椒升的译文受到了梅维恒的赞赏，梅维恒亲自为《李清照词全集：英译新篇》一书作序，并认为："王椒升的翻译是他读过的最精致、最动人的中文诗歌。其可贵之处在于，译者用简单而精准的英语表达汉语诗歌的丰富情感。译者没有故作风雅，也没有使用华丽的辞藻，而是抓住原词的精神，并尽可能通过最朴素的语言传达给译文读者。这非常符合易安词的风格，通过平铺直叙实现强大的效果。"（见靳振勇《王椒升与易安词的英译》，《洛阳师范学院学报》2013年第6期）

词 55 首,其中被译者确认为李词的共 43 首,尚有 12 首存疑。书中采取英译词与原词对照的形式来进行编排,并附上原词的"小序"译文和对译文的详尽注释。王椒升反对"因韵害意"的"格律体"译法,其译作以"自由体"形式呈现。

通过以上梳理可以看出,在 20 世纪 20—90 年代,中国古代女诗人在英语世界的传播与翻译发展迅速,在各种中国古典诗歌英译本中,女诗人的诗作所占数量比重越来越大,对个别女诗人进行专门译介和研究的专著层出不穷,对中国古代女诗人进行群体或整体译介的译本也开始出现。而且英语世界传播和翻译中国古代女诗人的人员队伍不断壮大,研究方式和研究角度也日渐丰富。总体来说,这一时期英语世界中国古代女诗人的传播和翻译呈现出以下几个特点。

一 译介进入自觉状态

1921 年,洛威尔与埃斯库弗合著的《松花笺》一书的出版,意味着英语世界对中国古代女诗人的译介与研究从之前的自发状态进入了自觉状态。"松花笺"作为唐代女诗人薛涛自制并长期写诗寄情于其上的一种信笺,有着特殊的文化意蕴。薛涛是中国文学史上一位才华横溢的女诗人,同时她也是中国传统社会中一位桀骜不驯的叛逆者,命运多舛的她从官宦之女流落为乐妓,尽管才华横溢但却根本没有求学做官的机会,甚至连最基本的独立生存机会都没有。在中国的传统男权社会中,薛涛作为一个女性只能依傍于男性而求得生存,于是她依靠自己的满腹经纶和一纸诗文,周旋于才子达官之间,穿梭于庙堂之中。制笺作诗是她生活的日常方式,也是她维护内心女性尊严、反抗外部男权社会的一种途径。洛威尔出生在美国马萨诸塞州一个充满了文学艺术氛围的显赫贵族家庭,尽管小时候接受过良好的家庭教育,并完成了正规的中等基础教育,但在 20 世纪初的美国,高等教育不是一名女性所能够选择的道路,于是饱读诗书的她选择了以写诗来表达自我。她"叼着雪茄、吟着济慈,从庞德手中夺得了意象派的帅旗,兴风于英国,作浪于美国"[1]。洛威尔跨越千年的时间和千山万水的空间,将薛涛的"松花笺"用作自己的汉诗英译集名称,这恐怕不只是出于她对中国文化的热爱,而更应该是她对女性文学创作认同的一

---

[1] 周荣胜:《泥上偶然留指爪——读艾米·洛威尔的汉风诗》,《名作欣赏》1994 年第 1 期。

种体现。洛威尔的合作译者埃斯库弗专门在《松花笺》的序言中对薛涛作介绍:"早在9世纪的四川成都,有一位聪慧的名妓薛涛,擅作诗。做'十色纸'浸入水,作诗其上。"①诗集中又选译了8位女诗人的诗作8首。以上种种迹象表明,《松花笺》对女诗人的译介研究并不是两位作者在偶然的自发状态下进行的,而是她们自觉地、有意识地对中国古代女诗人进行关注的结果。

在其他的汉诗英译集中也能明显看出研究者对中国古代女诗人进行研究的"自觉"性体现。格莱温在《中国诗歌精神》一书中对中国古典诗歌进行分类译介,其中专门划分出了"女性写作或写作女性的诗歌"一类。而雷克斯洛斯则在他的《爱与流年:续汉诗百首》一书中将朱淑真与欧洲的多位著名女作家相提并论:

> 关于女诗人朱淑真的信息都是从她诗歌提供的信息推测出来的,她大概生活在宋朝晚期,晚于苏东坡和李清照。在中国杰出的女诗人中,朱淑真和李清照是宋代最著名的两位,她们就像是欧洲中世纪的女作家克里斯蒂娜·德·皮桑、意大利著名女作家斯坦姆帕、法国里昂派女诗人路易斯·拉贝。在英语世界没有与她们在写作风格上相似的女作家可以比拟,但从宗教式的情感方面来说,她们就犹如英国的女诗人克里斯蒂娜·罗塞蒂。②

雷克斯洛斯还把李清照划入世界最伟大的女作家之列,对李清照的诗歌进行性别视角的解读:

> 女诗人李清照(1084—1142)可与斯坦姆帕和路易斯·拉贝相提并论,属于世界上最伟大的女作家之列,尽管她的一些诗句表现了"弃妇"的主题。李清照的父亲是苏东坡的朋友。无论从任何时代来看,李清照都是中国最伟大的女诗人,她的诗词创造了很多独特的意象:梧桐——一种属于苹果树科的植物——看起来像飞机或美国梧桐

---

① Amy Lowell, Florence Ayscough, *Fir-Flower Tablets: Poems From the Chinese*, Boston & New York: Houghton Mifflin, The Riverside Press, Cambridge, 1921, p. vi.
② Kenneth Rexroth, *Love and the Turning Year: One Hundred More Poems from the Chinese*, New Directions Publishing, 1970, p. 122.

树；九月九——一个登高、赏菊花和户外求偶的日子——原本是一个庆祝丰收的节日和用以祭奠逝者的哀悼日；兰舟——用以指代性，或者说用以指代女性生殖器的词。①

而众多的女诗人诗歌英译集和关于女诗人研究的专门性论著的出现，无疑也表明了译介者和研究者对"女诗人"的自觉性认识。总而言之，这一时期英语世界的古代女诗人传播已不再是一种无意识的自发状态，而是译介者在自觉状态下所进行的一种有意识的翻译和传播行为。

二 传播范围渐宽，翻译内容渐广

自《松花笺》出版之后，在英语世界的中国古典诗歌英译本中出现的中国古代女诗人就逐渐多了起来，除了滥觞期介绍过的班婕妤、杜秋娘、朱淑真、赵彩姬、赵丽华、方维仪、王宋、谢道韫之外，李清照、薛涛、鱼玄机、管道升等创作较多、成就较大的女诗人开始受到关注，尤其是对李清照的译介和研究最多最深，传播最广。几乎这一时期的所有中国古典诗歌英译本中都有对李清照诗词的译介，如初大告《中华隽词》、特维尔和诺曼·史密斯的《企鹅丛书·中国诗歌卷》、雷克斯洛斯的《中国诗一百首》和《爱与流年：续汉诗百首》、叶维廉的《汉诗英华》、柳无忌和罗郁正的《葵晔集：中国诗歌三千年》、特纳的《英译汉诗金库》、格莱温的《中国诗歌精神》都收录了李清照的诗词，少则一两首，多则六七首，柳无忌、罗郁正的《葵晔集：中国诗歌三千年》收录李清照诗词更是多达 13 首。而其他一些创作较少、诗名较小的诗人也纷纷进入英语世界的研究视野，如陈玉兰、刘细君、姚月华、乐昌公主、孟昌期妻孙氏等女诗人也被收录到这一时期的中国古典诗歌英译本中。

在这一时期，英语世界还出现了专门对女诗人进行翻译和研究的学术译著。从 1926 年冰心的硕士学位论文《李易安女士词的翻译与编辑》开始，英语世界译介和研究个别女诗人的论著便层出不穷。到 20 世纪 90 年代为止，先后出现了译介研究李清照的译著 5 部，硕士学位论文 1 篇；译介研究薛涛的译著 3 部；研究班昭的译著 1 部；译介研究鱼玄机的译著 1 部，博士学位论文 1 篇；译介研究朱淑真的博士学位论文 1 篇；译介研究

---

① Kenneth Rexroth, *Love and the Turning Year: One Hundred More Poems from the Chinese*, New Directions Publishing, 1970, p. 125.

秋瑾的硕士学位论文1篇。随着个体研究的发展和深入，20世纪70年代英语世界还出现了对中国古代女诗人进行整体性译介研究的论著，1972年出版的雷克斯洛斯与钟玲的合译诗集《兰舟：中国女诗人诗选》第一次将"中国古代女诗人"作为一个整体来进行全面观照。虽然这本仅有150页的薄薄小册子最终只能容纳54位女诗人的112首诗，但书中译介的女诗人从西汉的卓文君、班婕妤到清代的秋瑾，从创作丰厚、诗名远扬的李清照、薛涛到默默无闻的"无名氏"诗人皆有涉及，谓之时间跨度大、研究范围广一点也不为过。

除了大量中国古典诗歌英译本和对女诗人进行译介研究的专门论著之外，在这一时期编写的中国文学史专著中，女诗人所占的篇幅也越来越多，研究者们甚至有意地凸显女诗人在整个宏大的中国文学史中的地位和成就。比如柳无忌就在他的《中国文学概论》一书中将李清照与同时代的其他诗人进行比较，从而高度评价了李清照的才华和成就：

> 中国最著名的女诗人之一李清照生活在北宋与南宋交替时期。……李清照的诗词保存下来的不多，以"李清照"之名问世的作品约五十来首，而这些留存至今的诗歌是否确实全部为她所作，还存在争议。我们要从那些真正被确认为她的作品的数量有限的遗篇去研究她的创作全貌无疑是困难的，不过这些作品尽管数量较少，却也清楚地展现了她卓越的诗词创作才华。如果拿李清照的作品与同时代人的作品相比较的话，这位优秀的女诗人在他们当中显然是出类拔萃的。李清照不仅是诗人，同时也是一位文学批评家，她对待诗词的态度是严肃的，她对与她同时代的一些词人做过敏锐的评断，她还在自己的创作中对词的音韵和格律进行过创新试验。虽然她的诗词过分拘泥于严谨的词作法，但她词作的高度抒情性是无人企及的。[1]

总而言之，这一时期英语世界中国古代女诗人研究较之滥觞期而言，无论广度和深度都有了较大的扩展。

三 译介和传播队伍迅速壮大、成分多元化

自20世纪20年代开始，英语世界关注和译介中国古代女诗人的学者

---

[1] Liu, Wu-chi, *An Introduction to Chinese Literature*, Indiana University Press, 1973, p. 115.

数量日渐增加，越来越多的中国古代女诗人被翻译和传播进入英语世界，笔者对这些译介传播者和研究成果进行了不完全统计（见表1-3）。

表1-3　　　　　　　　研究者统计（20世纪20年代后）

序号	姓名	国籍	职业、身份	成果
1	西里尔·白之	美国	汉学家	《中国文学作品选集》两卷（1965、1972）
2	艾米·洛威尔	美国	诗人、文学评论家	《松花笺》（1921）
3	弗洛伦斯·埃斯库弗	美国	汉学家	《松花笺》（1921）
4	威特·宾纳	美国	诗人	《群玉山头：唐诗三百首》（1929）
5	江亢虎	中国（访美）	学者	《群玉山头：唐诗三百首》（1929）
6	蔡廷干	中国（留美）	翻译家、政治家、外交家、军事家	《唐诗英韵》（1932）
7	初大告	中国（留英）	翻译家、语音学家	《中华隽词》（1937）
8	冰心	中国（留美）	作家	《李易安女士词的翻译与编辑》（1926）
9	魏莎	美国	学者	《卖残牡丹：鱼玄机生平及诗选》（1936）、《芳水井》（1945）
10	孙念礼	美国	汉学家	《班昭传》（1932）
11	罗伯特·科特瓦尔	澳大利亚	学者	《企鹅丛书·中国诗歌卷》（1962）
12	诺曼·史密斯	澳大利亚	学者	《企鹅丛书·中国诗歌卷》（1962）
13	戴伟士	澳大利亚	学者	《企鹅丛书·中国诗歌卷》（1962）
14	格莱温	加拿大	诗人	《中国诗歌精神》（1987）
15	胡品清	中国（访法）	学者	《李清照》（1966）
16	叶维廉	美籍华人	学者	《汉诗英华》（1970）
17	柳无忌	美籍华人	诗人、学者	《葵晔集：中国诗歌三千年》（1975）
18	罗郁正	美籍华人	教授	《葵晔集：中国诗歌三千年》（1975）
19	约翰·特纳	美国	学者	《英译汉诗金库》（1976）
20	何赵婉贞	香港	学者	《人比黄花瘦：李清照生平与作品》（1968）
21	肯尼迪	美国	剧作家、演员	《思念：薛涛诗选》（1968）
22	珍妮·拉森	美国	诗人、教授	《锦江集：唐代名妓薛涛诗选》（1987）

续表

序号	姓名	国籍	职业、身份	成果
23	肯尼斯·雷克斯洛斯	美国	翻译家、诗人	《兰舟：中国女诗人诗选》（1972）、《李清照全集》（1979）
24	钟玲	中国香港	教授	《兰舟：中国女诗人诗选》（1972）、《李清照全集》（1979）
25	王椒升	中国	教授	《李清照词全集：英译新篇》（1989）
26	王健	加拿大	学者	《鱼玄机诗歌研究》（1972）
27	克莱尔	美国	学者、翻译家	《梅花：李清照词选》（1984）

从表1-3可以看出，较之滥觞期，这一时期涉及英语世界中国古代女诗人传播与翻译的学者人数大幅增加。滥觞期译介传播者人数极为有限，仅仅只有英国的翟里斯、韦利、弗莱彻等几位，而到了发展繁荣期，这一状况得到了极大的改变，译介传播人数多达几十人，编撰过女诗人译文集的就有十几位。而且译介传播者的地域分布也从滥觞期的英国独踞变成了遍布世界多个国家和地区：美国、中国、加拿大、澳大利亚，其中尤以美国的译介传播者人数为最多，显然这一时期的传播和翻译中心已经从滥觞期的英国转移到了美国。

从译介传播者的职业属性来看，这一时期与滥觞期也有很大的不同。滥觞期的翟里斯和弗莱彻是外交官；韦利是一位汉学家，就职于大英博物馆东方图片及绘画部。而发展繁荣期的译介传播者的职业范畴则比较多元，有汉学家、高校教师，有专门从事文学文化研究的学者，还有诗人、剧作家，甚至还有演员、政治家、军事家等。

此外，在译介传播过程中，学者们已经不再局限于个人独立进行译介传播，合作成为他们青睐的方式。合作者之间的搭配方式也比较多元，比如宾纳与江亢虎、雷克斯洛斯与钟玲的合作属于美国诗人与中国学者的中西合璧式合作，洛威尔与长居中国的埃斯库弗也基本属于中西合作的形式，罗伯特·科特瓦尔、诺曼·史密斯与戴伟士的合作属于西方学者之间的合作，柳无忌与罗郁正的合作则属于华人学者之间的合作。

总而言之，在这一阶段，从事英语世界中国古代女诗人译介传播的学者人数众多，成分多元，地域分布广泛，研究方式多样化。而且由于译介传播者之间职业身份、知识结构和文化背景的差异，最终带来了他们译介成果的不同风貌，对此笔者将在第二章进行具体阐述。

第三节 深化延展期（20世纪90年代至今）："彤管清徽"探深源

进入20世纪90年代以后，英语世界对中国古代女诗人的译介愈发深广，同时英语世界对中国古代女诗人的研究也开始蓬勃发展，为中国古代女诗人在英语世界的传播与翻译注入了学理色彩。具体说来，这一时期的翻译与传播呈现出以下特点。

一 译介内容丰富，传播范围深广

这一时期，英语世界对中国古代女诗人的关注范围较之前一时期更加宽广，之前未受关注的农民诗人、佛教女尼诗人等纷纷进入了译介文本。

1993年，蔡艾西（Choy, Elsie）的《祈祷之叶：贺双卿的人生及诗歌》（*Leaves of Prayer: the Life and Poetry of He Shuangqing, a Farmwife in Eighteenth-Century China*）出版。该书"不仅是双卿诗歌英译集，也是双卿生活经历的故事集"[1]，书中翻译了贺双卿的词14首、诗11首。全书以贺双卿的生平经历为线索来进行构架，在介绍贺双卿生平故事的过程中穿插她的诗词作品，让读者在体会贺双卿别样人生的同时，领略到她非凡的才情。

《祈祷之叶：贺双卿的人生及诗歌》是英语世界首部对贺双卿进行全面译介的作品。在该书之前，除了雷克斯洛斯和钟玲在《兰舟：中国女诗人诗选》中翻译过贺双卿的《湿罗裳》和《浣溪沙》两首诗作之外，英语世界尚无其他译者关注过贺双卿及其诗作。蔡艾西对贺双卿的译介在英语世界反响较大，《祈祷之叶：贺双卿的人生及诗歌》一书于1993年发行后立即引起了众多读者和专家的浓厚兴趣，2000年由香港中文大学出版社再次出版发行。随后英语世界很快又出现了另一部贺双卿诗歌翻译和研究专集——2001年，美国克拉克大学历史学教授罗溥洛（Paul S. Ropp）的著作《谪仙人：寻找中国农民女诗人——双卿》（*Banished Immortal: Searching for Shuangqing, China's Peasant Woman Poet*）出版。该书正文部分共有16个章节，作者从他前往贺双卿的故乡江苏金坛薛埠方山

---

[1] Choy, Elsie, *Leaves of Prayer: the Life and Poetry of He Shuangqing, a Farmwife in Eighteenth-century China*, Hong Kong: The Chinese University Press, 2000, p. xi.

实地调研考证的情况写起，先后论及贺双卿本人的生平经历和创作情况、贺双卿在中国文学史上的地位、贺双卿作品的流传情况、后世文人学者对贺双卿的评价等。该书在论述过程中穿插译介了贺双卿诗词数首。

以上两部译介研究集的出版，让英语世界认识了中国"农民女诗人"（farmwife/ peasant woman poet）这一类型的诗人。随后，福特·卡洛琳（Carolyn Ford）发表于《唐学报》（T'ang Studies）的《李季兰肖像注》（"Note on a Portrait of Li Jilan"，2002）一文，以及美国华盛顿大学亚洲与近东语言文学系教授管佩达的中英对照版的《虚空的女儿：中国佛教女尼诗选》（Daughters of Emptiness: Poems of Chinese Buddhist Nuns，2003）一书则又为英语世界的中国古代女诗人形象画廊增添了"女尼诗人"这一新元素。管佩达的译著共选译了48位佛教女尼的诗作，内容都与宗教有关，让英语世界充分了解了中国女尼诗人的生活与创作。在2004年管佩达与哈佛大学费正清研究中心主任伊维德合作编写的《彤管——帝国时期的女作家》（The Red Brush: Writing Women of Imperial China）一书中，作者将僧尼诗人与道观诗人合为一类进行介绍：

> 西汉年间，佛教从印度传入中国。早期的中国僧人只有男性，到魏晋末年出现了最早的尼姑，并修建了不少尼姑庵。公元四、五世纪时，佛教的兴盛激发了道教的蓬勃发展，女性在道教中占有非常重要的位置。到了唐朝时，女尼制度以及尼姑庵吸引了大量女性加入女尼队伍，但她们并未完全沿袭四、五世纪女尼的传统。由于唐朝的皇族宣称他们是道教之父——老子/李聃的后代，加上唐朝时期公主入道之风兴盛，所以在唐朝，道观的地位相当高。①

管佩达还关注到了我国南朝佛学家宝唱在《比丘尼传》中所记载的女尼生活及创作情况，在他的书中详细介绍了妙音、智胜等比丘尼的生活和创作情况，并译介了比丘尼海印的《舟夜》一诗。

除"农民女诗人"和"女尼诗人"外，在20世纪90年代后的英语世界中国古代女诗人英译合集中，我们还发现了一些之前从未出现过的女诗人的身影，比如魏晋女诗人苏蕙。苏蕙被誉为魏晋三大才女之一，她嫁

---

① Beata Grant; Wilt L. Idema, The Red Brush: Writing Women of Imperial China, Harvard University Asia Center, 2004, p. 153.

给前秦安南将军窦滔为妻,婚后因两人志趣不同,窦滔娶一歌伎做偏房,冷落了苏蕙。苏蕙于是只能独守空闺,终日吟诗作对来排遣孤寂的时光,经数月琢磨后,她把自己所作的诗织在一副长宽皆为八寸的锦缎上,并将之命名为"璇玑图"。"璇玑图"形式独特,整图由红黄、蓝、白、黑、紫五色丝线织绣而成,共包含八百四十一个字,排列为二十九行,每行也恰为二十九字,这些文字五彩相间,纵横对齐,回璇反复皆成章句,里面藏着无数首体裁不一的诗。诗的内容暗寓苏蕙对丈夫的恋情,情真意切,如诉如怨。窦滔读了"璇玑图"后深受感动,与苏蕙和好如初。苏蕙与窦滔的故事至今仍被人们传为夫妻乖离而又破镜重圆的佳话,而"璇玑图"也因此得以广泛流传,并被后世文人奉为"回文诗"的开山之作而纷纷加以效仿。但是由于"璇玑图"上的文字排列如天上星辰一般玄妙,令无数文人雅士望之茫然,不得其解。更令英语世界的学者望诗兴叹,不知该如何翻译。直到 2008 年宇文所安(Stephen Owen)在《剑桥中国文学史》(上)(*The Cambridge History of Chinese Literature*)中对之进行译介,苏蕙及其"璇玑图"才得以在英语世界亮相。宇文所安介绍道:

> 女作家苏蕙创作了著名的回文诗。全书共有 841 字,表达了她对丈夫窦滔的思念。据传她将该诗织入锦缎之中寄给丈夫。该诗残片保存在唐代类书《初学记》中。现存该诗的完整版本包括一篇系于武则天(624—705)名下的序文。不过这个完整的版本和这篇序言都极有可能是伪造的。①

《剑桥中国文学史》(下)在介绍明代中期文学时再次涉及苏蕙。孙康宜(Chang, Kang-i Sun)在谈及明代学者康万民对 3 世纪女诗人苏蕙《织锦回文书》的注释和编订《璇玑图诗读法》一书的情况时,再次对苏蕙进行介绍:

> 苏蕙生活在 3 世纪。据载,此女才貌双美,却被其丈夫窦滔所厌弃,因而创作了织锦回文诗(由 841 字构成)。此诗以五色巧织而成,纵横皆可阅读。据说,其远谪敦煌的丈夫读到此诗,感其悱恻之情,

---

① [美]宇文所安:《剑桥中国文学史》(上),刘倩等译,生活·读书·新知三联书店 2013 年版,第 258 页。

终于放弃新欢，重修旧好。苏蕙故事之广为人知大约是在晋代（265—420）。苏蕙既有织锦之技巧，又有文学之才能，被视为淑女的典范。数百年之后，其诗有题武则天皇帝之名所撰的序文一篇，序文称其"才情之妙，超今迈古"，苏蕙之地位遂大大提高。这841个字究竟能组成多少首诗，或许连苏蕙本人也未尝清楚。在宋元时期，就已有人试图探寻阅读该诗的方法。不过，该诗的流行是到了明代的嘉靖时代，在康万民的宣扬之下才开始的。康万民在《凡例》中说，宋代起宗道人已将璇玑图中所藏的诗读至三千余首，而他又增加至四千余首。①

继孙康宜和宇文所安之后，又有多位西方学者对苏蕙及其"璇玑图"进行了细致的介绍。2004年，在哈佛大学亚洲中心哈佛东亚研究系列专著第231辑——由伊维德和管佩达合作编写的《彤管——帝国时期的女作家》中，苏蕙被作为回文诗的代表性创作者加以介绍：

> 古汉语是写作回文诗的最佳语言，因为古汉语词汇大部分都是单个汉字，且字词的组合可以很灵活。中国最著名的回文诗出自女诗人苏蕙，她生活在4世纪下半叶的中国北方。苏蕙的回文诗由841个字组成，排列为横竖皆29个字的正方形。通过横着读、竖着读、从对角线读，或是其他很多种方式来读这些文字，人们将会读到数千首诗歌。②

书中还对苏蕙及其回文诗的流传情况进行了介绍，提及《晋书》《文心雕龙》《四库全书》对回文诗和苏蕙所作的记载，尤为细致地介绍了武则天为苏蕙的璇玑图作序一事，将武则天所作的序进行全文英译，并对苏蕙的创作进行了高度的评价：

> 繁重的家务使女性没有时间进行文学创作，很多女性的创作通常

---

① ［美］孙康宜：《剑桥中国文学史》（下），刘倩等译，生活·读书·新知三联书店2013年版，第66—67页。

② Beata Grant, Wilt L. Idema, *The Red Brush: Writing Women of Imperial China*, Harvard University Asia Center, 2004, p. 127.

是利用她们做针线活的空隙时间来完成的。然而苏蕙实现了家庭主妇和文学女性的完美融合。用当代学者王安（Ann Waltner）的话来说："她用汉字进行织绣，将她的文学创作技能和做家务的技能合二为一。"苏蕙将女红和文学创作的现实结合堪称完美：她的刺绣作品不仅是她文学创作能力的体现，也是她刺绣技术的展示。①

2010年，戴维·亨顿（David Hinton）的《中国古典诗歌选集》(*Classical Chinese Poetry: An Anthology*) 一书也细致地介绍了苏蕙创作"璇玑图"的起因，以及"璇玑图"的内容、流传情况等。遗憾的是，英语世界对苏蕙及其"璇玑图"只是停步于介绍，仅以照片的形式把苏蕙的汉文"璇玑图"加以展示，终究并未对"璇玑图"进行英文翻译。

除上述农民诗人、僧尼诗人，以及魏晋诗人苏蕙外，不少之前从未被译介过的女诗人及诗作也都在20世纪90年代后纷纷被译介和传播进入英语世界。如汉代的左芬，唐代的鲍君徽、盛小丛、程长文、张窈窕、徐慧、徐月英，宋代的严蕊、王清惠，元代的郑允端、吴氏女，明代的朱静庵、陈德懿、孟淑卿、沈琼莲、夏云英、邹赛贞、王素娥、李玉英、文氏、王娇鸾、杨文丽、会稽女子、端淑卿、董少玉、许景樊、李淑媛，清代的朱无瑕、郑如英、呼文如、陆卿子、徐媛、沈宜修、叶纨纨、叶小纨、叶小鸾、项兰贞、王凤娴、张引元、曹静照、顾若璞、商景兰、马如玉、卞赛、杨宛、王端淑、纪映淮、李因、吴琪、吴绡、吴山、柴静仪、朱柔则、王慧、林以宁、钱凤纶、陈素素、顾贞立、吴巽、侯承恩、张学雅等，不胜枚举。总而言之，自20世纪90年代后，英语世界对中国古代女诗人的译介越来越全面，范围越来越宽广。

二 手段多样化

从前面的论述中我们可以看到，英语世界对中国古代女诗人的翻译和传播主要是以文字出版物为载体进行，尤以译文集、专著的形式为最常见。但进入20世纪90年代以后，中国古代女诗人在英语世界的传播方式开始有所变化，国际会议、学术网站，以及专门的学术期刊先后出现，为英语世界翻译和传播中国古代女诗人提供了新的方式。

---

① Beata Grant, Wilt L. Idema, *The Red Brush: Writing Women of Imperial China*, Harvard University Asia Center, 2004, p. 131.

(一) 学术会议

影响较大的会议主要有四次：一是1992年哈佛大学召开的"中国之性别观念——妇女、文化、国家"学术研讨会；二是1993年孙康宜和魏爱莲教授在耶鲁大学组织召开的"明清妇女文学"国际研讨会；三是2000年孙康宜倡议、张宏生主持的，在南京大学召开的"明清文学与性别研究"国际研讨会；四是2006年由方秀洁和魏爱莲教授在哈佛大学组织召开的"由现代视角看传统中国女性"为主题的学术会议。四次会议的具体情况如下：

1992年2月7—9日，美国哈佛大学费正清东亚研究中心和美国威斯利学院联合举办"中国之性别观念——妇女、文化、国家"学术研讨会。会议在波士顿召开，共有来自美国、中国（包括台港澳地区）、英国、加拿大、印度、日本等国家的近200名学者参会，其中有30余位学者提交了会议论文报告，还有30位学者以评论员和圆桌会议发言人名义发表了个人观点。会议提交的论文几乎涉及所有人文社会科学的主要领域，从各个学科切入的论题又都具有鲜明的女性内容的特色。正如美国学者邓如萍（Ruth Dunnell）所言："中国历史和社会的妇女研究，这是美国汉学中的一个重要的正在扩展着的研究领域。在这个领域工作着的许多学者是人类学家和政治学家，也有历史学家。"[1]"这种跨学科的研究不仅能得到一个较完整的关于中国妇女的认识，而且各学科能够在综合研究的聚焦中开阔新视野和开辟新领地，从而达到自身的充实、完善与发展。经过各个领域众多学者多年的努力，英语世界的中国妇女研究已经取得了一定的成绩。"[2] 这次会议正是英语世界几十年中国妇女研究历史的一种成果体现。同时这次会议也标志着一种新的开始，为中国妇女在英语世界的传播、翻译和研究提供了更高更广的平台。

1993年，孙康宜和魏爱莲教授在耶鲁大学组织召开了"明清妇女文学"国际研讨会。这次会议是一次大型的美国汉学性别研究学术会议，会议在总结此前学术成就的基础上，将中国古代女诗人研究，特别是对明清女诗人的研究引向深入。会议的研讨范畴十分广泛：从涉及领域看，会议

---

[1] [美]邓如萍：《美国八十年代的中国学研究》，载《历史文献研究》，北京燕山出版社1991年版，第405—406页。
[2] 杜芳琴：《"中国之性别观念——妇女、文化、国家"国际学术研讨会综述》，《社会学研究》1992年第5期。

论及妇女文学与历史和艺术等领域的关系；从会议所关注的女性作家出身看，兼及闺秀、才妓乃至村妇。会议的学术成果主要有两个：一是出版了论文集《明清女作家》（*Writing Women in Late Imperial China*，1997）；二是出版了孙康宜和苏源熙教授（Haun Saussy）主编的专著《中国历代女作家选集：诗歌与评论》（*Women Writers of Traditional China：An Anthology of Poetry and Criticism*，1999）。这两部著作在深入开拓美国汉学性别研究上起到了奠基和主导的作用，对英语世界中国古代女诗人的深入研究也起到了重要的推动作用。

2000年5月，在孙康宜教授的倡议下，由南京大学组织召开了第二次明清妇女学术会议。这次会议由南京大学及香港浸会大学中文系教授、南京大学明清文学研究所所长张宏生教授主持。会议以"明清文学与性别研究"为主题进行研讨。来自中国内地、港台地区以及美国、加拿大、韩国、日本等国家和地区的六十余位学者进行了多方面的交流，尤其是通过各自提交的论文，展示了性别理论在古代文学研究中的应用成果，探讨了此种实践的前景。会议的主要成果是与会者围绕"明清文学与性别"这一主题进行了两个命题的开创性研究：一个是用性别分析的方法解构明清文学，对作品进行重读，得出不同于前人，甚至是颠覆传统的认识；另一个命题则重在研究明清文学与女性的关系，包括创作、阅读、接受等各个环节，并对当时的社会性别意识进行探究。毋庸讳言，国内的古典文学研究，基本还是男性学者的领域，对妇女文学和与之有关的性别研究，尚未触及。而南大会议的召开，对国内的性别研究无疑有着极大的促动，并进一步促成了中美学者的学术合作。

2006年6月，方秀洁和魏爱莲两位教授在哈佛大学组织召开了以"由现代视角看传统中国女性"为主题的学术会议。此次会议是为祝贺麦基尔—哈佛"明清妇女著作"文学数据库网站的建成而召开的。为了宣传该网站，让更多的学者专家能享用该网站的宝贵资源，方秀洁和魏爱莲邀请了欧美、澳大利亚、新西兰与中国内地及港台地区的众多学者前往哈佛参加会议，向他们介绍网站，分析数据资源，商讨如何进一步将网站推向理论化的工作。会上共有23篇论文进行交流，其中有8篇论文的作者来自中国内地和港台地区。会议的成果主要包括两个方面：一方面是方秀洁和魏爱莲两位教授对11篇会议论文进行汇编，出版了论文集《跨越闺门：明清女性作家论》，该书于2010年由美国莱顿博睿出版社出版，后又于2014年由北京大学出版社出版中文版。这11篇论文从各种角度对明清女性的写作情况进行研究，视角多变，内容丰富，将明清妇女文学研究引向更多文本研究，在美国汉学性别研究上也是一大贡献。另一方面是推介并完善了"明清妇女著作"文学数据库网站。

总体说来，这四次学术会议增强了中国古代女诗人，尤其是明清女诗人在国际学术界的影响，吸引更多的汉学家关注以女诗人为主体的中国古代妇女创作，并为中国古代女诗人的翻译和传播增加了学理色彩。

(二) 学术网站

除国际学术会议之外，学术网站的建立更是为中国古代女诗人在英语世界的传播架设了桥梁。2005年，由美国哈佛大学亚洲中心创设，哈佛燕京图书馆与加拿大麦吉尔大学一起合作创建了"明清妇女著作"数字库网站。"明清妇女著作"网站（具体网址为http://digital.library.mcgill.ca/mingqing）把哈佛燕京图书馆所藏的中国古代妇女（主要是明清时期）的著作全部数字化后，汇集上传网络。2011年开始，经加拿大人文社会科学委员会资助，该网站又专门设立"明清妇女著作数据库"和哈佛大学"中国历代人物传记数据库"（China Biographical Database）合作项目，哈佛燕京图书馆与北京大学、中山大学、华东师范大学，以及中国国家图书馆等形成合作机制，建立了数据的收集与合作，在逐步丰富网站明清妇女著作数据资料的同时，建立了明清女性的传记数据库，极大地促进了大范围中国古代女诗人集体传记研究。网站数据库每年更新一次数据，目前，该网站已收入晚明到民国早期的各类妇女著作九十余种，并建有词语检索，为专书和专题的研究提供了极大方便，极大地推动了中国古代女诗人在英语世界的传播。

网站建立后，特别是经过2006年哈佛"由现代视角看传统中国女性"研讨会的专门推介，在推动英语世界中国古代女诗人研究方面发挥了十分积极的作用。它为推动中国古代女诗人在英语地区的研究提供了良好的平台，也为国内、国外学者搭建了一个有效的交流应用平台。近年来，不少北美与中国内地、香港、台湾地区的学者与研究生一直在采用该网站的资料做研究，还撰写了一批博士、硕士学位论文和学术期刊论文。

除"明清妇女著作"网站外，美国、英国，以及中国港台地区的多所高校和研究机构也都纷纷创建各种关于妇女史以及女性文学研究的英文网站，这些网站也会不定期登载一些关于中国古代女诗人及诗作译介与研究的成果。这类网站主要有：美国的"耶鲁大学妇女和性别研究"网站、"哥伦比亚大学性别和妇女研究中心"网站、"加州理工学院妇女研究中心"网站、"加州大学洛杉矶分校妇女研究中心"网站、"乔治敦大学妇女中心"网站、"麻省理工学院妇女研究"网站、"斯坦福大学女性主义研究"网站、"马里兰大学妇女研究数据库"网站、"肯塔基大学女性主义与性别研究"网站；英国的"约克大学妇女研究中心"网站、"牛津大学中国妇女研究"网站；以及"香港中文大学性别研究中心"网站、中国台湾的"高雄医学大学性别研究所"网站、"'国立'成功大学性别与妇女研究中心"网站、"世新大学性别平等教育中心"网站等。这些网站对于中国古代女诗人的翻译和传播提供了更多的平台和机会，对英语世界中国古代女诗人的研究也起到了一定的推动和促进作用。

（三）学术期刊

1999年，荷兰莱顿大学（Leiden University）创办了一份以专门发表与中国男性、女性以及性别研究有关的原创性研究成果的中国性别史专刊——《男女》（*NAN NÜ：Men, Women and Gender in Early and Imperial China*），该期刊发表的文章由国际同行评审，期刊文章内容以中国性别为主题，内容聚焦于中国的历史、文学、语言、人类学、考古学、艺术、音乐、法律、哲学、医学、科学与宗教等多个领域，时间贯通历代与近代。每年出版两期，自1999年开办至今已发行36期，发表文章数百篇，对于中国古代女性生活和创作的方方面面皆做过较为细致的研究和讨论。其中论述古代女诗人生活及创作的文章有数十篇，如：方秀洁（Grace S. Fong）的《写作与疾病：明清女性诗歌中的女性生存状况研究》（"Writing And Illness：A Feminine Condition In Women's Poetry Of The Ming And Qing"）、《张门才女》（"The Talented Women of the Zhang Family"）、《身体的象征意义：明清女性绝命诗研究》（"Signifying Bodies：The Cultural Significance of Suicide Writings by Women in Ming-Qing China"），吉德炜（David N. Keightley）的《初始：新石器时代及商代中国妇女的地位》（"At the Beginning：the Status of Women in Neolithic and Shang China"），罗溥洛（Paul S. Ropp）的《〈激情的女性：中国帝制晚期的女性自杀现象研究〉介绍》（"Passionate Women：Female Suicide in Late Imperial China—introduction"），李晓融（Xiaorong Li）的《催生英雄主义：明清女性的满江红曲调研究》（"Engendering Heroism：Ming-Qing Women's Song Lyrics to the Tune Man Jiang Hong")等。此外还有一些关于中国古代女性诗人的专著的书评,如李晓融的《书评:〈女性的"表现和阐释能力":中国帝制晚期的民族创伤〉》("Book Review: The 'Expressive and Explanative Power' of Women: National Trauma in Late Imperial China and Beyond"),姚平(Ping Yao)的《书评:〈唐代妇女的生活与诗歌〉》("Book Review: Tangdai Funü Shenghuo Yu shi")等。

三 走向系统化和学理化

通过上一节的论述可以看出,在20世纪20—90年代这段时期,英语世界中国古代女诗人研究取得了丰硕的成果,被翻译和传播到英语世界的中国古代女诗人及其作品数量众多。但笔者仔细深究后发现,英语世界对译介对象的选择较为随意,既不以创作成就的大小为标准,也不以创作风格或流派为依据来进行选择,译介者只是根据自己的个人喜好而随意进行译介与传播。此外,对译介作品的编排也缺乏系统性和学理性,大部分译者采用历时性排序方式,依照中国的朝代发展顺序将他们所译介的女诗人进行简单排序和分类,缺乏对中国古代女诗人的整体性观照和共时性评判。甚至有的学者在编译诗集时凌乱地将多位女诗人的作品拼凑成册,其中没有任何的逻辑关系和条理性。但进入20世纪90年代后,这些现象逐渐消失,英语世界古代女诗人的翻译和传播走上了系统化和条理化的道路。

首先,出现了以诗人生活的朝代、诗人的身份类别、创作的主题内容等作为逻辑线索进行编排的译著。2003年,美国哈佛大学学者托马斯·克利里与周班尼合作出版了一本李冶、薛涛和鱼玄机三人的诗歌英译选集——《秋柳:中国黄金时代女诗人诗选》(*Autumn Willows: Poetry by Women of China's Golden Ages*)。两位译者在"前言"中对选译唐代女诗人的原因进行了交代:

> 唐代是中国文化最鼎盛的黄金时期……在唐代最伟大的诗人中有不少是女性,她们在唐代兴盛的文化氛围中取得了卓著的创作成就。尽管唐代仍然还是男权制社会,但唐代的女性比后来的女性生活得更自由,她们可以离婚,甚至连寡妇也可以再婚……虽然女性被排除在主流文化系统之外,但不少女性都受过教育,是文化人。而像缠足这

样压制中国女性千年的封建习俗在唐朝时尚未出现。①

托马斯·克利里和周班尼还专门解释了将三位诗人编排在一起的内在逻辑理由,首先说明李冶、薛涛和鱼玄机都生活在中唐时期,而且都是女冠诗人,然后指出她们的文学地位、写作风格,以及对后世的影响等方面有着诸多相似之处。书中写道:

> 李冶、薛涛和鱼玄机都属中国最伟大的女诗人之列,甚至是全世界最伟大的女诗人之列,她们以精美的诗歌言说她们的内心世界和外部世界,同时也以她们的生命悲剧折射出了压制在中国妇女身上千百年的男权文化。②
>
> 随着唐朝的衰落和军事霸主的崛起,中国女性所受的封建压制犹如滚雪球般地不断增加……唐代以后,为封建统治阶级服务的学者和儒教历史学家们,显然不会再迎合那些像女冠诗人一样的自由女人。因此,唐代女诗人们创作的那些表达离情别绪和渴望之情的诗歌具有了特殊的意义:它们不仅仅只是女诗人个人情感的简单反映,它们更像秋柳,犀利、巧妙,而又严峻地以深刻的洞察力反映出社会的今昔盛衰,预示了良辰易逝,美景难留的残酷现实。③

在前言部分对全书的"秋柳"主题做了交代和解释后,该书正文部分共编译了李冶诗 17 首、薛涛诗 37 首和鱼玄机诗 40 首(详见表 1-4)。

表 1-4 《秋柳:中国黄金时代女诗人诗选》英译女诗人及作品

姓名	序号	诗 题
李冶	1	《春闺怨》Springtime Bedroom Lament
	2	《湖上卧病喜陆鸿渐至》From a Sickbed, Rejoicing in a Friend's Arrival
	3	《明月夜留别》Parting on a Moonlit Night
	4	《送韩揆之江西》Sending off a Friend

---

① Bannie Chow, Thomas Cleary, *Autumn Willows: Poetry by Women of China's Golden Age*, Story Line Press, 2003, pp. 17-18.
② Ibid., p. 18.
③ Ibid., p. 20.

续表

姓名	序号	诗　题
李冶	5	《柳》Willows
	6	《道意寄崔侍郎》A Taoist Message to an Official
	7	《寄校书七兄》To a Friend in the Secretariat
	8	《得阎伯钧书》On Receiving a Letter
	9	《蔷薇花》Rose Blossoms
	10	《寄朱放》To a Friend
	11	《恩命追人，留别广陵故人》Saying Goodbye
	12	《结素鱼贻友人》Making Paper Fish for a Friend
	13	《偶居》While Living Alone
	14	《寄朱放》（重复翻译）To a Friend
	15	《送阎二十六赴剡县》A Temporary Farewell
	16	《相思怨》The Bitterness of Longing
	17	《八至》Eight Superlatives
	18	《感兴》Feeling Excitement
薛涛	19	《风》Wind
	20	《蝉》Cicadas
	21	《春望四首》Spring Views
	22	《池上双鸟》A Pair of Birds on a Lake
	23	《别李郎中》Parting
	24	《寄词》A Message
	25	《斛石山晓望寄吕侍御》Mountain Dawn：To a Friend
	26	《赋得江边柳》（实为鱼玄机作）Ode to Riverside Willows
	27	《寄刘尚书》（实为鱼玄机作）To Ministry President Liu
	28	《送姚员外》Sending off a Friend（1）
	29	《鸳鸯草》Mandarin Duck Flowers
	30	《送友人》Sending off a Friend（2）
	31	《贼平后上高相公》To Prime Minister Gao，After Pacification of a Rebellion
	32	《乡思》Thoughts of Home
	33	《和李书记席上见赠》Reply to a Verse Received in Person from a Statesman
	34	《棠梨花和李太尉》Plum Blossoms
	35	《斛石山书事》Atop a Mountain

续表

姓名	序号	诗　　题
薛涛	36	《九日遇雨二首》Chrysanthemum Festival Rain
	37	《江边》By the River
	38	《送郑眉州》To Inspector Zheng
	39	《和郭员外题万里桥》Myriad Mile Bridge, Reply to a Friend in Government
	40	《海棠溪》Aronia Valley
	41	《采莲舟》Lotus Picking Boats
	42	《菱荇沼》Water Chestnuts and Floating Hearts
	43	《金灯花》Gold Lantern Flowers
	44	《春郊游眺寄孙处士二首》Countryside Views in Springtime to a Friend
	45	《赠远二首》Sent Far Away
	46	《秋泉》A Spring in Autumn
	47	《十离诗》Ten Verses on Separation: 《犬离主》A Dog Take Away from its Master 《笔离手》A Writing Brush out of the Hand 《马离厩》A Horse Take from its Stable 《鹦鹉离笼》A Parrot Take out of its Cage 《燕离巢》A Sparrow Separated from its Nest 《珠离掌》A Pearl Take from the Palm 《鱼离池》A Fish Take out of Poud 《鹰离鞲》A Falcon off the Wrist 《竹离亭》Bamboo Removed from an Inn 《镜离台》A Mirror Take from its Stand
	48	《罚赴边上武相公二首》On the Way into Exile, to Commander Wu
鱼玄机	49	《闺怨》Bedroom Lament
	50	《闻李端公垂钓回寄赠》Hearing a Friend Has Returned from a Fishing Trip
	51	《题任处士创资福寺》A Conscientious Objector Builds the Temple of Prosperity
	52	《题隐雾亭》A Mist Enshrouded Inn
	53	《早秋》Early Autumn
	54	《欺友人阻雨不至》To an Awaited Friend Held up by the Rains
	55	《游崇真观南楼新及第题名处》Seeing the New Listing of Successful Degree Candidates
	56	《酬李郢夏日钓鱼回见示》Reply to a Friend
	57	《夏日山居》Summer Days in the Mountains
	58	《送别二首》Two Verses on Parting
	59	《访赵炼师不遇》Visiting a Master Alchemist, Not Finding Him at Home

续表

姓名	序号	诗 题
鱼玄机	60	《寄飞卿》To a Friend
	61	《次韵西邻新居兼乞酒》To a New Neighbor, Answering a Verse and Asking for Wine
	62	《暮春即事》Late Spring Impromptu
	63	《赠邻女》To a Neighbor Girl
	64	《寄子安》To an Intimate
	65	《酬李学士寄簟》To Master Scholar Li, In Thanks for a Summer Mat
	66	《春情寄子安》To a Lover, Spring Feelings
	67	《愁思》（含《秋怨》）Melancholy Thoughts
	68	《重阳阻雨》Rainbound in Autumn
	69	《代人悼之》Mourning for Another
	70	《寓言》An Allegory
	71	《江陵愁望寄子安》To Scholar Li, A Melancholy View of the Yangtse River
	72	《迎李近仁员外》Greeting Lijinren
	73	《遣怀》Clearing My Mind
	74	《暮春有感寄友人》To a Friend, Feelings in Late Spring
	75	《和人次韵》Following up Another's Verse
	76	《卖残牡丹》Selling Leftover Peonies
	77	《折杨柳》Saying Goodbye
	78	《寄国香》To a Singer
	79	《冬夜寄温飞卿》Thoughts on a Winter Night
	80	《隔汉江寄子安》To My Love Across the River
	81	《和友人次韵》Matching Rhymes with a Friend
	82	《感怀寄人》Feelings for Another
	83	《左名场自泽州至京》A Message Arrives
	84	《和新及第悼之诗二首》Two Verses, on Winning a Degree and on Mourning
	85	《情书》A Love Note

说明：1. 李冶诗收录18首，其中《寄朱放》重复翻译，实际收录17首；

2. 薛涛诗收录30首，其中《十离诗》共含10首，误将鱼玄机的《赋得江边柳》和《寄刘尚书》收入，故实际收录37首；

3. 鱼玄机诗收录37首，其中《愁思》中含《愁思》《秋怨》两首，《赋得江边柳》《寄刘尚书》被错误收录入薛涛诗，故实际收录40首；

4. 全书实际收录三人诗作共94首。

从表 1-4 的统计情况可以看出，这 94 首诗歌都是表达离别和渴望主题的。当我们再回头理解该书的书名——"秋柳"时，全书的编排逻辑也就更加清晰地呈现了出来。

自古以来，"柳"一直是中国文人诗歌作品中的重要题材和常见意象。自《诗经·采薇》"昔我往矣，杨柳依依。今我来思，雨雪霏霏"开始，柳就蕴含了依依惜别之意。而到了《三辅黄图·桥》"溺桥在长安东，跨水作桥，汉人送客至此桥，折柳赠别"时，"折柳"便开始与"送别"搭上了关系。而后隋杂曲歌辞"柳条折尽花飞尽，借问行人归不归"、唐代王维的诗句"客舍青青柳色新"、唐代王之涣的"近来攀折苦，应为别离多"、唐代张籍的"客亭门外柳，折尽向南枝"、唐代李白的诗句"年年柳色，灞陵伤别"、宋代柳永的诗句"杨柳岸，晓风残月"、宋代吴文英的诗句"一丝柳、一寸柔情"……历代文人借杨柳抒写人间的离情别绪，情深意长。而欧阳修的"月上柳梢头，人约黄昏后"，以及武昌妓的"武昌无限新栽柳，不见杨花扑面飞"等诗句，则借杨柳表达对自由生活的向往和对爱人浓烈而执着的爱情。久而久之，"柳"对于中国人而言，已不再仅仅意味着植物学上的意义，它更是一种具有情感指向的文学意象，代指离别或渴望。《秋柳：中国黄金时代女诗人诗选》一书正是取"柳"的文化意象，让"秋柳"这根无形的线索，将鱼玄机、李冶、薛涛三位女诗人书写离别和渴望的诗紧密地串联在了一起。

李冶的《明月夜留别》："离人无语月无声，明月有光人有情。别后相思人似月，云间水上到层城。"行人临发，月色弥望，人与月相映相照，月无声，人无语，月有光，人有情，情与景交融，诗人百感交集，对月感怀：别离后人也将像月一样云水相隔，若即若离，淡淡的月色萦绕着浓浓的离愁，景淡情浓，挥之不去。

薛涛的《送友人》："水国蒹葭夜有霜，月寒山色共苍苍。谁言千里自今夕，离梦杳如关塞长。"秋风萧瑟，草木摇落，蒹葭与山色共苍苍，月照山前明如霜，在如此萧条的时节登山临水送友人，内心凛然生寒。关塞迢迢，梦魂难以度越，友人远去，思而不见，离情别绪，苦不堪言。

鱼玄机的《江陵愁望寄子安》："枫叶千枝复万枝，江桥掩映暮帆迟。忆君心似西江水，日夜东流无歇时。"枫生江上，西风过处，满林萧萧，极目远眺，但见枫林掩映江桥，日已垂暮，不见归船，江水不停，相思无休。

此外，还有"枕簟凉风著，谣琴寄恨生；稽君懒书礼，底物慰秋情"（鱼玄机《遥寄飞卿》），"醉别千卮不浣愁，离肠百结解无由"（鱼玄机《寄子安》），"万条江柳早秋枝，袅地翻风色未衰。欲折尔来将赠别，莫教烟月两乡悲"（薛涛《送姚员外》），"离情遍芳草，无处不萋萋"（李冶《送阎二十六赴剡县》），以及薛涛的《犬离主》《笔离手》《马离厩》《鹦鹉离笼》《燕离巢》《珠离掌》《鱼离池》《鹰离鞲》《竹离亭》《镜离台》等诗作，翻开译文集，满纸尽是浓浓别情和深深渴望。两位译者妙手巧心，将看似无关的三位诗人的近百篇诗作以无形之线索巧妙串联，三位诗人的作品独立成块，却又浑然一体。

在这一时期的另一部唐代女性诗歌英译合集——美国诗人拉森的《柳酒镜月：唐代女性诗集》（*Willow, Wine, Mirror, Moon: Women's Poems from Tang China*，2005）中，也同样显示出了选译的学理性和编排的条理性及系统性。

该书共收录了唐代 43 位女诗人的诗作 109 首。拉森将诗人按照身份属性分为四个类别：一是宫廷女仕，共收录 12 位诗人诗作 39 首；二是居家女子，此类包含有闺秀、妻与妾，共收录 13 位诗人诗作 23 首；三是交际花与娱乐者，共收录 11 位诗人诗作 28 首；四是宗教界的女性，共收录 7 位诗人诗作 19 首（详见表 1-5）。

表 1-5　　《柳酒镜月：唐代女性诗集》英译女诗人及作品

诗人	作品
宫廷女仕（Women of the Court）	
长孙文德皇后 Ms. Changsun, the Wende Empress（1 首）	《春游曲》Song: Wandering in Spring
武曌，即武则天 Empress Wu Zhao, aka Wu Zetian（2 首）	《早春夜宴》An Evening Banquet as the Year Begins, Wine Cups Floating Past
	《石淙》In the Stony-Torrents Mountains
上官婉儿，即上官昭容 Shangguan Wan'er, aka Shangguan Zhaorong（9 首）	《彩书怨》Plaint: Her Beautiful Letters
	《游长宁公主流杯池二十五首》From Twenty-Five Poems upon Traveling to the Changning Princess's Floating Wine Cup Pond
江采萍 Jiang Caiping（1 首）	《谢赐珍珠》Declining a Gift of Pearls
杨玉环贵妃 Yang Yuhuan, the Cherished Consort（1 首）	《赠张云容舞》For My Maidservant Zhang Yunrong, upon Seeing Her Dance
宜芬公主 The Yifen Princess（1 首）	《虚池驿题屏风》Written on a Screen at Empty-Pond Courier Station

第一章 译介与传播

续表

诗人	作品
宋若莘 Song Ruoxin, aka Song Ruoshen（1首）	《嘲陆畅》 Teasing Lu Chang, a Bridesmaid from Down South
宋若昭 Song Ruozhao（1首）	《奉和御制麟德殿宴百僚应制》 Poem Rhyming with One by His Majesty, Written as Ordered at a Banquet in Linde Palace with a Hundred Colleagues
宋若宪 Song Ruoxian（1首）	《奉和御制麟德殿宴百官》 Poem Rhyming with One by His Majesty, Written at a Banquet in Linde Palace with a Hundred Officials
蜀太后徐氏 Praiseworthy Consort Xu, Obedient and Sagely Queen Mother of Shu and Exemplary Consort Xu（8首）	《青城山漫游系列》 From The Greenwall Pilgrimage Sequence
李舜弦 Li Xunxian（3首）	《随驾游青城》 Accompanying His Majesty to the Greenwall Mountains, East of the Himalayas
	《蜀宫应制》 In a Palace in Shu, Written at His Majesty's Command
	《钓鱼不得》 Going Fishing, Getting Nothing
花蕊夫人 Lady Pistilstamens（10首）	《宫词》 Palace Lyrics
居家女子（Women of the Household）	
孙氏 Ms. Sun（1首）	《琴》 Hearing Music from a Zither
张文姬 Zhang Wenji（4首）	《溪口云》 Clouds at the Creek's Mouth
	《池上竹》 Bamboo at Pond's Edge
	《沙上鹭》 Egrets on the Shore
	《双槿树》 A Pair of Autumn-Blooming Mallows
刘瑶 Liu Yao（2首）	《古意曲》 After an Old Song
	《暗别离》 In Darkness, Separation
刘淑柔 Liu Shurou（1首）	《中秋夜泊武昌》 Mooring at Wuchang on Mid-Autumn Festival Night
黄崇嘏 Huang Chongjia（1首）	《辞蜀相妻女诗》 On Declining to Marry a Prime Minister's Daughter
王韫秀 Wang Yunxiu（3首）	《同夫游秦》 Joining My Husband on the Long Road to the Capital
	《夫入相寄姨妹》 On My Husband's Elevation to Grand Councilor: Sent to My Scornful Sisters
	《喻夫阻客》 Advising My Husband to Broaden His Political Base
张夫人 Madame Zhang（3首）	《古意》 As in Olden Times
	《柳絮》 Willow Floss
	《拜新月》 Bowing to the New Moon

续表

诗人	作品
杜羔夫人赵氏 Ms. Zhao, aka The Wife of Du Gao（2首）	《夫下第（一作杜羔不第，将至家寄）》My Husband Fails His Exams Again
	《闻夫杜羔登第（一作闻杜羔登第又寄）》On Hearing That My Husband Has Passed His Exams
薛媪 Xue Yun（1首）	《赠郑女郎（一作郑氏妹）》For Young Miss Zheng
裴淑 Pei Shu（1首）	《答微之》Answering My Husband, Yuan Zhen
薛媛 Xue Yuan（1首）	《写真寄夫》Self-Portrait, Sent to My Husband
裴羽仙 Pei Yuxian（2首）	《哭夫二首》Missing Him: Two Poems
蒋氏 Ms. Jiang（1首）	《答诸姊妹戒饮》In Answer to My Sisters, Who Want Me to Stop Drinking
交际花与娱乐者（Courtesans and Entertainers）	
莲花妓 The Lotus Courtesan（1首）	《献陈陶处士》Offered to the Recluse Chen Tao
常浩 Chang Hao（2首）	《赠卢夫人》For Madame Lu
	《寄远》Poem Sent Far Away
史凤 Shi Feng（4首）	《迷香洞》Scent-of-Delirium Cave
	《神鸡枕》The Pillow of the Divine Cock
	《传香枕》An Incense-Burner Pillow
	《闭门羹》Soup for a Closed Door
襄阳妓 A Courtesan from Xiangyang（1首）	《送武补阙》Saying Goodbye to Wu Buque
关盼盼 Guan Panpan（4首）	《燕子楼（三首）》Swallow Tower: Three Poems
	《和白公诗》Rhyming with a Poem by Master Bo
太原妓 A Courtesan from Taiyuan（1首）	《寄欧阳詹》Sent to Ouyang Zhan
薛涛，即薛洪度 Xue Tao, aka Xue Hongdu（7首）	《池上双鸟》On the Pond, a Pair of Birds
	《鸳鸯草》Love-Duck Herb
	《金灯花》Goldenlamp Flowers
	《忆荔枝》Longing for Litchis
	《贼平后上高相公》To General Gao, Who Smashed the Rebellion for the Son of Heaven
	《和李书记席上见赠》Rhyming with a Poem Given Me by Secretary Li, at a Banquet Graced by Courtesans like Willows
	《酬吴使君》In Response to Commissioner Wu
刘采春 Liu Caichun（5首）	《望夫歌》（《啰唝曲》）Ah, Let Him Come Back to Me

续表

诗人	作品
周德华 Zhou Dehua（1 首）	《杨柳枝》Willow Branches
颜令宾 Yan Lingbin（1 首）	《临终召客》Nearing My End, and Inviting Guests
王苏苏 Wang Susu（1 首）	《和李标》Poem Using the Rhyme Words of Li Biao's Outrageous Come-on
宗教界的女性（religious women）	
戚逍遥 Qi Xiaoyao（1 首）	《歌》Song
李冶，即李季兰 Li Ye aka Lijilan（5 首）	《湖上卧病喜陆鸿渐至》On My Sickbed by the Lake, Happy Because Lu Hongjian Has Arrived
	《偶居》Here by Chance
	《明月夜留别》Parting on a Night When the Moon Shines Clear
	《寄朱放（一作昉）》Sent to Zhu Fang
	《道意寄崔侍郎》The Tao and the Path: Thoughts Sent to Officiary Cui
卓英英 Zhuo Yingying（1 首）	《理笙》Practicing My Heaven-Organ
卢眉娘（号逍遥）Lu [or Hu] Meiniang, aka Lu Xiaoyao（1 首）	《和卓英英〈理笙〉》Poem Rhyming with Zhuo Yingying's "Practicing My Heaven-Organ"
鱼玄机 Yu Xuanji（7 首）	《赋得江边柳（一作临江树）》Another Poem on Riverside Willow Trees
	闺怨诗两首：《愁思》《秋怨》Depression: Two Poems
	《暮春有感寄友人》Struck by a Mood at Spring's End: Sent to a Friend
	《题任处士创资福寺》Written on a Wall of Abundance Temple, Built by Hermit Ren
	《访赵炼师不遇》Calling on the Right Reverend Taoist Mistress Zhao, Who's Not at Home
	《夏日山居》A Summer Day, a Mountain Home
元淳 Yuan Chun（3 首）	《秦中春望》Springtime Views in the Land of Qin
	《句》Hidden Meaning / Sexual Alchemy
	《寄洛中诸姊》Sent to My Senior Sisters in the Luoyang Region
海印 Haiyin（1 首）	《舟夜一章》Nighttime, Aboard a Boat, One Text

众所周知，唐代是中国最为繁盛的一个历史时期。在这一时期，宽松的社会环境使女性的地位高涨，活跃的文化氛围为女性创造了良好的创作条件，一时间从宫廷到市井，从闺阁到青楼，诗风兴盛，女子能诗会文，蔚然成风。但由于生活环境和文化背景的不同，不同女子的诗作风格又各

有差异，分别体现出不同的阶层属性和地位特征。拉森以此为逻辑起点来谋篇布局，通过对不同社会阶层、不同身份的女诗人的分类译介，向西方读者呈现了唐代各阶层女性生活的不同风貌。宫廷女仕的39首诗作描绘了宫廷女子养尊处优、衣食无虑的富贵生活，也呈现了宫中尔虞我诈、钩心斗角的纷争；23首居家女子的诗作描绘了居家女子相夫教子的日常，或是独守空房时对丈夫的思念之情；交际花与娱乐者的28首诗作描绘了青楼女子及官妓乐伎们歌舞宴乐、觥筹交错的生活，也表达了她们盛年悲切、空叹命运的感伤之情；19首宗教界女性的诗作则展示了道姑女尼们清幽冲远、虔诚凝思的澄澈情怀，也显露了她们追求现实幸福、永恒生命和自由心境的情结。全书层次清晰，框架布局条理十分清楚。

而1999年孙康宜和苏源熙联合选编和翻译的《中国历代女作家选集：诗歌与评论》（*Women Writers of Traditional China: An Anthology of Poetry and Criticism*，又译作《传统中国女作家——诗与批评论文选集》）一书也同样显示出了选译的学理性和编排的系统性。正如孙康宜自己所言，"这是第一本呈现如此宽度与深度的前现代时期中国妇女英语文集"。该书厚达近900页，共收录了144位女诗人的作品（详见表2-1），时间跨度从公元前206年起直至20世纪初，是英语世界迄今为止收录中国女性诗词最多最广泛的一本书。两位编者将全书分为两大部分：第一部分是女作家及作品介绍。书中按照朝代顺序将144位女诗进行排序，对每一位女诗人的生平进行简介，并列出六十多位美国汉学家分工翻译的每位女诗人的代表性诗词作品。这些女诗人身份不等，既有贵妇、宫女、画家，也有弃妇、歌伎和殉情女等，代表了中国古代妇女的各种角色与声音。她们分属不同的历史朝代，其中明清时期女诗人数量最多。该书第二部分则收录了由52位美国汉学家参与翻译的中国历代男女文人对女性作品的评论，占据全书大概1/6的篇幅，内容主要是有关妇女文学创作的传统理论和评论，男女评论家的作品大约各占一半。该部分内容对于英语世界的中国古代女诗人研究具有较大的理论价值。总体而言，两位编者在选译和收录时兼顾作品与评论，内容丰富而不杂乱，编排时兼顾历时和共时特性，尽管篇目众多却有条不紊。

由上所述，在专门译介女诗人作品的译文集中，译文选择的学理化和编排的条理性是非常明显的，可谓纲举目张，执本末从。那么，在男性、女性诗人译作混合的译文集，或者是综合性的中国古代文学史或文学概论中，条理化、系统化和学理性是否依然呢？我们不妨先看看以下几部著作的翻译和编排情况：

1994年，美国汉学家、宾夕法尼亚大学亚洲及中东研究系教授梅维恒（Victor H. Mair）统领主编的《哥伦比亚中国文学史》（The Columbia History of Chinese Literature）一书由哥伦比亚大学出版社出版。该书是一部汇集了45位来自美、英、德、澳等西方学界中国文学研究者研究成果的中国文学史巨著，全书以55个章节、1300多页的巨大篇幅全面描绘了中国文学传统的各类景象，年代跨度自远古迄当代。该书兼取年代与主题结合的编排方式，糅合文类和时序来搭建框架。首先为"基础"（Foundation）篇，该篇分别从语言与文字、神话、哲学与文学、超自然、古代经典、佛道宗教等25个专题来总括介绍中国文学的关键要素。然后，按诗歌、散文、小说、戏剧、文学批评五大文体类别，和海外传播与接受情况来进行内容编排，全书6部分共55章介绍了整个中国文学的历程，透视中国文学从其发轫期到当今的整个发展全景。书中对女性文学创作，尤其是对女诗人的创作进行了较多的介绍。

该书第一部分——"基础"篇中的第十一章为美国学者安妮·比勒尔（Anne Birrell）所编写，安妮·比勒尔以"文学中的女性"（Women in Literature）为专题来对女性的文学创作和女性的文学形象进行分析。该部分内容具体包含："上古时期男性作家作品中的女性形象Ⅰ"（Representations of Women in Antiquity in Male-Authored Works Ⅰ）、"上古时期男性作家作品中的女性形象Ⅱ"（Representations of Women in Antiquity in Male-Authored Works Ⅱ）、"中古时期男性作家作品中的女性形象"（Male-Authored Representations of Women in the Medieval Era）、"女性的声音：从上古到近代"（In the Voice of Women: from Early Empire to the Late Imperial Era）、"男性戏剧和小说中的女性形象"（Male-Authored Representations of Women in Drama and Fiction）、"走近女性身体"（Approaches to the Female Body）、"文学女性：先决条件和问题"（Literary Women: Prerequisites and Issues）、"文学中的女性：男性作家塑造的角色"（Women in Literature: the Role of Male Authors）8个方面，较为细致地阐述了不同历史时期不同体裁的男作家作品中所书写的女性形象、中国文学史上的女作家的写作情况、女性主义文学批评，以及女作家的创作境况等问题。安妮·比勒尔用其中"女性的声音：从上古到近代"一节较为细致地梳理了中国文学史上不同历史时期的女性创作情况，并选择性地介绍了每个时期的部分作家的创作情况。具体介绍了 18 位古代女诗人的生平经历、创作情况，以及作品的流传问题和后世的评价等内容。这 18 位女诗人分别是：汉代的班昭（Pan Chao）、蔡琰即蔡文姬（Ts'ai Yen）；南北朝时期的 5 位歌女（Five Singers）：桃叶（T'ao-yeh/ Peach Leaf）、梦珠（Meng Chu/The Pearl of Meng）、苏小小（Little Su/Su Hsiao［-hsiao］）、吴欣（Wu-hsing）、子夜（Girl of the Night /Tzu-yeh），以及鲍令晖（Pao Ling-hui）、刘令娴（Liu Ling-hsien）、沈满愿（Shen Man-yuan）；唐代的薛涛（Hsueh T'ao）、鱼玄机（Yu Hsuan-chi）、花蕊夫人（Lady Hua-jui）；宋代的李清照（Li Ch'ing-chao）、朱淑真（Chu Shu-chen）；明代的黄峨（Huang O）；清代的汪端（Wang Tuan）、吴藻（Wu Tsao）。

由于安妮·比勒尔是将女性创作放在历时性的框架中进行梳理，故读者通过这部分的阅读基本可以全面了解到中国女性文学创作的发展历程。尽管中国女性的创作成就远不如男性高，女作家的数量也远不及男作家多，但从该书的叙述中我们可以清晰地看到一条女性创作的涓涓细流，自上古流至今日，从未中断，生生不息。而其中安妮·比勒尔重点介绍的部分作家则如溪流中跃动的浪花，晶莹闪烁，光芒四射。例如安妮·比勒尔对班昭和李清照的介绍就十分详细，不仅谈及她们个人的出生成长、爱情婚姻、相夫教子等个人生活细节，还对她们文学作品的创作缘由及成就高低进行了深入的分析和具体的评价。

除了安妮·比勒尔在"基础"篇中对古代女诗人的介绍外，在该书"诗歌"（Poetry）篇介绍清代诗歌（Ch'ing Lyric）时，编写者戴维·麦克劳（David McCraw）对清代的女性创作也做了较为详细的介绍。麦克劳首先结合时代大背景讨论清代女性创作的整体情况，然后又具体介绍了徐灿（Hsu Ts'an）、柳如是（Liu Shih /Ju-shih）等女诗人的生平和创作情况。

在对中国文学史上的女性创作情况进行梳理之后，安妮·比勒尔又专门用"文学女性：先决条件和问题"一节来对中国女性的创作条件和存在的问题进行了总结。她认为古代中国女性成为作家必须具备五个先决条件：一是识字。虽然中国古代没有保证女孩接受正式教育的制度，但她们往往会受家里的男性，如兄弟的影响而成为有文化的人，例如班昭。二是懂文学。一个女人要具备文学观念和掌握文学技巧，就必须有文学生活。如果一个女孩生活在有文学氛围的家庭，长期受到熏陶，尤其是得到母亲的指导，那么她就有可能成为作家，例如蔡琰、刘令娴、李清照就是典型的案例。三是如果一个女作家的文学作品要走向成熟且具有时代性，她就必须进入文学圈子或经常参加沙龙活动，因为这将为她提供同行的刺激、评判，以及陪伴。中国古代大多数妇女无法具备这样的条件，但薛涛、鱼玄机就有机会和众多男性作家来往，得到很多的激励，而刘令娴、沈满愿和花蕊夫人则通过她们家里的男性间接地接触到一些文人作家，从而保持对主流文学活动的感受力和敏锐性。四是女性的创作必须得到一个社会地位和文学成就较高的男性的支持和赏识。通常情况下，这种支持来自她们的家人，比如她的兄弟、丈夫或者情人。例如刘令娴和薛涛就是这方面的成功例子，刘令娴的创作得到了丈夫徐悱的赏识和支持，而薛涛的诗作则得到了她的情人元稹及众多有影响力的男性作家的赏识，贵为皇妃的花蕊夫人也是一个成功的例子。而朱淑真则是一个反面的例证，她的创作一直受到丈夫的阻挠和家人的反对，她的作品能流传下来纯属侥幸。五是需要具有文学创作和流通的外部保障条件。在中国的传统社会中，信件和家庭读物可能是文学创作和流通的主要方式。同时，最重要的是必须有人来对女性的作品进行编辑、保存和传播，如徐陵选编《玉台新咏》那样，收录大量女诗人的诗歌文本，并使这些作品得以保存和流传下来。然而，中国两千多年的女性创作历史显示，大部分女性的作品要么被毁，要么失传，流传下来的只不过是一些散本和片段而已，而男性作家的作品却得到了很好的保存和流传，这主要还是由于女性地位低和边缘化的原因所导致的。①

《哥伦比亚中国文学史》是一部全面书写中国文学史的著作，历史跨度较大，内容较庞杂，其中古代女诗人虽然数量少，但却遍布中国文学历史发展的每一个阶段，故要在该书中对中国古代女诗人进行系统化翻译和编排显然不是易事。然而作者的谋篇布局十分巧妙，"女性的声音：从上古到近代"和"文学女性：先决条件和问题"两个部分的内容相互照应，互为阐释，看似相互独立，实则浑然一体，巧妙地在一种圆融丰满的结构框架下系统地翻译、介绍并评点了中国古代女诗人的创作情况。

进入 21 世纪后，英语世界对中国古代女诗人的翻译和传播更加系统化。译介者们开始以更加宏阔的视野来观照中国古代女诗人，甚至开始建

---

① Victor H. Mair, Ed., *The Columbia History of Chinese Literature*, New York：Columbia University Press，2001, pp. 218-219.

构英语世界的中国女性文学史。

　　2004年，美国华盛顿大学亚洲与近东语言文学系的教授管佩达，与哈佛大学费正清研究中心主任伊维德教授合作编写了《彤管——帝国时期的女作家》一书。该书是一部用英文写作的中国女性文学史，选材广泛，内容丰富，厚达九百余页。正如伊维德教授在接受哈佛大学哈佛燕京图书馆研究员马小鹤采访时所说："我们试图不仅包括受过教育的妇女的诗、词，而且还包括散文作品故事、书信、戏剧、弹词等各种材料，包括尽可能多的作者类型，因此我们包括了写过作品的尼姑，我们还选了一些江永妇女用女书写成的作品。我们希望给读者一个更全面的视野，让他们体会到中国妇女作品体裁和主题的多样性，对于直到清末为止的历史上妇女文学的发展获得一个更好的理解。"① 该书收录了不同阶层、不同时代女性作家所创作的不同体裁的作品，涉及女作家作品数量十分巨大，收集女性作家背景材料最为全面，探讨的内容十分丰富。数量和范围都超过了以往的同类书籍。

　　全书分为正文和附录两大部分。其中正文部分又包括六个小部分，分别为："导言"（Introduction），交代了该书的写作背景，对英语世界中国古代女作家的研究状况进行概括性评述，对中国古代女作家的创作情况进行综合性概览；第一部分"早期的楷模，后世的榜样"（Women On and Behind the Throne），对汉代至唐代的女作家进行研究评述；第二部分"在新的可能与新的局限之间"（Between New Possibilities and New Limitations），对宋代至元代的女作家进行研究评述；第三部分"中国女性文学创作的第一个高潮"（The First High Tide of Women's Literature）对明代到清初的女作家进行研究评述，并插入"完美与现实"（Ideal and Reality）一个单列的部分，对明清之交的女作家进行研究评述；第四部分"中国女性文学创作的第二个高潮"（The Second High Tide of Women's Literature）对清代女作家进行研究评述；最后是尾声"民族主义与女性主义：秋瑾"（Nationalism and Feminist：Qiu Jin）对清末女作家秋瑾进行研究评述。该书附录部分包含五个方面的内容：一是"中国的朝代与相关信息"（Chinese Dynasties and Other useful Information）；二是"中文相关文献目录"（Bibliography of Chinese Sources）；三是英文"参考阅读材料"

---

① ［美］伊维德、马小鹤：《伊维德教授访问记》，《海外中国学评论》2007年第2辑。

(Suggestd Readings);四是"重要名词索引和中英文对照"(Finding List);五是"哈佛燕京图书馆所藏孤本书目"(Glossary)。

该书首先依据历史朝代顺序来对所有女作家进行排序和分类,而对于同一历史时期的女作家,又根据她们的社会身份、地位,以及她们的才华和命运之别等作为标准来进行类别划分:皇室御女类,如班昭、左芬、上官婉儿等;冷宫弃妃及幽怨宫女类,如刘细君、王昭君、蔡琰、苏蕙、卓文君等;女冠、僧尼、歌伎类,如徐淑、谢道韫、魏华存、王法进、李冶、薛涛、鱼玄机等;才华横溢但命运不济类,如朱淑真、张云娘、黄峨、管道升、郑允端等;理性女性类,如贺双卿等。与孙康宜和苏源熙广泛采用多位汉学家及翻译家的汉诗英译所不同,该书中涉及的所有女性作家作品均由伊维德、管佩达两位编者自己完成英文翻译,因此该书的译文风格一致。全书语言流畅,深入浅出,让读者在轻松的阅读中悄然领略到中国女性文学创作之美。在该书的写作中,两位编者始终本着宏观把握中国女性文学创作发展历程的态度,从整体上来建构中国女性文学史的总体框架,反映中国女性文学的总体特征,不仅细致深入地探讨了女作家个人的生活和创作,更强调不同时代或者同一时代女性创作之间的联系;既注重对个别文学现象的细致探讨,也注重对中国女性文学发展概貌的总体勾勒。总而言之,该书是兼具学术深度及选译广度的巨作,将英语世界中国古代女诗人的译介和传播推上了一个新高度。

综上所述,进入 20 世纪 90 年代以后,英语世界对中国古代女诗人的翻译和传播一改之前的零散、随意状态,无论是在翻译内容的选择,或是译文集、学术译著的编排及构架方面,都显示出了前所未有的系统化、条理化和学理化。故笔者将 20 世纪 90 年代至今这段时期界定为英语世界中国古代女诗人翻译和传播的"深化延展期"。

第二章

过滤与变异

文学翻译中的变异现象是客观存在的。在文学作品的译介过程中，语言的差异、文化的异质性与意识形态背景等要素都会对译介者的译介文本选择以及译文处理有所钳制，尤其是"当原著与目标语文化的价值观有冲突时，更需要译者的创作性改编以及有意的'误读与误释'"①，这就注定了文学翻译中必然出现变异现象，而且这些变异具有特殊的研究价值。探讨英语世界中国古代女诗人译介过程中的变异现象，有助于我们探索中国古代女诗人作品对外传播与译介的实质与规律性等重要问题，有助于我们探讨英语世界关于中国古代女诗人译介的创新与失误，同时为国内的相关研究提供启示与借鉴。

第一节 翻译文本的选择倾向与文化过滤

翻译是一个涉及多种选择的复杂过程，对源文本的选择是这一过程的开始。译者对翻译文本的选择并非出于偶然，而是由诸多层次的目的因素决定的。通常情况下，译者的文本选择倾向会受到主客观因素的影响，其中主观因素主要包括译者的文化观、文学观、历史观、哲学观、翻译观、审美观以及他/她的教育背景和学习经历等，客观因素则包括译者所处的时代背景、经济、政治、文化格局以及目标读者等。因此，译者对翻译文本的选择倾向往往会体现出鲜明的个性特征，而同时也会体现出译者对源文本及其所蕴藉的文化内涵的自我改造。

---

① 曹顺庆、王苗苗：《翻译与变异——与葛浩文教授的交谈及关于翻译与变异的思考》，《清华大学学报》（哲学社会科学版）2015年第1期。

第二章　过滤与变异

如本论文第一章所述，英语世界有很多专门的中国古代女性诗人诗歌译本，也有不少收录或穿插于中国古代文学史、文学概论、文学作品翻译集中的女诗人英译作品，笔者对这些英译文本进行了一番梳理和分析，发现英语世界在选译中国古代女诗人作品时呈现出以下特点和倾向。

一　聚焦著名诗人

对英语世界的中国古代女诗人诗歌英译专集统计结果显示，李清照英译集是最多的，共有胡品清的《李清照》（*Li Ch'ing-chao*，1966）、何赵婉贞的《人比黄花瘦：李清照生平与作品》（"More Gracile Than Yellow Flowers: The Life and Works of Li Ch'ing-chao"，1968）、雷克斯洛斯与钟玲的《李清照全集》（*Li Ch'ing-chao: Compelete Poems*，1979）、克莱尔的《梅花：李清照词选》（*Plum Blossom: Poems of Li Ch'ing-chao*，1984）、魏骄的《此花不与群花比：李清照》（*A Blossom Like No Other Li Qingzhao*，2010）共五部；其次是薛涛和鱼玄机的英译集各三部；再次是贺双卿诗歌英译集两部；此外还有班昭英译集一部。

同样，在对中国古代文学或古代诗歌进行综合性译介的著述中，李清照也是译介频率最高的女诗人，如本论文附录"主要论著中诗人及诗题中英文对照表"所示，本表对百余年来英语世界出版的包含有女诗人译介作品的21部中国古代文学史、文学概论、古代文学作品选集、古诗选集、女诗人作品选集（此21部译文集未包括孙康宜和苏源熙的《中国历代女作家选集：诗歌与评论》与伊维德和管佩达的《彤管——帝国时期的女作家》，因为这两部专著均为近千页的鸿篇巨制，收录的女诗人及诗作数量较多，故本书将其单独列出进行专门讨论）中的女诗人及其作品进行统计，结果显示，这21部译文集和译著中译介的古代女诗人共有六十余位，总译介次数为360次，其中李清照被译介70次，鱼玄机被译介67次，薛涛被译介51次，朱淑真被译介21次，李冶被译介20次，黄峨和吴藻被译介7次，班婕妤被译介7次，管道升、秋瑾被译介6次，杜秋娘、鲍令晖、赵鸾鸾、孙云凤、苏小小被译介5次，花蕊夫人被译介4次，聂胜琼、孙道绚、魏夫人、蔡琰被译介3次，沈满愿、郑允娘、贺双卿被译介2次，其他还有姚月华、刘彩春、罗爱爱、丁六娘、江采萍等41人各被译介1次，剩余还有10首英译诗为无名氏之作。显然，李清照被译介的次数是最多的。此外，在孙康宜和苏源熙的《中国历代女作家选集：诗歌与评论》与伊维德和管佩达的《彤管——帝国时期的女作家》这两部目前英语世界译介中国古代女作家最全面、最宏观的巨著中，李清照所占的篇幅也较多（见表2-1）。

表2-1 《中国历代女作家选集：诗歌与评论》英译女诗人及作品

朝代	诗人	选译作品数量	朝代	诗人	选译作品数量	朝代	诗人	选译作品数量
汉至六朝（4人12篇）	班婕妤	2	元代 9人40篇	艺人（共5位）	7	明代 46人 324篇	薄少君	1
	蔡琰	1		管道升	5		谢五娘	10
	左芬	4		郑允端	15		景翩翩	5
	鲍令晖	5		吴氏女	4		薛素素	4
唐代 13人 61篇	武则天	3	明代 46人 324篇	张玉娘	9		杨玉香	1
	上官婉儿	3		张红桥	2		马守贞	3
	徐慧	4		朱静庵	14		赵彩姬	6
	鲍君徽	3		陈德懿	10		朱无瑕	6
	李冶	4		孟淑卿	13		郑如英	2
	薛涛	10		沈琼莲	2		呼文如	9
	鱼玄机	18		夏云英	3		陆卿子	15
	盛小丛	1		邹赛贞	5		徐媛	16
	赵鸾鸾	5		王素娥	4		沈宜修	18
	徐月英	2		黄峨	5		叶纨纨	5
	张窈窕	4		李玉英	2		叶小纨	1
	程长文	2		文氏	1		叶小鸾	3
	花蕊夫人	2		王娇鸾	1		方维仪	10
宋代 6人 54篇	魏夫人	6		杨文丽	15		尹纫荣	2
	李清照	22		会稽女子	1		项兰贞	2
	朱淑真	12		端淑卿	15		王凤娴	12
	严蕊	3		董少玉	5		张引元	12
	杨太后	10		许景樊	15		曹静照	1
	王清惠	1		李淑媛	5		顾若璞	11

续表

朝代	诗人	选译作品数量	朝代	诗人	选译作品数量	朝代	诗人	选译作品数量
明代 46人 324篇	商景兰	15	清代 66人 496篇	张学典	6	清代 66人 496篇	包芝芬	3
	王微	24		徐映玉	5		吴规臣	2
	马如玉	4		蔡琬	5		蒋纫兰	5
	卞赛	3		叶宏	11		沈湘云	2
	杨宛	5		贺双卿	13		王筠	12
清代 66人 496篇	徐灿	27		徐元端	5		沈纕	9
	柳是	4		毛秀惠	3		江珠	7
	黄媛介	10		许飞云	5		杨继端	5
	王端淑	5		许权	2		沈善宝	6
	纪映淮	6		陈端生	1		孙云凤	19
	李因	4		席佩兰	11		孙云鹤	3
	吴琪	6		金逸	5		李佩金	9
	吴绡	7		戴兰英	2		赵我佩	5
	吴山	5		屈秉筠	5		梁德绳	5
	柴静仪	6		归懋仪	5		汪端	12
	朱柔则	4		张玉珍	5		庄盘珠	10
	王慧	9		沈珂	5		顾太清	16
	林以宁	6		汪玉轸	5		吴藻	22
	钱凤纶	10		浦萝珠	1		左锡璇	2
	陈素素	11		倪瑞璿	5		宗婉	10
	顾贞立	5		谈印梅	5		屈蕙纕	10
	吴巽	5		熊琏	10		秋瑾	38
	侯承恩	6		包芝兰	3		徐自华	14
	张学雅	7		包芝蕙	4			
备注	共收录诗人144人，收录作品987篇。							

《中国历代女作家选集：诗歌与评论》中选译李清照作品22篇。在伊维德和管佩达的《彤管——帝国时期的女作家》中，对李清照的译介量也相当饱满，不仅译介了李清照的词作、诗作，还译介了她的词论。具体译介的作品有词《点绛唇》《凤凰台上忆吹箫》《声声慢》《一剪梅》《如梦令》《武陵春》《念奴娇》《怨王孙》《蝶恋花》《醉花阴》《永遇乐》

《渔家傲》《诉衷情》《孤雁儿》14 首,诗歌《春残》《乌江》《晓梦》3 首,以及文论《词论》。

其实,像李清照这样的诗人在英语世界受到关注不足为奇,因为李清照在国内本身就是首屈一指的女诗人,她在诗、文、赋、文论诸方面都不乏名篇佳作,在中国文学史上具有相当重要的地位。自南宋以来,李清照和她的"易安体"就一直受到古代诗家词人的关注,在不少的古代诗话、词话、笔记、序跋中均可见到对李清照的评述;清末以来,不少学者开始对李清照生平、作品的搜集和整理;到了近代,李清照更是作为杰出女作家、女词人进入了文学史和各种文学专著。在我国现行的文学史专著中,女性作家可谓芳踪难觅,然而李清照却总是屡屡被载入文学史册,跻身我国影响较大的多部文学史专著及文学史教材中:郑振铎在其《插图本中国文学史》(1957)中介绍了李清照,并专门详细介绍她的《如梦令》和《凤凰台上忆吹箫》两首词;刘大杰的《中国文学发展史》(1962)中专辟"女词人李清照"一节来对李清照生平和创作进行介绍,详细讲解《蝶恋花》《醉花阴》《永遇乐》《武陵春》《声声慢》五篇词作;十三所高等院校《中国文学史》编写组所编写的《中国文学史》(1979)一书将李清照与秦观、周邦彦并列作为北宋词人的一个专节进行介绍,论及李清照的《词论》《凤凰台上忆吹箫》《永遇乐》三篇作品;游国恩的《中国文学史》(1981)中列专节对李清照作介绍,不仅介绍了李清照的生平,还对李清照的《如梦令》《醉花阴》《渔家傲》三篇作品进行了较为细致的赏析;马积高的《中国古代文学史》(2009)中列专节对李清照进行介绍,并结合《如梦令》《醉花阴》《声声慢》《永遇乐》等词作对李清照作品的艺术特征进行了介绍和评述;袁行霈的《中国文学史》(2005)也对李清照进行了介绍和评述。而且学界对李清照的评价非常高,刘大杰认为李清照是"中国文学史上有很高地位的一位女作家",[①] 游国恩称李清照是"中国文学史上杰出的女作家",马积高认为李清照是"中国文学史上光耀史册的第一流女作家"。[②] 尤其是李清照的爱国诗歌和家国情怀最为国内学界所关注,李清照一生横跨"靖康之变",经历了北宋到南宋的变迁,她的个人幸福与忧患随着家国命运起伏跌宕,时代动荡的深愁和国破家亡的惨痛酿就了她深沉而又炽热的爱国之心,她以"生当作人杰,死

[①] 刘大杰:《中国文学发展史》(中),中华书局 1962 年版,第 624 页。
[②] 马积高、黄钧:《中国古代文学史》,湖南文艺出版社 1992 年版,第 444 页。

亦为鬼雄"的气概发出振聋发聩的呼喊,为后世树立了女性爱国主义诗词创作的典范,也引来了后世研究者对她爱国诗词的景仰和关注,我国几乎所有文学史教材、所有研究李清照的论著都会将她的爱国诗词作为重点内容来进行介绍和评述。

作为我国国内知名度最高、影响最大的古代女诗人,李清照也受到了英语世界的高度关注和广泛译介。最先将李清照译介到英语世界的是两位中国人。第一位是中国现代作家冰心女士,她于1926年在美国韦斯利学院留学期间撰写的论文《李易安女士词的翻译与编辑》,翻译了李清照的《武陵春》、《如梦令》(2首)、《一剪梅》、《醉花阴》、《声声慢》、《孤雁儿》、《浣溪沙》(2首)、《点绛唇》(2首)、《蝶恋花》(3首)、《菩萨蛮》、《渔家傲》、《南歌子》、《清平乐》、《生查子》、《念奴娇》、《凤凰台上忆吹箫》、《浪淘沙》(2首)、《行香子》、《永遇乐》总共25首最为主要的词作。1930年,波士顿期刊《诗人学识》以"中国萨福"为题刊登了冰心的英译李词。萨福是古希腊著名的女抒情诗人,她精致典雅而又性感香艳的诗风在西方家喻户晓,素有"第十位缪斯"的美称,学刊将李清照誉为中国的萨福,仅文章标题就足以在英语世界引起不小的轰动,且李清照诗词本身就才气过人,再加上冰心独具匠心的"散体"译法,以现代英语灵巧的"形美"充分再现了婉约清丽的"易安词风",[①]使李词一进入英语世界便受到了广泛关注和接受。继冰心之后,1937年,在英国剑桥大学留学的初大告通过其译著《中华隽词》再次向英语世界译介了李清照的《渔家傲》《一剪梅》《武陵春》《醉花阴》《如梦令》等词作。通过冰心、初大告等中国留学生的引介和传播,西方学者接触到了李清照及其作品,并被这位"中国最伟大的女诗人"[②]跌宕起伏的人生经历和才情横溢的诗篇所折服,掀起了传播和翻译李清照诗词作品的热潮。

但是,尽管中英世界对李清照都同样关注,英语世界对李清照的关注角度和译介重心却呈现出了与国内不一样的特点。国内学人皆知,李清照词作风格多变,"一方面,她满怀至情,连篇痴语,写尽了女性的闺中情愁和离别相思,自然率真地体现了女性纯诚细腻的灵性;另一方面,她又

[①] 参见季淑凤、葛文峰《彼岸的易安居士踪迹:美国李清照诗词英译与研究》,《南京航空航天大学学报》(社会科学版)2013年第2期。

[②] Kenneth Rexroth, *100 Poems from the Chinese*, New York: New Directions Books, 1959, p. 155.

开创了女作家爱国主义创作的先河，她的词作饱含心怀国家、忧患人民的铮铮风骨和民族气节，充分展现了中国古代广大妇女追求男女平等、关心国事、热爱祖国的崇高情怀，在众多爱国作家中为女性争得了一席之地。可以说，政治和爱情是李清照词作中两个并重的主题"①。但是，当我们翻开英语世界李清照英译作品的条目时发现，他们的翻译重点只在于李清照的那些叙写个人生活和表达女性情感的作品，"他们翻译最多的是李清照在'凄凄惨惨'的丧夫之苦和'冷冷清清'孀居之哀中写就的千古绝唱《声声慢》，以及李清照在丈夫'负笈远游'，自己独守寂寞深闺的清冷生活中写下的《醉花阴》等词作。他们侧重展现李清照'倚门回首，却把青梅嗅'的温柔娇媚，避而不谈李清照'至今思项羽，不肯过江东'的倜傥豪放；他们放大《声声慢》对闺中生活的淡淡哀愁的表达，《醉花阴》《采桑子》对各种个人情思的诉说，却较少提及《渔家傲》对于自由、美好的理想的追寻，《永遇乐》的家国之恨、兴亡之叹，以及《乌江》的浩然正气，傲然风骨"②。翻开英语世界的英译诗集，如白之的《中国文学作品选集》、罗伯特·科特瓦尔和诺曼·史密斯的《企鹅丛书·中国诗歌卷》、雷克斯洛斯的《中国诗歌一百首》和《爱与流年：续汉诗百首》、柳无忌和罗郁正的《葵晔集：中国诗歌三千年》、托尼·巴恩斯通（Tony Barnstone）和周平（Chou Ping）的《安克丛书：中诗英译选集（从古代到现代）》、柳无忌的《中国文学概论》、格莱温的《中国诗歌精神》、梅维恒的《哥伦比亚中国古典文学选集》、叶维廉的《汉诗英华》、特纳的《英译汉诗金库》、雷克斯洛斯和钟玲的《兰舟：中国女诗人诗选》，几乎每一本都能看到李清照的《声声慢》《醉花阴》等恋情诗词，但却遍寻不着《永遇乐》和《乌江》等政治诗词，唯有孙康宜和苏源熙的《中国历代女作家选集：诗歌与评论》，以及伊维德和管佩达的《彤管——帝国时期的女作家》两部英译集对李清照的政治诗进行了翻译和简单介绍。

在对李清照生平进行介绍时，英语世界也侧重于她的个人小我情感，更多集中于介绍她和赵明诚之间的爱情经历，如柳无忌在《中国文学概论》中对李清照的介绍就是紧紧围绕着她和丈夫的婚姻生活和生离死别来进行的。柳无忌写道：

---

① 何嵩昱：《李清照词在英语世界的译介考论》，《中外文化与文论》2013年第24辑。
② 同上。

中国最著名的女诗人之一李清照生活在北宋与南宋交替时期。她幼年是在山东一个富裕的官宦家庭中度过的，围绕她的是精雅的文化氛围。她的丈夫是一位与她门当户对的青年学者，对诗歌和艺术的志趣相投使他们的婚姻生活无比幸福，夫妇俩在一起赏玩他们所收集的艺术珍品，如青铜器和拓印的碑帖书法以及古画、古书等，度过了许多愉快的时光。但这种在书房中消磨的田园牧歌式的舒适生活仅仅只维持了几年，1127年金人入侵北方时他们的幸福生活便被战争造成的兵荒马乱粗暴地砸碎。他们只能无奈地丢下大量贵重的金石字画，逃往南方长江地区。南渡后的第二年丈夫便去世了，这对李清照来说是最残酷无情的打击，令她一蹶不振。南渡是李清照流徙漂泊生活的开端，自南渡起她便一直迁徙不定，颠沛流离，直到生命的尽头。①

在介绍李清照的词作风格和创作特点时，柳无忌也只是论述李清照词作的婉约风格，说李清照的诗歌"成功地写出一个妇女的感情及其变化"②，且认为在这方面李清照的成就是无与伦比的，但对于李清照的爱国诗歌却丝毫没有提及。柳无忌说：

> 李清照以她的词作成功地书写了一个女性的感情变化。许多中国诗人试图从所谓的"宫体诗"来探视妇女的内心世界，中国诗歌史上有大量的"宫体诗"流传，但是这些作品并没有很好地表现出妇女亲密、微妙与直率的情感。而在这一点上，李清照的诗词是无人可以与之媲美的。而且她的感情生活使她的创作得以不断充实和丰富，在她后期的作品中情感逐渐明净化。她的诗词作品可依据情感色彩分为两类，早期的作品流露出她对生活细腻而活泼的观感，晚期作品则表现了她深深的愁苦和哀伤。③

总而言之，"英语世界偏好翻译李清照的恋情诗，较少关注她的政治诗。他们更加强调李清照词作中关于私人'情''爱'的描写，把翻译重

---

① Liu, Wu-chi, *An Introduction to Chinese Literature*, Indiana University Press, 1973, pp. 115-116.
② Ibid., p. 115.
③ Ibid..

点放在传达李清照词作中的'人性'色彩。英语世界译者的李词译作,让人感觉李清照满怀都是与丈夫分离的痛苦哀愁,李清照的词作尽是借物抒怀,抒发心头的爱情,吟咏无可救药的伤心"①。英语世界的英译李清照诗词"传达的完全是一个哀婉动人的中国妇人的苦情形象。他们诠释尽了李清照的才、情、爱、愁,却少有提及她的胸襟、气节、大气和渊博。他们译尽了李清照词作中温香萦绕、弱吟娇叹的女性柔情,却略过了李清照令人肃然起敬,凝神起思的爱国热情"②。

二 关注妓女/交际花诗人

妓女是中国古代社会一个特殊的社会阶层,自春秋时期齐国管仲在宫中设"女闾"开始,娼妓制度便一直沿袭下来,并逐渐发展多变,呈现为宫妓、官妓、市妓、家妓等多种类型。中国古代的妓女大多是因身家不幸而跌落烟花柳巷,但她们大多饱读诗书,才华横溢,棋琴书画无一不精。故她们通常会在身不由己的欢笑场里吟诗作词,诉说对命运的悲叹之情,也常常在觥筹交错之间与文人骚客舞文弄墨,表达自己对爱情的渴望。久而久之,妓女诗人这一特殊群体成了中国古代诗坛中一道独特的风景线,她们清婉绝伦、风流雅致的诗词作品得以在民间流传。但由于长期以来学界较多关注"正统"诗词而很少关注"非正统"的妓女诗词,故妓女诗人在中国文学史上的地位一直较低,在我国正统的文学史册中几乎很难看到她们的身影。然而,在英语世界则呈现出完全不同的情况,妓女诗人受到英语世界的极大关注,译介者们通常把妓女和歌女、交际花等活跃于家庭之外的女性一起划定为"交际花与娱乐者(Courtesans and Entertainers)类型"③,并对她们进行广泛译介。总之,妓女诗人的作品是受英语世界热选的翻译文本。

早在1900年,国外对中国古代女诗人的译介刚刚拉开帷幕时,英语世界的第一本中国文学史英文专著——翟里斯的《中国文学史》便表现出了对妓女诗人的特别关注,《中国文学史》中总共译介了4位中国女诗人的4篇作品,其中就包括赵丽华的《答人寄吴笺》和赵彩姬的

---

① 何嵩昱:《李清照词在英语世界的译介考论》,《中外文化与文论》2013年第24辑。
② 同上。
③ Jeanne Larsen, *Willow, Wine, Mirror, Moon: Women's Poems from Tang China*, Rochester: BOA Editions, 2005, p. 3.

《暮春江上送别》两位明代官妓诗人的两首诗作。翟里斯不仅翻译两位官妓的诗作，还饶有兴致地对官妓这一阶层进行介绍，介绍内容十分详细，甚至专门以明代名妓谢素素为例来说明官妓阶层的生活状况、社会地位、容貌外表、性格喜好等。书中还评论说中国上古和中古时期的官妓是一个"特别的社会阶层"，可与古希腊的"高级妓女"相提并论，并且说她们的诗作或剧作会被精心保存下来，对后世具有相当大的影响力。①

英语世界第一部关于中国女性诗人作品的英译合集——《兰舟：中国女诗人诗选》也表现出对妓女诗人的偏好。从译文集中的诗人类型分布即可看出这一倾向，诗集中选译了南齐钱塘第一名妓苏小小、唐代名妓关盼盼、赵鸾鸾、秦淮八艳之一的李香兰等多位青楼妓女的作品，加上李冶、鱼玄机、薛涛等兼具交际花和女冠身份者，诗集中的"妓女/交际花诗人"多达13位，占译文集中古代女诗人总数的1/3强，甚至超过了书中闺阁诗人的数量。

在其他的女诗人译文集中也体现出对"妓女/交际花诗人"的青睐。1921年，洛威尔与埃斯库弗合译出版的中国古诗集《松花笺》中共选译了8位女诗人的8首诗作，其中"妓女/交际花诗人"的诗作有丁六娘《十索》（4首）、罗爱爱《闺思》、张碧兰《寄阮郎》、秦玉鸾《忆情人》，② 占了全书所译女诗人及诗作总数的一半。

美国诗人拉森的诗歌英译本《柳酒镜月：唐代女性诗集》一书共收录了唐代44位女诗人的诗作109首。其中就包括莲花妓的《献陈陶处士》，常浩的《赠卢夫人》和《寄远》，史凤的《迷香洞》《神鸡枕》《传香枕》《闭门羹》，襄阳妓的《送武补阙》，关盼盼的《和白公诗》、《燕子楼》（3首），太原妓的《寄欧阳詹》，薛涛的《池上双鸟》《鸳鸯草》《金灯花》《忆荔枝》《贼平后上高相公》《和李书记席上见赠》《酬吴使君》，刘采春的《望夫歌》（即《啰唝曲》）（5首），周德华的《杨柳枝》，颜令宾的《临终召客》，王苏苏的《和李标》③ 总共11位"妓女/交际花诗人"的诗作28篇。

---

① Herbert A. Giles, *A History of Chinese Literature*. New York：D. Appleton and company，1900.
② Amy Lowell; Florence Ayscough, *Fir-Flower Tablets*, Boston：Houghton，1921.
③ Jeanne Larsen, *Willow，Wine，Mirror，Moon：Women's Poems from Tang China*, Rochester：BOA Editions，2005.

梅维恒的《哥伦比亚中国古典文学选集》（*The Columbia Anthology of Traditional Chinese Literature*，1994）和《哥伦比亚中国古典文学精选集》（*The Shorter Columbia Anthology of Traditional Chinese Literature*，2000）中选译的女诗人共有8位，其中就包括薛涛（Hsueh T'ao）、鱼玄机（Yu Hsuan-chi）、子夜（Tzu-yeh）（梅维恒认为《子夜歌》的作者是一位叫"子夜"的歌女）共3位"妓女/交际花诗人"，所占比重将近女诗人总数的一半；在梅维恒的《哥伦比亚中国文学史》中，共译介了18位古代女诗人，其中"妓女/交际花诗人"就有桃叶（T'ao-yeh/ Peach Leaf）、梦珠（Meng Chu/The Pearl of Meng）、苏小小（Little Su/Su Hsiao［-hsiao］）、吴欣（Wu-hsing）、子夜（Girl of the Night /Tzu-yeh）、薛涛（Hsu eh T'ao）、鱼玄机（Yu Hsuan-chi）共7位之多。[①]

2000年，英国当代著名的汉学家、翻译家闵福德（John Minford）和香港著名作家、翻译家、评论家刘绍铭（Joseph S. M. Lau）合编的中国古典文学英译选集《中国古典文学：翻译选集》（*Classical Chinese Literature：An Anthology of Translations*，又译《含英咀华集》）由哥伦比亚大学出版社和香港大学出版社联合出版。正如该选集的编者闵福德所言，该选集是"中国古典文学的现代版，是过去300多年来海外译家作品的集成"[②]。该选集参考并选用了93部译作，收录了诸如理雅各、韦利、霍克斯、庞德、伯顿·华生、白之、宇文所安、葛瑞汉、雷克斯洛斯等国外最著名的汉学家的英译作品，是两千多年中国古代文学作品的海外英译总括，代表了海外中国古典文学译介和研究的最高成就。选集中共收录了英译的中国古代女诗人诗作25首，其中"妓女/交际花诗人"的作品就多达17首。包括苏小小（Su XiaoXiao）的《咏西岭湖》（A Song of Xiling Lake）；赵鸾鸾（Zao Luanluan）的《纤指》（Slender Fingers）、《檀口》（Red Sandalwood Mouth）、《柳眉》（Willow Eyebrows）、《云鬟》（Cloud Hairdress）、《酥乳》（Creamy breasts）；薛涛（XueTao）的《蝉》（Cicadas）、《风》（Wind）、《犬离主》（Dog Parted from Her Master）、《鹦鹉离笼》（Parrot Parted from Her Cage）、《海棠溪》（Crabapple Brook）；关盼盼（Kuan P'an-P'an）的

[①] Victor H. Mair, *The Shorter Columbia Anthology of Traditional Chinese Literature*, New York: Columbia University Press, 2000.

[②] Minford, John, Joseph S. M. Lau, *Classical Chinese Literature：An Anthology of Translations*, Hong kong: Chinese University Press, 2000, p. xiii.

《和白公诗》（Mourning）；鱼玄机（Yu XuanJi）的《隔汉江寄子安》（Divided by the Han River）、《春情寄子安》（Spring Passion）、《愁思》（Voicing Deepest Thoughts）、《卖残牡丹》（Selling Wilted Peonies）、《暮春即事》（Vanishing Spring Moves to Regret）。[1]

  2005年，美国当代诗人托尼·巴恩斯通和华盛顿大学教师周平两人合译的《安克丛书：中诗英译选集（从古代到现代）》（*The Anchor Book of Chinese Poetry: From Ancient to Contemporary, The Full 3000-Year Tradition*）一书由纽约兰登书屋出版。书中共译介了22位古代女诗人的52首诗，除去两位无法考证身份的无名女诗人之外，妓女/交际花诗人的诗作有：苏小小（Su XiaoXiao）的《减字木兰花》（Emotion on Being Apart）、《苏小小歌》（The Song of West Tomb）、《蝶恋花》（To the Tune "Butterflies Adore Flowers"）；周德华（Lady Liu）的《杨柳枝词》（To the Tune of "Yangliuzhi"）；薛涛（XueTao）的《送友人》（Seeing a Friend off）、《寄旧诗与元微之》（Sending Old Poems to Yuan Zhen）、《秋泉》（A Spring in Autumn）、《春望》（Spring Gazing）、《柳絮》（Willow Catkins）、《蝉》（Hearing Cicadas）和《月》（Moon）；刘彩春（Liu CaiChun）的《啰唝曲》（Song of Luogen）；鱼玄机（Yu XuanJi）的《游崇真观南楼睹新及第题名处》（Visiting Chongzhen Temple's South Tower and Looking Where the Names of Candidates Who Pass the Civil Service Exam Are Posted）、《江陵愁望寄子安/江陵愁望有寄》（To Zian: Missing You at Jingling）、《送别》（A Farewell）、《寄国香》（Sent in an Orchid Fragrance Letter）、《秋怨》（Autumn Complaints）；聂胜琼（Nie ShenQiong）的《鹧鸪天》（To the Tune of "Partridge Sky"）；严蕊（YanRui）的《卜算子》（To the Tune of "Song of Divination"），[2] 共计7人、19首诗，所占比例相当大。

  综上所述，被英语世界选译的"妓女/交际花诗人"数量较多，范围较广，遍布了多个朝代。而唐代官妓薛涛和集交际花与道观身份于一体的鱼玄机又是其中受关注最多、译介作品数量最多的女诗人。如前文所述，在本论文附录"主要论著中诗人及诗题中英文对照表"所统计的21部文

---

[1] Minford, John, Joseph S. M. Lau, *Classical Chinese Literature: An Anthology of Translations*, Hong kong: Chinese University Press, 2000.

[2] Tony Barnstone, Chou Ping, *The Anchor Book of Chinese Poetry: From Ancient to Contemporary, The Full 3000-Year Tradition*, New York: A division of random house, Inc., 2005.

集中的女诗人译介情况结果显示，除李清照外，薛涛和鱼玄机是被译介次数最多的诗人，鱼玄机被译介 67 次，薛涛被译介 51 次，两人合计 118 次，占所有女诗人译介总次数的 1/3。几乎每一本译文集中都收录了这两位女诗人的作品，而且早在 1936 年和 1945 年时，英语世界就已经出现了鱼玄机英译文集和薛涛英译文集，两人的英译文集数量各为 3 部，是除李清照外在英语世界英译文集最多的女诗人。现将两位女诗人在英语世界的具体译介情况概括如下。

（一）集交际花与道姑身份于一体的鱼玄机

晚唐诗人鱼玄机（约 843—868）是一位富有传奇色彩的女性，她的生命历程短暂而坎坷：出生于都城长安（今西安）一户普通人家，天性聪颖，好读诗书，嫁与士大夫李亿当小妾，后被遗弃，866 年出家为咸宜观女道士。鱼玄机居于道观时，多与名士交流，往来酬唱，后因情感纠葛打死婢女绿翘，最终被定罪为"杀人犯"而处死，死后又被谤为"娼妓"。尽管鱼玄机诗才出众，名传千古，但因其非官宦显要，终未能在正史官文中留下只字片纸，她的生平传记资料只散见于晚唐皇甫枚的传奇小说《三水小牍》、宋代初年孙光宪的笔记小说《北梦琐言》、元代辛文房的《唐才子传》、明代叶宪祖的传奇戏剧《鸾鎞记》等文学作品集或野史中。

在国内备受冷落的鱼玄机在英语世界却备受关注，英语世界不仅出版多部鱼玄机诗歌译介研究专集，还不断推出以鱼玄机生平和诗作为题材所编写的小说、传记，以及影视作品。

1936 年，美国学者魏莎出版《卖残牡丹：鱼玄机生平及诗选》(*Selling Wilted Peonies：Biography and Songs of Yu Hsuan-chi，T'ang Poetess*) 一书。该书是"英语世界第一部唐代女性诗作英译单本"，书中既有对鱼玄机诗歌的翻译，也有着对她个人生活经历的介绍。该书给我们呈现了一个独特而传奇的中国女性形象："她不像她同时代的那些女性一样待在闺阁之中，而是自由地奔走于长安这样的大都市，所以她比她们有着更多的活力和更丰富的生活经历。"[①] 书中详细地叙述了鱼玄机在一个落魄文人的陪伴下游历长江并成为这位文人的情妇的故事，有意地放大了鱼玄机离

---

① E. D. Edwards, "Selling Wilted Peonies. Biography and Songs of Yiu Hsuan-chi, T'ang Poetess", *Journal of the Royal Asiatic Society*, Volume71, Issue 04, October, 1939.

经叛道的行为和放荡不羁的性格特征，向英语世界读者呈现了一个具有传奇色彩的中国古代交际花诗人形象。

1998 年，翻译家大卫·杨（David Young）与林爱建（Jiann I. Lin）合译出版鱼玄机诗歌全译本《行云归北》（The Clouds Float North: The Complete Poems of Yu Xuanji），首先对鱼玄机的生平进行了较为详细的介绍，将鱼玄机放置在唐代背景和中国女性生存状况等大框架下进行观照，对鱼玄机的生平经历及创作历程进行了较为深入的评述。该书翻译鱼玄机诗作较多，据考证，鱼玄机共有 50 首诗和五联断句传世，[①] 而该书共翻译了 49 首，几乎涵盖了她所有的传世诗作。

2004，贾斯汀·希尔（Justin Hill）的《天堂过客》（Passing Under Heaven）一书出版，该书以小说的形式刻画了中国唐代女诗人鱼玄机的文学形象。希尔是当代英国作家，他于 1971 年出生于巴哈马，英国兰卡斯特大学文学硕士毕业。他曾作为英国海外志愿者服务社（VSO）的志愿者在中国工作过七年。"在中国期间希尔偶然在一本中国文集里发现了鱼玄机这个人物，她悲剧的一生以及超群的诗歌艺术特色触动了希尔的心灵。"[②] 于是希尔把鱼玄机的诗歌翻译成英文寄回英国，希望能与朋友分享鱼玄机诗歌的幽美和哀怨。但他的朋友不了解中国诗歌的文化语境和象征意义，无法欣赏鱼玄机的诗歌之美。于是希尔便依据鱼玄机原诗的注释和介绍，结合自己的个人理解，对原诗进行翻译和解释，再用鱼玄机的生活经历将她的诗作串联起来，便于朋友清晰地了解鱼玄机的生平经历和创作过程。在翻译鱼玄机歌的过程中，一部小说情节的构思已逐渐呈现于希尔的脑海，最终他以唐代文化为背景，以鱼玄机的诗歌为素材，重塑了自己心目中的鱼玄机形象，为这位没有中文传记的唐代才女写就了一本英文传记。希尔笔下的鱼玄机是凝中华文化于一身的女诗人、女道士形象，也是一位真情无望的寻觅者形象。该书形象激起了英语世界读者对这位唐代

[①] 陈振孙《直斋书录解题》录鱼玄机诗集 1 卷（武英殿聚珍本，卷 9 页 29b）。此集今存，题为"唐女郎鱼玄机集"，收诗 49 首（有数种宋本传世，收于《四部备要》和《续修四库全书》的两种较常见），钱谦益（1582—1664）和季振宜（1630—1674）从《文苑英华》辑诗 1 首（《折杨柳》），见其所编《全唐诗稿本》（台北联经出版公司 1979 年版），第 71 册第 245 页。胡震亨（1569—1645）从《唐诗纪事》中辑断句 5 联，见其所编《唐音统签》（《续修四库全书》本），卷 923 页 12a-b。《全唐诗》从之，见彭定求（1645—1719）等编，《全唐诗》卷 804 第 905 页（中华书局 1960 年版）。

[②] 张喜华：《他者的眼光：贾斯汀·希尔中国题材作品中的文化冲突》，《山东外语教学》2007 年第 4 期。

才女的浓厚兴趣，希尔也因此获得了 2005 年毛姆奖。

2008 年，美国桂冠诗人吉恩·伊丽莎白·沃德（Jean Elizabeth Ward）出版《鱼玄机：被铭记的》（*Yu Hsuan-chi: Remembered*）一书，该书以诗歌、散文与历史相结合的方式来介绍鱼玄机其人，并译介其诗作 49 首。全书开篇便称鱼玄机为"小妾、道姑和高级妓女的合体"，将鱼玄机的诗歌定位为"唐代女性诗歌中最有趣，最离经叛道的作品"[①]。沃德对鱼玄机做了较为全面的介绍，她大量参考了魏莎的《卖残牡丹：鱼玄机生平及诗选》、希尔的《天堂过客》，以及美国作家伊娃·马奇·塔潘（Eva March Tappan）的《世界的故事》（*The World's Story: A History of the World in Story, Song and Art*, 1914）等与鱼玄机相关的资料，对鱼玄机的生平，唐代女性的生活状况等进行了较为细致的介绍，甚至还介绍了与鱼玄机生平经历有关的一些中华文化背景知识，比如介绍汉族民间传说中的司厕之神紫姑，以紫姑嫁给李景做妾，遭李景妻子的妒忌而被其杀害的故事来烘托鱼玄机被李亿纳妾后遭李亿夫人嫉妒的经历等。全书营造了一种神秘的氛围，使鱼玄机的生平和创作充满了传奇色彩。

除了上述鱼玄机英译集和传记作品外，1972 年，印第安纳大学王健（Jan W. Walls）的博士学位论文《鱼玄机诗歌：翻译、注释、评论和批判》（"The Poetry of Yu Hsuan-chi: A Translation, Annotation, Commentary and Critique"）也对鱼玄机的生平和诗歌进行了较为全面的研究。王健以丰富的原始资料编写鱼玄机传记，并对她的全部诗作进行了翻译、注释及评论。[②]

恰如美国布朗大学宗教学及东亚研究专业教授罗浩（Harold D. Roth）所言："鱼玄机一直是一个充满矛盾的形象：她因才华而被人崇拜，又因身世而遭人诟病。围绕她的那些充满性、暴力、宗教和才华的故事，从晚唐以来便吸引着众多读者。鱼玄机诗歌创作成就显著，她依据唐诗的创作原则表达她的智慧、声音和情感，为后世留下了丰富的诗篇。但她通常以'祸水'的形象出现在文学作品中，是女性的一种反面典型。她的经历告

[①] Jean Elizabeth Ward, *Yu Hsuan-chi: Remembered*, lulu.com., 2008, p.6.
[②] Jan W. Walls, "The Poetry of Yu Hsuan-chi: A Translation, Annotation, Commentary and Critique", PhD diss, Indiana University, 1972.

诉世人，处理不好才华和两性之间的关系，终将导致悲惨的命运。"① 综上所述，经过多位学者、文人的翻译和介绍，鱼玄机以一位才华卓绝而又神秘莫测的中国古代传奇女诗人的形象出现在了英语世界。

(二) 乐伎诗人薛涛

薛涛是中唐著名的乐籍诗人。她出生于官宦之家，自小聪慧多才，饱读诗书，但16岁时因生计所迫而流为乐伎，一生结交诸多名士并与他们诗酒唱和。敏慧多才的天资及坎坷丰富的经历赋予了薛涛卓绝的才情和开阔的眼界，她为后世留下了大量构思新颖纤巧、独具艺术风采的诗篇。"据南宋晁公武《郡斋读书志》记载，薛涛曾有《锦江集：唐代名妓薛涛诗选》五卷行世。南宋章渊《稿简赘笔》称薛涛诗有500首。《全唐诗》八〇三卷谓其有《洪度集》一卷，共收诗89首。"② 遗憾的是，因为薛涛的乐伎身份，加之她与元稹等人的风流情史，使她丧失了进入正统文学殿堂的机会，我国现行的诸多版本的文学史著作对她都鲜有提及。

但薛涛在英语世界的文学地位却大为不同，薛涛属于受英语世界关注和译介较早的中国古代女诗人。从20世纪40年代开始，薛涛诗词就已被译成英、日、韩、法、德、西等多种文字，在海外广为流传。

首先让英语世界知晓薛涛的是美国著名的"意象派"诗人、文学评论家洛威尔和美国汉学家埃斯库弗，她们于1921年合作出版中国古诗集《松花笺》，尽管该作中并未对薛涛的诗作进行译介，但如前文所述，该书的书名与薛涛有着深切的关系，"松花笺"是薛涛设计并采用其住所旁的浣花溪水来制作的一种专用以写诗的加工染色纸，故又称薛涛笺。洛威尔和埃斯库弗将她们的译诗集命名为《松花笺》，并选取薛涛笺原本的红色作为诗集的封面底色，以黑色毛笔楷体题"松花笺"三个字于其上，埃斯库弗还专门在该书的引言中对薛涛其人及"松花笺"的来历进行了介绍。由于洛威尔和埃斯库弗的引介方式较为独特，《松花笺》一出版，薛涛便在英语世界引起了众多诗人和学者的关注，薛涛诗词的英译及研究也相继拉开了序幕。

迄今为止，英语世界先后出现过三部薛涛英译专著。它们分别是：
美国女学者魏莎（Genevieve Wimsatt）的 *A Well of Fragrant Waters*

---

① Harold D. Roth; Livia Kohn, *Daoist Identity: Cosmology. Lineage, and Ritual*, Honolulu: University of Hawai'i Press, 2002, pp. 102–103.
② 尹艳辉：《薛涛其人其诗研究》，硕士学位论文，湘潭大学，2005年。

(1945)。这是英语世界第一部译介薛涛的专著,书中共翻译了81首薛涛诗词,没有附中文原诗。1948年,我国原薛涛研究会名誉理事长张蓬舟之子,从事薛涛研究多年的张正则先生遵从父命,对全书内容进行汉译,并将书名 A Well of Fragrant Waters 译为《芳水井》。

美国女作家肯尼迪的薛涛英译专著《思念:薛涛诗选》(*I am A Thought of You*, 1968)。书中共翻译和改写了49首薛涛诗词。该书"前言"对薛涛的家世和人生经历进行了介绍,肯尼迪认为薛涛是"一个貌美绝伦,才华出众的女子,深受父母的宠爱,但离奇的命运却在她年幼之时夺走她的双亲,将她一个人孤苦伶仃地留在了世间。由于贫穷,她不得不想尽一切办法谋求生存"①。肯尼迪对薛涛生世与创作的方方面面都表现出浓厚的兴趣,她对薛涛遭流配的原因进行猜测,她说:"无人知晓薛涛为何遭流放,或许是卷入了一些政治风波,或许是因为一些个人纠葛而引起,也或许是因身处高位而招致妒忌,或是因时局陡变所致;甚或是因为一直未婚的她引来太多仰慕者,而最终遭到人们的非议和排斥。薛涛遭流放的真实原因不得而知,但她的诗歌倒是为我们细致地叙述了那段流放生活。"②与洛威尔和埃斯库弗一样,肯尼迪对"薛涛笺"也充满了好奇,专门在《思念:薛涛诗选》一书的"前言"中对"薛涛笺"及其制作地浣花溪进行了介绍。肯尼迪甚至对薛涛的名字也表现出浓厚的兴趣,并给了薛涛一个极富诗意的英译名:"Waving Grass",其理由为:"薛者,草也,涛者,波涛也,薛涛者,青草如波涛也。"③肯尼迪认为薛涛的诗"精致而优雅"④,她对薛涛诗歌的主题、内容以及成因都做了介绍:"她(薛涛)书写友情、鲜花、翠竹,为大自然歌唱。当她被流放时,她离开了她生命中的一个重要的爱人——一个叫作韦皋的省府官员或诗人元稹,她的诗歌风格因此而变得忧伤而哀婉。"

美国女诗人拉森的译作《锦江集:唐代名妓薛涛诗选》(*Brocade River Poems: Selected Works of the Tang Dynasty Courtesan Xue Tao*, 1987)。由于受前辈诗人洛威尔及其译作《松花笺》的影响,拉森对薛涛充满浓厚兴趣,她在"前言"中对薛涛生平进行了较为详细的介绍。她认为薛涛的人生是

---

① Mary Kennedy, *I am A Thought of You*, New York: Worthy Shorts, 2008, p. 3.
② Ibid., p. 4.
③ Ibid., p. 3.
④ Ibid..

离奇的,"虽然地位低下,却是一个独立的女性,这一点在那个年代并不是一件容易的事",认为她的一生充满着精彩的故事。《锦江集:唐代名妓薛涛诗选》共译介薛涛诗68首,数量较多,几乎占据了现存薛涛诗的3/4。拉森将这68首诗分为咏物诗、送别诗、爱情诗、情景诗、放逐诗、十离诗、咏圣人圣景诗、山水诗、回复诗九大类来进行编排。拉森给予了薛涛诗高度的评价:"薛涛在音韵和内容题材等方面对于唐诗的创作原则运用纯熟,创作主题宽泛,表明她是一个具有自我意识、精于创作的诗人。她的诗在主题和创作手法方面的成就已达到盛唐时期的最佳水平,但却未被当时的评论家所关注,这说明她同时代的很多评论家根本不能理解她的作品……她在诗作中体现出来的思想深度、情感范围和审美控制已显示出她是一个多才多艺、引人注目的诗人。"[①] 拉森采取汉英对照的形式来编排她翻译的诗,大部分译诗后面都加了英文注释,甚至还给出了与原诗相关的典故的英文注释。

三 偏好"艳情"诗,突出"情色"色彩

从译介诗歌的主题来看,英语世界较为偏好那些抒发女性沉醉爱情、缠绵悱恻的闺阁情思的作品,尤其喜欢译介妓女诗人的艳情诗。

众所周知,中国女性自古受儒家思想的规诫,遵守"三从"和"四德"的道德准则,在进行诗歌创作时也同样将"纯洁"和"服从"作为基本的品质标准,故中国古代女性诗作多为传递抒情主体的感情状态之作,"身体"几乎完全不在场,偶有个别妓女诗人创作少量大胆奔放的艳情诗歌,也通常被诗论家斥为"淫诗"而不能登主流文学的大雅之堂,甚或长期被正统文学所批判和屏蔽。然而,英语世界在选译中国古代女诗人作品时,却把注意力更多地集中在中国国内备受冷落的艳情诗歌,刻意突出中国古代女性创作的"情色"层面。

雷克斯洛斯和钟玲的译文集《兰舟:中国女诗人诗选》是最典型的例证。首先,该译文集的命名就十分耐人寻味,在李清照的"轻解罗裳,独上兰舟"中,兰舟本来指木兰舟(Magnolia Boat),但雷克斯洛斯却坚持译为兰花舟(Orchid Boat),尽管当时与雷克斯洛斯合作翻译的中国学者钟玲明知这是误译,但她最终也同意了雷克斯洛斯采用"Orchid Boat"作为书名的做法。"相较于 Magnolia Boat,Orchid Boat 显然给人一种'性

[①] Jeanne Larsen, *Brocade River Poems: Selected Works of the Tang Dynasty Courtesan Xue Tao*, Princeton: Princeton University Press, 1987, pxxi.

感'的遐想"①，雷克斯洛斯对这一意象的改动既形成了对原文的"超额翻译"，也反映出了一种文化的变异。

其次，雷克斯洛斯和钟玲在选择翻译文本时表现出了对艳情作品特别浓厚的兴趣，如对赵鸾鸾的译介就是典型的例证，赵鸾鸾是唐代长安城平康坊的名妓，才华并不卓绝，诗名也并不十分响亮，仅有5首艳诗传世。《兰舟：中国女诗人诗选》从浩如烟海的中国古代女诗人作品中精选75首进行译介，入选诗人和诗作数量及篇幅都十分有限，连管道升、鲍令晖、班婕妤等诗名较高者均只能有1首诗作入选，而赵鸾鸾的5首艳情诗《纤指》（Slender Fingers）、《檀口》（Red Sandalwood Mouth）、《柳眉》（Willow Eyebrows）、《云鬟》（Cloud Hairdress）、《酥乳》（Creamy Breasts）却全部入选。再比如对黄峨诗歌的选译，黄峨是明代工部尚书黄珂之女，出身书香世家，自小才华出众，嫁给翰林院修撰杨慎为妻，但婚后不久，杨慎因在"议大礼"的政争中忤触嘉靖而被贬云南，黄峨独自留在夫家含辛茹苦持家长达30年之久。黄峨擅长以诗词寄情，一生写下许多感人肺腑的诗、词、曲作品，内容丰富，题材广泛，有写景状物、歌咏山川风物的《闺中即事》和《庭榴》等名篇，也有叙事记人的《文君》和《莺莺》等佳作，还有表现理想信念，展示品性特征的《寄升庵》等感人之作，更有着抒发离愁别绪、表达对丈夫深深思念的《寄外》《别意》等名篇佳作。然而《兰舟：中国女诗人诗选》并未选译黄峨的上述几类作品，反倒是专挑了黄峨在国内鲜受关注的描写夫妻生活的散曲《巫山一段云》（To the tune "A Floating Cloud Crosses Enchanted Mountain"）、《南中吕·驻云飞》（To the tune "Soaring Clouds"）、《红绣鞋》（To the tune "Red Embroidered Shoes"）《卷帘雁儿落》（To the tune "The Fall of a Little Wild Goose"）、《南吕·一枝花》（To the tune "A Farewell to a Southern Melody"）《北双调·折桂令》（To the tune "Plucking a Cinnamon Branch"）等风情调笑之作来进行译介。

具体到诗句的翻译时，英语世界的"情色"倾向就更为明显了。比如雷克斯洛斯对赵鸾鸾诗歌的翻译，赵鸾鸾作为一名妓女，她的诗主要以描写女性身体部位为主题，虽然诗歌内容香艳浓烈，但遣词用语比较委婉含蓄，符合中国传统审美风格，而雷克斯洛斯的译文却大胆露骨，一改赵鸾鸾诗歌的原貌。如《酥乳》一诗的译文（见表2-2）：

---

① 刘素勋：《中国古典时期女作家的英译形象——由〈兰花舟〉到〈彤管〉》，《翻译学研究集刊》2011年第14辑。

表 2-2　　　　　　　　　　雷克斯洛斯译《酥乳》

赵鸾鸾原作	雷克斯洛斯译文
《酥乳》	Creamy Breasts
粉香汗湿瑶琴轸，	Fragrant with powder, moist with perspiration They are the pegs of a jade inlaid harp
春逗酥融绵雨膏。	Aroused by spring, they are soft as cream Under fertilizing mist
浴罢檀郎扪弄处，	After my bath my perfumed lover Holds them and plays with them
灵华凉沁紫葡萄。	And they are cool and peonies and purple grapes. ①

在中国古典诗歌语料库中，《酥乳》是唯一一首由女诗人所作的对女性乳房进行直接描摹的作品，诗句中除了描写女性乳房外，还暗示有一位男性"檀郎"的存在，但赵鸾鸾原诗对檀郎的行为只是以"扪弄"一词点到为止，并未展开描述，为热烈大胆的诗句保留了一定的含蓄和委婉，给读者留下了丰富的想象空间。雷克斯洛斯的译文则截然不同，直接点明这位男性的"情人"身份，并用"holds"和"play with"这样形象具体的动词和动词短语对"情人"的行为进行细致鲜活的描述，热烈奔放的语言将赵鸾鸾原本含蓄委婉诗句顿时转化成了一幅活色生香的情色图。

雷克斯洛斯对黄峨散曲的翻译也同样充满浓浓的"情色"味，如《巫山一段云》和《南中吕·驻云飞》的译文所示（见表 2-3）：

表 2-3　　　　雷克斯洛斯译《巫山一段云》和《南中吕·驻云飞》

黄峨原作	雷克斯洛斯译文
《巫山一段云》	To the tune "A Floating Cloud Crosses Enchanted Mountain"
巫女朝朝艳， 杨妃夜夜娇。 行云无力困纤腰， 媚眼晕春潮。 阿母梳云髻， 檀郎整翠翘。	Every morning I get up Beautiful as the Goddess Of love in Enchanted Mountain. Every night I go to bed Seductive as Yang Kuei-fei, The imperial concubine. My slender waist and thighs Are exhausted and weak From a night of cloud dancing. But my eyes are still lewd, And my cheeks are flushed. My old wet nurse combs My cloud-like hair. My lover, fragrant as incense

---

① Kenneth Rexroth, *The Orchid Boat: Chinese Women Poets*, New York: New Directions Books, 1972, p. 30.

续表

黄峨原作	雷克斯洛斯译文
起来罗袜步兰苔， 一晌又魂销！	Adjusts my feet and legs Perfumed with orchids; And once again we fall over Overwhelmed with passion. ①
《南中吕·驻云飞》	To the tune "Soaring Clouds"
戏蕊含莲， 一点灵犀夜不眠。 鸡吐花冠艳， 蜂抱花须颤。 嗟！玉软又香甜。 神水华池， 只许神仙占。 夜夜栽培火里莲。	You held my lotus blossom In your lips and played with the Pistil. We took one piece of Magic rhinoceros horn And could not sleep all night long. All night the cock's gorgeous crest Stood erect. All night the bee Clung trembling to the flower Stamens. Oh my sweet perfumed Jewel! I will allow only My lord to possess my sacred Lotus pond, and every night You can make blossom in me Flowers of fire. ②

在《巫山一段云》原诗中，黄峨以大胆的笔触叙写夫妻沉醉于爱情，享受闺中之乐，整夜不寐的疯狂情状。虽然黄峨以诗句暗示了"行云无力困纤腰""夜夜栽培火里莲"的狂热，但她只对场景进行描述，以比喻、借代等方式来对闺中之事进行含蓄的描述，且未点明主语，没有行为动作的发出者，故诗句描写的场景是模糊的，意象是朦胧的，诗风是含蓄的。而雷克斯洛斯的译文则直接用"you""me""we"来指明行为的发出者，使原本朦胧的画面变得清晰起来，并用"lips""Pistil""lotus blossom""cock"等词将原作中模糊的意象变得鲜活生动起来，将夫妻恩爱、云雨交欢的销魂情状活生生地展现在了读者眼前。而《南吕·一枝花》（To the tune "A Farewell to a Southern Melody"）的译文则更加直白和大胆，将"有一日闲情剩枕和她共，解娇羞锦蒙，启温柔玉封，说不尽袅娜风流千万种"中的"解娇羞锦蒙"译为，"Let you undress me and gently/unlock my sealed jewel"，将"说不尽袅娜风流千万种"，译为"I can never

---

① Kenneth Rexroth, *Notes of 100 Poems from the Chinese*, New York: New Directions Books, 1959, p. 59.

② Kenneth Rexroth, *The Orchid Boat: Chinese Women Poets*, New York: New Directions Books, 1972, p. 60.

describe the ten thousand beautiful sensual / ways we will make love",① 使诗篇充满了直白露骨的"情色"之味。

类似的例子不胜枚举,如将《子夜歌》中的"婉转郎膝上,何处不可怜",译为"And open my thighs/over my lover,/Tell me, is there any part of me/That is not lovable"?②将花蕊夫人《宫词》中的"月头支给买花钱,满殿宫人近数千,遇着唱名多不语,含羞走过御床前",译为"When my name is called/I am not there to answer./I am lasciviously posturing/Before the emperor/As he lies in bed"。③ 将朱淑真《江城子》中的"昨宵结得梦夤缘。水云间。悄无言",译为"Speechless, we made love / In mist and clouds",④ 等等。"open my thighs over my lover""lasciviously posturing""made love in mist and clouds"等词句真可谓赤裸裸的"情色"。

甚至在译介李清照这样的中国正统文学的代表性诗人的作品时,英语世界的译者也会肆意地放大她作品中的性色彩,如克莱尔在《李清照诗选》文后的注释对李清照词中部分意象进行肆意的歪曲,故意制造一种神秘的性欲色彩。把《一剪梅》:"轻解罗裳,独上兰舟"中的"兰舟"与女性的生殖器联系起来。把《浣溪沙》:"辟寒金小髻鬖鬆"中的"辟寒金"说成是一种性欲刺激物。把《南歌子》:"翠贴莲蓬小,金销荷叶稀"中的"莲蓬"和"荷叶"解释为缠足的用具和性爱崇拜物……⑤

总而言之,在英语世界的这些译文中,中国古代女性诗歌的委婉含蓄风格全然不见,呈现在读者面前的俨然是一幅幅活色生香的情色画面,以及画面背后一个个妖媚妖娆、充满欲望的女诗人形象。

四 观照"冷门"诗人

英语世界除了对中国国内知名度较高的李清照、鱼玄机、薛涛等诗人进行大力译介之外,还表现出了对部分在中国国内较受冷落的女诗人的特别关注,比如对清代农民诗人贺双卿和唐代宫女诗人杜秋娘的大量译介和研究。这些女诗人在国内名气很小,诗作成就不高,甚至连她们的存在和

---

① Kenneth Rexroth, *Notes of 100 Poems from the Chinese*, New York: New Directions Books, 1959, p. 58.
② Ibid., p. 9.
③ Ibid., p. 32.
④ Ibid., p. 45.
⑤ 何嵩昱:《李清照词在英语世界的译介考论》,《中外文化与文论》2013年第24辑。

身份都一直受到怀疑，但她们在英语世界却颇受关注，诗作多次被英语世界选译，呈现出了"门内无声门外响"的状况。下面笔者以杜秋娘为例将英语世界中国古代女诗人译介的这一特点呈现出来：

杜秋娘（约791—？）又名杜秋，唐代金陵（今江苏镇江，唐代镇江为润州，又叫金陵）人，歌女出生，15岁时嫁与镇海节度使李锜做妾侍。元和二年（807），李锜举兵反叛朝廷，最终叛乱被朝廷大军平息，李锜死于战乱之中，杜秋作为罪臣家眷被送入后宫为奴，后因一次歌舞表演打动唐宪宗，受到唐宪宗宠幸，被封为秋妃。元和十五年（820）唐穆宗即位，任命杜秋为唐穆宗第六子李凑的傅姆，后李凑被封漳王，但因宫中变故终被废去漳王之位，杜秋也被削籍为民，放归故乡。833年，时任淮南节度使的唐代著名诗人杜牧因公干至扬州，途经金陵，见到年老色衰而又孤苦无助的杜秋，倾听其诉说平生，"感其穷且老"，提笔写下《杜秋娘诗》。这首长120句的五言诗以深切的同情叙述了杜秋娘坎坷不幸的人生经历。杜牧在诗中附了一段注："劝君莫惜金缕衣，劝君惜取少年时。花开堪折直须折，莫待无花空折枝。李锜长唱此辞。"杜牧并没有说明这首七绝的作者是谁，但后世多认为该诗为杜秋娘所作，明末钟惺所编的历代女性诗歌作品总集《名媛诗归》、清代陆昶的《历代名媛诗词》等都将《金缕衣》作为杜秋娘的作品录入诗集。包括流传最广、影响最大的唐诗读物，清代学人蘅塘退士的《唐诗三百首》也清晰地将该诗的作者和诗名记录为"杜秋娘"和《金缕衣》。杜秋娘完全是因为杜牧的《杜秋娘诗》而被后人所熟知，但她并无太大名气，仅有《金缕衣》一首诗作传世，故她一直未引起学界的关注，在国内的文学史教材中根本没有对杜秋娘的介绍，更无学者对她的创作进行专门研究。截至目前，在中国知网上以"杜秋娘"为题名和关键词所能查询到的文献仅有14篇，其中4篇是依据杜秋娘身事杜撰的长篇小说《名姬杜秋娘》[①]的连载，1篇是《名姬杜秋娘》的书评，3篇是对杜秋娘及《金缕衣》进行简单介绍的，2篇是对杜牧《杜秋娘诗》的创作时间进行考证的，2篇是对汤显祖的剧本《紫箫记》进行内容考证的，仅有2篇对杜秋娘的诗作进行美学阐释。

在我国读者和学者看来，作为诗人的杜秋娘诗歌创作成就远不及同时代的鱼玄机、薛涛和李冶三大女冠诗人，作为皇宫嫔妃的杜秋娘名气也远

---

① 参见庐山《绝代名姬杜秋娘》，长江文艺出版社2008年版。

不如杨贵妃、江采萍等人。但杜秋娘却先于其他才华横溢的女诗人和名声大噪的宫廷丽人走进英语世界读者的视野，她的《金缕衣》一诗被诸多汉学大家屡次进行英译。早在1898年，著名英国汉学家翟理斯就在其《古今诗选》一书中对杜秋娘进行了译介。翟理斯英译杜秋娘的名字为"Tu Ch'iu-niang"，将《金缕衣》一诗诗名译为"Golden Sands"，并在译文中专门用"poetess"一词指明杜秋娘的女性身份。笔者曾在前文中提到，《古今诗选》是英语世界第一次以诗集形式集中向读者介绍中国古诗，书中共译102位诗人的176首诗，其中只有5位女诗人入选，唐代仅有1位，而这个"首位走进英语世界的唐代女性并非负有盛名的唐代女诗人薛涛或是鱼玄机，而是一位普通歌女杜秋娘"①。自翟里斯的译介开始，英语世界对杜秋娘的关注就再没有间断过，她的《金缕衣》屡次出现在各种译著中。1901年，翟理斯在其编著的《中国文学史》中译介了杜秋娘及其《金缕衣》；1918年弗莱彻的《英译唐诗选续集》、1929年宾纳和江亢虎合译的《群玉山头：唐诗三百首》、1962年英国企鹅图书出版的由戴伟士主编的《中国诗词选译》、1990年出版的徐宗杰先生的《唐诗二百首英译》、2001年中华书局出版的张炳星先生的《英译中国古典诗词名篇百首》、2005年美国纽约兰登书屋出版的巴恩斯通和周平编译的《安克丛书：中诗英译选集（从古代到现代）》，以及2009年人人图书馆出版社推出的《唐诗三百首》②等译本中，均对杜秋娘及《金缕衣》进行了专门译介。

那么，究竟是什么原因导致杜秋娘这样一位在国内未受太多关注的女诗人成了英语世界关注的一个焦点呢？笔者认为主要有两个方面的原因。

1.《金缕衣》诗句简单通俗、富有哲理、易于接受

《金缕衣》的诗句"劝君莫惜金缕衣，劝君须惜少年时。花开堪折直须折，莫待无花空折枝"，从语言上来讲，诗句平白、淳朴，处处皆是日常生活中常用的词句表达法，口语化极强。整首诗歌无一处用典，通俗平易而又节奏明快，精练含蓄，意绪流畅，形象生动，恰如白居易《新乐府序》所言："其辞质而径，欲见之者易喻也；其言直而切，欲闻之者深诫也。"使其既方便传播又易于接受。从音律节奏上来说，该诗韵律优美，十分适合传唱。该诗属于七言乐府，全诗共四句，押"一七"韵，即第

---

① 王凯凤：《英语世界唐代女性诗作译介述评》，《中外文化与文论》2013年第24辑。
② Peter Harris, trans., *Three Hundred Tang Poems*, London: Everynan's Library, 2009, p. 87.

一句、第二句和第四句的"衣""时""枝"押韵。全诗音调婉转和谐,节奏迂回徐缓,朗朗上口,适合女子低声吟唱和反复咏叹。上联两句的句式相同,都以"劝君"开始,"惜"字反复出现两次;"莫……须"相对,重复却不单调,通过回环的方式反复表达"珍惜青春"这一主题。下联以花作喻,"花"字两次出现,"花开"与"无花"相对;"折"字三次出现,从"堪折"到"直须折"再到"空折",构成了一种叙事性的劝诫:"堪折"时的美好、"须折"时的未折和"空折"时的悔恨、无奈全都跃然纸上,优美婉转地演绎了一曲缥缈的仙乐;铿锵的"须"字和悠扬的"莫"字组成"须……莫""莫……须"的回环咏叹,令人萦耳缥缈。

优美的韵律和通俗的语句使《金缕衣》得以广泛流传,就连街头巷尾的妇孺也能随口吟诵。像翟里斯、弗莱彻这样长期居住在中国,又对中国文学有着浓厚兴趣的汉学家,接触到《金缕衣》这种广为流传的诗作无疑是一种必然。而且早期汉学家们译介汉诗的目的是让西方人了解中国文化与文学,他们常以英语世界的普通读者为受众目标,因此他们在选译诗歌时尽量避免用典较多、晦涩艰深的作品,而更加追求简练干净,通俗易懂的作品。《金缕衣》无疑正好吻合他们的译诗目的。

从内容上看,《金缕衣》所表达的"珍惜青春,勇敢追求爱情"的爱情观、人生观与西方爱情诗歌的惯常主题十分契合,而且《金缕衣》表达主题的方式与西方诗歌十分相似。朱光潜曾对中西诗歌的风格做过深入比较,他曾在《中西诗在情趣上的比较》一文中概括说:"西诗以直率胜,中诗以委婉胜;西诗以深刻胜,中诗以微妙胜;西诗以铺陈胜,中诗以简隽胜。"而《金缕衣》一诗却是开门见山、直奔主题,完全改变了中国诗歌委婉含蓄的风格。"劝君莫惜金缕衣,劝君须惜少年时",诗句大胆歌颂青春,劝君不要追逐钱权名利,劝君一定要珍惜美好的青春少年时光。诗的后两联"花开堪折直须折,莫待无华空折枝"热烈歌颂爱情,以花为喻来告诫君"青春如花,转而即逝",要大胆追求,莫要辜负了大好的青春。这不由得让人想起了17世纪英国诗人罗伯特·赫里克的《给少女的劝告》一诗:"要摘玫瑰得趁早,岁月在催人老;花儿今天在含笑,明天就会残凋。太阳是天上华灯,它正在冉冉升空,越高越快到终点,越高越近黄昏。豆蔻年华最美好,青春,热血方盛;虚度光阴每况下,时间永不停留。抓紧时机别害羞,早嫁个意中人,青春一去不回头蹉跎贻误一生。"尽管国度、年代、文化背景不同，但《金缕衣》与《给少女的劝告》俨然有着异曲同工之妙。因此，《金缕衣》对于来自西方的翟里斯、弗莱彻、宾纳、戴伟士、巴恩斯通等译介者来说，不会产生任何接受障碍，反而有着更多的亲近感。

2. 英美汉学家"依经选本"的"幸运"结果

除却《金缕衣》一诗自身易于传播和接受的特点外，英美汉学家在英译汉诗时所采取的"依经选本"的选择方式更是助推了杜秋娘走进英语世界的历程，使杜秋娘"幸运"地走入了英语世界。

中国古代诗歌浩如烟海，在面对数目庞大的中国诗歌时，英语世界的译介者和研究者很难自己判断出诗歌的优劣，于是他们当中的很多人采取"依经选本"的方式来进行翻译和研究。所谓"依经选本"也就是直接根据中国古典诗歌经典选集中选录的诗人和诗作来进行译介和研究，而非自己从各类文集或诗歌单本中去选择诗人和诗作。比如宾纳的《群玉山头：唐诗三百首》就是以蘅塘退士的《唐诗三百首》为底本而进行翻译的。在我国，各类诗集数量繁多，单就唐诗的选集来说，唐代时期流传的唐诗选本就已有多种，宋、元、明、清各代又出现了林林总总的唐诗选本，但这其中流传最广的要数清人蘅塘退士的《唐诗三百首》。蘅塘退士依照以简御繁的原则，从浩如烟海的唐诗中选取了一些脍炙人口的佳作，辑录而成《唐诗三百首》。他所选作品"平易近人，家弦户诵"[1]，《唐诗三百首》是自清代以来我国流传最广的一部唐诗选集。英语世界的汉学家和翻译家们也纷纷以《唐诗三百首》作为他们英译汉诗的底本，《金缕衣》是蘅塘退士选入《唐诗三百首》的唯一一首女性诗人创作的作品，故杜秋娘受到关注自然是情理之中的事。正如曹顺庆先生2012年教育部哲学社会科学重大课题攻关项目"英语世界中国文学的译介与研究"阶段成果之一的《英语世界唐代女性诗作译介述评》一文所说："蘅塘退士《唐诗三百首》是流传最广、影响最大的唐诗读物，也是唐诗译介初期较为常用的汉诗文本。很多译者在英译唐诗时很可能就是以蘅塘退士《唐诗三百首》为译介蓝本，而诗集中唯一的女性诗作《金缕衣》就成为唐代女性创作的代表，在汉学家的译介下率先走进英语世界。"[2]

---

[1] 江岚：《唐诗西传史论——以唐诗在英美的传播为中心》，学苑出版社2013年版，第251页。
[2] 王凯风：《英语世界唐代女性诗作译介述评》，《中外文化与文论》2013年第24辑。

总而言之，由于《金缕衣》一诗便于传播，加之蘅塘退士的《唐诗三百首》在西方人中影响广泛，最终促使杜秋娘成了英语世界译介中国古代女诗人时"依经选本"的幸运留存。使杜秋娘成了一个"门内无声门外响"的译介和传播特例。

综上所述，英语世界通过自身的选择和译介之后，给读者"创造"，而非"再现"了中国古代女诗人的群像。通过英语世界的"创造"，我们看到更多的是对原文本的变形，是对中国古代女诗人原本形象的变异。而这种变异无疑是吻合翻译学规律和译介理论的，因为"翻译并不是一种中性的、远离政治与意识形态的行为，也不是一种纯粹的文本间的等值转换和替代，翻译是一种文化、思想、意识形态在另一种文化、思想、意识形态中的改造、变形或再创造"[1]。翻译绝不仅仅只是同一个文本在语言文字层面上的转换，也不是一个国家的文学通过另一种文字再现于异国，译者所生活的时代背景和他/她所处的政治、经济、文化环境，以及他/她个人的道德观、审美观、文学观和翻译观等诸多主、客观因素，决定着他/她的翻译动机和目的，从而影响到译介的效果。

从宏观的角度来看，时代背景、文化格局、政治意识形态等因素会影响到译者对文本的选择倾向。20世纪70年代，比利时学者安德烈·勒弗菲尔在其《翻译、历史和文化》一书中提出了翻译操纵论，认为意识形态同诗学一样，都是操纵翻译过程的重要因素。安德烈·勒弗菲尔还认为意识形态会影响翻译的方方面面，比如会影响译者对翻译文本的选择。而我们知道，20世纪的东西方在政治、经济、文化各方面都不平衡，较之西方国家，中国在政治、经济、文化等诸多方面都处于弱势地位，因此在20世纪的文化交流中，东西方的话语权必然是不平等的。正如有学者所言："由弱势文化翻译到强势文化中的文本多是用于满足和迎合强势文化中的某种特殊诉求"[2]，英语世界对中国古代女诗人的译介正是为了迎合欧美学者的某种内心诉求，或许也可以说，英语世界通过译介所"创造"的中国古代女诗人形象，其实是欧美译者从"东方主义"出发进行想象的结果。东方主义是后殖民时代西方建构和想象东方的一种话语霸权，是西方世界对第三世界的意识形态的想象。译介既是西方（英语世界）了

---

[1] 吕俊、侯向群：《英汉翻译教程》，上海外语教育出版社2001年版，第21页。
[2] 王少娣：《跨文化视角下的林语堂翻译研究》，博士学位论文，上海外国语大学，2007年。

解东方的一扇窗口,也是西方(英语世界)想象东方的一个艺术平台,在进行文本选择和文本译介时,英语世界可以自由选择自己喜欢的文本,站在自己的立场来对原文本进行译介、改造和变形,而这种变异对英语世界而言,有着实实在在的深刻的意识形态和精神需求意义上的正确性。

首先,对于英语世界而言,在二战后人们伤痕累累的精神世界和西方高度工业化、物质化的生活映衬之下,东方古国的异域女诗人及其清丽质朴的诗歌散发着独特的魅力,高度迎合了西方人在高度工业化社会压力下对回归自然的向往和诉求。对于刚刚经历了两次世界大战惨绝人寰的屠杀和毁灭的西方人来说,他们道德意识衰退,精神财富沦丧,正处在深重的精神和文化危机之中,而那些神秘传奇、大胆不羁的妓女诗人和那些温香萦绕、弱吟娇叹的诗词无疑正好成为抚慰他们内心,支撑他们与西方社会主导阶级的思想和信仰相抗衡的特殊养分。

其次,"从20世纪西方的社会思潮和文学发展背景来看,一方面,19世纪浪漫主义文学思潮的影响余波未了,异国情调、神秘色彩等审美诉求仍支配着西方人对文学作品的选择。另一方面,20世纪中叶正值英语世界意象派诗歌运动的蓬勃发展时期,特别是20世纪50年代末至60年代初美国的旧金山文艺复兴运动,极其推崇中国古典诗歌简朴的主题和含蓄的诗歌风格,以及中国古典诗歌独特的意象并置技巧"[①]。

在上述的历史文化状况和文学发展背景下,中国古代女诗人及她们的文学作品应运而入,受到了英语世界的青睐。中国古代女诗人作为来自遥远异域的神秘女性,对西方读者无疑有着相当大的吸引力。无论是她们锁于深闺的哀怨情愁,抑或是发于青楼的艳诗丽词,都足以让西方读者充分感受到神秘的东方文化带给他们的刺激和想象。李清照、朱淑真、贺双卿等人意境深远、清新自然、任情而发的优美诗词正好与西方文学的诗歌理论暗自契合,赵鸾鸾、鱼玄机、吴藻等人对普通人性的描绘方式正好满足了西方人的内心需求,故英语世界的译者们便从两千多年的中国女性文学创作史中摘取了他们眼中最闪亮的明星,以他们想象中国古代女性的独特方式,塑造出了别样的中国古代女诗人群像。

而且英语世界对中国古代女诗人群像的塑造是不断变化发展的。随着中外文化交流的日益广泛,英语世界对中国古代女诗人的认识越来越深

---

① 何嵩昱:《李清照词在英语世界的译介考论》,《中外文化与文论》2013年第24辑。

人，自20世纪末开始，英语世界对中国古代女诗人的译介逐渐走向全面和完善。

首先，对各个朝代女诗人的编选更加全面，也更符合中国文学史的真实面貌。从对明清女诗人的译介就可看出明显的变化。通过前文的梳理可以看出，20世纪90年代以前的译介文本对明清时期女诗人的关注较少，如《兰舟：中国女诗人诗选》中译介的古代女诗人共35人，诗词作品共75首，其中唐宋诗人19位，诗歌40首，而明清诗人只有11位，诗歌27首，显然唐宋所占的比例远大于明清，而这实际上是不符合中国文学史实的。在中国文学史上，明清时期是女诗人人才辈出的一个时期，据胡文楷的《历代妇女著作考》中所辑录的历代女作家数量来看，明清时期的女诗人多达4214位，而明代以前只有117位，仅占2.78%。[①]康正果也曾总结说："明代才女的诗作超过了明以前各朝妇女诗词的总合，而清代才女的诗作又超过了历代妇女诗词的总合。"[②]与历代才女相比，明清女诗人不仅在数量上占有很大优势，文学成就也达到了前所未有的高峰，带动了当时地方上与家族中以才女为荣的社会风气。明清女性不仅进行个人创作，还走出闺房，结成诗社进行团体创作，并"开始冲破'男女授受不亲'的藩篱，通过拜师学诗、撰序题跋、联吟唱和等形式与男性文人接触，并得到他们的指导和帮助"[③]。由于缺乏了解，故英语世界起初对明清女诗人的关注和译介都很不够，直到1985年，胡文楷编著的《历代妇女著作考》修订本出版，使西方汉学家们初次认识到明清女性诗词创作才华的出众，他们才开始将关注的目光投向明清时期的女性文学创作，所以在孙康宜和苏源熙的《中国历代女作家选集：诗歌与评论》与伊维德和管佩达的《彤管——帝国时期的女作家》等20世纪90年代后的译著中，明清女诗人的比例大为提升。单就《中国历代女作家选集：诗歌与评论》一书来说，如表2-1所示，该书共译介了144位古代女诗人的987篇作品，其中明代占了46人、324篇，清代占了66人、496篇，明清共计112人820篇，占据了该书译介诗人总数量的77.7%和译介作品总数量的83%。

其次，对女诗人类型的选择更加多样化，更加全面。译介者们不再把

---

① 胡文楷：《历代妇女著作考》，南开大学出版社2003年版，第1页。
② 康正果：《风骚与艳情》，上海文艺出版社2001年版，第387页。
③ 郭延礼：《明清女性文学的繁荣及其主要特征》，《文学遗产》2002年第6期。

目光过多地聚焦于妓女/交际花诗人身上，而是全面观照各类诗人，《彤管——帝国时期的女作家》将笔墨平均分配给宫廷女仕、名妓、闺秀、宗教女性等各类女诗人，让读者得以窥见更多样化的中国古代女诗人的形象。

此外，对于译介文本题材和内容的选择也变得更加宽泛和全面，不再偏重于"情"和"色"的表达。李清照终于在《中国历代女作家选集：诗歌与评论》中喊出了"生当作人杰，死亦为鬼雄"的巾帼强音，黄峨也终于在《彤管——帝国时期的女作家》中表达了"三春花柳妾薄命，六诏风烟君断肠"的苦难夫妻劳燕分飞的悲伤之情。读者终于全面完整地认识了虽觥筹交错却心性高洁的薛涛，领略到她"扫眉才子知多少，管领春风总不如"的女校书形象；听到了鱼玄机于悲惨命运中发出"自恨罗衣掩诗句，举头空羡榜中名"的慨叹，看到了在命运沉浮中的女冠/交际花的反抗精神和独立人格。

更值得注意的是，英语世界对女诗人的译介已不再仅仅局限于生平介绍和诗词曲赋作品的翻译，译介者们已将笔触延伸到女诗人生活和创作的方方面面，孙康宜等学者开始大量翻译女诗人的诗论、词论，曼素恩、方秀洁等人开始翻译女诗人的游记、书信等。

第二节　译介策略的选择及变异特点

中、英世界的文学有着异质性，也即有着"在文化机制、知识体系、学术规则和话语方式等层面表现出的从根本质态上彼此相异的特性"。[①] 英语世界的中国古代女诗人译介实际上是一种建立在跨越性基础上的文学译介，译介者是从跨语言、跨文化、跨国界、跨民族的立场上来对中国古代女诗人及其作品进行译介和阐释的。因此，译介者的文化背景必然会对其译介态度有所影响。此外，译介者的个人价值观、文化意识、研究意图等多个方面的因素也会对其译介效果产生影响，即使是具有相同文化背景的译介者，也会因为他们个体之间诸多主、客观因素的差异而带来译介成果的差异性。也即是说，来自不同国家和地区的译介者会有着不同的文化立场和民族意识。国际局势、社会文化大环境以及各国的政治经济条件等

[①] 曹顺庆：《比较文学教程》，高等教育出版社2010年版，第230页。

因素,都会对译介者的内在译介动机产生影响,而民族文化和国家意识也会潜移默化地影响着译介者的审美心理、思维方式、价值观念、宗教信仰,以及情感认同等。不同文化背景下的译介者和研究者会对同一个诗人作出不同的评判,会对同一个文本做出不同的阐释。故本节将以宏观把握和微观分析相结合的方式,对英语世界译介、研究中国古代女诗人的人员进行类型性分析和个体性考察,以期透过文化身份、职业属性、教育背景、知识结构等外在客观性因素探明不同译介者的文化意识、译介策略、译介意图等主体性问题,从而更好地把握英语世界中国古代女诗人译介和研究的深层内蕴及走向。

在进行类型分析时,笔者综合考虑译介者的地域属性和民族身份等因素,首先将译介者划分为欧美译介者和华人译介者两大类。因为英语世界的中国古代女诗人译介队伍主要以欧美学者和华人学者为主体,虽然偶有东亚其他国家的学者,如日本东京大学的大木康(Yasushi Oki)[①]对明清女性文学有所研究,并以英文撰写过相关论文,但毕竟数量极少。

文化和文学是具有民族性的,一国学者对异域文化的评价和对异国文学的接受,始终摆脱不了自身文化价值观的影响。正如曹顺庆先生所说:"一种文学文本在异于自身的文化模子中传递和交流时,接受者由于文化背景的不同,必然会对其进行有选择的接受或拒绝。同时,由于文化过滤的作用,接受者必然会对传播方的文学进行一定程度的误读,这一过程在一定程度上造成了文学的变异。"[②] 由于中西文化之间存在"异质性",欧美研究者在译介和接受中国古代女诗人的过程中,总会站在"他者"(The Other)的立场上来进行审视和思考。"他者"是与"自我"(Self)相对而形成的概念,"指自我以外的一切人与事物。凡是外在于自我的存在,不管它以什么形式出现,可看见还是不可看见,可感知或是不可感知,都可以被称为他者"[③]。西方人通常将"自我"以外的非西方世界都视作"他者",将"自我"与"他者"截然对立起来。因此,"他者"的概念实际上潜含着强烈的西方中心的意识形态。可以说,"他者"是西方了解世界其他地方的观念工具,欧美学者在对中国古代女诗人进行译介和

[①] 大木康(Asushi Oki)是日本东京大学东洋文化研究所的教授,专攻明清文学和明清江南文化史。

[②] 曹顺庆:《比较文学教程》,高等教育出版社2010年版,第97页。

[③] 张建:《西方文论关键词:他者》,《外国文学》2011年第1期。

研究时，通常是站在"他者"的视角上进行，而华人学者则不同，由于他们与生俱来的中华血脉和根深蒂固的华夏民族情结，故他们的译介往往会存有更多"自我"的成分。

其次，职业属性和文化身份也是影响译介者风格和特点的重要因素，通过对英语世界中国古代女诗人译介者和研究者队伍的梳理发现，这些译介者的职业属性和文化身份较为多样和复杂，既有诗人、大学教师、科研人员，也有政治家、军事家、传教士、外交官，还有演员、剧作家等，而且具有不同文化身份和不同职业的译介者风格各异，呈现出了各自不同的特点。

一 外交官的译本：以介绍和传播文化为目的的"文化过滤"

英语世界最早对中国古代女诗人进行译介和研究的是两位来自英国的外交官：翟里斯和弗莱彻。他们的出现是历史时代发展的产物。14—19世纪期间，明清封建政府采取闭关锁国政策，中国和西方的交流甚少，只有少量的传教士进入中国。而自从签订《南京条约》以后，英国以及其他一些国家取得了在中国驻使的权力，各国外交官纷纷进入中国。他们的驻华经历和一定的汉学基础（翟里斯和弗莱彻都被后人誉为"汉学家"），使他们有着研究中国文化和文学的得天独厚的条件。但是他们的职业性质和文化身份又决定了他们的文学研究必然有着区别于其他研究者的特点。

（一）以介绍和传播文化为主要目的，女诗人研究只是附带成果

外交官是一个国家从事外交事务的官员。外交官与专门从事文学研究的专家学者不同，文学于他们肩负的政治外交使命而言，只不过是一种辅助性的文化传播载体。他们翻译和研究文学的动机要么是出于对文化的传播，要么是源于个人对中国文化的仰慕和对中国文学的热爱。因此，他们对文学的研究往往并不深入，而中国古代女诗人又只是他们研究中国古典文学过程中产生的一种附带产品，因此相关研究成果数量较少，内容较浅。

总体看来，翟里斯和弗莱彻译介的中国古代女诗人及诗作有班婕妤的《团扇诗》、杜秋娘的《金缕衣》、朱淑真的《初夏》、赵彩姬的《暮春江上送别》、赵丽华的《答人寄吴笺》和方维仪的《死别离》，总共6位女诗人、6首诗歌，都属于用浅显通俗的语言表达简单而普遍的情感的诗歌。而且他们翻译女诗人作品的目的主要是介绍相应时期的中国文化。换

句话说,他们是在向西方介绍中国文化的过程中涉及一些关于中国社会现象及女性生活状况的内容时,才引出女诗人的作品作为例证。比如翟里斯在《中国文学史》一书对赵丽华和赵彩姬两位女诗人的介绍,其目的并不在于译介和研究两位女诗人的创作,而是在于向西方读者介绍中国古代"妓女"阶层的社会地位和生活状况。翟里斯先用大量笔墨对"官妓"阶层的生活状况、社会地位,甚至容貌外表、性格喜好等进行了细致的介绍,之后才引出赵彩姬和赵丽华两位女诗人的作品来证明"官妓"阶层女子的多才多艺。

(二) 译介简单,译介过程中文化过滤现象较明显

翟里斯和弗莱彻译介中国古代女诗人的成果不仅数量少,而且较为简单,没有对女诗人的创作情况进行详细交代,更没有结合女诗人的写作手法、诗歌风格等进行处理,基本上只有简单的字面翻译和介绍。从他们的几首英译诗便可看出他们的译介程度。翟里斯英译了《暮春江上送别》《答人寄吴笺》《金缕衣》3首诗,为了便于比较分析,笔者将译文与原诗一一对照排列如表2-4:

表2-4　　　　　　　　翟里斯英译诗三首

原诗文	英译文	译文释义
《暮春江上送别》 一片潮声下石头, 江亭送客使人愁。 可怜垂柳丝千尺, 不为春江绾去舟。	The tide in the river beginning to rise, Near the sad hour of parting, brings tears to our eyes; Alas I that these furlongs of willow-strings gay, Cannot holdfast the boat that will soon be away![1]	江中的潮水开始上涨, 离别的悲伤使泪水充满眼眶; 我为这生机勃勃的柳丝叹息, (柳丝) 系不住那即将离去的舟船!
《答人寄吴笺》 感君寄吴笺, 笺上双飞鹊。 但效鹊双飞, 不效吴笺保。	Your notes on paper, rare to see, Two flying joy-birds bear; Be like the birds and fly to me, Not like the paper, rare![2]	看见你的笔记稀疏落在纸上, 信纸上有两只喜鹊正在飞翔; 愿你像鸟儿一样飞向我, 而不像这信一样,罕见!

---

[1] Herbert Giles, *A History of Chinese Literature*, New York: D. Appleton and company, 1900, p. 333.

[2] Ibid..

续表

原诗文	英译文	译文释义
《金缕衣》 劝君莫惜金缕衣， 劝君惜取少年时。 花开堪折直须折， 莫待无花空折枝。	I would not have thee grudge those robes Which gleam in rich array,	我不会让你吝惜那些华贵的长袍，
	But I would have thee grudge the hours of youth which glide away.	但是我希望你珍惜渐渐流逝的年少时光。
	Go, pluck the blooming flower betimes, lest when thou com'st again,	去，及时摘下盛开的花朵，以免你以后再不能摘它，
	Alas I upon the withered stem no blooming flowers remain!①	不要等到它不再开花只剩下枯萎的茎时再来叹息！

从表 2-4 中三首诗的汉英比照可以看到，翟里斯没有翻译诗歌题目，翻译的语句整体看来较为直白、简单，尤其是《金缕衣》一诗的翻译，语句表达十分口语化，仿佛是在跟一个好友促膝讨论人生。虽然翟里斯在翻译时十分注重押韵，但他的诗句读起来更像散文。此外，对于诗中的一些带有中国文化和地域标签的事物，翟里斯干脆不予翻译，比如《答人寄吴笺》中的"吴笺"，"吴"是指吴地（今苏浙一代），古代吴国地处长江三角洲，土地肥沃，资源丰富，吴人以自己的勤劳和智慧在这块得天独厚的土地上创造了为世人所景仰和瞩目的文化成果，后人常用"吴文化"来指代吴地丰富的物质文明和精神文明。诗中的"吴笺"是指吴国产的精美纸张，该词经常出现在中国古诗中，用以指代信纸。如陆游诗中就有这样的诗句："衰迟未觉诗情减，又擘吴笺赋楚城"（《新滩舟中作》）和"欲寄吴笺说与，这回真个闲人"（《风入松》）。翟里斯在翻译时没有对"吴笺"做任何解释，也没有对这一物品进行特别的翻译，只用了一个单词"paper"来进行翻译，显然"吴笺"一词的文化内涵根本没有传达出来。

弗莱彻的英译诗也同样有着语句简单和丢失原诗文化内涵的情况，比如他对《金缕衣》一诗的翻译：

    RICHES
    Mrs. Tu Ch'iu
    "If you will take advice, my friend,

---

① Herbert Giles, *A History of Chinese Literature*, New York: D. Appleton and company, 1900, p. 178.

> For wealth you will not care.
> But while fresh youth is in you,
> Each precious moment spare.
> When flowers are fit for culling,
> Then pluck them as you may.
> Ah! wait not till the bloom be gone,
> To bear a twig away!"①

弗莱彻将诗题译为"Riches"（意为：财富、富有），从含义上来说没有错，金缕衣是指用金线做成的华丽衣裳，意指富贵、金钱等。但原诗中的"金缕衣"指代的又不仅仅只是财富，因为"金"在中国文化中有着特别的内涵。中国是最早认识和使用黄金的国家，"在中国传统文化和观念中，黄金是地位和权力的象征，代表至高无上的权力"。②黄金在中国不仅仅只是一种物质财富，更是一种精神财富的象征。所以当弗莱彻将"金缕衣"换为"Riches"时，"金缕衣"一词中所包含的一些深层文化意蕴也就丢失了。

从曹顺庆教授的"变异学"理论来看，翟里斯对"吴笺"的翻译和弗莱彻对"金缕衣"的翻译其实是一种"文化过滤"现象。"文化过滤指文学交流中接受者的不同的文化背景和文化传统对交流信息的选择、改造、移植、渗透的作用。"③翻译过程中经常会发生文化过滤，"从本质上讲，翻译就是译者在两种语言范围内的文化对话与交流，是两种不同文化内涵的异质语言的比较，而且也通过语言进行异质文化的比较"④。因此译介者的双文化修养、双语能力和可接受语境等因素都会影响其对作品翻译的"忠实"程度。

从翟里斯和弗莱彻的知识结构及文化背景来看，他们都具有深厚的中西文化修养和较强的汉英双语能力。翟理斯出生于英国牛津的一个文人世家，其父是一位具有相当知名度的编辑和翻译，从小受父亲濡染的翟理斯

---

① W. J. B. Fletcher, *More Gems of Chinese Poetry, Translated into English Verse*, Shanghai: The Commercial Press, 1919, p. 194.
② 陶立璠：《中国黄金首饰民俗文化内涵》，http://www.sdhjxh.com/news/Article_Print.asp?ArtioleID=70062447。
③ 曹顺庆：《比较文学教程》，高等教育出版社2010年版，第98页。
④ 同上书，第103页。

具有很强的语言学习和运用能力，1867年，他通过英国外交部的选拔考试，被派往英国驻华使馆。此后在中国担任了26年的外交官，曾先后在天津、汉口、上海、宁波、福州、厦门、广州、汕头、淡水等地就职，直至1893年因身体原因辞职返英。"1897年，他全票当选剑桥大学的汉学讲座教授，成为继著名汉学家威妥玛先生（Thomas Francis Wade，1818—1895）之后，剑桥的第二任汉学教授。"[1] 翟理斯的外交官职业造就了他良好的汉语技能，加之过人的英语语言天赋，为他的汉学研究提供了最扎实的基础保障，他卓越的汉学成就至今备受推崇。弗莱彻也是外交官和翻译家，是全世界范围内最早出版唐诗英译专门著作的译者，他和翟理斯一样，在中国生活长达二十几年。在卸任外交职务以后，弗莱彻没有回英国，他留在广州中山大学执教，一直致力于他所热衷的文化交流事业，直至去世。翟理斯和弗莱彻的中西文化修养和汉英双语能力无疑足以保证他们具有较高的英译能力。所以他们在翻译过程中出现译介简单和文化过滤的情况绝非因为语言能力所限，而是缘于他们的职业属性和译诗动机。外交官是一种特殊的文化身份，"他们是中西之间的一个特殊的文化群落和矛盾集合体，他们身上体现着西方文明与中华文明的碰撞、交汇和融合：他们既是西方炮舰政策的执行者，又是中华文化的仰慕者；他们是西方人文精神向东方的移植者，更是中华文化向西方传播的拓荒者和奠基人"[2]。在19世纪末20世纪初，中英世界的沟通渠道较少，外交官不仅是一国的外交使节，也是国与国之间文化沟通的桥梁和纽带，他们有着向西方传播中国文化的使命感和自觉性。他们在进行中国文学的研究时，通常会把介绍和传播文化当作首要任务，所以翟理斯和弗莱彻在译介中国古代女诗人的诗歌时，他们并不会从文学的角度对诗歌作细致思考和深入研究。此外，由于他们当时面对的接受群体是几乎不懂汉语，且对中国一无所知的纯西方读者，而中国古典诗歌对西方读者来说本来就是一种很难理解的文体，如果要全然传递诗中包含的文化意蕴，恐怕只会让西方读者望而却步，不敢品读。所以，二位译者便采取"有意过滤"的方式，将诗歌中带有文化深意的词汇和内容简单化、西方化了。

---

[1] 江岚：《唐诗西传史论——以唐诗在英美的传播为中心》，学苑出版社2013年版，第42页。

[2] 陈友冰：《英国汉学的阶段性特征及成因分析——以中国古典文学研究为中心》，《汉学研究通讯》2008年第3期。

二 诗人的译本：以表达自我为目的的"创造性叛逆"

在英语世界的中国古代女诗人译介和研究队伍中，我们发现不少诗人的身影：美国的洛威尔、雷克斯洛斯、巴恩斯通、拉森、沃德，加拿大的格莱温等，还有美国作家希尔也在他的小说创作中对中国古代女诗人的诗歌进行译介。他们的诗人和作家特质决定了他们天马行空的想象力和创造性。他们通常不受学术规范的限制，也不拘泥于固有的研究模式，在进行翻译时，他们通常是吸纳原作内容并将其转化为自我创作灵感，以十分"大胆"的独创性译文来"彰显自己的诗学观念，表达自己的美感经验、将自己对原诗的主观感受以优美的英文呈现出来"①。他们的译介呈现出别具一格的特色。

（一）以介带译，注重背景知识的介绍

总体来说，诗人类研究者的成果主要以英译诗集的形式出现。有对单个女诗人的诗歌进行专门翻译的，如拉森的《锦江集：唐代名妓薛涛诗选》、雷克斯洛斯的《李清照诗词全集》、沃德的《鱼玄机：被铭记的》；有对多位女诗人诗作进行翻译的合集，如拉森的《柳酒镜月：唐代女性诗集》、雷克斯洛斯的《兰舟：中国女诗人诗选》；还有在中国古典诗歌英译集中选录女诗人作品的，如洛威尔与埃斯库弗的英译诗集《松花笺》，雷克斯洛斯的《中国诗歌一百首》《爱与流年：续汉诗百首》《爱、月、风之歌：中国诗选》，巴恩斯通的《安克丛书：中诗英译选集（从古代到现代）》；此外，还有希尔在他的小说《天堂过客》中翻译了鱼玄机的49首诗歌。

但这些英译集不仅停留于对诗歌进行翻译，更注重在诗集的"引言"或"附录"中对女诗人的生平经历、逸闻趣事、创作背景、诗歌内容等进行较为细致的介绍。如拉森在《柳酒镜月：唐代女性诗集》的"引言"（Introduction）中对唐代女性的生活状态、创作情况，以及唐代的社会状况、时代风尚等进行了十分详细的介绍；在《锦江集：唐代名妓薛涛诗选》的"引言"（Introduction）中对薛涛的生平及创作进行了细致的评述（评述的具体内容详见本书第四章）。此外，雷克斯洛斯也为《爱与流年：

---

① 钟玲：《美国诗与中国梦——美国现代诗里的中国文化模式》，广西师范大学出版社2003年版，第34页。

续汉诗百首》写了序言，全面介绍了中国爱情诗歌的创作情况。加拿大格莱温的《中国诗歌精神》更是在每一首译诗之后都加上一些评注，内容涉及女诗人生平、诗歌内容和诗歌写作背景介绍，以及对女诗人及其诗作的评价。

例如格莱温在书中详细地讲述姚月华的一段感情经历，进而交代她创作《阿那曲》的缘由：

> 姚月华的父亲大概是一个商人，姚月华曾随父寓居扬子江，听闻邻舟一书生吟诵自己的诗作，便与他诗词唱和，两人你来我往，创作了不少诗歌，但因姚月华随父离开扬子江，故书生再未收到其回诗。两人往来之诗今存六首，《阿那曲》便是其中一首。①

在介绍孟昌期妻孙氏时，格莱温谈到了孙氏自己对女性创作的矛盾态度：

> 孙氏是一个进士之妻，常为丈夫写诗。一日，她突然说："才思非妇人事"，说罢便将自己所有的作品付之一炬。最终，她的诗作只有两首传世。②

格莱温认为孙氏只是一个名不见经传的小作家（a minor poet），自己收录她的这首与琴有关的诗《闻琴》主要是为了引出下一首李白的《听蜀僧浚弹琴》。

在介绍乐昌公主时，格莱温首先详细讲述了乐昌公主因陈国灭亡而被隋国掳走，离开了丈夫徐德言，被迫当了隋国丞相杨素的妾，但她对丈夫忠贞不渝，以真情打动杨素，最终杨素成全她和徐德言破镜重圆的故事。讲述完由乐昌公主的故事后，格莱温还由此引出了一段对中国古代女诗人诗歌创作主题的评论：

> 中国古代女诗人的创作主题总是悲伤的：沮丧，失望，担心，失

---

① Greg Whincup, *The Heart of Chinese Poetry*, New York: Anchor Press, Doubleday, 1987, p. 108.
② Ibid., p. 113.

落。在一定程度上,这主要源于女人对男人的依赖性。或者说这是因为男人把女人当作附属品的结果。①

格莱温对李清照的评注内容主要集中在对她的爱情和婚姻生活的介绍,认为因丈夫赵明诚之死给李清照带来的悲伤使她的诗篇进入了中国最动人的诗篇之列。②格莱温对李清照和赵明诚之间的爱情表现出浓厚的兴趣,甚至不惜笔墨,花了较多篇幅来讲述两人之间的姻缘:

据说他们的爱情是天注定的,故事得从赵明诚年轻时说起,有一次他做了一个梦,梦见一本奇怪的书。梦醒后,他只记得梦中出现过四个他不认识的字:

1. 言 "speak" and 司 "officer" combined as one character(第一个字是"言"和"司"组成的一个字);

2. The character 安 "peace" with its upper part removed(第二个字是"安"字去掉上面部分);

3. 3 and 4:芝 "orchid" and 芙 "hibiscus" stripped of their grasses (艹)(第三和第四个字是"芝"和"芙"去掉草字头);

4. His father interpreted this to mean that he would become "the husband of a song-lyric poetess"(赵明诚的父亲将这四个字阐释为"词女之夫")③(见表2-5)。

表2-5　　　　　　　　赵明诚梦境解析

1：言 + 司	=词
2：安-宀	=女
3：芝-艹	=之
4：芙-艹	=夫

---

① Greg Whincup, *The Heart of Chinese Poetry*, New York: Anchor Press, Doubleday, 1987, p. 111.
② Ibid., p. 122.
③ Ibid., p. 123.

总而言之，格莱温的评注以各种关于诗词作者的逸闻趣事为主，让读者在对诗歌作者的生平、生活背景等产生直观而感性的认识，从而能更轻松地理解和接受其诗作的内容及意义。

其他多部诗人的译著也都通过"引言"或"后序"来对诗人、诗歌，甚至与诗歌没有直接关系的背景知识进行详细而深入的介绍。洛威尔与埃斯库弗的《松花笺》一书，在正文之前专门写作长达几十页的"引言"（Introduction），不厌其烦地介绍了中国的地理风貌、气候物产、山川人物等，还介绍了中国的科举制度、官阶制度等。

巴恩斯通与周平在《安克丛书：中诗英译选集（从古代到现代）》一书中专门利用"引言"（Introduction）——"中国诗歌形式介绍：阴阳对仗功能"（Introduction to Chinese Poetry Form: as a Function of Yin-Yang Symmetry）对中国古典诗歌的格律和音韵等进行了深入介绍。

雷克斯洛斯与钟玲在他们编译的《兰舟：中国女诗人诗选》一书的附录中，专门以"中国妇女与文学简论"（Chinese Women and Literature: A Brief Survey）为题，对中国古代女性创作环境和生活状况等作了细致的交代，讲述封建礼制对女性的束缚和中国古代男权社会对女性的压制，十分具体地介绍了女孩、成年未婚女性、已婚女性、老年妇女、宫廷嫔妃、上层社会女性、劳动妇女的生活状况，甚至还介绍了家庭中的婆媳关系、夫妻关系等，算得上是关于中国古代女性的百科全书。

总而言之，诗人类译介者非常重视背景知识的介绍，通常用"以介带译"的方式来展开对中国古代女诗人的翻译和研究。

（二）创译式风格明显

诗人、作家类译者有一个共性，那就是他们在译诗时大多采用以传达原诗中的东方情调为追求的创译式。他们通常在译诗过程中大量融入个人独特的审美趣味和诗意想象，尽最大可能地发挥自己的主观能动性，把译文作为对原文的再创造。他们不追求对原诗语言的忠实，而更在乎通过译文表达自己的美感经验，以优美的英文将自己对中国文化的认识和对中国诗歌的感受表达出来，以自己的翻译文字形成独立于原诗的新诗作品，赋予译作自身独立的意义。

英语世界第一位译介中国古代女诗人诗作的诗人洛威尔就属于典型的创译式风格。她出生在波士顿布鲁克兰（Brookline）小城一个显赫的新英格兰贵族家庭。父亲奥古斯都·洛威尔是个成功的商人、园艺家和社会活动家，母亲凯瑟琳·洛威尔是一位颇有名气的音乐家和语言学家，富有才华的母亲让整个家庭充满了文学艺术氛围，洛威尔从小受到良好的家庭教育和学校教育，饱读诗书，才华横溢，但幼时的她并没有机会接触到中国文化与中国文学。她对中国的了解是从她的长兄帕西瓦尔·洛威尔那里开始的。帕西瓦尔·洛威尔是位天文学家，曾于1883—1893年在日本工作和生活长达十年之久，他从日本寄给妹妹的书信和一些日本、中国艺术品引起了她对东方文化的兴趣，而后来洛威尔的好友埃斯库弗从中国带给她的诗画更是令她迷醉于汉诗的"新颖神奇"，激发了她对中国文化的高度热情和向往，走上了汉诗英译的道路。

尽管洛威尔对中国文学有着高度的热情，但是她从未系统学习过汉字，没有深厚的汉学功底，因此她只能通过与别人合作的方式来开展汉诗译介和研究。她自称她的英译汉诗有四条途径：

> 第一条是诗歌的中文文本，为音律记；第二条是词汇的词典意义；第三条是对汉字进行分析；第四条是埃斯库弗的精心诠释，其中包括她认为我必须了解的传说、典故，以及与诗歌内容相关的历史、地理知识等。[①]

汉学基础的缺失和与他人合作译诗的方式增添了洛威尔译诗的难度，但却让她拥有了更多的想象空间和创造空间，使她的英译诗歌呈现出了独特的创译式风格。最能充分体现洛威尔创译特点的当属她对杨贵妃的《赠张云容舞》一诗的翻译（见表2-6）。

表2-6　　　　　　　　　洛威尔译《赠张云容舞》

杨贵妃原诗	艾米·洛威尔英译诗
《赠张云容舞》	Dancing
罗袖动香香不已，	Wild sleeves sway. Scents, Sweet scents Incessant coming.

---

① Amy Lowel, Florence Ayscough, *Fir-Flower Tablets*, Boston：Houghton, 1921, p. ix.

第二章 过滤与变异

续表

杨贵妃原诗	艾米·洛威尔英译诗
红蕖袅袅秋烟里。	It is red lilies, Lotus lilies, Floating up, And up, Out of autumn mist.
轻云岭上乍摇风,	Thin clouds Puffed Fluttered, Blown on a rippling wind Through a mountain pass.
嫩柳池边初拂水。	Young willow shoots Toughing Brushing, The water Of the garden pool. ①

  据记载，一次唐玄宗携杨贵妃游幸绣岭宫，命侍儿张云容献舞。杨贵妃见张云容罗袖轻舒，舞姿翩跹，一时兴致大发，当场写下了这首《赠张云容舞》。诗歌以"罗袖""红蕖""轻云""嫩柳"等富含东方意蕴的物象来刻画宫女摇曳变幻的舞姿，全诗不着一字于人，却又出神入化地表现了舞者的轻灵曼妙。杨贵妃以比喻、借代、借喻等手法将人与物象相融，虚与实相生，呈现出一种典雅隽永，浓淡相宜的东方美。由于杨贵妃自己在舞蹈和音乐方面的过人天赋，故她的创作乐感十足，节奏变化错落，韵律感极强。对于一位西方译者来说，要用英文传达出这首诗的"韵味"和"东方美"，难度可想而知。但洛威尔以其自由的想象和大胆的创造力赋予了译作独具特色的韵味，获得了吕叔湘先生的高度赞赏。

  首先，洛威尔的英译诗彻底改变杨贵妃诗歌原来的形式。杨贵妃的原作是传统的七言绝句，全诗总共 28 个字，分四行排列，节奏为二二三停顿，即"罗袖/动香/香不已"的形式。由于中英文字语言表达的特点不同，汉字凝练，句式相对自由，有限的文字中可以生出无尽的想象，而英语则完全不同，英语更讲求字词的精确明晰和语句逻辑的缜密严整，所以在翻译时，英译诗很难做到与汉诗五言、七言绝句在形式上的完全对等。于是洛威尔把原诗中的诗句大胆地改译成一个个诗节。原诗的四句也就改

---

① Amy Lowel, Florence Ayscough, *Fir-Flower Tablets*, Boston: Houghton, 1921, p. 144.

为了四个诗节,共19行。在每一个诗节中,行与行之间长短不一,首行和尾行相对较长,而中间几行较短。仿若舞女以忽急忽缓、忽轻忽重的舞步诉说内心的情感。洛威尔以简单而又明了的自由散体诗节带给了读者一种别样的美感。吕叔湘先生对洛威尔的译诗大为赞叹,他说:"它用分行法来代替舞蹈节拍。行有长有短,代表舞步的大小急徐,不但全首分成这么多行是任意为之,连每节的首尾用较长的行,当中用较短的行,都是有意安排的。"①

其次,洛威尔的英译诗对原诗进行了韵律的再创作,赋予了原诗韵律新的美感。"杨玉环的原作采用的是七言平仄律,对仗工整,首联、颔联中使用了叠字'罗袖动香香不已,红蕖袅袅秋烟里'回环反顾,有咏叹之意,叠字音调延长,使读者在味觉与视觉上加深了印象,兼之首联、颔联同押'i'韵,诵读时朗朗上口,韵味悠长。颈联,尾联中的两组动词'乍摇风''初拂水'勾勒出舞者飘逸的舞姿,给人一种轻曼明艳的遐想。"②洛威尔在英译时以拟音法、扬抑格、轻重音等方法来传达原诗的音律美。一方面"puffed""rippling""brushing"等拟声词,"coming""floating""touching"等叠韵词的运用给诗作平添了几分明晰的音乐感和跳跃的节奏感,而另一方面"sleeves""sway""Sweet""scent""incessant"等词中反复出现的辅音"s",又将跃动的节奏时时舒缓,归于沉静。于是,整首诗时静时动,时急时徐,节奏鲜明,韵律十足。

再次,洛威尔的英译诗还根据西方的语境对原诗的意象进行了创造性的改变。在中国的传统审美观中,"罗袖""红蕖"等词富含意蕴,总会给人以无限美好的遐想。"罗袖"一词在中国古典诗歌中通常用来指"丝绸质地的舞袖",如"阿房舞殿翻罗袖,金谷名园起玉楼"(《卖花声·怀古》张可久)、"宝筝调,罗袖软"(《更漏子》晏殊)、"罗袖,罗袖,暗舞春风依旧"(《调笑令·宫中调笑》王建)等,不胜枚举。在杨贵妃的诗中用以描写宫女千姿百态的曼妙舞姿时,"罗袖"这一意象更加具有了轻盈、飘逸、雍容华贵的意味。洛威尔将之译为"wild sleeves"(翻飞狂舞的袖子),这显然对杨贵妃的原意有所违背,似乎已消解了原作中的意蕴内涵,但是,放之于西方语境,洛威尔的巧妙则体现了出来,西方的宫廷舞较之中国古典舞更加活泼。"wild sleeves"无疑更能让西方读者体会

---

① 吕叔湘:《英译唐人绝句百首》,湖南人民出版社1980年版,第130页。
② 王薇:《国内翻译界对创造性叛逆的误读》,《襄樊学院学报》2009年第10期。

到舞女的灵动之感。"红蕖"是指红色的荷花，李白就曾作有"一为沧波客，十见红蕖秋"（《越中秋怀》）的诗句；"红蕖"也喻指女子的红鞋，杜甫就有过"罗袜红蕖艳，金羁白雪毛"（《千秋节有感》）的诗句。无论指代哪种意思，"红蕖"都蕴含有"高贵""纯洁"的意思，杨贵妃在该作中以"红蕖"意指舞女姿态亭亭玉立，艳而不俗。洛威尔在英译时配合西方语境，将其译为"red lilies"，"荷花"变身为"百合花"，有助于西方读者领会原作的含义，因为在西方的花语中，百合花才是"高贵""纯洁"的象征，而荷花代表的则是"信仰"。洛威尔英译时的用词，显然是一种别具匠心的改动，以语言表层的变化换取了深层文化内涵的传递。

此外，洛威尔翻译的创译特点还体现在她对"拆字法"（split up）的使用。洛威尔在翻译中国古诗时喜好把中文诗句中的某一繁体字拆开，然后用英文来表达出这一繁体字的各个偏旁部首的含义，并使之与整体诗意相融合，后来学界称她的这种翻译方法为"拆字法"。洛威尔将江采萍《谢赐珍珠》一诗的第二句"残妆和泪污红绡。"译为"I have ended the adorning of myself. My tears soak my dress of coarse red silk"，就是将"残"字拆开翻译的结果；将班婕妤《怨歌行》第二句"皎洁如霜雪"译为"As white, as clear, even as frost and snow"，就是把"皎"字进行了拆分。

雷克斯洛斯也是一位有着明显"创译式"风格的诗人，他是英语世界第一位对中国古代女诗人进行全面译介的人，他与钟玲合译的诗集《兰舟：中国女诗人诗选》是英语世界第一本中国古代女诗人英译诗合集。早在1956年时，雷克斯洛斯就已在他的《中国诗歌一百》的"序言"中明确发表了他的"创译式"宣言，说他的英译诗："传达原诗的精神，成为地道的英语诗歌。[I hope in all cases they (the poetry translations) are true to the spirit of the originals, and valid English poems.]"[①] 而他译诗时对原作的"不忠实"也早已引起学界关注，国内已有学者专门撰文对他的创译式风格进行了评论，比如有学者指出"雷克斯洛斯英译《钗头凤》是

---

① Kenneth Rexroth, trans., *One Hundred Poems from the Chinese*, New York: New Directions, 1956, p. xiii.

一首好诗,但未能准确传达原文的含义,属于'坏译'"①。还有学者认为雷克斯洛斯的音译诗歌是对原作的严重曲解,无法完整地再现中国古代女性诗词的含蓄美。但雷克斯洛斯和洛威尔的情况又有所不同,洛威尔没有汉学基础,甚至根本没有到过中国,她的创译是建立在天马行空的想象基础之上的;而雷克斯洛斯则不同,他与中国有着深厚的渊源,与闻一多是同窗,年轻时因庞德《华夏集》的引领而对中国诗歌产生兴趣,后来因受著名翻译家和诗人宾纳的影响迷恋上杜甫的诗歌,于是开始狂热地追逐中国文化,学习汉字,还给自己取了中文名字"王红公"。雷克斯洛斯虽然出生在美国,成长于西方,但他却长期游弋逡巡于东方文化中,所以他兼具东西方文化的特质,既有着西方文明带给他的自由和豪放,同时又有东方文化赋予他的神秘与宁静,并且他认识汉字,可以自己阅读汉诗原文,所以他比洛威尔更能直观和准确地理解汉诗。他采用翻译与创作相结合的方式来译诗,他英译诗的语调生动感人并能直接与读者沟通,用词精确而不生僻,意象鲜明而强烈,这使他的译作既具有汉诗原文的灵秀,又具有着新鲜的血液。对朱淑真诗歌《旧愁》的翻译是雷克斯洛斯创译之作的典型代表(见表2-7)。

表 2-7　　　　　　　　雷克斯洛斯译《旧愁》二首

朱淑真原作	雷克斯洛斯译文
《旧愁》二首	THE OLD ANGUISH
其一: 银屏屈曲障春风, 独抱寒衾睡正浓。 啼鸟一声惊破梦, 乱愁依旧锁眉峰。	Sheltered from the Spring wind by A silver screen, I doze in my Folded quilt, cold and alone. I start awake at the cry Of a bird—my dream is gone. The same sorrow, the same headache
其二: 花影重重叠绮窗, 篆烟飞上枕屏香。 无情莺舌惊春梦, 唤起愁人对夕阳。	Return. Thick shadows of flowers Darken the filigree lattice. Incense coils over the screen And spirals past my pillow. The oriole is not to blame For a broken dream of a Bygone Spring. I sit with my Old anguish as the evening fades.②

---

① 兰琳:《好"诗"与坏"译"》,《贵州民族学院学报》(哲学社会科学版)2001年第4期。

② Kenneth Rexroth, trans., *One Hundred Poems from the Chinese*, New York: New Directions, 1956, p.108.

朱淑真的《旧愁》本来是两首诗,但雷克斯洛斯将之合二为一,使原诗形式发生了翻天覆地的变化。朱淑真的原诗两首皆为七绝,合计 8 句,而雷氏的英译诗多达 14 行;原第一首诗押"eng"韵,第二首押"ang"韵,雷氏的音译诗在前 5 行押"aabab"韵,剩下的 9 行则无韵可循。从内容上来看,雷氏的英译将第一首和第二首诗在第 7 行的中部进行衔接。第 7 行中的前半部分"Return"属于《旧愁·其一》,而后半部分"Thick shadows of flowers"则属于《旧愁·其二》。由于朱淑真的两首原诗都是抒发离愁别绪之作,两首诗的情感基调、内容主题有着一脉相承的延续感,雷氏创造性地将两首诗不着痕迹地融为一体,丝毫也不影响读者接受,反而把离别的愁绪拉长,增加了原作的忧伤之情和哀怨之感,使诗歌主题更加突出了。

在中西方翻译史上,由于人们对翻译的认识长期局限于简单的语言层面,再加上译者大多处于从属原作的地位,故译者"仆人"说一直是一种被普遍认可的观点。首先,译者是作者和原作的"仆人",他们必须正确理解作者在原作中所表达的内容,并将其进行最精确的语言转换。其次,译者还是读者的"仆人",他们肩负着让读者理解其对原作的转达的责任,将原作内容尽可能准确地转达给读者。杨绛先生曾在她的《失败的经验——试谈翻译》一文中说:"至少,这(翻译)是一项苦差,因为一切得听从主人,不能自作主张。而且一仆二主,同时伺候着两个主人:一是原著,二是译文的读者。"[1] 杨绛先生一语道出了译者的两难境地:若译文完全忠实于原作,读者对译文的接受度则可能会很低;但若是为了便于读者接受而做出变通,译文则又会偏离原作,最终导致读者对于原作内容的曲解或误解。因此,为了保持忠实度和可接受度的平衡,保证"仆人"同时实现对两个主人的服从,不少译者往往以忠实与客观为立足点,力求做到完全中立,并隐形于翻译的作品之中,还有不少译者对原文亦步亦趋,完全不敢进行丝毫的删减或改写,将自己的个性完全抹杀掉。而雷克斯洛斯则认为作者和译者没有主与仆的区别,他们都是靠灵感进行创作和翻译的,他认为"翻译就是某人自己与另一个人具有共同性,把他的话换成自己的话"[2]。故他在译介过程中总是"大胆"地掺杂进自己的创作成分,除了保持与原作的精神相通之外,几乎是创造了另外一首诗。他对

---

[1] 杨绛:《失败的经验》,《中国翻译》1986 年第 5 期。
[2] Richard Jackson, "Translation, Adaptation and Transformation: The Poet as Translator", Non-fiction, Poetry, Translation, Vol. II, No. 3, March 2011.

李清照《一剪梅》的英译便是最典型的例证（见表 2-8）：

表 2-8　　　　　　　　雷克斯洛斯译《一剪梅》

李清照原作	雷克斯洛斯译文
《一剪梅》	SORROW OF DEPARTURE TO THE TUNE "CUTTING A FLOWERING PLUM BRANCH"
红藕香残玉簟秋。 轻解罗裳，独上兰舟。 云中谁寄锦书来， 雁字回时，月满西楼。 花自飘零水自流。 一种相思，两处闲愁。 此情无计可消除， 才下眉头，却上心头。	Red lotus incense fades on The jeweled curtain. Autumn Comes again. Gently I open My silk dress and float alone On the orchid boat. Who can Take a letter beyond the clouds? Only the wild geese come back And write their ideograms On the sky under the full Moon that floods the West Chamber. Flowers, after their kind, flutter And scatter. Water after Its nature, when spilt, at last Gathers again in one place. Creatures of the same species Long for each other. But we Are far apart and I have Grown learned in sorrow. Nothing can make it dissolve And go away. One moment, It is on my eyebrows. The next, it weighs on my heart.①

从表 2-8 的中英诗句对比可以看出，雷克斯洛斯首先在形式上就放弃了对原作的忠实。李清照的原作是双调小令，共 60 字，上阕、下阕各六句，句句平收，韵律工整，声调低抑，节奏缓慢。但雷克斯洛斯完全不以原词的行数、字数为准则，译文采用大量的不规则断句与跨行，毫无对称和工整之感，节奏也显得十分急促。其次，译作还改变了原作中的多个意象，从而也就改变了诗句的抒情氛围和原诗含蓄、哀婉的情感基调。李清照这首词作于婚后不久丈夫赵明诚外出之时，是一首倾诉相思、离愁的别情之词。新婚宴尔，花样年华的少妇本该享受人生最美好的岁月，然而丈夫却因公职离家而去，李清照不禁感叹独居生活的孤独寂寞，惆怅于将会被流水不知带向何方的飘零命运。"红藕香残玉簟秋"写出了荷花凋谢、竹席浸凉的萧疏秋意，一个"玉簟秋"的意象映衬出"人去席凉"的凄

---

① Kenneth Rexroth, Ling Chung, *Li Ch'ing-chao*, *Complete Poems*, New York: New Directions, 1979, p. 27.

楚，精美的竹席上没有了昔日夫妻缠绵、恩爱的情景，只剩下新妇独自一人承受秋之悲凉。雷克斯洛斯领会了作者的孤独寂寞，在翻译时将"秋"译为"Autumn comes again"（秋天又一次到来），更增加了无奈离别的哀愁和忧郁。对于"雁"这一中国古诗中代表"信使"的惯用意向，雷克斯洛斯直接用"Only the wild geese come back / On the sky / And write their ideograms"（唯有大雁归来，在天空中画着表意的字符）表明"雁字"的含义，且与"letter"相呼应，为西方读者扫除了理解障碍。在原词下片中，李清照以一句"花自飘零水自流"表达了她对于人生、年华、离别的凄凉无奈之恨，也充分展示了中国古代别离诗的缠绵凄切的感伤风格，落花流水，前路茫茫，一种悲伤、忧虑、绝望之感萦绕在新妇心头挥之不去，深深的愁怨笼罩着她的心。雷克斯洛斯则以西方爱情诗惯有的积极乐观基调来对原作进行了改写，将"花自飘零水自流"译为"Water after / Its nature, when spilt, at last / Gathers again in one place"（水流分开后，终将归复一处）原词中笼罩在新妇心头的绝望哀愁被"苦尽甘来，聚散有时"的积极向上的爱情期待所取代，将原诗的哀怨之感转为了西方爱情诗惯常表达的期望之情。此外，除了"红藕""玉簟""锦书"一类可感可触的具象描写外，李清照原词更多是以一种素淡的语言来表达抽象而不易捉摸的思想感情，描述诗人以女性特有的敏感捕捉到的稍纵即逝的真切感受。"才下眉头，却上心头"的"此情"仿佛无处不在，却又无法触摸，雷克斯洛斯将之译为一种可感"weighs"（称量），可视"on"（在眉头上）的悲伤"sorrow"，将女诗人内在的抽象情绪外化为具体的客观存在，雷克斯洛斯的英译可谓想象大胆，技法巧妙。

  创译式风格在当代美国诗人拉森的译作里也有较多体现。拉森是诗人、小说家、翻译家和散文家，也是美国霍林斯大学的教师。她1950年出生于华盛顿，成长于堪萨斯，曾在弗吉尼亚、宾夕法尼亚和德国的军队任过职。本科毕业于奥伯林学院，获霍林斯学院硕士学位和爱荷华大学比较文学专业博士学位。曾经在中国台湾和日本生活和工作过。1980年迁到弗吉尼亚的罗诺克山谷，在霍林斯大学教文学并进行文学创作。她的作品主要表现了佛教对美国文学的影响力。代表作主要有《丝绸之路》《青铜镜》和《满族的宫殿》。较之前面两位诗人，拉森受过更多正规学术训练，而且曾经在中国台湾居住过，汉学功底也比前两位诗人深厚，但或许是因为具有同样的诗人特质，她和他们一样，在英译汉诗时更倾向于采取

"创译式"。

比如她在《柳酒镜月：唐代女性诗集》一书中对江采萍《谢赐珍珠》的翻译就是典型的"创译"。江采萍的《谢赐珍珠》原诗为：

> 桂叶双眉久不描，
> 残妆和泪污红绡。
> 长门尽日无梳洗，
> 何必珍珠慰寂寥。

拉森的译文为：

> Declining a gift of Pearls
> Two eyebrows, thin
> curved cassia
> leaves—long
> untouched
> by dye.
> Dregs
> of make-up, mixed
> with tears, stain
> dark red raw
> silk
> Day wears down
> in thePalace of Gates
> Unending: left
> unwashed,
> uncombed.
> What use are
> these precious
> pearls—
> comfort

for desolation?[1]

江采萍是唐玄宗的宠妃，因其淡雅明秀的姿态和能歌善舞的才华深受玄宗一时宠爱，后来杨贵妃入宫后她便失去宠爱，被贬入东宫。一日唐玄宗偶然想起她，念及旧情，特派高力士赐她一斛珍珠。江采萍不受，作《谢赐珍珠》以示婉拒。原诗为四言七绝，押"iao"韵。拉森在英译时将原来的诗句改为诗节，且在同一个诗节中，每一行的排列比上一行后退两个字母的距离，四个诗节仿若四级台阶，一级级下滑，影射了江采萍从"集万千宠爱于一身"到"被贬东宫"的生活历程。拉森通过英译诗对原诗的创新，把原作者所表达的落寞之情体现在了外在形式之中。

总而言之，诗人类研究者对中国古代女诗人的译介普遍存在着"创译"的特点。按照译介学的理论来说，所有翻译活动都是"创造性叛逆"（creative treason），诗人类译者的翻译体现为一种以表达自我为目的的"创造性叛逆"。谢天振教授认为："如果说，文学翻译中的创造性表明了译者以自己的艺术创造才能去接近和再现原作的一种主观努力，那么文学翻译中的叛逆性，就是反映了在翻译过程中译者为了达到某一主观愿望而造成的一种译作对原作的客观背离。但是，这仅仅是从理论上而言，在实际的文学翻译中，创造性与叛逆其实是根本无法分隔开来的，它们是一个和谐的有机体。"[2]依照谢天振教授的理论来看，在诗人类研究者的译作这一有机体中，"叛逆性"成分显然要大于"创造性"成分。

三 学者的译本：以文本还原为目的的"忠实"

"学者"也称"专家"，"是一个社会学概念，有广义、狭义之分。广义的'学者'是指具有一定专业技能、学识水平、创造能力，能在相关领域表达思想、提出见解、引领社会文化潮流的人；狭义的'学者'是指专门从事某种学术研究，且在学术上有一定成就的人"[3]。在本书中，笔者用"学者"来指代那些具备较强的汉学功底，且专门从事中国古代女诗人译介和研究的欧美专家学者。

---

[1] Jeanne Larsen, *Willow, Wine, Mirror, Moon: Women's Poems from Tang China*, Rochester: BOA Editions, 2005, p.32.
[2] 谢天振：《译介学》，上海外语教育出版社1999年版，第132页。
[3] 江岚：《葵晔待麟：清诗的英译与传播》，《文化与传播》2014年第6期。

在英语世界研究中国古代女诗人的历程中，英国汉学家韦利是第一位学者类译者。江岚女士称韦利是"继翟理斯之后，英国汉学界又一位引人注目的中国古典诗歌研究专家"①。韦利自幼酷爱语言和文学，1910年毕业于剑桥大学国王学院，两年后进入大英博物馆东方图片及绘画部工作，对东方文化产生浓厚兴趣，开始学习汉语和日语，并从此致力于东方传统文化的译介和研究。韦利从未到过中国，但他精通汉语，在翻译中国文学作品方面成就卓著。"到1966年逝世前，这位勤奋多产的学者共著书40种，翻译中、日文化著作46种，撰写文章160余篇。"②韦利在1916年出版的《中国诗选》和1918年出版的《古今诗赋》中先后译介了6首中国女诗人的诗作，并在《古今诗赋》中讨论了女诗人在中国古代社会中的地位问题，还对女性诗歌"弃妇"主题的成因进行了社会根源的挖掘。尽管韦利的译介和研究中存在不少错误和偏颇之处，但他与翟里斯、弗莱彻等人"只译介、不评述"不同，他第一次将分析和评述带入英语世界中国古代女诗人译介研究领域，显示了学者类译者的特色。

遗憾的是，继韦利之后，欧美学者类译者对中国古代女诗人的译介进入了一段漫长的沉寂期。20世纪20—90年代是英语世界中国古代女诗人译介的"发展繁荣期"。这期间各种英译诗歌集纷纷面世，欧美诗人类译者和各类华人译者的成果鳞次栉比，但欧美学者类译者的成果却十分稀少，仅有孙念礼出版的《班昭传》、魏莎出版的《卖残牡丹：鱼玄机生平及诗选》和《芳水井》、克莱尔出版的《梅花：李清照词选》。到了20世纪90年代，进入英语世界中国古代女诗人译介的"深化延展期"后，欧美高校教师、学者类译者的队伍才突然壮大起来：曼素恩、高彦颐、方秀洁、梅维恒、伊维德、管佩达、罗溥洛、波德·怀特·豪森、托马斯·克利里等，以美国各大高校东亚文学系教授为主的学者类译者队伍蓬勃发展，研究成果层出不穷。

这些学者均毕业于欧美各大高校，其中大部分毕业于哈佛、耶鲁等世界级名校，专攻东方文化与文学，在校期间系统学习过中国语言文字及文学，有着扎实的理论功底。其中大部分人毕业后就职于欧美各大高校的东

---

① 江岚：《唐诗西传史论——以唐诗在英美的传播为中心》，学苑出版社2013年版，第110页。
② 同上。

亚文学系或中国文化、文学研究中心，长期致力于汉学研究。作为专门从事学术研究的学者，他们没有外交官所肩负的政治外交和文化传播职责，也不像诗人那样天马行空地自由创造。他们以各类诗歌选集、书信、传记等第一手资料为对象，将诗歌译介与理论阐释相结合，试图还原诗歌文本的原初状态，透视中国古代女诗人最真实的本来面貌。"文学翻译离不开文学研究，文学研究是文学翻译的前提"[1]，恐怕是对学者的译介特点的最佳概括。

（一）译介与研究并重，译介为研究服务

在前面的论述中笔者提到，外交官类和诗人类译者主要以译介为主，较少进行理论研究。而学者类译者则不同，他们通常是译介和研究并重，且译介为研究服务。仅从他们的论著篇幅分布就可以清晰地看出这一特点。

在孙念礼的《班昭传》中，全书共205页的篇幅，其中仅有52页的篇幅用来译介班昭的作品。具体来看，全书共分五个部分："导论""班昭的世界""班昭的家庭""班昭的文学创作"，以及"一位代表性的中国妇女"。其中只有"班昭的文学创作"这一个部分对班昭的作品进行译介，其他部分均采用介绍和评论相结合的方式对班昭及其她的生活状况、创作背景等问题进行阐述。

蔡艾西的《祈祷之页：贺双卿的人生及诗歌》一书中专门用来排版英译诗歌的篇幅也不多。蔡艾西以大量篇幅来介绍贺双卿其人的生平，在介绍过程中先后共译介了贺双卿词14首、诗11首，最后又再次将这25首诗词汇总，采取汉英对照的方式进行排版，放在该书的后半部分，共占129页，不到全书一半。

而在其他更多科研人员类研究者的论著中，则几乎没有辟专章来安排英译汉诗的情况，英译汉诗只是零星地出现在作者评述性的文字和段落之间，用作研究某一方面的问题时的具体例证。

在魏莎的《芳水井》中，全书共分11个部分来展开论述，首先是"序言"（Preamble），然后是正文的十个章节：一是"蜀道之难"（The Hard Road to Shu），讲述了薛涛随父亲从长安流寓成都的幼年经历；二是"万里桥边"（Beside Myriad Li Bridge），介绍了薛涛在父亲死后堕入

---

[1] 田德蓓：《论译者的身份》，《中国翻译》2000年第6期。

乐籍的遭遇；三是"衙门的狂欢"（Ya Men Revelry），交代薛涛出入幕府的"女校书"生活；四是"爱人和朋友"（Lovers and Friends），讲述了薛涛与王建、白居易、张籍、杜牧、刘禹锡、张祜等人的唱酬交往，以及她与元稹的情感交往；五是"与元稹的缘起缘落"（Meeting and Parting with Yuan Chen），叙述了薛涛与元稹之间短暂的爱情故事；六是"流枕之愿"（Flowing Pillow Aspirations），介绍了薛涛的隐居生活；七是"被贬"（Banishment），讲述了薛涛因惹怒节度使韦皋而被贬松州的故事；八是"飞蓬"（Flying Artemisia Floss），讲述了薛涛的晚年生活；九是"薛涛墓"（Romance Escapes the Tomb），讲述了薛涛身后诗名的流传、诗作存世情况；十是"秋夜"（Autumn Night），从后人对薛涛《秋夜》一诗的评价切入，探讨薛涛的诗歌成就。魏莎以薛涛的人生经历为线索贯穿全篇，通过十个章节的介绍和评论，对薛涛生活的唐代的社会状况、历史背景、女性地位等问题进行了全面的阐述，并把官员、文人、乐伎等各个社会阶层的生活状况、精神面貌、思想层次等展现了出来，又在娓娓道来的叙述中对薛涛的诗歌创作风格、特点、影响等问题进行了全面而深入的分析。在整本书完整的故事框架和连贯的叙述过程中，英译薛涛诗只是零散地点缀其中，被魏莎用作阐述观点的佐证和案例而已。

曼素恩的《张门才女》也一样，全书共六个部分，首先是"序言"，界定"张门才女"的所指范围，并说明该书的写作风格及素材来源等。随后是正文的四个章节：一是"山东济宁"，交代河南按察使许振祎为他孩子的塾师王采苹整理刊刻诗集《读选楼诗稿》的过程；二是"闺秀汤瑶卿"，讲述清代江苏常州才女汤瑶卿的成长经历，包括她的童年、婚姻生活，以及她的丈夫张琦；三是"诗人张䌌英"，介绍张家第二代才女，即汤瑶卿和张琦的长女张䌌英的人生经历；四是"女塾师王采苹"，讲述张家第三代才女，汤瑶卿的外孙女王采苹的塾师经历和成就，以及许振祎为她整理诗集一事，与第一章相照应；最后是"结语"，结合张门几代才女的生活和创作，深入探讨清代女性的地域生活、政治背景、文化活动等问题。书中没有单独对张门才女的诗歌进行译介的章节，只是在叙述故事和阐述观点的过程中偶尔插入几首英译诗。

（二）视角宏观、内容丰富，注重以理论分析为手段的文本还原

学者类译者的译介研究成果普遍包含丰富的内容，他们通常会从宏观

的视角对中国古代女诗人进行群体性观照，如伊维德和管佩达的《彤管——帝国时期的女作家》不只停留在对单个女作家的研究，书中涉及女作家作品的数量众多，对女作家的背景材料的交代十分全面，探讨的内容非常丰富。书中不仅对每一位作家、每一种文学现象进行细致分析，而且还对中国女性文学的发展概貌进行总体勾勒与把握。苏源熙和孙康宜的《中国历代女作家选集：诗歌与评论》也同样内容丰富，全书收录了按历史年代顺序选编的144位女作家作品，而且还收录了历代文人对女诗人作品的评论。宇文所安和孙康宜的《剑桥中国文学史》则将女诗人放入中国文学史的整体框架中加以观照，结合不同历史时期的文学思潮背景对女诗人个体创作风格加以讨论。梅维恒的《哥伦比亚中国文学史》对女性文学的发展历史进行专门的梳理，分析了上古、中古，一直到近代的各个不同历史时期的女性创作情况。此外，学者类译者还十分注重对某一历史时期的女性作家进行总体观照，尤其是对明清时期女诗人的群体观照。高彦颐的《闺塾师——明末清初江南的才女文化》、曼素恩的《缀珍录——十八世纪及其前后的中国妇女》、孙康宜与魏爱莲的《明清女作家》、方秀洁的《她自己为著者——明清时期性别、能动力与书写之互动》都是从较为宏观的视野对明清时期女诗人的生活和创作状况进行历史、艺术、性别等角度的探讨。

  而从更深的层面来说，学者类译者与前两类译者最大的不同是他们在译介过程中十分注重以理论分析为手段的文本还原。他们不像前两类译者那样只注重诗歌文本的翻译，将女诗人的作品孤立在文本的语言层面上，而是更注重将文本还原到其文化背景中加以分析。他们通常采取从宏观到微观、从整体到局部的方法来对女诗人进行研究，对女诗人的作品进行译介和分析。如伊维德和管佩达的《彤管——帝国时期的女作家》一书，首先全书自始至终着眼于女性文学历史整体框架的建构，宏观把控从汉代到民国跨度两千年的女性文学创作，强调不同历史时期或者同一个历史时期的女性创作之间的联系。其次再结合女性作家个人特有的生活经历和家庭背景等来对其文学作品进行分析，从而发掘每位女作家各自的特点，对之进行最符合本人风格的文本翻译。换句话说，学者类译者不只停留在对女诗人诗作进行简单译介的层面，而是结合女诗人生活的时代背景、社会状况、家庭环境等对她们的创作进行较为深入、全面的探讨。如孙念礼的《班昭传》一书在翻译作品的过程中用了大量篇幅来论述汉代的政治与思想背景和班昭的家世及生平事迹。正如该书出版后，美国著名的中国史学研究专家恒慕义在《美国历史评论》上发表的书评中所写的那样：

> 该书不仅向我们展示了中国古代一位才女的创作，也生动地描绘了她那个时代的社会和思想状况。①

孙念礼不是孤立地对班昭的诗作进行翻译介绍，而是在翻译的基础上，对班昭所处的时代和所取得的文学成就进行了综合研究。该书开篇第一句话也充分体现了孙念礼将班昭放置于中国文学大背景众来进行译介研究的特点，她写道：

> 在中国从古至今悠久的文学史上，女性所占的位置非常小，而她们所取得的成就也远远没有像取得同等成就的男性作家那样被记录下来。②

在《张门才女》一书中，曼素恩也十分注重文本和史实的还原。她在写作该书之前收集和整理了大量的历史材料，在具体写作时非常注重运用史料来叙述场景，充分让读者在场景中看到文本最真实的还原状态。他在序言中强调：

> 场景中才能展现出历史的全貌，史料所发出的仅仅是耳力所及之音，而设置一个场景则能将这个声音变得更为清晰。③

又如魏莎在《芳水井》中介绍薛涛的十离诗时，并不只是简单地翻译诗歌文本，魏莎首先对薛涛被韦皋贬往松州的前因后果进行详细的交代，并描述了松州条件的艰苦恶劣以及薛涛孤苦伶仃的凄惨境地，在对薛涛的写作背景进行了详细的介绍之后才开始诗歌翻译。这种方式使读者不

---

① 顾钧：《美国第一位女汉学家》，《中华读书报》2013年8月7日。
② Nancy Lee Swann, *Ban Chao: Foremost Woman Scholar of China*, New York: The Century Co., 1932, p. xvii.
③ ［美］曼素恩：《张门才女》，罗晓翔译，北京大学出版社2015年版，第2页。

会再单纯地因薛涛诗中卑微的讨好之情而对她的人格产生怀疑，因为读者已透过诗歌的写作背景明白了薛涛因社会地位卑微而不得不向现实低头的无奈，从而更深入地懂得了十离诗的主题，也更明白了女诗人薛涛在封建男权社会中生存和创作的困境。

罗溥洛在他的《谪仙人：寻找中国农民女诗人——贺双卿》一书中也十分巧妙地还原了贺双卿这位女诗人及其诗歌文本的原貌。罗溥洛在书中详细介绍了他前往萧山对贺双卿居住地进行田野调查的过程，介绍了清代文人史振林在其《西青散记》《华阳散稿》中关于贺双卿的描写，通过对贺双卿与邻居的对话、贺双卿写给叔叔的信、贺双卿与文人的交往等史料和细节的叙述分析，呈现史振林以及其他文人学士传播和创造贺双卿这一文化偶像的过程，从而让读者在对大量史实材料的阅读和分析过程中实现了对贺双卿形象的还原。

在具体翻译诗句时，学者类译者追求"忠实"地对原文本进行还原的特点就更为明显了。他们总是尽量不掺杂自己的主观情感和判断，通过客观忠实的译文来对诗歌文本进行还原。下面笔者通过伊维德和管佩达在《彤管——帝国时期的女作家》中对吴藻《赠吴门青林校书》一诗的翻译与雷克斯洛斯和钟玲在《兰舟：中国女诗人诗选》中对吴藻《赠吴门青林校书》一诗的翻译来进行对比阐释。

吴藻是清代享誉大江南北的女词人，与顾春、徐灿、吕碧城齐名，被称为"清代四大才女"。除了超群的诗歌才华之外，吴藻还因其独特的性情引起后人的关注。她虽然生活在男权充斥的社会，创作于男尊女卑的时代，但她敢于表达女性自我意识，向时代提出抗议，用自己的行动表达自己欲超越闺阁之限的豪情。她以"扫眉才"自诩，并称："想我空眼当世，志轶尘凡，高情不逐梨花，奇气可吞云梦"，除了"居恒料家事外，"她常常如雅士一般"手执一卷，兴至辄吟"，甚至像男人一样逛妓院，和青楼女子玩眉目传情的游戏，据说《赠吴门青林校书》便是她以男性口吻写给一位青楼女子的词。吴藻的原词如下：

《洞仙歌·赠吴门青林校书》

珊珊瑣骨，似碧城仙侣，一笑相逢淡忘语。镇拈花倚竹，翠袖生寒，空谷里、想见个侬幽绪。兰缸低照影，赌酒评诗，便唱江南断肠句。——一样扫眉才，偏我清狂，要消受玉人心许。正漠漠、烟波五湖春，待买个红船，载卿同去。

伊维德和管佩达在《彤管——帝国时期的女作家》一书中对该诗的翻译没有过多追求文辞的华丽，也不注重个人才华的展示，而是配合书中的背景介绍，用朴实的语言将原诗的面貌呈现出来，充分展示了他们的"忠实"风格。伊维德和管佩达的译文为：

> Song of the Cave Immortals（Dong Xiange）
> With your jingling and jangling interconnected bones
> You're like an immortal companion of theEmerald Palace.
> As soon as I saw your smile, I was completely at a loss for words.
> Holding a flower in your hands,
> You lean against the bamboo as a cool rises from the green.
> In this empty valley
> I imagine that I can see my own deepest thoughts.
> The orchid candle dims its light and shade,
> As we drink wine and discuss poetry,
> And then sing those heartbreaking lines of "Remembering the South."
> Both of us are talented poets with painted brows,
> But I in my wild-heartedness
> Would like to enjoy,
> Jade-like one, your devotion.
> At this moment vast and boundless
> The misty waves of theFive Lakes in spring:
> Let me buy a red boat
> And take you along with me, away![1]

同是《赠吴门青林校书》一诗，诗人雷克斯洛斯的译文则迥然不同，呈现出极大的风格差异。雷克斯洛斯的译文为：

---

[1] Beata Grant, Wilt L. Idema, *The Red Brush: Writing Women of Imperial China*, Harvard University Asia Center, 2004, p. 693.

FOR THE COURTESAN CH'ING LIN
To the tune "The Love of the Immortal"
On your slender body,
Your jade and coral girdle ornaments chime.
Like those of a celestial companion
Come from theGreen Jade City of Heaven.
One smile from you when we meet,
And I become speechless and forget every word.
For too long you have gathered flowers.
And learned against the bamboos,
Your green sleeves growing cold,
In your deserted valley:
I can visualize you all alone,
A girl harboring her cryptic thoughts.

You glow like a perfumed lamp
In the gathering shadows.
We play wine games
And recited each other's poems.
Then you sing "Remembering South of the River"
With its heart breaking verses. Then
We paint each other's beautiful eyebrow.
I want to posses you completely—
Your jade body
And your promised heart.
It is Spring.
Vast mists covers theFive Lakes.
My dear, Let me buy a red painted boat
And carry you away. ①

---

① Kenneth Rexroth, Ling Chung, trans., *Women Poets of China*, New York: New Directions, 1972, p. 73.

显然,从词题的翻译便开始显示出了不同的风格。伊维德和管佩达译为 "Song of the Cave Immortals"(意为:洞仙歌),忠实于吴藻的原题,没有进行更多发挥,"洞仙歌"从字面意思看不出任何情感色彩;而雷克斯洛斯的 "For The Courtesan Ch'ing Lin"(意为:写给青楼女子青林)首先强调了青林的妓女身份,似乎在给读者一种"色情"暗示,而紧随其后的 "To the tune 'The Love of the Immortal'" 中的 "Love" 一词又为诗作平添了几分暧昧的意味。

此外,伊维德和管佩达把"珊珊琐骨"译为 "jingling and jangling interconnected bones"(晶林和江林相连的锁骨),并在书中进行注解道:"据称菩萨有锁骨,传说一名妓女即是菩萨的化身,因为她的坟墓被打开后,被发现她的骨头是相连的。"[1] 这样的译文和注解顿时将原词中的"仙侣"形象刻画了出来,也正好印证了后面句子中的"空谷幽兰"的脱俗"仙"气,显然十分忠实于原作。而雷克斯洛斯的译文 "On your slender body" 则全然相反,一个"body"将青林的"仙气"完全褪去,只剩下了"身体",而一个妓女的身体会给读者怎样的想象呢?显然雷克斯洛斯的译文在继续将读者朝着"性"的方向引导。

而后面的诗句从"空谷幽兰"的"仙侣"到"扫眉才子",无疑令人想起了被五代时期前蜀开国皇帝王建誉为"万里桥边女校书,枇杷花里闭门居。扫眉才子知多少,管领春风总不如"[2] 的女校书薛涛。伊维德和管佩达将"一样扫眉才"译为 "Both of us are talented poets with painted brows"(意为:我俩都是描眉的有才华的诗人)。不仅水到渠成般的自然而然,而且还把薛涛"扫眉才子"的典故翻译到位,把诗词中包含的文化意蕴准确地传达了出来。雷克斯洛斯的译文则不然,他将"一样扫眉才"译为 "We paint each other's beautiful eyebrow"(意为:我们互相画眉)。不禁让人遐想诗人与青林打情骂俏的场景,更何况早在《汉书·张敞传》中就有了"画眉之乐"的典故,也即是说,中国古代以"画眉"来暗示夫妻的闺中之乐。雷克斯洛斯的译文无疑又引领读者朝着暧昧和色情的方向走得更深了。

---

[1] Beata Grant, Wilt L. Idema, *The Red Brush: Writing Women of Imperial China*, Harvard University Asia Center, 2004, p.693.

[2] 这首诗约作于唐宪宗元和(805—820)年间。薛涛辩慧工诗,甚为时人所称。她的文采风流,曾受到当时许多文士的倾慕,与之唱和者,就有元稹、白居易、刘禹锡、牛僧儒、令狐楚、裴度、张籍、杜牧、张祜等著名诗人和达官显宦。五代时期前蜀开国皇帝也曾与薛涛在成都有所交集,他欣赏薛涛才华,作此诗以赠。

接下来"偏我清狂，要消受玉人心许"一句的译文更是彻底显露了两类译者不同的译文风格和翻译动机。伊维德和管佩达译为"But I in my wild-heartedness / Would like to enjoy, Jade-like one, your devotion"（意为：但是我狂野的心，想要享受，玉一般的你的，一往情深）。诗人想要享受青林"玉一般的你的，一往情深"，究竟何为"玉一般的你的，一往情深"呢？伊维德和管佩达不做任何的色彩渲染和情感导向，只是"忠实"地传达原诗的字面含义，体现了学者类译者注重理性还原原诗的翻译特点。而雷克斯洛斯的"I want to posses you completely—your jade body"（我想要彻底拥有你，占有你的玉体），则彻彻底底地把该词作为了一种情色欲望的表达，同时也体现了诗人类译者在译诗时不求忠实，只求再创造的"叛逆性"特点。

总而言之，无论是从翻译还是介绍的层面来看，学者类译者都显示出了更为客观的研究立场。他们没有"外交官"身份所赋予的政治意识形态，也没有诗人作家那样主观随意的译介态度。他们更多地站在一种学术研究的立场上对中国古代女诗人及其诗作进行学理性分析和译介，有意识地追求一种理论分析基础上的文本还原，故他们的研究成果更客观、全面地呈现了中国古代女诗人的本真面貌。综上所述，在体会了外交官类和诗人类研究者"他者"视域下的文学变异之后，学者类译介者以他们的理性分析为我们呈现了一种"他者"视域下的文本还原特点。

四 华人的译本："归化"与"异化"的融合

根据《辞海》的解释，"华人"的概念范围比较大，既包括拥有中国国籍的中国公民，也包括在外国生活，并已取得所在国国籍的有中国血统的外国公民。根据对英语世界译介者情况梳理的结果，并遵照《辞海》中"华人"概念的文化和血脉观念，本文将所有具有中华血脉和中华文化背景的译介者都归入华人译介者一类，即华人译介者包括中国内地、港澳台学者和外籍华裔学者。但首先这些研究者都必须是在"英语世界"这个大前提下进行译介和研究的，也就是说，他们在英语世界出版译著或以英语写作论著，且他们的译著和论著在英语世界造成一定影响。

英语世界中国古代女诗人译介队伍中出现较早的华人译介者是20世纪上半叶在欧美深造的中国留学生。1926年，在美国留学的冰心以一篇题为"李易安女士词的翻译与编辑"的论文作为她留学生涯的总结，向西方系统介绍了中国的词学和李清照的词作;1937 年在英国留学的初大告以一本《中华隽词》向西人展示了中国古典诗词的巨大魅力。此外,一些在国外工作、学习和生活的华人纷纷加入中国古典诗歌的译介队伍之中,蔡廷干、叶维廉、罗郁正、柳无忌、胡品清等,不胜枚举,他们人数众多,成分多元,有外交家、军事家、政治家,有诗人、作家,还有学者、高校教师。他们的研究方式变化多端,有个人独立进行译介者,有与外国人联合译介者,还有华人之间联手进行译介者。

从成果来看,华人学者无论在对古代女诗人的译介或是研究方面都堪称硕果累累。尤其孙康宜、苏源熙对中国古代女诗人的总体性宏观梳理和对明清女诗人的微观深入分析,在所有的英语世界中国古代女诗人译介研究者中都很难有人出其右。由于与生俱来的中华血脉和根深蒂固的华夏民族情结,华人译介者总是会显示出超越西方学者的文化掌控能力和弘扬中华文明的明显倾向。

(一) 以传播中华文化为主要目的

常言说"文如其人",在翻译领域内则是"译如其人",华人学者的译介成果带有显著的译者身份特征和文化认知取向,由于他们对中华传统具有难以割舍的族裔文化记忆和关联,故他们的文化身份和译介立场明显有别于西方本土学者。从译介动机来说,出于对中国传统血脉相连的眷恋以及对源语文化的敬重,华人学者在进行汉诗英译时,通常站在文化传承者的角度弘扬源语文化。从最初的蔡廷干、初大告、冰心到后来的柳无忌、叶维廉、孙康宜等人,他们的译作皆透露出十分明显的传播中华文化的动机和目的。

蔡廷干曾供职于福建和北洋水师,是中法战争和中日甲午战争的亲历者,他目睹祖国因国力羸弱而被侵略者任意践踏,人民沦为列强肆意侵略、欺凌对象的惨痛史实。故他深知国强民富的重要意义,深知中国文学和文化走出国门的重要性,所以他身体力行,在完成其职务内的军事、政治、外交事务之余,通过译介中国传统诗歌和经典文学作品的方式向西人传播中国文学和文化。正如当时"太平洋国际关系学会"(The Institute of Pacific Relations)中国分会主任干事陈立廷(L. T. Chen)在《唐诗英韵》的序言中所说,蔡廷干翻译此书带有明确的政治动机。[①] 蔡廷干"希望通

---

① Ts'ai Ting-kan, *Chinese Poems in English Rhyme*, The University of Chicago Press, p. vii.

过自己的努力让世人认识中国传统文化的价值,改善中国文化在海外的形象,为中国在国际上赢得更多的同情,争取更大的生存空间"①。仅从蔡廷干的译诗目录即可看出他传播和弘扬中华文化的愿望,《唐诗英韵》共收录了他英译的122首五言和七言绝句,这122首诗的原作均出自《千家诗》,《千家诗》是我国明清时期社会上广为流传且有巨大影响的古诗通俗读本,所录诗歌大多是唐宋时期的名家名篇,题材多样:赠友送别、山水田园、咏物题画、侍宴应制、思乡怀人、吊古伤今……以丰富的内容广泛地反映了唐宋时期的社会现实,共1281首。据学者对《唐诗英韵》打印稿手校本的研究发现,蔡廷干在选译篇目时进行了仔细的分析、比对和取舍,最终出于弘扬中华文化的动机和目的,主要选译了那些"重点突出描写人与自然之间和谐关系,体现中国古代天人合一思想的篇目,希望以此让西方人了解中国人民崇尚自然、热爱和平的秉性"②。

初大告在提及他负笈剑桥期间出版《中华隽词》的初衷时明确说道:"我有一个单纯的想法:现在我懂得中英两国的语文,在英国应当把有关中国文化艺术的作品译成英语,在中国就把英国的优秀作品译成中文,这样作为中英文化交流的桥梁……"③ 也即是说,初大告译介中国诗词的目的单纯明了,那就是向英人介绍中华文化。

叶维廉在一次访谈中明确表示,他从事文学翻译、文学创作以及文学研究的动力产生于一种长期的文化郁结。由于童年时期有着挥之不去的家园遭受日本侵略者残暴的惨痛记忆,移居香港后又经历了殖民地那种不被认同、没有归宿感的酸楚,故他一直渴望追寻和建立属于中国的自我。④ 他说:"我对中国的传统文化怀有非常深厚的感情。百余年来,西方列强依靠坚船利炮,对中国进行了领土、物质和意识形态的多重侵略,把中国赶到了希望的绝境。这使得有良知的中国学者和作家对中华文化即将被摧毁具有沉重的忧患意识,担心中华文化被扭曲,被污染,被殖民化;进而产生出一种使命感,要继承和保护中国文化,看来似乎学者和作家们是基于个人的感受,其实从这里面反映出的是整个中华民族的感情。"⑤ 从叶

---

① 马士奎:《蔡廷干和〈唐诗英韵〉》,《名作欣赏》2012年第33期。
② 马士奎:《〈唐诗英韵〉和蔡廷干的学术情怀》,《中华读书报》2016年12月14日。
③ 初大告:《我翻译诗词的体会》,载王寿兰《当代文学翻译百家谈》,北京大学出版社1989年版,第424页。
④ 朱徽:《叶维廉访谈录》,《中国比较文学》1997年第4期。
⑤ 同上。

维廉的这段表述中可以看出,推动他去进行译介和研究的是一种民族情结。

因为有着浓厚的民族情结和传播中华文化的使命感,华人学者在进行汉诗英译时,除了与英美本土学者一样关注诗句意义和精神的再现外,他们更加注重保留汉诗的文化与审美特点。柳无忌和罗郁正在《葵晔集》的序言中明确指出:"译文旨在用地道的英语,保留原诗的特性(identity),包括大部分语法和文体特征。"[①] 蔡廷干的《唐诗英韵》全书保持了《千家诗》原作的精神和乐感,译文流畅自然。而且出于对中华文化的敬重,也为了避免抹杀源语文化个性以及文化间的差异,华人译者在英译汉诗时大多采用自由体或散文体形式,极少有华人译者愿意为译诗套上英诗传统格律。

(二)"归化"与"异化"的融合

中国古典诗歌以语言精练与内容丰富相得益彰为特点,充分展示着中华民族的语言魅力与文化底蕴。然而,如何通过英语的形式把汉诗中含蓄而微妙的文化信息传递给异国读者,这是翻译界公认的难题。我国翻译界为此一直有着直译与意译两种观点之间的争论,而在西方翻译理论中也同样长期存在着"异化"与"归化"的论战。

"异化"与"归化"是美国翻译学家韦努蒂提出的两种处理文化差异的方法。"归化是以民族主义为中心,把外国的价值观归化到目的语文化中,把原文作者请回家来;异化则是离经叛道地把外国文本中的语言和文化差异表现出来,把读者送到国外去。"[②] 韦努蒂实际上是将翻译中的语言问题提升到文化、诗学与政治层面来进行讨论。"从诗歌角度而言,异化与归化的靶心是处在意义与形式得失漩涡中的文化身份、文学性乃至话语权利的得失问题。"[③] 客观地说,"异化法有利于两种文化的交流与渗透,促进文化融合;归化法能帮助译文读者从诗歌中体验出共同的情感,激发跨文化的共鸣。故理论家们倡导在诗歌翻译中将两种翻译策略融

[①] Liu, Wu-chi, Irving Yucheng Lo, eds., *Sunflowers Splendor: Three Thousand Years of Chinese Poetry*, New York: Anchor Books, 1975, p. x.

[②] Venuti, L., *The Translator's Invisibility: A History of Translation*, London and New York: Routledge, 1995, p. 20.

[③] 王东风:《归化与异化:矛与盾的交锋》,《中国翻译》2002 年第 5 期。

合"①。但在实际操作中，不同民族身份和文化身份的译者还是会在异化和归化之间表现出一定的倾向性。有学者认为异化与归化的选择取决于原作者的意图、原文本的类型、文本翻译的目的，以及译本读者的需求四大因素。② 笔者认为译者的身份也是影响异化和归化选择的重要因素。一般来说，译者通常会不自觉地站在本民族的文化立场和个人的译介目的上来进行选择，但华裔译介者是一种例外，他们通常能把异化法和归化法较好地加以融合运用。恰如江岚博士的评价："上个世纪中期以后，华人移民群体的受教育程度、综合人文素质较过去总体提升，在美国的生存状态也相应改变。在他们当中涌现出一批华人学者译家。他们为中国古典诗歌的英译和研究带来了不同的观照角度和立场，大大增强了译介和研究的力度，促使古典诗歌开始了从母体语境向西方文化语境的主动进入，因此对美国文学艺术界产生了比过去更广泛也更深刻的影响。"③ 华人译者为英语世界中国古典女诗人译介研究奉献了较多的成果。

华人译者的文化身份较为特殊，他们具有"双重边缘"的文化身份。"他们并不属于中国文化，却具有着中国传统文化和中国语言文字的深厚修养；他们不能完全融入西方文化，却生活其中，熟悉西方的文化、文学传统。"④而这样一种复杂特殊的文化背景恰好赋予了他们独特的语言文化身份和立足于东西方文化交汇处的独特视角，他们跨越"自我"和"他者"的文化离散体验正好能帮助他们协调文化异质性和可译性之间的关系，使他们在进行翻译和研究时，往往能较好地把异化与归化融合，达到一种极佳的译介效果。这在叶维廉、柳无忌、孙康宜等人的译介和研究成果中均有所体现。

叶维廉在其《汉诗英华》中译介了李清照的《如梦令》，他的翻译方式完全不同于其他翻译者，他首先请书法家用毛笔书写出汉诗的中文原文，其次再逐字翻译出汉诗原作中每个字词的本义，最后完整译出整首诗。为了便于获得直观感受，笔者直接把书页拍照呈现于此（见图2-1）。

图2-1清晰地呈现了叶维廉的译诗过程：首先是根据汉语诗词的自身特点，对应汉诗原作文本进行逐字逐句的翻译，然后对每一行英译诗句进

---

① 蒋洪鑫：《叶维廉翻译理论述评》，《中国翻译》2002年第7期。
② 郭建中：《文化与翻译》，中国对外出版公司1998年版，第32页。
③ 江岚：《待麟：清诗的英译与传播》，《文化与传播》2014年第3期。
④ 王峰：《唐诗经典英译研究》，中国社会科学出版社2015年版，第121页。

如梦令　李清照

昨夜雨疏风骤
浓睡不消残酒
试问卷帘人
却道海棠依旧
知否
知否
应是绿肥红瘦

TUNE: "DREAM SONG" Li Ch'ing-chao (1081–?)

1. last	night	rain	sparse	wind	sudden	[6]
2. deep	slumber	not	dispel	remaining	wine	[6]
3. try	ask	roll-	blind-	person		[5]
4. but	say	begonia	—	remain-	the-same	[6]
5. know	?					[2]
6. know	?					[2]
7. should-be	—	green	fat	red	thin	[6]

1. Last night, scattering rains, sudden winds.
2. Deep sleep abates not the remaining wine.
3. Try ask he who rolls up the blind.
4. Thinking the begonia blooming as before.
5. Know it?
6. Know it?
7. Fattening leaves' green, thinning petals' red.

图 2-1　《汉诗英华》中《如梦令》一诗的翻译过程图示

行最低限度的语法调整，并加上标点，使英译文超脱语法的束缚。这种由中文原诗到英文字面意义，再到英文译诗的两度组合，实际上是异化和归化的结合运用。一方面通过中文原诗和逐字逐句对应翻译打破英文诗歌语言的常规，在最大限度上保留了汉诗的异域性特点；另一方面通过对语法和句式的调整，使整首诗歌达到透明和流畅的效果，从而淡化了原诗的陌生感。

　　从诗歌英译的具体内容来看，异化和归化的融合十分巧妙。一方面叶维廉采用归化法，淡化原诗的陌生感，他以"Tune：'Dream Song'"为诗题，"tune"一词的增译提示读者"Dream Song"是一个词牌名。而在翻译最后一句时，为了便于西方读者明白"绿"和"红"的含义，叶维廉又添加了"leave"和"petal"两个词，将其译为"Fattening leaves' green, thinning petals' red"。另一方面叶维廉尽量体现诗句的英汉差异，传达原诗的异域特点。第一句"Last night, scattering rains, sudden winds"，叶维廉巧妙地用逗号将原文中的意象隔离开来，一个词对应一个景，生动形象且具有蒙太奇印象。第二句"Deep sleep abates not the remaining wine"，如果按照英语句式表达的话，理当为"Deep sleep does not abate the remaining wine"。但叶维廉省略了助动词 does，使句子与原诗句子在形式上更为对等。第三句"Try ask he who rolls up the blind"和第四句"Thinking the begonia blooming as before"，译文保留汉诗省略主语的特点，一改英语主谓逻辑的习惯，更加彰显汉语诗歌的"无我"之境界。第五句和第六句重复两次"know it"同样省略主语和助动词，行文简洁而又古朴苍劲，充分体现了中国古典诗歌的文化意蕴。

或许是华裔身份使然，叶维廉在他长期的翻译和研究工作中始终保持一种辩证、开放和发展的眼光。他独创了比较文学的"文化模子寻根法"理论，他说："我们必须放弃死守一个'模子'的固执。我们必须要从两个'模子'同时进行，而且必须寻根探固，必须从其本身的文化立场去看，然后加以比较加以对比，学会可得到两者的面貌。"[①]《如梦令》一诗的英译，也可以算是叶维廉对其"文化模子寻根法"理论的实践，他将异化法和归化法较好地结合，为读者提供了较为开放的解读空间，传译出了中英两大文化系统内更多的信息。

柳无忌对李清照《声声慢》的翻译也体现了归化和异化相融合的特点，为了方便分析和理解，笔者将英译文与原词对照列表如表 2-9：

表 2-9 柳无忌译《声声慢》

译　文	原　词
Every Sound, Lentemente	《声声慢》
Seek … seek, search … search;	寻寻觅觅，
Lone …lone, cold …cold;	冷冷清清，
Sad … sad, pain … pain, moan … moan.	凄凄惨惨戚戚。
In a season that is barely warm but still cool,	乍暖还寒时候，
It is hard to nourish oneself and rest.	最难将息。
With two or three goblets of weak wine,	三杯两盏淡酒，
How could one withstand the evening wind so impetuous!	怎敌他晚来风急！
A wild goose has passed by,	雁过也，
My heart is wounded,	正伤心，
But then I recognize it is an old friend.	却是旧时相识。
The ground is covered with yellow flowers,	满地黄花堆积，

---

① 叶维廉：《比较诗学》，东大图书公司 1983 年版，第 14—15 页。

续表

译　文	原　词
All withered and ruined;	憔悴损，
What else is worth plucking at this moment?	如今有谁堪摘？
I stay at the window,	守着窗儿，
All alone; oh, how dark it gets!	独自怎生得黑？
Rain drizzling on the wu-t'ung tree,	梧桐更兼细雨，
Drop by drop it falls until dusk.	到黄昏、点点滴滴。
All this sequence of things,	——这次第，
How could it be summed up in just one word: Grief?	怎一个愁字了得！

　　柳无忌将该词名翻译为"Every Sound, Lentemente"可说是一种十分巧妙的做法。《声声慢》是词牌名，原名《胜胜慢》，最早见于北宋晁补之笔下。"慢"曲的特点是字句长、语言节奏舒缓、韵少、韵脚间隔较大等，唐人将之总结为"慢处声迟情更多"，说明"慢"不仅指调之长短，而且还指词节奏之快慢。词牌是词的有机组成部分，包含了众多的典故、人名和地名等内容，蕴含着丰富的中国古典文学知识和传统文化内容。"词牌名在产生之初，与一首词作的内容直接相关，此时词牌名便是词作的题目；后来词人们只借用词牌的格式，而词作的内容多与词牌名无关，词人们或另行为词作命题，或只以'词牌名（词作首句）'的方式与其他同词牌名的词作加以区分。"[①] 词牌的功能一般是用来表明作者是依哪一种现成的曲谱进行填词的，与音乐或词中的内容通常没有较大关系，这与西方诗歌中诗名具有表达诗歌内容主题的功能大为不同。故对于英译者来说，要准确传达词牌名的意思有较大难度，所以西方译者在翻译词牌名时大多采取回避原作的方式，而是根据自己对词作内容的理解来重新命题，如特纳的《英译汉诗金库》中将《声声慢》译为"sorrow"，白之的《中国文学作品选集：早期至14世纪》中译为"Endless Union"，雷克斯洛斯的《爱与流年：续汉诗百首》中译为"A Weary Song to a Slow Sad Tune"；而国内的译者则大多采取点明"词牌"的方式，以保留"词"（Tune）的中国文学的特色，如王椒升译为"A Long Melancholy Tune（Autumn Sorrow）Despair"，许渊冲译为"Grief Beyond Belief Tune:

---

① 杨仲义：《中国古代诗体简论》，中华书局1997年版，第150—151页。

'Slow, Slow Song'"，朱纯生译为"What a Day-to the tune of Shengshengman"，而徐忠杰干脆直接用拼音来传达最原汁原味的词牌名"Shengshengman"。在对《声声慢》这一词牌名的多种英译中，柳无忌的翻译显然最具中西合璧的特色，"Every Sound, Lentemente"与"声声慢"无论从音节还是意思上都完全对应，尤其"Lentemente"的用意可谓独具匠心，其实在英文中并无"Lentemente"一词，但该词与英文单词"Lentamente"仅一个字母之差，一般的读者都会将之看成"Lentamente"，而"Lentamente"意为"缓慢的"，常用来指音乐节奏，也指情感、情绪等。此处或许柳无忌正好是用"Lentemente"这样一个自己独创的词来点明"慢"这样一种独特的中国词牌名表示方式，而同时又利用了"Lentamente"一词所包含的意思提示读者这首词的音律节奏和情感基调。

　　柳无忌对这首词的前面14个叠音词的翻译也同样体现着归化和异化的完美融合。他用英语的一个单音节对应汉字的一个音节，将汉语诗词在字词排列和结构框架方面的形式美直观地传达给读者，同时不忘该词"慢"的特点，在叠音词之间加上省略号，达到了拉长时间、放慢节奏，使情感深沉、忧伤的效果，既充分体现了慢词的节奏音律特点，又巧妙表达了该词"悲秋"的情绪主题。"Sad""pain""moan"的运用亦可谓精湛，三个词都表达了忧伤和沉郁的情绪，但程度不一，一个比一个更为强烈，从最初的难过、阴郁到痛苦、烦恼，最终到了无法抑制的程度，于是悲叹、呻吟……情绪到达十分强烈的程度，因而爆发式地进行表达，语句从缓慢一下转折到了快速急促："How could one withstand the evening wind so impetuous!"中国诗词含蓄婉约的特色已经不能让西方读者体会西诗般热烈奔放的情感，为了让西方读者更好地体会原词作者的强烈情感，柳无忌干脆把原词中的问句改为感叹句："All alone; oh, how dark it gets!"

　　另外，为了让读者能够更好地理解和接受这首来自异域的较为深奥的词作，柳无忌在英译词作的前后分别作了相应的评述。他说：

　　　　《声声慢》是一首由于它在起始三句中使用了独一无二的七对叠字而常被人引用的词。如果它们按原谱配以音乐慢慢歌唱，这些叠字能创造出一种鲜明的和声效果。要是译成别的文字，它们的声母独具的妙处就表现不出来。①

女词人在这里用一种痛苦的缓慢节奏细致地刻画季节，淡酒，风声，雁鸣，残菊，寂寞的黄昏独守，雨打梧桐，在排列所有这些因素创造出一种有力的情调后，她迅速而出其不意地以保留到最后一句话的"愁"字结束全词，起到画龙点睛的作用，使整首词生动活泼，熠熠生辉。②

总而言之，柳无忌通过归化和异化融合的方式，既让李清照的《声声慢》较好地保留了原词的"异质成分"，又最大限度扫除了西方读者接受原作时的文化障碍，对中华诗词产生一种亲近感。

那么，柳无忌和叶维廉的翻译研究风格是如何形成的呢？从根源上来讲，叶维廉和柳无忌这种异化与归化融合的译介方式应该与他们的人生经历、知识结构和教育背景等有着密切的关系。

柳无忌是江苏吴江人，1907年出生，10岁时便加入他父亲柳亚子组织的文学团体——南社参与各种文学活动，17岁时开始研究苏曼殊。少年时代就读于圣约翰中学和大学，后来又在清华学校学习文学，20岁于清华学校毕业后获公费资助赴美留学，先后在美国劳伦斯大学和耶鲁大学学习，并获得学士学位和英国文学博士学位。1931年，柳无忌与罗皑岚、罗念生、陈麟瑞等华人在美国创办了《文学杂志》，他的父亲柳亚子任名誉主编，《文学杂志》一共出了4期，柳无忌在该杂志上发表了多篇新诗和诗论。1932年柳无忌回到祖国，先后任教于南开大学、西南联合大学和中央大学。1935年他在南开大学与罗皑岚共同发起"人生与文学社"，编辑《人生与文学》期刊、天津《益世报》文艺副刊。1945年柳无忌再次赴美，原计划在美国讲学一年后回国，但后来由于国内局势变动，只得"一去不返"，定居美国。柳无忌相继在劳伦斯大学、耶鲁大学和印第安纳大学任中文教授。20世纪60年代初，他创办了印第安纳大学东亚语文系，担任系主任。

叶维廉祖籍广东，1937年生于日本侵略者横飞大半个中国的炮火碎片中，1948年，为了躲避国共内战，12岁的叶维廉随家人流亡香港寄居舅舅家，1955年叶维廉离开香港赴台湾求学，先后获"台湾大学"学士学

---

① Liu, Wu-chi, *An Introduction to Chinese Literature*, Indiana University Press, 1973, p. 117.
② Ibid., p. 118.

位和台湾师范大学英国文学硕士学位。1963 年赴美留学，获得爱荷华大学美学硕士学位和普林斯顿大学比较文学博士学位，博士毕业后一直任教于加州大学圣地亚哥分校。凭着学贯中西的知识结构和文化素养，叶维廉在比较文学、诗歌创作、文学批评，以及翻译的领域里都取得了突出的成就。

柳无忌和叶维廉都是因为某种特殊的原因而定居国外，但他们从未停止对祖国的关注和思念。"从大陆而香港、台湾、美国的经历使得叶维廉不自觉地承续了'五四'知识分子的忧患意识，进而产生出一种使命感，要继承和保护中国文化"①。而跃动在柳无忌脉搏中的中华血液赋予了他译介和传播中华文化的使命。正如叶维廉所说："我所从事的文学活动，是产生于一种长期的文化郁结"②，他们的研究成果都蕴含着浓厚的中国情愫。柳无忌撰述编译了《中国文学概论》《曼殊评传》《当代中国文学作品选》《苏曼殊全集》《葵晔集：中国诗歌三千年》《古稀话旧集》《抛砖集》《休而未朽集》《苏曼殊年谱》《柳亚子文集》等传播中国文学、弘扬中华文化的专著；叶维廉"开创性地提出了东西比较文学方法，根源性地质疑与结合西方新旧文学理论应用到中国文学研究上的可行性及危机，肯定中国古典美学特质，并通过中西文学模子的'互照互省'，试图寻求更合理的文学共同规律，建立多方面的理论架构"③。他的《东西比较文学模子的运用》（1974）和《比较诗学》（1983）等专著在国内外都有较大影响。

总体说来，久居异国的华人、华裔的"离散"④ 状态和特别的文化身份让他们具有了学贯中西的知识结构，也令他们处于了一种两难的文化困境，于是他们在"文化放逐中完成文化使命"⑤，异化和归化的融合成为他们摆脱文化困境的途径，"他们一方面重视文化因子在译诗中的再现，在译诗中再现原诗所蕴涵的丰富的历史、文化底蕴；另一方面，他们又考虑到译语读者的接受程度，而采取类比趋同的手法，让读者更好地接受其

---

① 朱徽：《叶维廉访谈录》，《中国比较文学》1997 年第 4 期。
② 刘绍瑾、侣同壮：《叶维廉比较文学中的庄子情结》，《文史哲》2003 年第 5 期。
③ 朱徽：《叶维廉访谈录》，《中国比较文学》1997 年第 4 期。
④ 当代翻译理论家罗宾逊（Douglas Robinson）在其专著《翻译与帝国》（*Translation and Empire*, 1977）中阐释后殖民主义理论时，使用"离散"（Diaspora）概念来描述离开本土、寓居异乡的人们所特有的文化关系。
⑤ 孙艺风：《离散译者的文化使命》，《中国翻译》2006 年第 1 期。

中的异国文化传统"①。从译介和研究的客观效果来说,叶维廉和柳无忌对中国古代女诗人诗作的译介作品尽管数量不多,但质量较高。归化与异化的融合令他们的译作顺利走入英语世界读者群,既减少了接受者的跨文化接受障碍,又提高了中华文化对外传播的效率。孙康宜、苏源熙等其他华裔译者和研究者与叶维廉、柳无忌一样,他们在不同的文化之间穿行,具有很强的跨文化交流能力,能够突破固化的本土文化思维模式。开阔的文化视野、多层的文化体验,以及贴近异域文化的心理和物理距离,使他们在文化传播领域有着天然的优势,在中华"文化走出去"的宏伟大业中发挥着十分积极的推动作用。他们用西方读者所熟悉的术语来介绍和阐释中国传统诗学,令西方读者感觉通俗易懂。同时他们饱含西方学术素养的系统批评方法又为习惯于中国传统文论术语和思维方法的东方读者拓展了视野。而他们也在译介和传播中国文学及文化的同时守望了乡愁。

---

① 王峰:《唐诗经典英译研究》,中国社会科学出版社2015年版,第121页。

第三章

研究与阐释

随着中国古代女诗人在英语世界传播的日益广泛和诗歌译介成果的不断增加,英语世界对中国古代女诗人的了解越来越深入,对她们诗歌创作进行研究的愿望也日益强烈起来。一大批汉学家在挹取中国古代女诗人诗歌之芬芳的同时,又采纳西方各种文学与文化理论之精华,然后将二者调和,推出了不少的研究专著和论文。

第一节　20世纪90年代之前的研究方向和特色

英语世界对中国古代女诗人的研究晚于对中国古代女诗人作品的翻译。1921年,洛威尔和埃斯库弗在出版英译汉诗集《松花笺》时,在诗词文本之外附加了大量解释性文字,直接或间接引入所译诗歌的社会背景、艺术特色、意向所指和语言风格等,形成文化先结构的暗示,使诗歌的文本意义和文化底蕴得以更明晰地体现,获得了一种互文性研究的结果。

洛威尔和埃斯库弗在"引言"中详细地介绍了中国古代社会女性的生活状况和社会地位,她们指出:与能够自由游历名山大川、能够参加科举考试、能够在朝堂发挥才干的男性相比,女性的生活空间要狭小得多,她们甚至不能享受社交的乐趣,而且她们在家庭和社会中的地位很低,对男性有着过多的依赖,所有这些都会对她们的创作以及她们诗作中塑造的女性形象造成影响。"引言"中还专门论述了宫廷嫔妃的命运与创作的关系:

那些渴望沐浴帝国阳光的雄心勃勃的父亲指望他们的女儿能得到帝王的恩宠，从而给自己家族带来财富和权势，于是才貌双全的女子通常都会被送到宫中以供皇帝遴选。其实，很多选入宫中的女子都没有机会受到天子的眷顾，她们只不过是在宫中年复一年地孤单度日直到死亡。尽管这些女子写了无数的悲情诗，但其实也有不少真实的浪漫恋情发生，而那完全得益于宫中有着不定期驱散多余宫女，将她们嫁给民间男子的风俗。①

与那些在宫中未被帝王选中而虚度年华的女子相反，有些女子幸运地得到帝王的百般宠幸，帝王甚至娇宠她们到了纵容她们干扰国政的地步。这些尤物对国家的祸害之大无法形容，以至于历史上曾多次爆发民众起义要求废除后宫。②

"注释"部分也多次介绍宫廷嫔妃的生活，在李白《沉香亭咏牡丹》（Song to the Peonies）一诗的注释中十分详细地介绍了杨贵妃和唐明皇的爱情故事、梅妃与唐玄宗的故事，还叙述了"一顾倾人城，再顾倾人国"的李夫人，讲述了"霓裳羽衣"的典故；③ 在《怨歌行》（Song of Grief）的注释中叙述了班婕妤因赵飞燕而失宠的经历，并对"秋扇"（Autumn Fan）的意象内涵进行解释。④ "注释"内容传递了与《怨歌行》、《赠张云容舞》（Dancing）等诗歌文本的"互文信号"，激发了读者理解诗歌文本所需要的"先在"阅读经验，使诗歌文本文化内涵随着读者意识中的广泛关联得到扩张，给读者提供了联想和想象的空间，实现了对诗歌文本的互文性阐释。

尽管《松花笺》是一本译诗集，但洛威尔和埃斯库弗深知"汉诗由暗示与典故构成，在缺失背景知识的情况下，汉诗的意义与诗趣必然会流失"⑤。且洛威尔作为一个不懂中文的译者，她深深体会过西方读者接受中国古典诗歌的困难，她知道中国古典诗歌多有双关含义，如果没有相关文化背景知识的阐释，西方读者必然难以意会。所以，她们利用"序"

---

① Amy Lowel, Florence Ayscough, *Fir-Flower Tablets*, Boston: Houghton, 1921, p. vliii.
② Ibid., p. vliii.
③ Ibid., pp. 183–186.
④ Ibid., pp. 217–218.
⑤ Ibid., p. viii.

(Preface)、"引言"（Introduction）、"注释"（Notes）以及标注有古今地名的中国地图（Map of China）、中国上层社会家庭住房构建图例解析（Key to Plan of Chinese House）和中国朝代年表（Table of Chinese Historical Periods）等来作为文学翻译的副文本手段，对中国古代诗人创作的背景进行阐述，详尽介绍历史、地理、神话、封建制度、教育与科举、建筑，以及中国诗歌分类与创作手法、常用诗词意象、诗人与诗风等方方面面的内容，让诗歌文本处于一个由其他文本和文化所构成的系统的中心，并与该文化系统形成相互参照、彼此关联和开放式的对话关系，通过副文本的辅助最终实现译介目的。据笔者统计，在《松花笺》共227页的篇幅中，"序"占据6页，"引言"占据76页，"注释"占据50页，"中国上层社会家庭住房构建图例解析"占据5页，"中国朝代年表"占据1页，合计达138页之多，大大超过书中英译诗歌文本所占的分量。

《松花笺》以丰富的副文本和独特的文本续接方式对诗歌文本做出了巧妙的阐释，开启了英语世界中国古代女诗人研究的一种路径，成为英语世界中国古代女诗人研究的肇始之作。自《松花笺》之后，英语世界出现多本与之类似的中国古代女诗人诗歌单译本，肯尼迪的《思念：薛涛诗选》（1968）、雷克斯洛斯与钟玲的《李清照全集》（1979）、克莱尔的《梅花：李清照词选》（1984），以及雷克斯洛斯与钟玲的《兰舟：中国女诗人诗选》（1972）等，这些译本均同《松花笺》一样，利用"引言""注释"与诗歌英译文本之间的互文性功能，引导读者通过"引言"和"注释"的辅助，更准确地把握诗歌主题，消解认知过程中的困惑。所以在这些英译集中，"引言"和"注释"通常承担着对诗歌文本进行研究的功能，而且其所占篇幅比例往往超过诗集正文。

还有不少西方学者在延续洛威尔和埃斯库弗研究风格的基础上，进一步采取社会学批评方法对古代女诗人进行更深入的研究，将诗人生活经历、创作时代背景等详尽的史料作为分析诗作的基础，对诗人的创作风格、艺术特色等进行较为细致的阐述。孙念礼结合汉代的社会历史文化背景，对班昭的创作风格进行了细致的分析（见《班昭传》）；魏莎将翻译鱼玄机和薛涛诗作与介绍她们的生平经历、创作背景、时代文化等相互穿插交织，把两位女诗人的文学创作放在唐代的社会结构中进行分析、评判，探讨其产生的社会环境、社会内容，并对其社会传播进行分析，对其社会效果进行衡量（见《卖残牡丹：鱼玄机生平及诗选》）；拉森结合时代背景对薛涛的诗歌创作进行阐述,并依据主题将薛涛诗歌进行分类解析(见《芳水井》)。

实际上,英语世界运用社会学批评方法对中国古代女诗人进行研究的成就较大者,多是有着中国传统文化学养又深谙西方文化的华裔学者。他们凭借着自身深厚的中西文化学养和对中西社会历史状况的深入了解,通常能从跨文化的视角出发,运用他们所熟悉的中西文学理论对诗人及其诗作风格进行分析和研究。留学英国的冰心在《李易安女士词的翻译与编辑》中首先从宏观层面介绍了"词"的文体形式和风格特征,以及从"旧体诗"到"新体诗"的美学嬗变,然后结合自己对李清照的诗词译文,论述李清照爱情词的创作缘起、艺术手法及主要特点;许芥昱在《李清照诗词》中结合李清照生平及其创作背景探讨了若干李词,进而对"易安词"的风格特征及其在中国古典诗歌中的作用进行高度总结;何赵婉贞在《人比黄花瘦:李清照生平与作品》(1965)中将李清照生平与其创作动机、创作风格结合起来加以分析讨论;王健在《鱼玄机诗歌研究》(1972)中通过大量原始资料还原鱼玄机的生平,并进而探讨鱼玄机诗作的风格特征;柳无忌和罗郁正在《葵晔集:中国诗歌三千年》(1975)中利用注释对蔡琰、薛涛、鱼玄机和李清照的生平、创作背景、诗歌风格等作了较为详细的论述。格莱温在《中国诗歌精神》(1987)中采用评注与诗歌互文的形式,通过评注中描述姚月华因生计之需随父寄寓扬子江、在漂泊不定的生活中邂逅爱情的故事,将其诗作文本《阿那曲》中女诗人爱而不得的无奈与辛酸具象化;通过将孟昌期妻孙氏的《闻琴》与李白的《听蜀僧与弹琴》相对照,以及对《闻琴》的赏析,充分展现孙氏的文学才华,映衬她受"才思非妇人事"思想的束缚而焚毁自己诗集的无奈和悲哀。

胡品清则把社会学批评方法与平行对比研究方法加以结合运用,他在《李清照》(1966)一书中不仅结合"词人生平"和"历史背景"来对李清照词的特质与价值做出评论,指出李词情感细腻、语言洗练及想象深邃的风格形成于李清照生活经历的影响。还将李清照的诗词与西方著名诗人狄更生、庞德、卡明斯等人的诗歌进行比较,发掘中西诗歌的差别,凸显李清照诗词风格的独到之处。胡品清为英语世界中国古代女诗人研究拓展了新的方向。随后,雷克斯洛斯也采用平行对比研究的方法对中国古代女诗人进行研究,将朱淑真和李清照与欧洲中世纪女作家克里斯蒂娜·德·

皮桑、法国里昂派女诗人路易斯·拉贝、意大利著名女作家斯坦姆帕相提并论，并进行比照分析（见《爱与流年：续汉诗百首》，1970）。

从以上学者的研究成果我们可以看出，在20世纪90年代以前，英语世界注重将女诗人的作品放在一定的社会结构中进行分析、评判，阐释其产生的社会根由，分析其社会传播，衡量其社会效果。这是一种在中西方都较为常用的社会学批评方法，在中国，早在两千多年前孔子就已经用"诗可以群，可以怨"的观点说明了社会与文学之间的必然联系；在西方，19世纪法国文学家斯达尔夫人在她的《从社会制度与文学的关系论文学》和《论德国》等著作中进行了对文学的社会学批评实践。法国艺术理论家泰纳更进一步将社会学批评方法科学化和理论化，泰纳认为："'种族''环境'和'时代'是影响人类文学创作的三大要素，因为人在世界上不是孤立的，自然界环绕着他，人类环绕着他，偶然性的和第二性的倾向掩盖了他的原始的倾向，并且物质环境或社会环境在影响事物的本质时，起干扰或凝固的作用。"[1] 而后俄国理论家别林斯基、车尔尼雪夫斯基等也都有过关于社会学批评的理论阐释。自19世纪以来，社会学批评一直是西方学者较为喜欢采用的艺术批评模式之一，英语世界的中国古代女诗人研究受到西方学术大氛围的影响，故将社会学批评作为了最常用的研究手段和方法。

从表面看，文学社会学批评的方法往往注重从作家和社会的联系入手来探究文学与社会之间隐秘的深层关系。但从研究目的来讲，讨论社会背景、历史时代状况等都是为了更好地了解作家作品。由此或许我们可以将20世纪90年代之前的英语世界中国古代女诗人研究的最大特点概括为：环顾周遭皆为言"她"。

第二节 20世纪90年代以后的研究方向和特色

20世纪90年代以后，受后现代文化思潮和女性主义理论等文学思潮的交互影响，英语世界中国古代女诗人研究出现了多元发展的格局。研究内容和研究方法都较之前更加丰富和多样。

---

[1] 伍蠡甫、胡经之：《西方文艺理论名著选编》，北京大学出版社1985年版，第152页。

首先，20 世纪 90 年代，西方迎来虽有争议但意义深远的女性主义运动第三次浪潮，女性主义批评理论方法得到学术界的青睐，这在英语世界中国古代女诗人研究领域也有着明显的体现。

1991 年，耶鲁大学出版社出版孙康宜的《情与忠：陈子龙、柳如是诗词因缘》（*The Late Ming Poet Ch'en Tzu-lung：Crises of love and Loyalism*）一书，该书以女诗人柳如是与明代志士陈子龙二人的情感因缘为线索，阐述了两人的诗词写作风格，还一并讨论了明朝情词的革新等问题。该作后由李奭学翻译成中文，并于 2012 年由北京大学出版社出版发行。尽管该书延续了此前英语世界惯用的对女诗人生平进行介绍、对诗作进行英译的旧有模式，但该书在译介陈子龙和柳如是情诗的基础上探究了晚明情词革新的方向，从陈子龙意义纷呈、包罗万象的诗词中挖掘深藏的隐喻意义和深邃的思想内涵，从柳如是时而婉转时而豪放的诗词中追寻其女性自我意识的表露，还对二人的诗词作品进行文类研究（genre study），探寻二人作品的诗体问题。书中对柳如是女性意识的探讨，恰与当时西方风起云涌的女性主义理论思潮契合，为英语世界中国古代女诗人研究开启了一个大有作为的新方向。

1992 年哈佛大学召开"中国之性别观念——妇女、文化、国家"学术研讨会。来自美国、英国、加拿大、中国以及其他国家的众多学者共聚一堂展开讨论，"提出此时期及以后中国妇女研究的'社会性别'导向，希望把社会性别带入中国研究的所有领域"[1]。1994 年，哈佛大学出版社出版柯临清（Christina Gilmartin）、贺萧（Gail Hershatter）、罗丽莎（Lisa Rofel）、泰勒·怀特（Tyrene White）四人合著的《酝酿中国》（*Engendering China*）一书。该书指出，随着西方社会性别理论的逐步成熟和西方学者在中国进行的田野调查日益增多，到了 20 世纪 90 年代时，社会性别史研究已成为西方中国妇女研究领域的主导。[2] 该书的四位作者皆是英语世界中国妇女研究方面的权威专家，柯临清是国际著名汉学女性主义者，美国东北大学（Northeastern University）历史系教授，哈佛大学费正清东亚研究中心研究员；罗丽莎是美国加利福尼亚大学圣克鲁兹分校

---

[1] 宋少鹏：《革命史观的合理遗产——围绕中国妇女史研究的讨论》，《文化纵横》2015 年 8 月号。

[2] Christina K. Gilmartin, Gail Hershatter, Lisa Rofel, Tyrene White, *Engendering China: Women, Culture, and the State*, Harvard University, 1994.

人类学系教授；贺萧是加州大学圣克鲁斯分校历史系主任；泰勒·怀特是美国斯沃斯莫尔学院副教授。这几位学者作为美国汉学界研究中国妇女问题的专家，从某种层面来说也就是英语世界中国妇女研究的风向标，而《酝酿中国》一书是"哈佛当代中国书系"（Harvard Contemporary China Series）中的一本，该系列丛书由美国哈佛大学费正清研究中心出版，以深厚的学术理论和洞悉前沿的视角引领着西方汉学界的总体研究方向。

在学界的"社会性别"导向指引下，顺着众多专家学者的期望，社会性别概念全面进入了英语世界中国妇女研究领域，英语世界中国古代女诗人研究也受到了启发，产生了新的研究灵感与视角，一时间"社会性别"成为研究中国古代女诗人的主要分析范畴，众多学者纷纷将"社会性别"与政治、经济、文化等范畴结合起来，对中国古代女诗人的诗作、日记、书信、评论等一手文献进行细致入微的研究，进而挖掘女诗人文学世界的深厚内涵。

1994年，美国哥伦比亚大学巴纳德分校历史系教授高彦颐（Dorothy Ko）的《闺塾师：明末清初江南的才女文化》（*Teachers of the Inner Chamber: Women and Culture in Seventeenth Century China*）一书出版。该书以大量明末清初的女性诗词作品为研究基础，以社会性别为研究视角，通过解读这一时期女性文人的诗稿、戏剧、随笔、书信以及她们的男性亲人和男性朋友的作品，重构当时妇女的思想生活和社交世界，引领读者进入明清闺塾师（即知识女性）家庭内外的生活与活动空间，深入了解明清江南才女多姿多彩、积极活跃的文学世界。进而从广阔的社会经济文化层面探讨明清妇女创作与当时的社会制度及文化体系之间的关系。通过对大量关于女性的一手资料的掌握与分析，提出对旧有的传统中国妇女"压迫—解放"的研究模式的质疑，并对那种认为中国妇女都是受压的和无声的"祥林嫂形象"的认识进行了批判。全书共分为"上卷：情史与社会秩序""中卷：妇女性别的重写与重读""下卷：家门内外的妇女文化"三个部分。在中卷中，用"丈夫与女中丈夫：女性角色的错位与延伸"和"从三从四德到才、德、美"两章的内容对女性的书写进行了深入研究，并以江南才女黄媛介为案例，援引班昭、王端淑等多位女性作家的生活和创作情况为支撑，分析具有男性气质的女性文人如何以她们的博学和灵活性书写社会性别体系与社会经济体系之间的不调和，讨论了女性职责的扩大、女性特质的重新书写等问题。该书材料丰富，高彦颐在写作过程中先后援引了史书、戏曲话本、地方志、诗文、小说、书信、笔记，以及各种相关的古今著作共四五百种，且论述理性客观，逻辑严密，对中国社会演化的复杂性分析得深刻透彻。该书被认为是西方汉学界"明清之际妇女史的开山之作"①，开启了20世纪末英语世界的一波明清妇女研究热潮。

继《闺塾师：明末清初江南的才女文化》之后，美国戴维斯加州大学历史系主任曼素恩撰写了《缀珍录——十八世纪及其前后的中国妇女》(Precious Records: Women in China's Long Eighteenth Ccentury)一书，并于1997年由美国斯坦福大学出版社出版。该书深入研究了1683—1839年长江下游地区的社会性别关系问题。曼素恩秉承高彦颐《闺塾师：明末清初江南的才女文化》的研究范式，以性别研究为理论基石，采用"置女性于历史中心"的独特视角，通过对18世纪及其前后时期江南地区女性的生活、创作、劳动、娱乐、宗教活动等各方面的分析描述，探讨了这一时期的社会变革与妇女生活之间的互动关系，阐释了社会性别关系对于该时期经济、政治、社会和文化变革产生的深刻影响，强调了女性在建构盛清时期社会性别体系中的主体性作用。全书共包括引言、社会性别、人生历程、写作、娱乐、工作、虔信及结论八个部分。其中"写作"部分重点讨论了女诗人的创作问题，作者将女诗人的创作置于"盛清时期"(the High Qing Era)的语境中加以分析，对女性诗词中那些被长期视为惯用套语的隐喻进行新的解读，结合时代与社会背景加以分析，深入探讨女诗人的创作活动，以及与创作存在着紧密联系的日常生活、劳动、娱乐、宗教信仰等问题，从而发现女性话语的深层内涵。该书是西方明清妇女史研究的重要代表作之一，曾获亚洲研究会"利文森(Lveneosn)奖"，自问世至今在学界一直有着较大影响，其选题、理论和研究视角对我国的学者也有较大启发，甚至引起众多研究者的效仿。

《缀珍录——十八世纪及其前后的中国妇女》出版同年，斯坦福大学还出版了孙康宜与魏爱莲合编的《明清女作家》一书。确切地说，该书是1993年在耶鲁大学召开的"明清妇女文学"国际研讨会会议论文集。该书主体部分包括四个板块：首先是入选文集的论文作者介绍(Contributors)，对13位作者的学术专长、研究成果等进行介绍；其次是魏爱莲所写的导论(Introduction)，介绍了中国明清时期的历史、文化、社会状况

---

① [美]曼素恩：《东方主义时代前的中国妇女史》，李国彤译，《妇女与社会性别史导论课程阅读文选》，天津师范大学妇女研究中心自编内部教材，第79页。

等，对该时期女性的生活与创作情况进行了较为详尽的分析，并对入选该书的论文进行介绍和点评；然后是 13 篇美国学者关于中国明清时期妇女文学问题的研究论文，内容涉及文学、史学及艺术史领域，主要展现明清时期的女诗人如何通过强调她们诗歌中的主体性创造来讲述自我；最后是后序"比较视野中的中国妇女"（Chinese Women in a Comparative Perspective：A Response）。该书所收录的 13 篇论文主要涉及 4 个主题。第一个主题是"书写青楼"（Writing the Courtesan）。该主题之下共收录了李惠仪、罗溥洛、高彦颐、大木康、柯丽德（Katherine Carlitz）[1] 所作的 5 篇关于妓女的论文，探讨了晚明"名妓"这个文化概念是如何出现并成为一个经典概念的问题，考察了明清时期的妓女文化，阐述了文字与缠足的关系，还具体讨论了明末传奇《鹦鹉洲》中的欲望与书写、冯梦龙作品中的女性形象和青楼世界。第二个主题是"规范和自我"（Norms and Selves）。这个主题之下收录了孙康宜的论文《明清女诗人选集及采集策略》（"Ming and Qing Anthologies of Women's Poetry and Their Selection Strategies"），该论文交代了孙康宜所搜集到的十多本明清女诗人选集的内容，并细致地介绍了其中 13 本选集的具体内容和采集策略；同时，还收录了莫林·罗伯森（Maureen Robertson）的《变换主体：作者序与诗中的社会性别与自我标识》（"Changing the Subject：Gender and Self-inscription in Authors' Prefaces and Shi Poetry"）一文。第三个主题是"诗歌文本"（Poems in Context）。其中收录了王安（Ann Waltner）[2] 的《走出困境：历史与小说中的李玉英》（"Writing Her Way out of Trouble：Li Yuying in History and Fiction"）一文，对历史及传奇中的李玉英形象进行分析解读；蔡九迪（Judith T. Zeitlin）[3] 的《无形的展现：鬼魂和女性的陈述》（"Embodying the Disembodied：Representations of Ghosts and the Feminine"）；方秀洁的《18 世纪理想女性的解构与建构：〈西青散记〉与双卿的故事》（"De/Constructing a Feminine Ideal in the Eighteenth Century：Random Records of West-Green and the Story of Shuangqing"），较为详细地讨论了史振林的《西青散记》对于农民女诗人贺双卿形象的建构问题。

---

[1] 柯丽德是美国匹兹堡大学东亚语言文学系教授，专注于晚期明清文化研究。
[2] 王安是美国明尼苏达大学历史系、亚洲语言文明系教授，毕业于加州大学伯克利分校历史系。
[3] 蔡九迪是美国芝加哥大学东亚语言文化系中国文学副教授。

第四个主题是关于"红楼梦"（Hong Lou Meng）的。收录了曼素恩、魏爱莲和南希·阿姆斯特朗（Nancy Armstrong）三位学者各一篇文章，阐述了《红楼梦》问世之前的女性写作以及《红楼梦》一书中的女性写作，探究了金陵十二钗的原型，还探讨了《红楼梦》问世后小说中的女性声音等问题。

1998年，美国马里兰大学帕克分校的谭大立博士（Dali Tan）撰写学位论文《性别与文化的交汇：从比较观重读李清照和艾米丽·狄更生》（"Exploring the Intersection between Gender and Culture-reading Li Qingzhao and Emily Dickinson from a Comparative Perspective"）。论文运用女性主义理论对李清照和艾米丽·狄更生两位女性诗人进行了比较研究，认为她俩尽管生活在中西两个不同世界，但所面对的同样都是以男性为主导者的诗学世界，两人也都采取了相同的策略来与男性话语抗衡。她们都以诗歌为言说手段来书写女性的从属境地，表达女性对自由的渴求和对理想世界的向往；在书写过程中都有意识地拒绝自己的性别角色，弱化诗作的性别特征，力图通过模糊性别的书写方式来改变女性"被命名"的地位，从而获取社会原本赋予男性的权利，最终达到质询以男性为主导的社会性别体系。[1]

进入21世纪后，英语世界运用女性主义理论来对中国古代女诗人进行研究的论文依然层出不穷，且与20世纪90年代相比显得更加深入。

2006年，加拿大麦吉尔大学李晓融的博士学位论文《重写闺阁：明清女性诗歌中的闺阁》（"Rewriting the Inner Chamber: the Boudoir in Ming-Qing's Women Poetry"）探讨了明清女性诗歌中对于"闺阁"的书写问题。李晓融认为"闺阁"既是女性生活的生理空间，也是一种社会空间，明清时期女性诗歌对于"闺阁"的书写不同于之前的任何朝代，通过对明清女性诗歌中的"闺阁"书写的研究，可进一步挖掘明清社会中的一些深层次的问题。

2007年，曼素恩的《张门才女》在美国出版，该书以常州张惠言家族的三代女性为研究对象，借助对张门才女的研究，从女性的视角审视了19世纪中国动荡不安的历史。通过对张家三代才女的作品的分析，结合对地方志、回忆文章等文献材料的解读，回溯张门才女们在文学创作、家

---

[1] Dali Tan, "Exploring the Intersection between Gender and Culture-reading Li Qingzhao and Emily Dickinson from a Comparative Perspective", University of Maryland, 1997.

庭生活、人际关系、个人情感，以及政治立场等方面的特征，从而再现清代社会中女性文人的人生轨迹。

2007年，美国华盛顿大学的杨彬彬（Binbin Yang）提交博士学位论文《女性与疾病美学：清代女性的疾病诗歌研究》（"Women and the Aesthetics of Illness: Poetry on Illness by Qing-dynasty Women Poets"）。该论文通过研究清代女性的疾病诗歌，探究了清代女性如何应对围绕她们身体疾病的男性话语。

2008年，方秀洁的《她自己为著者——明清时期性别、能动力与书写之互动》（Herself an Author: Gender, Agency, and Writing in Late Imperial China）一书由夏威夷大学出版社出版。该书采取历史学的研究方法，通过对明清妇女诗歌和其他著作史料的考察，探讨这一时期女性的文化、她们的家庭、她们的社会活动情况等。具体来说，该书是在寻找"谈论她们的方式"①，具体探讨女性在什么时候写作、在什么境况下写作、为什么写作等问题。方秀洁的研究建立在对大量女性创作文本一手资料的解读基础之上，但她不只是简单地恢复她们写作的状态和文本的内容，而是通过反思女性写作作为文化实践的形式，阐释社会经济、文化环境等因素对女性文本产生的影响，通过解读女性书写的立场和话语构成来探究社会主体的文化和思想。该书正文部分共包括四章：第一章，"诗歌中的人生：甘丽柔传记"；第二章，"从边缘到中心：妾的文学生活"；第三章，"创作旅程：在路上的女性"；第四章，"性别与阅读：女性诗歌批评的形式、修辞和群体性"。

2008年香港中文大学孙雪莉（Suen, Choi Chu Shirley）的博士学位论文《柳如是文学创作研究》（"A Study of Liu Rushi's Literary Works"），以柳如是与陈子龙、李雯、汪然明、钱谦益等男性诗人唱和的诗歌作品为骨干线索，探讨了她的"身份探寻"过程与创作之间的关系，认为柳如是在探寻自我身份、女性身份和诗人身份的过程中逐步实现了对自我价值的追求，并将这一过程中复杂的心理变化和思想变化诉诸她的诗歌作品。论文还从意象营造的角度入手，将柳如是诗作中的"柳""梦"等意象与她同时代的女作家诗作中的意象进行比较，从而彰显柳如是作品的内在意蕴和独特的艺术风格。

---

① Grace S. Fong, *Herself an Author: Gender, Agency, and Writing in Late Imperial China*, Honolulu: University of Hawi'i Press, 2008, p.3.

2008 年，美国加州大学柴杰（Jie Chai）提交博士学位论文《自我与性别：战国和汉代时期的妇女、哲学和诗歌》（"Self and Gender: Women, Philosophy, and Poetry in Pre-Imperial and Early Imperial China"）。该论文讨论了战国和汉魏时期女性哲学文本、历史文本及诗歌文本中的女性自我表述问题。论文第三章专门以班昭、班婕妤和蔡琰为例探讨了汉代女性诗歌中女性对自我的描述问题，第四章则以左芬、谢道韫、刘令娴和沈满愿为例探讨了六朝时期女性诗歌中女性自我意识的体现问题。

2009 年，美国圣路易斯华盛顿大学王艳宁（Yanning Wang）提交博士学位论文《跨越闺房：明清女性旅行诗研究》（"Beyond the Boudoir: Women's Poetry on Travel in Late Imperial China"）。明清时期女性的流动性远远大于之前的朝代，因此旅行诗成为明清时期女性创作的一个重要主题，当时不少精英女性以写旅行诗的方式来表达自己的心理诉求，并以此来挑战那种认为女性就应该锁在深闺的传统观念。该论文以女诗人顾太清为案例，对明清女性的旅行诗进行研究，以探究明清女性的生活观念和性别意识等。

2010 年，美国爱荷华大学杨海宏（Yang, Haihong）提交博士学位论文《举自己的旗帜：明清三位女诗人的自我书写》（"Hoisting One's Own Banner: Self-inscription in Lyric Poetry by Three Women Writers of Late Imperial China"）。该论文通过细读王端淑、李因和汪端三位明清女诗人的诗歌作品，发掘她们在诗歌作品中建构自我的方法，讨论她们的性别书写问题。

2010 年，方秀洁和魏爱莲联合推出《跨越闺门：明清女性作家论》（*The Inner Quarters and Beyond: Women Writers from Ming Through Qing*）一书，该书实为 2006 年在哈佛举办的"由现代视角看传统中国女性"国际研讨会的会议论文集。在该书的开篇"绪论"中，方秀洁以"文本中有什么？妇女文集的重新发现与重新审视"为主题，讲述了明清女性文本从被忽视到被重新发现的过程，说明开通"明清妇女著作"网站的缘由及意义，并从"身为作者的明清女性"与"写作中空间性别化的产生——框架与结构"两方面深入分析了西方学界对中国女作家研究的情况，交代了该书的架构、内容，以及书中论文成果对于今后研究中国女作家的新导向等问题。

正如两位编者在该书"绪论"中所说，"本书的结构基础是两个概念——社会性别与空间性"①,该书正文部分以明清女性作家的性别化书写活动空间为构架,联结起四个主题:一是门内的世界;二是放开视野——女性与编辑工作;三是走出传统女性角色;四是个人与政治——回应现实世界。全书11篇论文分别归属四个主题,其中方秀洁的《书写与疾病——明清女性诗歌中的"女性情境"》、魏爱莲的《重拾过往——1636年至1941年的女性编者和女性诗歌》、李惠仪的《明清之际的女子诗词与性别界限》、管佩达的《禅友——17世纪中国闺秀与比丘尼之间的诗词交流》、曼素恩的《闺秀与国家——19世纪乱世中的女性写作》从不同角度不同侧面深入地讨论了女诗人的生活和创作问题。方秀洁认为明清女诗人的创作与疾病有着密切的关系,她们将病痛中的各种情绪与体验写入诗歌,将具有女性气质的疾病以诗歌的方式进行再现,把生命体验化为审美表达,疾病题材诗歌的盛行其实表现出了女性在生活中构建另一个空间的潜在能力。魏爱莲仔细考察了晚明至民国末期的六部由女性编选的女诗人作品选本,她从这些女性编者的背景、编纂选本的原因、收集材料的方式、组织选本内容的标准和原则等几个方面深入地进行讨论,通过这些选本的研究揭示了女性传统问题,也在一定程度折射出了女诗人生活和创作的种种。管佩达阐述了17世纪的闺阁女诗人与比丘尼之间的诗文唱和关系,认为闺秀与女尼之间在政治、宗教和美学上的复杂纠缠为彼此提供了丰富的内心空间,也为各自的诗歌创作提供了更丰富的文化元素和情感内涵。李惠仪和曼素恩探讨了明清女性在书写时的性别定位问题,两人的论文观点一致,都认为明清时期国难世乱的时局影响了女诗人的创作风格,乱世之下的家国之感促使女性在写作时难免悲怀国变途穷,于是她们走出闺阁的个人小情感,而以忧国伤时的大情怀来见证离乱,反思历史,述往思来,形成了中国女性文学传统中一种崭新的书写特征。

综上所述,"社会性别"理论成为20世纪90年代以后英语世界中国古代女诗人研究的主要分析范畴。但"社会性别"并不是这一时期的唯一研究范畴,西方学术研究惯有的"多元"特点在这一时期英语世界中国古代女诗人研究领域仍然有着充分的体现,一些学者从历史学、比较文学、宗教学等视角入手,运用田野实证、比较研究、空间理论分析等方法对中国古代女诗人展开了更深更广的研究,还有不少学者打破了文学与其

---

① Grace S. Fong. ed., *The Inner Quarters and Beyond: Women Writers from Ming through Qing*, Leiden; Boston: Brill, 2010, p. xii.

他学科的藩篱，广泛运用跨学科的方法来进行研究。例如罗溥洛采用历史学的研究方式，亲自前往贺双卿的故乡江苏金坛薛埠方山进行实地调研，然后结合考证情况来对贺双卿的创作进行分析研究；谭大立运用西方女性主义理论和比较研究的方法对李清照和狄更生两位不同国家的女性诗人进行对比研究；碧翠丝·霍尔兹·伊鲁明运用心理学理论来分析唐代三大女冠诗人鱼玄机、李冶和薛涛诗歌作品；管佩达则是宗教与文学研究交叉进行，对48位女尼诗人的作品进行了相关分析。

总而言之，20世纪90年代以后英语世界中国古代女诗人研究的方法较之20世纪90年代以前的更加多元化，不再囿于简单译介的套路，而是从译介和理论研究等多个方面纵深开去。而且这一时期的译介和研究内容不仅限于女诗人的诗歌作品，还关涉女诗人的诗词理论、诗词评论作品，甚至连女诗人的日记、书信等也进入了研究的范围。从研究内容指向来看，20世纪90年代以后英语世界中国古代女诗人研究更多是从诗作切入，围绕与女诗人和诗作相关的背景知识生发开来，通过对女诗人及诗作的解读，实现对中国社会、历史、文化、政治意识形态等问题的挖掘和阐释，体现出了"以'她'为镜映周遭"的倾向和特点。

第三节　主要研究者及其研究内容

英语世界中国古代女诗人研究队伍主要以欧美学者和华人学者为主体，还有少数东亚研究者。为了便于直观了解英语世界中国古代女诗人研究队伍的人员组成情况，笔者进行了较全面的梳理，并列表如下（见表3-1）。

表3-1　　　　　　　　英语世界主要研究人员名录

序号	姓名	性别	国籍	序号	姓名	性别	国籍
1	刘绍铭	男	中国	7	冰心	女	中国
2	江亢虎	男	中国	8	何赵婉贞	女	中国（香港）
3	蔡廷干	男	中国	9	胡品清	女	中国（台湾）
4	初大告	男	中国	10	孙雪莉	女	中国（香港）
5	王椒升	男	中国	11	蔡艾西	女	中国（香港）
6	谭大立	男	中国	12	钟玲	女	中国（香港）

续表

序号	姓名	性别	国籍	序号	姓名	性别	国籍
13	艾朗诺	男	美国	40	孙念礼	女	美国
14	倪豪士	男	美国	41	周班尼	未查证	美国
15	宇文所安	男	美国	42	托马斯·克利里	未查证	美国
16	梅维恒	男	美国	43	罗郁正	男	美籍华裔
17	威特·宾纳	男	美国	44	柳无忌	男	美籍华裔
18	约翰·特纳	男	美国	45	叶维廉	男	美籍华裔
19	库克	男	美国	46	余宝琳	女	美籍华裔
20	文森特	男	美国	47	孙康宜	女	美籍华裔
21	伯顿·华生	男	美国	48	魏爱莲	女	美籍华裔
22	托尼·巴恩斯通	男	美国	49	苏源熙	女	美籍华裔
23	周平	男	美国	50	贾斯汀·希尔	男	英国
24	克莱尔	男	美国	51	翟里斯	男	英国
25	管佩达	女	美国	52	白之	男	美国
26	吉恩·伊丽莎白·沃德	女	美国	53	闵福德	男	英国
27	肯尼斯·雷克斯洛斯	男	美国	54	克莱默·宾	男	英国
28	碧翠丝·霍尔兹·伊鲁明	女	美国	55	韦利	男	英国
29	拉夫卡迪奥·赫恩	男	美国	56	弗莱彻	男	英国
30	珍妮·拉森	女	美国	57	特维尔	男	英国
31	艾米·洛威尔	女	美国	58	诺曼·史密斯	男	英国
32	弗洛伦斯·埃斯库弗	女	美国	59	麦金托什	男	英国
33	魏莎	女	美国	60	朱莉叶·兰道	女	英国
34	肯尼迪	女	美国	61	艾琳	女	英国
35	罗溥洛	男	美国	62	戴伟士	男	澳大利亚
36	埃弗兰·伊顿	女	美国	63	罗伯特·科特瓦尔	男	澳大利亚
37	曼素恩	女	美国	64	诺曼·史密斯	男	澳大利亚
38	魏骄	女	美国	65	王健	男	加拿大
39	高彦颐	女	美国	66	格莱温	女	加拿大

续表

序号	姓名	性别	国籍	序号	姓名	性别	国籍
67	方秀洁	女	加拿大	73	杨海宏	未查证	未查证
68	伊维德	男	荷兰	74	李晓融	未查证	未查证
69	雷威安	男	法国	75	杨彬彬	未查证	未查证
70	大木康	男	日本	76	柴杰	未查证	未查证
71	林健一	男	未查证	77	王艳宁	未查证	未查证
72	大卫·杨	男	未查证				

从表 3-1 可以看出，在英语世界中国古代女诗人研究队伍的 77 人中，欧美研究者人数最多，共有 50 人，占到总人数的 65%；华人（含国内人员和外籍华裔）研究者人数次之，共有 19 人，占总人数的 25%（如图 3-1 所示）。

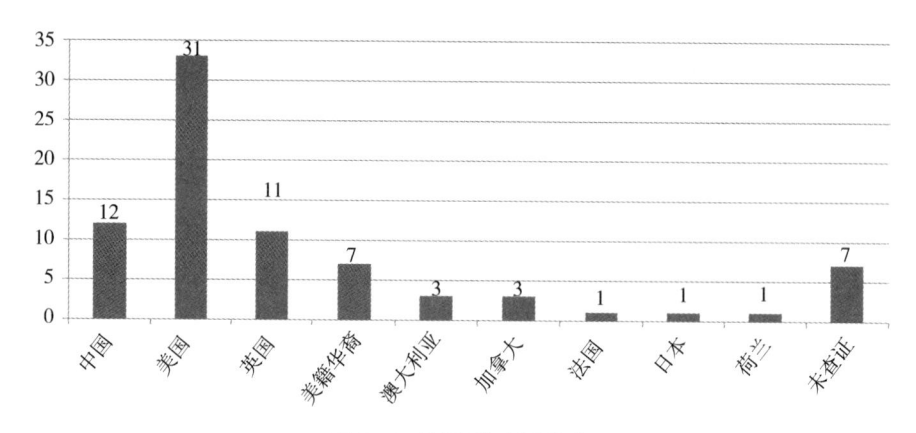

图 3-1 研究者地域分布

来自不同国家和地区的研究者会有着不同的文化立场和民族意识。国际局势、社会文化大环境以及各国的政治经济条件等因素都会对研究者的内在研究动机产生影响，而民族文化和国家意识也会潜移默化地影响着研究者的审美心理、思维方式、价值观念、宗教信仰，以及情感认同等。不同文化背景下的研究者会对同一个诗人做出不同的评判，会对同一个文本做出不同的阐释。下面笔者将选取部分具有代表性的研究者及其研究内容进行介绍。

一 孙念礼及其班昭研究

孙念礼（Nancy Lee Swann）是美国第一位女汉学家[①]。孙念礼生于美国得克萨斯州，1906 年于得克萨斯州州立大学毕业，1919 年取得得州大学硕士学位，1912—1927 年曾两度到过中国，先后在中国开封、济南两地工作和在北京的语言学校学习。1928 年，孙念礼以一篇题为"班昭传"（"Pan Chao: Foremost Woman Scholar of China, First Century A. D.: Background, Ancestry, Life, and Writings of the Most Celebrated Chinese Woman of Letters"）的论文获取美国哥伦比亚大学博士学位，成为美国第一位女汉学博士。1932 年，该论文由美国纽约世纪出版公司出版，其后又数次再版。

班昭（约 45—约 117）是中国第一位女历史学家和文学家，是著名史学家班彪的女儿，班固和班超的妹妹。因嫁与曹世叔为妻，故后世常称她为曹大家。班昭擅长赋颂，博学高才，存世作品有《东征赋》《女诫》《大雀赋》《针缕赋》《蝉赋》《东征赋》《欹器颂》等近十篇，其中《东征赋》和《女诫》等对后世影响较大。史上本有班昭文集，《隋书·经籍志》中著录有《曹大家集》三卷，但唐初时该文集散佚了。孙念礼在准备撰写《班昭传》时，手头的文献仅有班昭的《上邓太后疏》和《女诫》，于是她进行了艰难的文献搜集工作，经过多方查询，"在《后汉书·班超传》中找到了《代兄超上疏》，在《昭明文选》中找到了《东征赋》，在《艺文类聚》中找到了《大雀赋》，在《太平御览》中找到了《针缕赋》，在《文选》李善注中找到《蝉赋》的少量佚文"[②]。在对班昭的生平及创作进行了深入的思考和解读后，孙念礼于 1928 年 2 月正式向哥伦比亚大学提交了她的学位论文《班昭传》并顺利通过答辩，获取了博士学位。论文经过修订后于 1932 年由美国历史学会（American Historical Association）赞助，纽约世纪出版公司正式出版，书名仍为 *Pan Chao: Foremost Woman Scholar of China*，出版时孙念礼邀请她的中国友人、时任加拿大麦吉尔大学教授的华人江亢虎为该书题中文书名，江亢虎将其题为"曹大家文征"，1937 年中国历史学家齐思和为该书撰写书评，书评

[①] 顾钧：《美国第一位女汉学家》，《中华读书报》2013 年 8 月 7 日第 19 版。
[②] 同上。

中将该书书名译为《班昭传》①。江亢虎与齐思和的译名各有千秋，江亢虎的中译名较文雅，齐思和的中译名涵盖性较强。考虑到该书内容不仅限于对班昭传世文章进行翻译，还对班昭的创作及生活背景进行研究，笔者认为齐思和的译名更为恰当，故在本书的以下论述中统一使用《班昭传》一名。

《班昭传》是美国学者对中国女性知识分子进行专门研究的最早成果。孙念礼不仅对班昭的文学作品进行了译介，还结合时代背景对班昭的文学成就进行了综合评价。全书内容共分为四章十二节，具体如下：

第一章为"班昭的世界"（Pan Chao's World），该章内容分为两节："班昭生活的时代"（The Age in Which She Lived）和"班昭生活时代的文学"（The Literature of the Age in Which Pan Chao Lived），分别对东汉时期的历史概况和东汉文学家们的创作情况进行了较为细致的介绍。

第二章为"班昭的家世"（Pan Chao's Family），该章内容包括"班昭的家系、班昭的父亲，以及班昭的两个哥哥"（Her Ancestry, Her Father, and Her Two Elder Brothers）和"班昭的生活"（The Life of Pan Chao），首先对班昭的家世进行描述，对班昭的父亲班彪、班昭的兄长班固和班超的史学成就及历史地位进行了评述。然后较为深入细致地介绍了班昭的生平经历和创作情况，引用南朝宋史学家范晔的《后汉书·列女传》中的大段文字来介绍邓太后向班昭询政、东汉经学家马融向班昭学习的故事，列出班昭的赋、颂、铭、诔、问、注、哀辞、书、谕、上疏、遗令等共十六卷著作的清单；书中还援引班昭儿媳丁氏为她所撰碑文的法文译本，讲述班昭在皇宫中教授皇后及诸贵人诵读经史，宫中尊之为师等事迹；并介绍了班昭作品的传世和馆藏情况。

第三章为"班昭的文学创作"（Pan Chao's Literary Labors），这一章主要是对班昭的文学创作进行评述，对作品进行译介。具体包括五节内容："续成《汉书》"（Her Share in the Han Shu）、"纪念散文《为兄超求代疏》和《上邓太后疏》"（Two Memorials）、"《女诫》"（Lessons For Women）、"三首短诗《大雀赋》《针缕赋》和《蝉赋》"（Three Short Poems），以及"《东征赋》"（Travelling Eastward）。

第四章为"一位代表性的中国妇女"（A Representative Chinese

---

① 容媛编：《国内学术界消息（二十六年七月至十二月）》，《燕京学报》1937 年第 22 期。

Woman），该章内容包括三个方面：一是"道德家"（The Moralist），阐述班昭的男尊女卑思想和强调顺从的女性观，评述班昭女性伦理道德观的价值；二是"班昭的人生哲学"（Her Philosophy of Life），作者认为从班昭的著作中可以看出她是一个典型的东方女性，尽管她意识到了上天对人是公平的，但她依然信奉男尊女卑的传统观念；三是"文字中的女人"（The Woman of Letters），从班昭儿媳丁氏编撰整理的班昭文集到南朝萧统编选的诗文总集《文选》（General Collection Wen Hsuan），再到清朝文献学家严可均（Yen K'o-chun's）收录在《全后汉文》卷九十六中班昭的著作，作者从流传千年的文字中追寻班昭的创作轨迹，认为班昭以"赋"为主的写作风格正好与当代（20世纪初）西方诗歌的口味相吻合。

除了以上四个章节的内容外，孙念礼还通过卷首的"引言"（The Introduction）对班昭的史学和文学成就做出高度评价，谈及"曹大家"（Ts'ao Ta-ku）称谓的含义及班昭在女性教育方面所做出的努力。孙念礼还在书尾附上书目索引（Index），列出书中译文的原文出处（List of Translations and Their Chinese Sources）。

孙念礼以清晰明了而又饶有趣味的方式为英语世界读者介绍了班昭这位杰出的中国古代女性，也向西方推介了一个优秀的中国汉代家庭。《班昭传》出版后在国际汉学界引起较大反响，美国汉学家恒慕义、施瑞奥克（J. K. Shryock）、侯格睿（Grant Hardy）等纷纷撰写书评，对该书的成就和价值给予高度评价。恒慕义认为："该书不仅向我们展示了中国古代一位才女的创作，也生动地描绘了她那个时代的社会和思想状况。"[1] 施瑞奥克说："《班昭传》写得很出色，不仅是作者本人的荣耀，也是美国汉学界的荣耀。"[2] 科罗拉多历史学教授麻伦（Carroll B. Malone）说："该书提供了许多插图、地图、文本以及汉字。孙念礼博士的专著具有高度的学术性、可靠性和可读性，我们需要更多像这样描写中国历史人物的论著。"[3]

2001年，也即《班昭传》初版问世70周年时，密歇根大学中国研究

---

[1] Arthur W. Hummel, "Reviewed Work: Pan Chao, Foremost Woman Scholar of China by Nancy Lee Swann", The American Historical Review, Vol. 38, No. 3 (Apr., 1933), pp. 562-563.

[2] J. K. Shryock, "Reviewed Work: Pan Chao: Foremost Woman Scholar of China by Nancy Lee Swann", Journal of the American Oriental Society, Vol. 53, No. 1 (Mar., 1933), pp. 91-92.

[3] Carroll B. Malone, "Reviewed Work: Pan Chao, the Foremost Woman Scholar of China by Nancy Lee Swann", Pacific Historical Review, Vol. 2, No. 2 (Jun., 1933), pp. 239-240.

中心将该书作为《密歇根中国研究经典丛书》（*Michigan Classics in Chinese Studies*）的一种进行再版。美国著名汉学家曼素恩为该书撰写再版前言，对该书的学术价值予以充分肯定，她说："孙念礼在 20 世纪初期就注意到了中国历史上的女性，是超越了自己所处时代的。"① 总而言之，孙念礼的《班昭传》是西方汉学界第一本，也是迄今为止唯一一本研究东汉才女班昭的论著，被视为西方学界中国古代妇女史研究的奠基之作，在学术史上有着标志性的意义。

二 胡品清及其李清照研究

胡品清（Hu, Ping-ching, 1921—2006）是台湾中国文化大学法文系教授，也是著名的诗人和翻译家，长期致力于中、英、法等语言文学的研究与交流。胡品清受其经纶满腹、能诗善画的祖母影响，幼年便开始学习四书五经，并曾先后就读于教会学校、浙江大学、法国巴黎大学，丰富的学习经历给她打下了坚实的中、西文学基础，使她取得了丰硕的文学研究成果。

1966 年，美国特怀恩出版社出版的《李清照》（*Li Ch'ing-chao*）一书是胡品清的代表著作之一，全书以"前言""人生简表""参考文献""索引"及"正文"五个部分，从"时代背景""人生经历""诗词作品"与"文学价值"四个方面介绍了李清照的文学成就与地位。正如胡品清在"前言"中所说："本书不仅是李清照研究的批评分析之作，更是对中国'词体'文学的一种引介。"② 书中译介了李清照的 50 首诗词，还对"词"这一文类做了细致研究，详细论述了李清照词的特质与价值。

在第一章"历史背景"（Historical Background）中，胡品清以"宋朝（960—1279）"和"中国诗歌的发展进化"两个部分的内容，对李清照所生活的宋朝历史进行了详细介绍，并从中国第一部诗歌总集《诗经》开始讲起，详细梳理了"词"这一独特的诗歌形式的发展脉络，并细致阐述了词牌、平仄、韵律与意象等词的要素。

在第二章"生活经历"（The Life of Li Ch'ing-chao）中，胡品清首先介绍了中国古代女性的社会地位，她写道：

---

① Nancy Lee Swann, *Pan Chao: Foremost Woman Scholar of China*, University of Michigan, Ann Arbor, 2001, p. ix.
② Hu Pinqing, *Li Ch'ing-chao*, New York: Twayne Pub. Inc. 1966, p. 7.

第三章　研究与阐释

> 在中国社会，男女之间的巨大差异从很古老的时候便开始存在。……男性天生就属于上等阶层，而女性则地位低下，甚至连受教育的权利也没有。女性要么做纯粹的文盲，要么只能读《女诫》一类的书。她们没有思想自由，没有行动自由，没有恋爱自由，甚至连言说的自由都没有。……关于女性，有一句尽人皆知的俗语叫作"女子无才便是德"，这正是为什么在有着悠久文明和历史的中国，杰出的女作家却十分罕见的原因所在。在汉代四百余年的历史中，能数得出来的杰出女作家只有两位，一位是历史学家班固的妹妹，她因帮助她哥哥完成《汉书》而出名。另一位是蔡文姬，她被匈奴人掳走，后嫁给匈奴左贤王，在经历十二年颠沛流离生活归来后，写成了《胡笳十八拍》。唐代的诗人成百上千，但知名的女诗人只有两位：薛涛和鱼玄机。薛涛是一个官妓，鱼玄机是一个浪漫的道姑。尽管她俩有一些诗作流传到了今天，但她们的文学成就远远不能跟李白、杜甫、白居易一类的大诗人相比。①

胡品清介绍中国古代女性艰难的创作环境和低下的社会地位，其实是为了更好地衬托李清照的卓越才华和杰出的文学成就，她接着写道：

> 中国古代唯一一位文学成就不逊色于男性的女作家就是宋代词人李清照。她是一位划时代的天才诗人，她在词作及词论方面所取得的成就不亚于她同时代的其他词人，清丽的语言、和谐的音律、独特的格式，以及真挚的情感成就了她完美的词风。因此，可以毫不夸张地说，李清照不仅是宋代最伟大的词人，也是中国文学史上最伟大的诗人。②

对李清照在中国文学史上的地位做出总体评价后，胡品清以时间先后为序，分别对李清照的童年时代、婚姻生活以及暮年的孀居生活进行了介绍。胡品清认为李清照所取得的成就与她的生平经历息息相关，她说：

> 高贵的出身、良好的教育，以及过人的禀赋成就了中国历史上家

---

① Hu Pinqing, *Li Ch'ing-chao*, New York: Twayne Pub. Inc. 1966, pp. 27-28.
② Ibid., p. 28.

喻户晓的伟大女诗人李清照。①

在介绍过程中，胡品清采取夹叙夹议的方式，一边描述李清照在人生不同阶段的生活经历，一边列举李清照不同时期的作品来说明生活背景对她诗词创作风格的影响。最后胡品清感叹道：

> 关于李清照的文献和记录十分稀缺。宋朝留给女性天才的空间实在是太小了。古代评论家针对李清照的评论十分简洁，而现代的批评家因为缺乏文献资料无法对李清照做出准确的评价。很多事情无法追溯，后人甚至连她的死期都无法确定，关于她53岁以后的事情我们一无所知，关于她改嫁张汝舟的事情我们无法确证。她可能死于痛苦和窘困，但她的精神不会灭亡，将与她的诗词之美一同永存。②

第三章为"文学作品"（The Works of Li Ch'ing-chao），该部分不仅翻译论述了李清照的经典诗词，而且还细致讨论了李清照诗词的美学、主题、女性思维，以及她的词学批评。该章一开篇，胡品清便高度赞扬了李清照的卓越才能，她说：

> 一个伟大的诗人至少应该具备三方面的素质：敏锐的洞察力、崇高的理想，以及高强的创造力。缺乏敏锐洞察力的诗人无法将诗歌与生活结合，缺乏崇高理想的诗人无法使其诗作具有传世久远的品质，缺乏创造力的诗人不能成为一个真正的诗人，他顶多只会模仿前人或当代诗人。在宋朝，兼具这三种素质的诗人少之又少，而李清照无疑完全具有这三种特质。世人皆知李清照是中国最伟大的女诗人，她极其敏锐的洞察力、对世间万物的博爱，以及她简洁明了的语言风格和独具特色的写作风格，再加上她丰富的人生经历，使她当之无愧于"伟大的诗人"这一称号。③

胡品清还通过译介和赏析李清照的多首诗词作品来证实她卓越的才情

---

① Hu Pinqing, *Li Ch'ing-chao*, New York: Twayne Pub. Inc. 1966, p. 29.
② Ibid., p. 40.
③ Ibid., p. 41.

和盖世的创作才能,将李清照词作的风格十分清晰而又细致地呈现在了英语世界读者的眼前。

最后一章"特征和价值"(Characteristics and Values)是在前三章论述的基础上,总结性地从人生际遇、性格、女性身份、爱情主旨、诗学体验(意象、象征、类比)及其他诗歌技法等方面,对李清照的伟大文学价值和她词作的特征进行的高度概括和评述。

为了能全方位地对李清照进行介绍和研究,胡品清广泛引用各种经典文献,既有中国大陆和台湾的李清照研究资料汇编,也有英国汉学家的汉学研究成果,还有法国的中国古典诗歌翻译与研究文献。

总而言之,胡品清的《李清照》一书译文优美,资料翔实,论述深入,让英语世界的读者充分领略到了根植于中国文化的李清照词作风采,"为西方社会了解李清照及中国诗学理论做出了不可磨灭的贡献"[①]。该书出版后即受到美国及其他英语国家众多读者的青睐,被《特怀恩世界作家丛书》收编在列,美国著名学术期刊《海外书览》(Books Abroad)专门发表评论文章称:

> 关于宋代女诗人李清照的研究,可以说没有比这本更好的书了。祝贺特怀恩将该书纳入世界作家丛书系列。但是关于李清照的生平我们知之甚少,而且她的诗词也没有透露太多关于她的生活细节,所以要以特怀恩的惯有传记模式(白居易传记是最成功的例子)那样去写李清照几乎是不可能的。因此,该书将重点放在了讨论中国诗词的特质和中国女性的地位问题上,以此来不断突出李清照是中国最伟大的女诗人这一主题。……感谢胡品清女士给我们翻译了那么多李清照的诗词,更要感谢她对李清照在诗歌语言及诗歌意向革新方面的卓有成效的研究。[②]

三 罗溥洛及其贺双卿研究

罗溥洛(Paul S. Ropp)是美国克拉克大学历史学教授,自 1984 年进

---

① 郦青:《李清照词英译对比研究》,上海三联书店 2009 年版,第 23 页。
② John L. Bishop, "Reviewed Work: Li Ch'ing-chao by Hu Pin-ching", *Books Abroad*, Vol. 42, No. 1 (Winter, 1968), p. 166.

入克拉克大学后，长期教授中国历史课程和从事亚洲项目研究。曾先后出版《中国遗产：当代视野下的中华文明》(*Heritage of China: Contemporary Perspectives on Chinese Civilization*, 1990)、《激情的女性：中国帝制晚期的女性自杀现象研究》(*Passionate Women: Female Suicide In Late Imperial China*, 2001)、《世界历史上的中国》(*China in World History*, 2010)等专著，并发表多篇关于中国女性研究的学术论文。

罗溥洛从20世纪90年代初开始关注清代女诗人贺双卿，初始时他对贺双卿其人的真实性以及贺双卿的创作等问题持怀疑态度。在1992年哈佛大学举办的"中国之性别观念——妇女、文化、国家"国际学术研讨会上，罗溥洛曾发言表明他的怀疑，他说："对贺双卿诗作，学界不能提供一个具有权威性的文学分析，同样，对双卿其人是否存在这一模糊不清的问题，也不能作出充满信心的结论。……双卿按说是存在的，可是在《西青散记》中双卿是否存在这一疑点又不时闪现出来。已经提到过史振林在《散记》中将想象与现实相混的可能性。在这个可能性的范围里，他或者是完全凭想象虚构出一位女性和她的诗，或者是把另一位女性的诗错安在一位美丽而受压迫的农妇身上，或者是直接收集、整理并收录了确实存在的双卿的诗作。"[①]

为了求证贺双卿身份及其创作的真实性，罗溥洛于1997年专程从美国来到中国，并邀请南京大学清代文学专家张宏生和天津师范大学杜芳琴教授等人陪同，前往贺双卿的故乡江苏金坛薛埠方山进行深入的实地考察，搜集到了不少有力的第一手资料和旁证，证实了贺双卿其人在历史上的存在。

在证实了贺双卿的真实存在后，罗溥洛便开始了对贺双卿其人其作的分析研究。1998年罗溥洛发表题为"文学女性、虚构以及边缘化：尼柯莱特与贺双卿"("Literary Women, Fiction, and Marginalization: Nicolette and Shuangqing")的文章，将13世纪法国骑士叙事诗《奥卡森和尼柯莱特》中的主人公尼柯莱特与18世纪中国男性文人史振林塑造的女诗人贺双卿形象进行平行比较研究。他说：

> 乍一看，本论文所涉及的两位女性并不能放在同一个选题下研

[①] 杜芳琴：《贺双卿集》，中州古籍出版社1993年版，第122页。

究。原因很简单，两个人物的特质各不相同：《奥卡森和尼柯莱特》和《西青散记》的作者生活在不同的时代和不同的文化背景中，而且两部作品的体裁也不一样，两部作品中塑造的女主人公也各自生活在不同的社会环境之中。尼柯莱特显然是虚构的形象，而贺双卿的存在有着争议。另外，我们当前的时代精神和文学思潮似乎并不主张进行这种类型的研究。虽然歌德鼓励我们通过研究其他民族的文化来找出人类文学的普遍性，但正如南斯拉夫和苏联的命运所示，特殊性才是当前研究的主题。①

罗溥洛原本是打算侧重分析尼柯莱特和贺双卿这两个人物形象各自的特殊性的，但通过对文本的细致分析后却发现，这两个人物形象其实有着共通性。他在论文中写道：

> 因为我们所运用的方法与歌德提倡的有所不同，所以我们并不指望发现这两个人物形象之间的相似之处，如果有相似的话，也只是一种文化对另一种文化的影响。然而研究结果却表明，我们发现了歌德所探寻的人类普遍性和文本细节上的相似之处。我们发现了中法两种截然不同的社会都有着同样根深蒂固的社会文化意识，那就是：女人应该被限制在社会的边缘，而文学艺术正是这种社会文化意识的重要体现。②

通过对尼柯莱特和贺双卿的对比研究，罗溥洛对贺双卿这一形象的文化内涵及特质有了更深入的认识。2001年，他的专著《谪仙人：寻找中国农民女诗人——贺双卿》（*Banished Immortal*：*Searching for Shuangqing, China's Peasant Woman Poet*）一书正式出版。罗溥洛在书中详细介绍了他前往江苏金坛薛埠方山对贺双卿居住地进行田野调查的过程，介绍了清代文人史振林在其《西青散记》《华阳散稿》中关于贺双卿的描写，通过对贺双卿与邻居的对话、贺双卿写给叔叔的信、贺双卿与文人的交往等史料和细节的叙述分析，呈现史振林以及其他文人学士传播和创造贺双卿这一

---

① Sunhee Kim Gertz; Paul S. Ropp, "Literary Women, Fiction, and Marginalization: Nicolette and Shuangqing", *Comparative Literature Studies*, Vol. 35, No. 3 (1998), p. 219.
② Ibid..

文化偶像的过程，从而让读者在阅读和分析大量史实材料的过程中实现了对贺双卿形象的还原。罗溥洛在论述过程中译介了多首贺双卿诗词作品，并详细结合这些诗词作品来对贺双卿的创作情况及写作特点进行分析，为读者清晰地呈现了贺双卿诗词文本的原貌。

该书出版后引起了较大反响，宾夕法尼亚大学的卢提娜（Tina Lu）在《亚洲研究学刊》上发表书评，称罗溥洛的研究是"标新立异"的。①莱顿大学哈丽特（Harriet T. Zurdorfer）教授在《美国历史评论》上发表文章说："罗溥洛将他考察贺双卿的过程与对中国历史和文学的研究，以及妇女与性别诗学的关系等问题交织在一起进行探讨，他的研究是独特而精深的。"②

四　珍妮·拉森及其唐代女诗人研究

拉森是美国霍林斯大学教授，同时也是美国当代著名的诗人、小说家、翻译家和散文家。曾先后在奥伯林学院、霍林斯学院和爱荷华大学学习，获得过日本—美国友好协会创意艺术家交流奖学金、弗吉尼亚艺术委员会个人成就奖、美国国家爱艺术基金会文学翻译奖等多种奖项。拉森有过长时间的亚洲生活经历，对中国文学有着浓厚的兴趣。1980 年起在霍林斯大学任教并从事研究与写作。代表作品有《詹姆斯·库克的未知领域：一本诗集》（*James Cook in Search of Terra Incognita: A Book of Poems*）、《锦江集：唐代名妓薛涛诗选》（*Brocade River Poems: Selected Works of the Tang Dynasty Courtesan Xue Tao*）、《柳酒镜月：唐代女性诗集》（*Willow, Wine, Mirror, Moon: Women's Poems from Tang China*）、《我们为何创造花园及其他诗歌（诗集）》［*Why We Make Gardens (& Other Poems)* (poetry)］、《丝绸之路》（*Silk Road*）、《青铜镜》（*Bronze Mirror*）和《满族的宫殿》（*Manchu Palaces*）等多部诗集、小说、英译诗集以及文学批评论著。其中《锦江集：唐代名妓薛涛诗选》和《柳酒镜月：唐代女性诗集》是她翻译和研究中国唐代女诗人的专门成果。

---

①　Tina Lu, "Reviewed Work: Banished Immortal: Searching for Shuangqing, China's Peasant Woman Poet by Paul S. Ropp", *The Journal of Asian Studies*, Vol. 61, No. 2 (May, 2002), pp. 708–710.

②　Harriet T. Zurdorfer, "Reviewed Work: Banished Immortal: Searching for Shuangqing, China's Peasant Woman Poet by Paul S. Ropp", *The American Historical Review*, Vol. 107, No. 2 (April 2002), p. 518.

1983年，拉森向爱荷华大学提交她的博士学位论文《锦江集：唐代名妓薛涛诗选》，该论文按照书写主题对薛涛的诗歌进行了分类研究。1987年，拉森对该论文进行修改后由普林斯顿大学出版社正式出版。拉森在"前言"部分对薛涛的生平和创作情况进行了详细的介绍，并给予薛涛高度的评价：

> 薛涛对各种题材、各种内容，以及各种韵律的诗歌的卓有才华的创作，使她成为唐代诗人群体中一个具有自我意识和艺术创造力的卓越人物，她的诗歌内容和技巧都堪称盛唐时期的最高水平，但很多评论家并未意识到这一点……她作品的思想深度、情感张力和审美控制都显示出她是一个多才多艺、引人瞩目的诗人。[1]

薛涛一生创作的诗歌超过500首，但流传至今的大概有90首，拉森在书中共翻译了68首，也就是大概翻译了3/4的薛涛传世诗作。但拉森认为要真正感受薛涛诗歌的美和特质，最好的方式还是读原诗，因为翻译后的诗作并不能真正传达原诗的意旨。因此，为了能最清晰最精确地传达薛涛原诗的意蕴和主旨，拉森采用"评注"的方式，尽可能深入详细地对每一句诗进行解释，并对诗作所涉及的文化典故及历史故事等进行最为细致的介绍和解释。但是，从整本书的内容可看出，拉森对于薛涛其人的关注大于对其诗作的兴趣，薛涛传奇的人生经历，尤其是她与韦皋等官员的交集、与元稹等文人的感情纠葛是该书重点讨论的内容。该书是学者们了解薛涛最好的入门读物，但理论分析较少，研究深度有所欠缺。

自《锦江集：唐代名妓薛涛诗选》之后，拉森对唐代女诗人的关注一直热情未减，且将关注点从薛涛放大放宽，扩展到对唐代女诗人群体的考察和学理性梳理，并于2005年推出《柳酒镜月：唐代女性诗集》一书，对唐代44位女诗人及她们的百余首诗作进行了整体性观照和研究。

唐代是中国历史上的一个盛世时期，在文化、政治、经济、外交等各个方面都有着相当高的成就，而女诗人也是这一盛世中的一簇耀眼的繁花，她们不仅人数众多，而且创作成果丰富。但遗憾的是，在20世纪90

---

[1] Jeanne Larsen, *Brocade River Poems*, Princeton University Press, 1987, p. viii.

年代之前，除了鱼玄机、薛涛、李冶等个别女诗人受到关注外，西方学者在梳理中国文学史和诗歌史时，并没有注意到唐代的其他众多女诗人。在白之的《中国文学作品选集：早期至14世纪》和伯顿·华森的《哥伦比亚中国诗歌史》等文集中均未收录唐代女诗人的作品，著名汉学家韦利甚至得出"中国唐宋时期没有伟大的女性创作"①的论断。直到拉森的《柳酒镜月：唐代女性诗集》出版，英语世界才开始了从真正意义上对唐代女诗人的整体观照和译介研究。

《柳酒镜月：唐代女性诗集》通过对44位不同社会阶层、不同身份的唐代女诗人的分类介绍，以及对她们的109首诗歌的翻译评介，向西方读者呈现了唐代女性生活的各种风貌。与之前出版的《锦江集：唐代名妓薛涛诗选》相比，拉森这一选集的诗歌翻译风格显得更为自由，更富于创意，而且视角更为宏观，理论性和系统性更强，她试图通过这一诗集的编撰来实现对唐代女性诗歌创作传统的构建。书中对宫廷女仕、居家女子、交际花与娱乐者，以及宗教界女性4种不同身份的唐代女诗人的生活状况、创作背景的分析较为细致深入，不仅交代了她们的社会地位、人生轨迹、命运机遇等，还探讨了她们的创作动机和写作心理等，既勾勒出了整个唐代女诗人的创作图景，又呈现了单个女诗人的诗歌面貌。充分发掘了唐代女性知识、经验及创造性作品，以英语世界的独特视角重新阐释和建构了唐代女性诗歌创作。

五 管佩达及其佛道女诗人研究

管佩达（Beata Grant）是美国圣路易士华盛顿大学东亚语言文化系教授。她的主要研究领域为佛教、中国宗教与文学、古代女性文学与文化等，曾著有《逃离血湖地狱：目连与黄氏女的传说》（*Escape from Blood Pond Hell：The Tales of Mulian and Woman Huang*）、《名尼：十七世纪中国的女禅师》（*Eminent Nuns：Women Chan Masters of Seventeenth-Century China*）、《重访庐山：苏轼生命与作品中的佛教》（*Mount Lu Revisited：Buddhism in the Life and Writings of Su Shih*）、《虚空的女儿：中国佛教女尼诗选》（*Daughters of Emptiness：Poems of Chinese Buddhist Nuns*）、《彤管——帝国时期的女作家》（*The Red Brush：Women Writers of Imperial China*）

---

① Arthur Waley, *A Hundred and Seventy Chinese Poems*, New York: Alfred A. Knopf, 1918, p. 6.

等书。

　　管佩达在斯坦福大学攻读博士期间开始关注中国佛教与文学的关系，1987 年以题为"苏轼诗歌中的佛道思想"（"Buddhism and Taoism in the Poetry of Su-shi"）的论文获得博士学位，论文详细讨论了苏轼诗歌中的佛道意象、佛道思想来源等，并对苏轼生活和创作的北宋时期的佛教、道教发展情况进行了详细的介绍和评述。1994 年，管佩达在自己博士学位论文的基础上进行修改并出版专著《重访庐山：苏轼生命与作品中的佛教》。该书出版后给学界带来了一定的影响，《亚洲研究学刊》等学术杂志发表文章对其给予高度评价。

　　管佩达对中国宗教界女性的关注和研究同样时日已久。2008 年，管佩达在荷兰莱顿大学主办的中国性别史研究专刊《男女》上发表了两篇关于中国宗教界女性的学术论文。其中一篇为《大丈夫：17 世纪禅宗语录中关于英雄主义和男女平等的性别修辞》（"Da Zhangfu: The Gendered Rhetoric of Heroism and Equality in Seventeenth-Century Chan Buddhist Discourse Records"），详细论述了"大丈夫"一词在 17 世纪禅宗语录中的性别修辞意义及符号指述关系。佛法禅宗重视男女平等，《大涅槃经》中明确写道："善男子！一切男女若具四法，则名丈夫。何等为四？一善知识，二能听法，三思惟义，四如说修行。善男子！若男若女具是四法，则名丈夫。善男子！若有男子无此四法，则不得名为丈夫也。何以故？身虽丈夫，行同畜生。"佛陀的这番开示显然将佛法男女平等的观点表达无遗，且在佛法禅宗的经文和语录中多处将比丘尼称为"大丈夫"。而管佩达则认为，用"大丈夫"一词来称呼女性其实意味着一种性别偏见，透露了男性对女性是否能真正有力量和决心完成宗教灵性训练的怀疑，但"大丈夫"这一称谓同时也标志着中国历史上对女性从事宗教活动的长期矛盾态度在 17 世纪产生了变化。① 另一篇论文为《近代中国的女性、性别与宗教：中英文二手文献书目》（"Women, Gender, and Religion in Premodern China: A Selected Bibliography of Secondary Sources in Chinese and Western Languages"），该文是管佩达用中英文发表的，研究近代中国女性与宗教关系的文献的梳理，管佩达所梳理的文献数量多达数百条，范围

---

① Beata Grant, "Da Zhangfu: The Gendered Rhetoric of Heroism and Equality in Seventeenth-Century Chan Buddhist Discourse Records", *NAN NU: Men, Women & Gender in Early & Imperial China*, September 1, 2008. pp. 177-211.

涉及专著、期刊论文、硕士博士学位论文。从该文即可看出管佩达在该领域的学术积淀十分深厚，对中国宗教女性有着相当深入的了解。

在对中国女性与宗教的关系研究取得一定成就后，管佩达将自己的研究聚焦于宗教界女性的诗歌创作上，于2003年出版了《虚空的女儿：中国佛教女尼诗选》一书。管佩达在该书"序言"中概括介绍了中国佛教女尼诗人的社会地位及创作情况，她说：

> 佛教诗歌是中国古典诗歌的重要构成部分，人们通常会在诗歌选集和其他类型的文集中收录诗僧如唐代寒山和皎然的作品，同时也会收录一些著名大诗人，如唐代王维、白居易和宋代苏轼的带有宗教意味的诗。尽管也有女尼和普通的佛教女信徒写作过佛教诗歌，但她们却很少受到关注。她们人数不多：如果说男人因当僧侣而放弃家庭责任的做法从未受到儒家认可的话，女人因当尼姑而不能履行生育职责，且完全脱离父亲、丈夫或儿子的庇护的行为则遭到了更多的反对。但或许是因为战争与迁徙，也可能是因为个人或社会遭遇困境的原因，甚或是单纯出于宗教信仰的原因，历史上还是有不少女性选择出家为尼，成为"虚空的女儿"。正如该选集所描述的那样，她们当中不少人写诗，且其中部分人创作了十分优秀的诗歌。①

在中国，专门的佛教女尼诗歌选集十分罕见，女尼诗歌分散于各类文本中，有一些被收录在专门的女性文学选集中，有一些零星地散落于记录各种历史轶事的文本中，而且这些被零星记载的女尼诗歌不像其他男僧的诗歌那样有着权威的注解，所以要找寻和搜集这些女尼诗歌非常困难，要翻译和评析这些诗歌也相当不易。管佩达广泛寻求学界的帮助，在哈佛大学伊维德教授、印第安纳大学约翰·麦克雷教授、华盛顿大学何谷理教授等人的帮助下，最终成功编译《虚空的女儿：中国佛教女尼诗选》。全书以中国历史朝代的发展顺序为纲，对历朝历代的佛教女尼诗人进行历时性梳理，译介了六朝的慧绪，隋唐时期的海印等3位，宋代的妙道和妙总等8位，元代的妙湛，明代初期和中期的悟莲、觉清、独目、无为等5位，明末清初的道元、神一、镜明、超一、静维等21位，晚清的悟清、大悟

---

① Beata Grant, *Daughters of Emptiness: Poems of Chinese Buddhist Nuns*, Boston: Wisdom Publications, 2003, p. ix.

等9位，总共48位佛教女尼诗人的诗作近百首。在译介每一位女尼的诗作之前，管佩达都会对其生世和创作背景进行概括性介绍，让读者对每一位女尼诗人及其诗作得到较全面的了解。

该书的正文部分主要以翻译和介绍为主，但该书的引言和注释则以研究和评述为主，可算得上是管佩达对中国女尼作家进行研究的核心成果。在引言中，管佩达首先将女尼诗人们放置在整个中国的历史文化背景中加以考察，她认为女尼诗人与中国古代的其他女性一样长期处于文化弱势地位。因为在中国的传统社会中，尤其是在17世纪以前，女性很少有机会接受文化教育，儒家传统观念认为女性接受教育是很危险的事，故通常只有那些出生在精英阶层家庭的女性，如班昭这样的女性才有机会接受文化教育，而女尼跟其他普通女性一样，没有接受文化教育的机会。有文化有知识是写作的根本基础和必要条件，对于没有机会学习文化知识的中国古代女性来说，写作自然很难进行，因此17世纪以前的女性文学作品很少，17世纪以后相对有所增加。另外，由于女尼在士大夫和男僧们眼中处于十分边缘的地位，而在中国历史上，长期以来都是由男性来记录历史和编撰文学作品集，所以女尼及其作品通常被忽视、被排除在历史文本和文学文本之外。从史实来讲，女尼及其作品数量的确要少于男僧，而得以记载和流传下来的作品数量则更是远远少于实有的数量了。

在分析了女尼作品流传较少的原因后，管佩达还对女尼的文学创作史进行了较为细致的梳理，讲述了中国比丘尼的发展历史，讨论了比丘尼的生活、受教育状况、社会地位和社会影响等问题，还介绍了记载比丘尼生平事迹的《比丘尼传》等书籍。

管佩达从东晋妇人阿潘习西域之教，始有尼姑之称写起，详细介绍了中国历史上第一位受戒的比丘尼——西晋的净检学习佛法、修建竹林寺、教化众生的事迹。管佩达认为我们今天能够得知中国佛教形成期的女尼事迹，归功于宝唱为后世留下的《比丘尼传》一书，尽管宝唱的传记写作有美化比丘尼之嫌，但《比丘尼传》确确实实为我们描绘了真实的比丘尼生活图景。而且宝唱还为我们详细记录了历史上第一位女寺主——妙音的故事，讲述妙音担任简静寺寺主，一改过去比丘尼在政治、社会和道德各方面的低下地位，成为权重一朝、威行内外的人物的事迹。《比丘尼传》一书辑录了65位比丘尼，其中53位能读会写，尽管她们生活在一个女性鲜有机会接受教育的时代，但她们却饱读诗书，智力超群，有着读书快速铭记于心、过目不忘的卓越才能。管佩达还对比丘尼生活和居住的寺庙进行了介绍,她介绍了北魏杨衒之在《洛阳伽蓝记》中记载的景乐寺、胡统寺等著名的尼姑庵,她认为这些寺庙中的比丘尼地位高、影响大,十分擅长于传教和讨论佛法,经常出入皇宫传播佛法经义,她们多才多艺,诵经、讲道、苦行、戒律和冥想无不精通,而且她们当中的部分人有着杰出的文学才华,如号称"聪明、机智、博学多才、技艺超群"[①] 的道一,以及"精通佛学内外,擅长文学创作",并"经常参与佛法论道,为皇帝写作"的著名寺庙主持妙音。晋代是中国佛教发展的鼎盛时期,女尼僧人所受到的尊重和她们的影响力是后世所未能企及的。然而,遗憾的是,除了慧绪的诗作之外,管佩达并没有在书中收录和译介其他早期比丘尼的诗作。

到了六朝梁、陈时期,女尼的文学创作成就大大减少,宝唱的《比丘尼传》中罕有对梁、陈女尼的记载,管佩达认为形成这一现象的主要原因是6世纪以后对女性的清规戒律过于严格。正如有学者指出,在这一时期,尼姑庵成了一种意味着清规戒律的文化符码,其保证了女尼对男僧的遵从,强化了儒家传统的女性顺从思想,大大地限制了女尼的社会流动性。

到了隋唐时期,不仅比丘尼是女性可从事的宗教职业,寺庙也成了女性的避难所,无论是贫困潦倒的女性,或是丧父失子的寡妇,抑或是在家庭和社会中受到不公待遇的女性均可选择进入佛门。故唐代女尼的数量激增。据记载,唐玄宗时期全国有女尼50567人,男僧75524人,女尼占所有僧尼总人数的40%之多。但这一时期女尼的文学创作成就并不大,管佩达认为主要原因在于这一时期女性受教育程度不高,而且大部分有文化的女尼都被安排去一些特殊的庵堂里从事特殊的工作了,比如在皇室后宫的内道场从事教育、传教等活动等。这一时期的大部分庵堂最初是为皇室后宫中成千上万皇室女眷或官宦女子修建的,但内道场是封闭性的,再加上传统的儒家思想不允许女性抛头露面与外界接触,所以这些内尼几乎不可能通过宣教或写作的方式与外界交流。唐代的女尼创作成果不多,但也有一些出色的女尼诗人作品流传至今,比如法登等人,唐代女尼诗人成就最大者当属海印,《全唐诗》中收录了海印的大量诗作。唐代还有一些著名

[①] Beata Grant, *Daughters of Emptiness: Poems of Chinese Buddhist Nuns*, Boston: Wisdom Publications, 2003, p. 5.

的女性禅宗大师，如刘铁磨。但唐代诗歌成就较大的宗教界女性不是女尼和禅师，而是道姑，这一时期最著名的诗人薛涛、李冶和鱼玄机都是道姑，而非女尼。

到了宋代，女尼人数增长也较快，管佩达认为原因主要有几个方面，一是宋代女性的社会地位要高于唐代，宋人对女性更为尊重；二是送女儿出家可以让那些新晋的士大夫家庭节约一笔昂贵的嫁妆费；三是宋代尼姑庵的制度和规定较为宽松，女尼无须过多服从于男僧的管理，女尼可以自己收徒弟扩建庵堂。而且宋太祖下令，女性若要加入佛籍，必须由女尼批准，男性僧人不得介入管理，这使得女尼的管理地位大大提高。宋代的女尼不仅有来自贫穷家庭的，更有来自上层社会精英阶层的，她们受过良好的教育，文化层次较高。宋代还出现了一些小型的私人修建的尼姑庵，通常是由一些不想结婚，或是没有子女的寡妇出资修建的，还有一些比较富有的已婚女信徒也会出资修建尼姑庵，因为在宋代，妇女在婚后可以保持自己的财产独立，她们对自己的嫁妆和婚后购买的诸如土地等商品有着独立的资产所有权。总体说来，宋代女尼的地位是比较高的，女尼的名字有史以来第一次被列入禅宗大师庄严佛法继承人的名录，其中最杰出的是妙道和妙总两位女尼，她们不仅以超高的精神造诣和娴熟的教学闻名，而且她们的文学才能也十分卓越。妙总的文学成就不仅记录在佛教文献中，在儒家经典和道家经典中对她也有记录。妙总在世时，她的一部《语录》便已经开始印刷和流通，《语录》的内容包括她对弟子的教导语录、布道语录、个人信件，以及一些诗歌，既有宗教的内容，也有关于世俗的内容。遗憾的是《语录》现今已找不到传本，只能在一些禅宗故事或"公案"中零星看到妙总的诗作。

尽管在元代之前佛教一直是官方宗教，但元代没有出现什么有名的和尚和女尼。到了明代，由于开朝皇帝朱元璋早年有过出家的经历，对佛法的立教宗旨与义理有着全面透彻的了解，因此他有着鲜明的护法护教的态度，他大力完善佛教制度。所以明代佛教发展较快，寺庙、僧人数量大幅增加。尤其是自万历年间到明清交替时期，佛教的发展十分蓬勃，同时明清出版业的发展也十分迅速，尤其是在江南一带，出版商为了吸引读者，开始大量收集和出版女性诗歌作品，因此大大推动了明清女性创作的发展。据胡文楷统计，明清时期女性作家的数量相当大，而在她们当中有着不少的女尼诗人。到了今天，这些女尼诗人的作品有一部分已经失传，只有少量流传了下来。值得一提的是浙江嘉兴的一座私人寺庙出版的七部关于女尼的语录，从这七部语录可以看出明末清初佛教禅宗短暂而有力的复兴。管佩达认为清代佛教界成就最大者并不是僧尼，而是一些信男善女。这一时期彭际清写的《善女人传》中记录了不少归命净土的善女的真实事迹，她们中有一些人文学成就较高，比如彭际清的侄女陶善（Tao Shan），彭际清在书中对她的诗集给予了高度赞扬。

由上可以看出，管佩达在引言部分对中国女尼的发展史进行了十分详细的梳理，并在其中对女尼诗人的创作情况进行了概括性的介绍。通过引言让读者对中国女尼诗人有了概貌性的了解后，管佩达又在该书的正文部分逐一译介了48位女尼的诗作，让读者充分领略中国女尼诗人的文学才华。

管佩达对中国佛教女尼诗人的研究是十分深入的，她的研究成果为英语世界打开了一扇新的窗口，让人们领略到了中国女尼的精神世界，延展了英语世界的中国古代女诗人研究的广度和深度。

六　孙康宜等人及她们的明清女诗人研究

明清时期，由于社会的发展与繁荣、开放且包容的文化氛围，以及女性意识的觉醒等原因，女性诗歌创作非常突出，并得到了社会的广泛认可与支持。据胡文楷的《历代妇女著作考》一书的辑录情况来看，明清短短几百年时间之内就出现了两千余位出版过专集的女诗人，繁盛之状，前所未有。相应地，英语世界专门研究中国明清时段的论文和专著也较多，高彦颐的《闺塾师：明末清初江南的才女文化》、曼素恩的《缀珍录——十八世纪及其前后的中国妇女》、孙康宜与魏爱莲的《明清女作家》、方秀洁的《她自己为著者——明清时期性别、能动力与书写之互动》、方秀洁与魏爱莲的《跨越闺门：明清女性作家论》、曼素恩的《张门才女》、孙康宜的《情与忠：陈子龙、柳如是诗词因缘》等，成果层出不穷，十分丰硕。笔者在梳理过程中发现，英语世界研究明清女性诗词这一领域成果最突出者以女性学者为主，且其中大多数是美国学者，加拿大学者方秀洁也做出了卓越贡献。她们主要以西方的女性主义和性别研究理论作为理论基石进行研究，研究成果以论文和专著的形式为主。她们新颖独到的研究思路与方法对国内研究具有很大的启发和参考价值。下面笔者将选取几位成果最显著的研究者加以介绍和评析。

(一) 孙康宜的研究

在对中国明清女性诗词的研究这一领域，孙康宜算得上是一位具有先锋意味的人物。自 1991 年出版专著《情与忠：陈子龙柳如是诗词因缘》起，孙康宜便将目光聚焦于明清女诗人，发表了多篇论文，成为西方汉学界研究明清女诗人的拓荒者和领头羊。1997 年，她与魏爱莲合编《明清女作家》一书，书中收录了 13 位美国学者对于明清女性文学的研究成果，她对入选的每一篇论文进行介绍和点评，厘清中国明清时期的女性文化，对明清女性的生活与创作情况进行了较为全面详尽的分析。在开展研究的同时，孙康宜的翻译工作也齐头并进，她与苏源熙合作，联合四十多位学者，翻译了近 150 位女诗人的诗作和诗论，于 1999 年以"中国历代女作家选集：诗歌与评论"为题出版，该书是英语世界首部大型中国古代女性诗人诗歌与文论英译集。孙康宜的这两部作品对英语世界的读者和学者了解中国妇女诗词创作有着重要意义。总体说来，孙康宜的研究特色与侧重点主要呈现为以下几点。

1. 中西结合的独特视角。孙康宜 1944 年出生于北京，两年后举家迁居台湾，毕业于台湾东海大学外文系。24 岁时移民美国，先后获得图书馆学、英国文学和东亚研究等专业的硕士学位和普林斯顿大学的文学博士学位，随后任耶鲁大学东亚语文系教授。华裔学者的身份，以及早年在中国台湾接受传统教育的背景，使孙康宜的学术思想没有被完全西化，在接受西方文化长期熏陶的同时，仍保留着一些中国色彩，这在她的研究思路和学术观点中都大有体现。在研究明清女性诗词创作时，孙康宜采用把闺秀诗人和名妓诗人良贱两分的传统方法，并运用了一些中国古典诗词研究的思路和方法来对她们的作品进行分析。但孙康宜并没有把诗人的身份作为衡量作品文学价值和艺术水平的标准，而是把名妓的诗词提升到了与闺秀诗词同等的高度，对比分析两者在创作风格、感情基调、写作技巧等方面的区别。尤其是重点比较闺秀诗词和名妓诗词在感情基调上的差异，孙康宜认为"徐灿和其他闺阁词人作品中多强调'弃妇'的哀怨和自怜，这与柳如是等青楼技师以浪漫情爱为词之基本主题成了鲜明的对比"[1]。在立足于西方女性主义视角的同时，孙康宜还运用不少具有中国传统特色的文学批评方法进行研究。总之，孙康宜是一位融会贯通中西学术研究思

---

[1] [美] 孙康宜：《词与文类的研究》，李奭学译，北京大学出版社 2004 年版，第 187 页。

想,且又有所突破创新的过渡性学者。她的这一特点使国内外学者对其研究成果格外关注,而这无疑有助于中西学界在该领域的及时交流和深入了解,推动明清女性诗词研究的发展。

2. 非常关注性别研究。"孙康宜在美国被誉为将中国古代文学与社会性别相结合研究开风气之先者,也被誉为是一位最擅长以女性主义观点阐释中国古代文学,别具一格的以研究中国古代文学与社会性别相结合的著名学者。"① 作为女性学者,孙康宜对明清女性诗人的生活体验、心理活动和情感变化等方面都能很好地理解和体悟,这有利于她对她们诗词的深入分析和准确解读。对于诗词作品中男女诗人互换口吻的现象,孙康宜提出了"性别面具"这一概念,她阐释道:"男性文人的写作和阅读传统包含着这样一个观念,即情诗或者政治诗是一种'表演',诗人表述是通过诗中的一个女性角色,藉以达到必要的自我掩饰和自我表现。这一诗歌形式的显著特征是,它使作者在铸造'性别面具'之同时,可以借着艺术的客观化途径来摆脱政治困境,通过一首以女性口吻唱出的恋歌,男性作者可以公开而且无惧地表达内心隐秘的政治情怀。"②孙康宜的"性别面具"这一修辞美学概念的提出,对一些诗作中的男女性别越界,声音互换等现象做出了巧妙合理的解释,她的男女双性互动的独特视角值得国内学界加以借鉴。

3. 号召将明清妇女的诗词作品"经典化"。孙康宜曾遗憾地表示:"世界上没有任何一个国家比中国明清时代产生过更多的女诗人。然而,奇怪的是,尽管明清妇女文学的确达到了空前的繁荣,但后来的文学史却没有那些女作家的名字。"③ 与此同时,孙康宜看到了明清文人对女性作家的包容与支持这一令人瞩目的现象。"当时的文人不但没有对这些才女产生敌意,在很多情况下,他们还是女性出版的主要赞助者,而且竭尽心力,努力把女性作品经典化。"④ 明清的很多文人不仅收集、印刷和普及女诗人的作品,还努力把这些作品推到经典的位置。孙康宜发现明清文人所采用的经典化策略,非常接近刘勰在《文心雕龙》里对《离骚》经典

---

① 徐志啸:《异域女学者的独特视角》,《苏州大学学报》2009年第2期。
② [美] 孙康宜、宁一中:《跨越中西文学的边界——孙康宜教授访谈录》,《文艺研究》2008年第10期。
③ [美] 孙康宜:《明清文人的经典论和女性观》,《江西社会科学》2004年第2期。
④ 同上。

化的方式。她说："明清文人在提拔女诗人方面所做的努力实在不下于刘勰对《离骚》的经典化所付出的苦心：有不少文人决心要把收集和品评女性作品作为毕生的事业。"① 孙康宜以新的视角重新解读与评价明清女性的诗词作品，揭示了其丰富的艺术特色和不可替代的文学地位，使国内外学者更加关注这一成就突出却未受重视的群体，也为明清妇女诗词作品的"经典化"做出了实质性的努力。

(二) 高彦颐的研究

高彦颐是美国斯坦福大学东亚系博士，现任教于哥伦比亚大学历史系，是美国非常具有代表性的历史学家。她立足于社会性别理论，主要对明清社会史和比较妇女史进行研究，在中国传统学术中沉寂已久的明清妇女史是她研究的重点。高彦颐对明清时期女性文化史的研究具有开创意义，代表性成果是斯坦福大学出版社 1994 年出版的《闺塾师：明末清初江南的才女文化》（*Teachers of the Inner Chambers: Women and Culture in Seventeenth-Century China*）一书。高彦颐以女性诗词创作为切入点，把中国历史和社会性别理论有机地结合起来，并由此引申出新的论据与丰富独到的见解，对国内外研究具有很大的参考价值。她的研究特色与侧重点主要呈现如下。

1. 纠正对古代妇女受害者形象的误读。在《闺塾师：明末清初江南的才女文化》一书中，高彦颐将她关注的时间范围锁定在明末清初时期，搜集了大量妇女创作的文本，集中考察了这一时期江南才女的诗词作品和内心情感。高彦颐在该书的开篇就对中国妇女固有的受害者形象提出质疑："封建社会尽是祥林嫂吗？"② 她深刻批驳了自"五四"运动以来就形成的中国古代女性作为受害者这一根深蒂固的形象，认为这是对古代妇女不幸的误读，并指出这种错误观念产生的根本原因："是因缺乏某种历史性的考察，即从女性自身的视角来考察其所处的世界。"③ 高彦颐还明确提出："只有当历史学家对'五四'文化遗产进行反思时，社会性别才能

---

① [美] 孙康宜：《明清文人的经典论和女性观》，《江西社会科学》2004 年第 2 期。
② [美] 高彦颐：《闺塾师：明末清初江南的才女文化》，江苏人民出版社 2005 年版，第 1 页。
③ 同上书，第 4 页。

成为中国历史上的一个有效范畴。"① 在研究中国古代妇女时,高彦颐尽量客观地描述她们的内心情感和生存环境,坚持以女性的角度探索她们真实的情感世界,站在妇女的视角重新审视历史,从而改变人们对古代女性作为"受害者"这一形成已久的形象认识。"高彦颐对明末清初的江南才女研究,其根本目的是为了消除一直以来的偏见和修改女性的受害者形象,使读者可以从全新的角度重新审视中国古代女性的生存状态,从而真正将妇女历史与中国整体历史相融合。"② 毋庸置疑,高彦颐对明清妇女史的研究打破了人们惯有的"中国古代妇女是惨遭压迫的受害者"的思维定式。但是过犹不及,她把明清女性的生存环境想得过于乐观,这又难免有失偏颇。

2. 模糊闺秀与名妓之间的界限。高彦颐在《闺塾师:明末清初江南的才女文化》的最后一章"名妓与名山:男性社会中的妇女文化"中,对于如何看待良贱之分与诗词创作的关系进行了深入探讨。不同于孙康宜的观点,高彦颐没有按照传统学术中良贱两分的原则对名媛闺秀与青楼名妓进行划分。她认为尽管在社会身份上两者有所区别,但她们之间不应该有太明显的分界线。她给予名妓和闺秀完全平等的地位,深入剖析解读她们的诗词作品,进而总结出明末清初江南女性诗词创作的特点。高彦颐打破了多数人认为闺秀诗词题材单调、保守内敛,而名妓诗词视野开阔、热情放荡这一思维定式,认为两者在有些情况下是可以相互转换的。高彦颐对明清女诗人社会身份的包容值得国内学者学习,有助于避免因良贱之分而产生的偏见影响研究结论的客观性。

(三) 曼素恩的研究

美国加州大学的历史学教授曼素恩也非常注重明清妇女史的研究。她的观点与高彦颐相似,她说:"美国汉学研究的最大特色之一就是打破了女性为受害者的主题:最近在美国,有关中国妇女史的研究,已经转向了不同的研究方向,不再是罗列女性受压迫的例子了,而是去探讨两性之间

---

① [美] 高彦颐:《闺塾师:明末清初江南的才女文化》,江苏人民出版社 2005 年版,第 1 页。
② 孙亭:《论美国汉学家高彦颐的明末清初江南妇女研究》,硕士学位论文,华东师范大学,2009 年。

的关系互动以及他们在经济,政治等具体的架构之下所拥有的权力。"①曼素恩的研究特色与侧重点主要呈现为以下几点。

1. 对高彦颐的《闺塾师:明末清初江南的才女文化》加以继承和延续。曼素恩最具代表性的著作是《缀珍录——十八世纪及其前后的中国妇女》一书,它是海外社会性别研究的一部力作,"被誉为近年来研究中国妇女史和社会性别史最重要最优秀的著作之一,对国内外学界都产生了深远的影响。该书采用的是将妇女放置在十八世纪时期的中心的独特视角,通过对这一时期江南妇女的人生历程、诗词写作、劳动、宗教活动以及娱乐等方面的分析描述,阐释了社会性别关系对于这个时代经济、政治、社会和文化变革产生的深刻影响,强调了妇女史与社会性别关系在史学研究中不可忽略的价值"②。从某种程度而言,《缀珍录——十八世纪及其前后的中国妇女》算得上是对《闺塾师:明末清初江南的才女文化》的继承和延续,因为它们在对中国明清女性进行研究时,都运用了社会性别的研究方法,且在时间上有所衔接。高彦颐和曼素恩的历史研究都带有修正的意味,但两者都存在一定的局限性,因为她们都选取受过良好教育的才女作为主要研究对象,没有把占大多数的普通劳动妇女纳入研究范围,然而精英女性毕竟只是少数,故她们的研究不够全面,无法客观反映当时的普遍情况。

2. 关注乱世中的女性写作。曼素恩在《闺秀与国家——19世纪乱世中的女性写作》一文中探讨了女作家表现出对社会的日益关注与危机意识。无论是在家中写作,还是在避寇流徙的途中,女性诗人的诗歌主题日益丰富——她们对社会积弊、治国方略以及政治问题加以评论。身处19世纪分崩离析的帝国中,她们的诗作没有局限于闺阁,而是思考了治国之道和家国命运,翔实描绘了战争带来的恐怖。她们通过自己的诗作记录下国家的危难与动荡,并且勇敢表达出明确的政治立场。曼素恩指出:"尽管在中国现代性的语境中,这一代女性作家被视为落后的代表,她们却是20世纪早期被称为'新女性'的未被承认的先驱。因为她们已经敢于冲破传统道德和封建思想的束缚,大胆发表自己对国家政事的看法,让世人

---

① [美]孙康宜、宁一中:《跨越中西文学的边界——孙康宜教授访谈录》,《文艺研究》2008年第10期。

② 参见[美]曼素恩《缀珍录:十八世纪及其前后的中国妇女》,定宜庄、颜宜葳译,江苏人民出版社2005年版。

听见她们的声音。"①孙康宜也认为晚明女诗人不再一如既往地沉溺于绝望，而是勇敢地对男性无力挺身而出平定动乱的懦弱进行严肃的批判。曼素恩与孙康宜一起，以她们的研究发掘了明清女性作为先驱的新形象，让世人知道明清女性的诗词创作并非只有闺阁情感这一单一的主题，她们也忧国忧民，关心政事民生。

3. 选取客观的史料。曼素恩总是以客观的史料重现女性的生活环境，而不偏重选取女性自己所书写的带有主观情感的材料进行研究。因为她认为，女性在写作时总是将道德上的权威带进她们的口吻中，并在无意中迎合社会性别制度的规定，因此有所束缚，没有完全表达出自己内心的真情实感。所以她更喜好用客观史料来作为研究素材。

（四）方秀洁的研究

方秀洁毕业于哥伦比亚大学，现任教于加拿大麦基尔大学。她是著名词学家叶嘉莹的弟子，词学研究的功底十分深厚。虽然方秀洁是研究词学出身，但是她在明清女性作家研究领域取得的成就更为突出。她的学术视野十分广阔，发表了很多有关中国古典诗词与明清女性写作的论文与专著。方秀洁非常注重学术交流与合作，常赴世界各地访学，并与不同国家地区的学者共同编辑女性研究学术专刊，翻译、介绍中国古代女性的文学作品，与此同时，她还参与主持筹建了麦基尔—哈佛明清妇女文学数据库，为学界研究明清女性文学创作提供了丰富的资料。方秀洁的研究重点与特色主要呈现为以下几点。

1. 结合社会学与文学的研究方法，对女性主动力进行研究。方秀洁通过考察女性写作的文本材料来深入挖掘蕴藏于其中的女性主动力，尤以女性自杀前留下的绝笔诗为主要考察材料。她在《明清女性创作绝命诗的文化意义》一文中，探讨了性别制度和社会规范与女性主动力之间的关系。她认为"主动力并不一定要在对男性权力的反抗中，当她们努力争取社会对自己的认同，努力实现社会认可的最高价值乃至将自己写进历史中，这就是女性主动力的表现"②。她的《她自己为著者——明清时期性别、能动力与书写之互动》(*Herself an Author：Gender, Agency, and*

---

① [加拿大] 方秀洁、[美] 魏爱莲：《跨越闺门：明清女性作家论》，北京大学出版社2014年版，第16页。
② 刘文婷：《加拿大汉学家方秀洁对明清知识女性的研究》，硕士学位论文，华东师范大学，2009年。

Writing in Late Imperial China)一书也表现出了对女性主动力的格外关注。这本书的研究视角迥异于传统视角,不再以传统的评价男性诗人的标准和观点来评价女诗人,而是用新的评价方式和标准对明清女性的写作与主动力的关系进行了探究。方秀洁客观地评价了男女两性互动关系中的女性形象,展现了明清女性在社会性别制度和儒家规范下积极生存的全新面貌,真实地还原了明清时期女性的生存环境和自身心态,纠正了对女性的误解。

2. 对明清女性诗词的反经典化研究。方秀洁在这方面的研究观点,与孙康宜对于明清女性诗词经典化的观点看似截然相反,实则是对其进行更为全面的补充与客观的思考。她承认明清文人为女性编选诗集给女性诗词作品的经典化创造了一定的条件,但也有很大的弊端:"没有一本女性选集是以一种严肃的心态试图建立女性诗的经典,他们编选选集的动力是要努力保存下女性的诗歌使其免于再次从人们的视野中消失的困境,这种意图本身就是与经典化过程相悖的,在其驱使下编者的编选行为也没有达到经典化的效果。"[①] 她认为,由于编者力求改变女性诗作长期受到漠视的境遇,急于大量编选女性诗作,以及有的出版者盲目追求利益,因此他们在编排的过程中往往缺乏系统性与选择性,对于编入诗集的作品没有以科学严谨的文学审美标准进行评判,忽略了这些诗词被列为经典所必备的文学价值,因此鱼龙混杂,有些文学价值不高的非经典诗词也被纳入其中。除此之外,复古运动的影响导致了当时厚古薄今的文化现象,故其编排有很大的局限性。毫无疑问,在这种前提下的女性诗词经典化过程是名不副实的。那么何为经典?方秀洁这样定义:"我采用的概念把经典或经典化定义为一系列的作品或作家在一种特定的文学或文化传统中成就远大声名和一致认可的历史性构成。"[②] 方秀洁充分考虑到了经典的构成是多方面因素共同作用的结果,并且强调文化背景的影响和时间的作用。她别出心裁的思路值得国内研究者借鉴。

3. 探究疾病与女性写作诗歌的关系。方秀洁的研究关注女性的写作实践是如何与"女性身份"的各个层面发生联系的。她非常关注明清女

---

① [加拿大]方秀洁:《性别与经典的缺失——晚明女性的诗选》,《中国文学》2004年第12期。
② 同上。

性诗词创作中疾病这一"女性情境"①，她发现明清女性不仅将疾病作为她们诗歌中一种常见的题材，似乎还形成了一种将疾病与写诗联系在一起的书写模式和写作倾向。明清女性在病中写诗已成为当时一种具有社会与文化意义的文学现象。对于女性而言，她们对延续疾病的体验往往成为她们诗作的开篇甚至是写诗的理由。她在《书写与疾病——明清女性诗中的"女性情境"》一文中探讨了士绅阶层女性诗歌中的疾病主题，以及在日常生活中疾病与写作的关系：女性通过诗词来描写自己患病时的情景，实际上是借助描述模仿性元素，记录自己真实的生活体验，是一种自我再现的手段。方秀洁认为在女诗人笔下，对疾病体验的诗意再现遵循性别化的写作传统。她对大量明显记述疾病情境的诗歌中出现的疾病类型进行了分类，并将女性有关疾病的诗作与男性文人创作的同类题材诗歌进行对比，由此得出对疾病的体验与表达存在性别化的差异这一结论。通过方秀洁的研究，我们看到了明清女性在日常生活中利用疾病所具有的潜力构建的充满创造性与想象力的另类空间。

4. 选取女性书写的文本作为主要史料。对于史料的选取，方秀洁与曼素恩正好相反。方秀洁主要以明清女性书写的诗词作为研究材料，力求通过女性自身的口吻和视角，探究她们的真实想法以及对自我的认同。方秀洁认为，通过深入解读女性自己的诗词作品中记录的情感和经历，有助于还原她们的主观感受和女性主动力。为了避免材料过于主观，方秀洁也搜集了大量客观史料进行补充，例如以官方材料来证明女性道德权威所获得的肯定。方秀洁与曼素恩两人选取史料的方式各有千秋，主要是着眼点不同。史学家曼素恩从宏观角度切入，以客观的资料来揭示出中国社会与文化经纬的复杂多样，把明清女性置于一个大的时代背景之中，更加侧重于对历史的研究。方秀洁则从微观的角度进行探究，明清妇女的性别意识形态在她的研究中表现得更为形象具体。方秀洁以女性自己的诗词作为平台，给她们话语权来发出自己的声音，较为真实地展现了在封建社会和儒家规范中的明清女性客观的生存状态和心理意识。

上述四位英语世界的女性汉学家在研究明清女性诗词创作时，除了上文所述的不同关注点与切入点外，也存在着一些共性：首先，她们都以性

---

① ［加拿大］方秀洁、［美］魏爱莲：《跨越闺门：明清女性作家论》，北京大学出版社2014年版，第20页。

别研究为理论基础，强调男女之间的平等，打破了在旧时中国女性是受害者这一根深蒂固的错误观念；除此之外，她们都对男女文人互相模仿口吻进行诗词创作这一现象有所关注，可用孙康宜提出的"性别面具"这一概念进行总结。其次，她们对女性的写作实践与儒家性别意识形态之间的关系产生置疑，并大力挖掘了明清女性诗词创作的价值，发现其不仅文学性极强，且题材广泛，不仅只是抒发闺阁情感，还上升到了关心国家民生的政治高度，有力驳斥了梁启超等人认为女性肤浅的偏见。最后，她们在研究中都体现出了一定程度的理想化和浪漫化的倾向。这说明她们融入了一些个人历史想象的成分到她们的研究当中，没有充分考虑到明清时期女性诗人在严苛的封建制度禁锢下的实际生存状态，把明清时期的中国当作女性创作的乐土。但换个角度来看，这种浪漫化的研究方式艺术气息浓厚，使明清女诗人的文学形象更加生动鲜明，跃然纸上。

第四章

视角与创新

"不同文明之间在文化机制、知识体系、学术规则和话语方式等层面都存在着根本质态上彼此相异的特性。"① 当中国古代女诗人的文学文本遭遇西方文论话语时,两者之间的"异质性"必然会激荡出许多新的阐释方式和新的观点。

第一节 西方文论视域下的中国古代女诗人研究

西方20世纪文坛被称为"批评理论的世纪"（Age of Theory）②,自20世纪20年代以后,形式主义、结构主义、西方马克思主义、叙事学、读者反映批评、新历史主义、女权主义、后殖民主义等西方现代主义的各类新兴文论不断产生,各种文学批评理论也在英语世界的中国古代女诗人研究领域应时而兴,其中一些文学理论逐渐成为英语世界中国古代女诗人研究的主流批评文论。本书选取了运用最多或最具创新特色的几种研究方法来加以阐述。

一 新批评:宇文所安对《〈金石录〉后序》的细读

新批评是英美现代文学批评中最有影响的流派之一,发端于20世纪初,20世纪五六十年代成为欧美文学批评的主要流派。新批评讲究从形式到内容,强调"有机形式论",认为文本是自存自足的体系,文学批评

---

① 曹顺庆:《比较文学教程》,高等教育出版社2012年版,第230页。
② 朱刚:《当代西方文论与思考》,北京大学出版社2006年版,第1页。

应立足于作品本身,提倡立足文本的语义分析,主张文本细读,高度重视文学语言的多义性与复杂性,将工作重点体现在对文学语言的分析研究上。

兰色姆(John Crowe Ransom)、瑞恰慈(Ivor Armstrong Richards)、韦勒克(Rene Wellek)、沃伦(Austin Warren)以及布鲁克斯(Cleanth Brooks)等人是新批评的代表人物,也被称为"新批评家"①。因韦勒克、沃伦、布鲁克斯、维姆萨特等新批评家在20世纪40年代以后皆长期执教于耶鲁大学,故学界有着新批评的"耶鲁集团"之说,耶鲁大学也因此成为新批评后期的大本营。美国著名汉学家宇文所安(Stephen Owen)青年时期曾在耶鲁大学攻读博士学位。在耶鲁这样一个新批评派的重镇中成长起来的宇文所安,自然深得新批评理论家们的真传,在他的汉学研究中时常体现出新批评派所倡导的研究方法,他经常运用"细读批评语义"和"互文性"的方法来研究唐诗。尤其是他采用"细读"方法深入解读《〈金石录〉后序》,从李清照作为一个闺怨女子的"内心隐秘"出发,挖掘潜藏在李清照和赵明诚夫妻看似平静幸福的婚姻下汹涌的暗流,颠覆了李清照在中国文学传统中为人所熟知的"完美化词人与理想妻子"形象,为读者呈现了一个"立体化女人与平常人妻"②的别样李清照形象。

李清照是中国文学史上首屈一指的女作家和女性道德楷模。一方面,她以自创一格、独树一帜的词作获致词家大宗的地位,以"巾帼不让须眉"的杰出女词人形象定格于无数读者心中;另一方面,她与丈夫赵明诚志同道合的伉俪情深被世人传为佳话,素来被看作文坛恩爱夫妻的典型,树立起历代文人渴慕的德才兼备的理想妻子之标杆形象。李清照用明快清新的诗句记录下了她与丈夫赵明诚志同道合,共同研究金石书画的幸福时光,用清丽婉约的词句写尽了与丈夫离别后寂寞惆怅的相思之苦……她的诗词构建了她在读者心中的理想贤妻形象,而她为丈夫赵明诚的《金石录》所写的序也被历代文人看作是她与丈夫志同道合、伉俪情深的佐证。因为在《〈金石录〉后序》中,李清照用简洁流畅的文字追述了她和赵明诚一起搜集、整理金石文物的经过,陈述了《金石录》的成书过程和具

---

① 兰色姆在《新批评》(*The New Criticism*)一书中评论艾略特、瑞恰慈、温特斯等人的理论,并称他们为"新批评家",从此该名词便广为流传。
② 参见陈橙《从词人到女人:李清照在英语世界中的形象重塑——以〈金石录后序〉为切入点》,《名作欣赏》2011年第36期。

体内容，并以婉转曲折的笔调记录了她与丈夫婚后三十余年间的忧患得失。诸多中国文学选集均将《〈金石录〉后序》收录其中，并将之作为李清照与赵明诚和谐美满的婚姻生活的一种文字记录来加以点评。南宋洪迈认为："东武赵明诚德甫，清宪丞相中子也。著《金石录》三十篇……其妻易安李居士，平生与之同志。赵没后，愍悼旧物之不存，乃作《后序》，极道遭罹变故本末。"[1] 明代郎瑛说："赵明诚……其妻李易安，又文妇中杰出者，亦能博古穷奇，文词清婉，有《漱玉集》行世。诸书皆曰与夫同志，故相亲相爱至极。予观其叙《金石录》后，诚然也。"[2] 当代学者袁行霈则评价该序"追述二十余年间聚集图书古画，遭逢世乱，零落殆尽的惨痛经历，体现出夫妇之间的深厚感情"[3]。而宇文所安却不以前人的观点为然，他另辟蹊径，彻底摒弃中国传统文化对李清照夫妇美满婚姻的打造，站在西方文化背景之中，从新批评理论视角出发，采取细读语义的方法，对《〈金石录〉后序》进行全新的解读，为读者呈现了一个别样的李清照形象。

新批评派认为："文学既然是一种特殊的语言形式，文学批评家的任务就是对作品的文字意义进行分析，探究各部分文字之间的相互作用和文字所包含的隐秘关系。至于作者是否曾经这样想过，大多数读者能否接受这样的解释全都无关紧要。"[4] 宇文所安操持着新批评理论的这一观点，置历代文人眼中的李清照形象于不顾，也不去考虑读者是否能接受别样的李清照形象，他完全以《〈金石录〉后序》为基础，以文本为中心进行分析，抓住李清照在《〈金石录〉后序》中所用的叙事人称和一些关键字词，透过文本细节重新审视传统中李清照的形象定格。

首先，宇文所安从《〈金石录〉后序》细微的叙事人称变化中捕捉李清照行文语气的微妙变化，从而探究她内心复杂的情感起伏，透视她和赵明诚之间的亲疏离合。

李清照与赵明诚志趣相投，才情匹配，婚后两人共同致力于文物字画和金石碑刻的寻索收藏，李清照在《〈金石录〉后序》中对这段幸福的初婚生活进行了详细的记录：

---

[1] 洪迈：《容斋随笔》四笔卷五，中华书局2005年版，第684页。
[2] 郎瑛：《七修类稿》卷十七，文化艺术出版社1998年版，第198页。
[3] 袁行霈：《中国文学作品选注》（第三卷），中华书局2007年版，第143页。
[4] 乐黛云：《比较文学与中国现代文学》，北京大学出版社1987年版，第267页。

第四章 视角与创新   193

  余建中辛巳（按即公元 1101 年），始归赵氏。时先君作礼部员外郎，丞相时作吏部侍郎。侯年二十一，在太学作学生。赵、李族寒，素贫俭。每朔望谒告，出，质衣，取半千钱，步入相国寺，市碑文果实。归，相对展玩咀嚼，自谓葛天氏之民也。①

  夫妻两人志同道合，在一起把玩碑文的过程中享受爱情、婚姻的幸福不言而喻。然而，随着他们的收藏品数量的增加，两人对待书画碑文的态度也逐渐产生了变化，宇文所安认为：

  当他们咀嚼着这些古旧的书画碑文时，赵德父越来越把它们当作一回事了，他过于顶真了，以致失去了原先觉得这些藏品的闲适之情，陷到对荣利的计较里去了，在其中，他失去了自己的生命，也几乎失去了自己的令闻广誉。②

  宇文所安之所以得出这样的判断，是依据李清照在《〈金石录〉后序》中的叙事人称变化得来的，李清照在描述他们夫妻建成书库储存收藏品之后的情状时写道：

  收书既成，归来堂起书库，大橱簿甲乙，置书册。如要讲读，即请钥上簿，关出卷帙。或少损污，必惩责揩完涂改，不复向时之坦夷也。是欲求适意，而反取僇慄。余性不耐，始谋食去重肉，衣去重采，首无明珠、翠羽之饰，室无涂金、刺绣之具。遇书史百家，字不刓缺，本不讹谬者，辄市之，储作副本。自来家传《周易》《左氏传》，故两家者流，文字最备。于是几案罗列，枕席枕籍。意会心谋，目往神授，乐在声色狗马之上。③

  宇文所安从李清照描写新婚时期生活和建成书库后生活的两段话中，看出了李清照所用人称代词的微妙变化。他认为李清照在描写新婚时期的

---

  ① 王学初：《李清照集校注》，人民文学出版社 1979 年版，第 177 页。
  ② [美] 宇文所安：《追忆——中国古典文学中的往事再现》，郑学勤译，生活·读书·新知三联书店 2004 年版，第 99 页。
  ③ 王学初：《李清照集校注》，人民文学出版社 1979 年版，第 178 页。

生活时,因为那时她和丈夫之间是完全不分彼此的,所以文中省略了人称代词,而在描述建成书库后的情况时,文本中暗示有第一人称复数("我们",指李清照夫妇)与第三人称单数("他",指赵明诚)两种人称代词的交替。从省略人称代词到两种人称代词的使用,李清照其实暗示了家庭矛盾的出现和夫妻感情的分裂,宇文所安在《中国文学作品选:从先秦到1911》(*An Anthology of Chinese Literature, Beginnings To 1911*)一书中的《〈金石录〉后序》译文之前写道:

> 在古汉语中,省略人称代词,尤其是第三人称代词的现象非常普遍,因为读者完全可以根据上下文来清晰判断具体所指。然而在《〈金石录〉后序》中,读者却很难判断文中所省略的人称代词之所指,很容易在第一人称复数"我们"(即李清照和赵明诚)与第三人称单数"他"(即赵明诚)之间失去清晰的判断。除了记录她自己的记忆外,李清照在描写她和丈夫的新婚生活时,都是把自己与丈夫合在一起而省去人称代词。但是,由于赵明诚日渐痴迷于收藏古物,夫妇两人的收藏兴趣从原来两人之间共享的愉悦逐渐变成了丈夫一个人的独自痴迷,而李清照则日益感觉到自己被排除在了丈夫的这种痴迷之外。①

宇文所安还专门联系李清照夫妻之间感情的微妙变化,对《〈金石录〉后序》中第一人称复数与第三人称单数交替变化的原因进行了解读:

> 当"我们建造一座书库"时,选用第一人称复数还很自然,也与当时的情境协调。然而,事情变得越来越清楚,使用书库的新规矩是出自于她丈夫而不是她自己的手。考虑到他们早期共同生活的那种融洽气氛,我们很愿意把"请钥"理解为"钥匙在我们手里",但是,"请"字在我们的思维中所强加的力量,以及此情此景的显而易见的性质,使我们不得不怀疑到,"请钥"的意思是"我请他把钥匙给

---

① Owen, Stephen, *An Anthology of Chinese Literature, Beginnings To 1911*, New York & London: Norton and Company, 1996, p. 591.

我"。①

宇文所安还按照自己的解读结果对《〈金石录〉后序》进行翻译，在翻译时有意地突出第一人称复数"we"和第三人称单数"he"的变换，从而体现出李清照夫妇情感的微妙变化。如：

> Whenever he got a book, we would collate it with other editions and make corrections together, repair it, and label it with the correct title. When he got hold of a piece of calligraphy, a painting, a goblet, or a tripod, we would go over it at our leisure...②

宇文所安以人称的变换清晰地表示，尽管共同鉴赏校勘古物的是"we"（李清照和丈夫），但痴迷于收藏，想方设法获得古物的人却只是"he"（赵明诚）。说明李清照是以一种学者和文人的态度来鉴赏古物，而赵明诚却是以收藏家和金石家的方式渴望占有古物。久而久之，夫妻之间喜欢鉴赏古物表面上的"志同道合"终于在各自不同的态度和目的驱使下出现了裂缝，尤其是在书库建成以后，李清照和丈夫之间出现了一种等级的分化，"我"要打开书柜时还得向"他"请钥，藏书已不再是增进夫妻之间感情的平台，反倒成了两人之间的感情屏障，于是"we"（我们）终于分离成了"I"（我）和"he"（他），宇文所安的译文有意识地将主语"we"部分地换成了"I"和"he"：

> When the book collection was complete, we set up a library in "Return Home" Hall...There we put books. Whenever I wanted to read, I would ask for the key...Books lay ranged on tables and desks, scattered on top of one another on pillows and bedding. This was what took his fancy and what occupied his mind, what drew his eyes and what his spirit inclined to; and his joy was greater than the pleasures others had in dancing girls, dogs,

---

① ［美］宇文所安：《追忆——中国古典文学中的往事再现》，生活·读书·新知三联书店2014年版，第107页。

② Owen, Stephen, *An Anthology of Chinese Literature*, *Beginnings To 1911*, New York & London: Norton and Company, 1996, p. 592.

or horses.①

宇文所安认为，书库建成后，李清照与赵明诚的夫妻等级关系暴露了出来，而家庭矛盾也就产生了："随着书库的建成，人称问题就变得敏感了，省略它们既是用来掩饰，也是用来记载家庭矛盾。"② 李清照最终以一句"余性不耐"表达了她内心的不满情绪，宇文所安也直接用第一人称"I couldn't bear it"③ 的呼喊向读者昭示了李清照婚姻生活中涌动的暗流。

其次，宇文所安抓住几个关键词和句子，剖析了李清照内心的情感变化，透视了李、赵二人之间的真实情感关系。

在《〈金石录〉后序》中，李清照以这样一段文字描述了丈夫赵明诚重新出仕，与她在江边告别的情景：

> 六月十三日，始负担，舍舟坐岸上，葛衣岸巾，精神如虎，目光烂烂射人，望舟中告别。余意甚恶，呼曰："如传闻城中缓急奈何？"戟手遥应曰："从众。必不得已，先去辎重，次衣被，次书册卷轴，次古器，独所谓宗器者，可自负抱，与身俱存亡，勿忘也！"遂驰马去。④

三十出头，风华正茂的赵明诚接到朝廷令旨，准备走马上任，夫妻两人在江边道别，载着丈夫的船只即将起航，李清照心情十分复杂，除却为丈夫高兴之外，她有着更多的不安、焦虑和担忧。宇文所安抓住"余意甚恶"四个字进行深入分析，他说：

> "余意甚恶"，直译的意思是："我心里十分不安"。这是一句值得推敲的话，从字面上看，我们有理由简单地把它看作是她的忧虑的

---

① Owen, Stephen, *An Anthology of Chinese Literature*, *Beginnings To 1911*, New York & London: Norton and Company, 1996, p. 593.

② ［美］宇文所安：《追忆——中国古典文学中的往事再现》，生活·读书·新知三联书店2014年版，第107页。

③ Owen, Stephen, *An Anthology of Chinese Literature*, New York & London: Norton and Company, 1996, p. 593.

④ 王学初：《李清照集校注》，人民文学出版社1979年版，第177页。

一种表现（"我预感到了最糟的事"）；但是，它的习惯用法却暗示出他们之间的一种紧张状态："我心情很不好"。她意识到自己留下来成了藏品的囚徒。①

即将远赴官场的丈夫意气风发，神采奕奕，将妻子和大量藏品留下却未做任何交代，李清照极度不安，左思右想后终于开口向丈夫道出了她的不安与疑惑，而丈夫的回答无疑更让李清照内心苦楚。宇文所安分析道：

> 赵德父回答了她的问题，他显然像是一个能够当场对商品的价值作出估价的人，他向她交代了不得已时丢弃家产和藏品应当依照的秩序。这个秩序表中也有她本人的位置——最后，同宗器共存亡。②

在这里，宇文所安重点抓住"宗器"一词来进行深入剖析，"宗器"原本指庙宇的祭器，在这里可能指赵明诚家族的祭器，也可能是赵明诚收藏的最精美的青铜器。对于赵明诚而言，"宗器"的价值无疑是非常高的，他把这些"宗器"视同生命一样贵重。但是"宗器"终究只是器物，要求自己的妻子与器物共存亡，让器物成为主宰活人命运的主人，这不免有异化之嫌。宇文所安还专门引用《庄子·达生》的故事来批判赵明诚扭曲的价值观，同时也更具体地说明了李清照夫妻感情中残酷的等级分化和赵明诚将妻子物化的观念。

最后，宇文所安揭露了李清照内心隐秘的情绪，剖析了赵明诚人性的弱点，他说：

> 怨恨的情绪在表层下流动：她含蓄地把丈夫对收藏品的热情比之于梁元帝和隋炀帝的藏书癖，两者都是人们在言及荒淫政府及其可悲下场时经常举到的例证，两者都代表价值的一种招致毁灭的扭曲形态。家庭是国家的缩影。一个人把书的价值置于国家的价值之上，另一个人把他藏品的价值置于他亲人的价值之上，两者之间究竟有多大差别呢？这是一种并不比其他热情更好的热情，它颠倒了价值的秩

---

① ［美］宇文所安：《追忆——中国古典文学中的往事再现》，生活·读书·新知三联书店2014年版，第113页。
② 同上。

序，因而失去了它的人性。①

综上所述，宇文所安站在不同于中国学者的学术文化背景中，从一种全新的阐释角度切入，通过对《〈金石录〉后序》的细读，使读者从一个新的角度重新感受了李清照内心复杂而隐秘的情感，重新认识了李清照与赵明诚婚姻生活的真实面貌。

二 平行比较：谭大立等人对李清照的研究

平行比较是人们在观照异国文化和文学时最为常用的研究方法，也是每一位海外汉学家研究中国文学时不可回避的课题。在英语世界中国古代女诗人研究领域也一样，平行研究是运用较早和较多的研究方法。

早在1930年，美国波士顿学术期刊《诗人学识》就将李清照比作中国的"萨福"，并以"A Chinese Sappho"为题登载了数首英译李清照词。而在1970年出版的《爱与流年：续汉诗百首》一书中，雷克斯洛斯则将李清照、朱淑真与欧洲中世纪女作家克里斯蒂娜·德·皮桑、意大利著名女作家斯坦姆帕、法国里昂派女诗人路易斯·拉贝，以及英国女诗人克里斯蒂娜·罗塞蒂等相提并论，认为她们在宗教情感以及创作成就方面有相似之处。② 可见比较方法的运用意识在英语世界中国古代女诗人研究领域是较为普遍的。

胡品清在她的学术译作《李清照》一书中将李清照诗词与西方著名诗人狄更生、波德莱尔、卡明斯、庞德等进行比较，总结中西诗歌的差异，发掘李清照诗词风格的独到之处。

胡品清认为李清照是一位具有自我意识的女性，她的创作以自我为中心，她以婉转的方式来表达内心的情感，她知道如何控制自己的灵感以便用适度自由的方式来呈现自己的文思。她的诗词既表达自己内心隐秘的情感但又不完全将感情公开。胡品清将李清照诗词中对身体的描写方式与法国象征派诗人波德莱尔和法国女诗人路易斯·拉贝进行比较：

---

① ［美］宇文所安：《追忆——中国古典文学中的往事再现》，生活·读书·新知三联书店2014年版，第118页。

② Kenneth Rexroth, *Love and the Turning Year: One Hundred More Poems from the Chinese*, New Directions Publishing, 1970, p. 122.

李清照的诗词中有对身体部位的描写，比如含情脉脉的双眸，美艳动人的脸颊，娇艳欲滴的红唇，但是她不像波德莱尔描写让娜·杜瓦尔那样细致深入地刻画身体。她会以"薄雾浓云愁永昼"，或"玉枕纱橱，半夜凉初透"这样的诗句向赵明诚表达自己孤独寂寞的思念之情，但她不会像路易斯·拉贝那样直接描述爱的行为动作。李清照是热情的，但她不放肆；李清照是真实的，但她不现实；李清照表达欲望，但她的诗词不色情。①

胡品清认为爱情是李清照诗词的最大主题，李清照对赵明诚的爱情真挚而深厚，她的诗词表达了各种不同的爱情体验，有新婚的幸福，有离别的相思，有重逢的喜悦，也有丧夫的伤痛。总体说来，李清照的爱情诗词有着自己独特的风格：她没有把爱情作为抽象的或至高无上的事物来加以赞扬，而是把爱情作为自己内心的思绪加以吟诵。她不会像庞德的《罪过》（An Immortality）那样大胆直接、热情奔放地描写爱情，而是以《采桑子·晚来一阵风兼雨》的方式来进行细腻、唯美的表达。她不直接写爱情，但也不将爱情抽象化。胡品清还具体将李清照的爱情诗与美国诗人卡明斯的爱情诗进行比较分析：

李清照非常自我，她始终以自己为创作的中心。就好像大自然是她的肖像画框架，爱情是她表达自我的辞令。当卡明斯歌颂爱情时，他说："你的头是一片森林/装满了沉睡的小鸟/你的乳房是一群白色的蜜蜂/萦绕着你的身体/你的身体对/我来说是人间四月/它意味着春天的来临"。而李清照吟诵爱情时则用"莫道不销魂，帘卷西风，人比黄花瘦"来含蓄地表达爱之真和相思之深。②

通过一番比较分析后，胡品清对李清照爱情诗词的特点进行总结：

总体说来，李清照的爱情诗词时而严肃、时而愉悦、时而婉转、时而艳丽，但绝不是柏拉图式的。③

---

① Hu Pinqing, *Li Ch'ing-chao*. New York：Twayne Publishers, 1966, p. 98.
② Ibid., pp. 99-100.
③ Ibid., p. 100.

胡品清在其译著中所做的这一番平行对比，不仅加深了英语读者对李清照的阅读印象，促进了李清照在异域的传播，而且还给后来的学者带来了启发。

1998年，美国马里兰大学谭大立（Dali Tan）博士的学位论文《性别与文化的交汇：从比较观重读李清照和艾米丽·狄更生》（"Exploring the Intersection between Gender and Culture: Reading Li Qingzhao and Emily Dickinson from a Comparative Perspective"）也以平行比较的方式，从女性主义的角度对李清照和狄更生两位女性诗人进行了比较研究。谭大立在论文一开篇便站在比较的立场抛出了他的问题：

> 李清照（1084—约1151）和艾米丽·狄更生（1830—1886）两人都是世界女性诗歌王国中的佼佼者，但两人生活和创作于不同的历史时期、不同的国度。如果用性别和文化交互的视角同时去审视她们会怎么样？是否会因为两人都在父权制社会中创作而有着共同的主题？抑或是否因为两人生活在不同的文化背景中而有着各自不同的特征？[①]

谭大立以著名的妇女史学家杰达·勒纳（Gerda Lemer）关于父权制起源的理论观点为基础，对比分析了中西社会文化传统对两位女诗人创作思想的影响。他认为，中西尽管有着不同的社会经济形态，有着不同的思维模式和审美传统等，但中西都有着父权制的特点。虽然父权社会在中国和美国的表现形式不同，但他们有许多共同的本质特征。正如杰达·勒纳在《父权制的创立》一书中所总结的那样，父权制在美索不达米亚以及早期的希伯来、古希腊社会的起源和发展，与中国宗法制社会父权的产生基本上是一样的。而亚里士多德将妇女与奴隶划为同一等级，受男性支配和主宰的观点，与中国儒家要求女性服从于男性，做到三从四德的观念同样是父权思想的体现。虽然李清照和狄更生生活在不同的国家和不同的历史时期，但她们都身处父权制社会，她们都很清楚地意识到这样一个事实：作为妇女，她们被禁止参与许多重要的经济活动、社会活动和政治活动。因此，她们都采取写诗的方式来表达自己，写诗是她们反抗父权制的

[①] Dali Tan, "Exploring the Intersection between Gender and Culture–reading Li Qingzhao and Emily Dickinson from a Comparative Perspective", University of Maryland, 1997, p. 1.

一种方式。然而她们的诗作都受到了男性批评家们一致的批评，他们认为"男性"在李清照和狄更生的写作中起到了至关重要的作用，李清照的诗词成就得益于丈夫的离开和死亡，而狄更生的写作也主要是缘起于她的男性师友和情人，所以李清照在丈夫死后改嫁一事令无数后世男性文人耿耿于怀。谭大立认为这些评论观点其实正是父权制观念的表现，他说：

> 综观中西方关于狄更生和李清照的研究结论可以看出，性别偏见一直是影响人们评论两个诗人作品的重要因素。上百年来，中国关于李清照是否再嫁张汝州的激烈争论和西方关于是谁击碎了狄金森的心的猜测表明，性别和文化深深影响着人们对女性作品的评价。①

那么，同样生活在父权制社会中，同样面对男性霸权的社会价值观和性别角色的期望，同样被剥夺话语权的李清照和狄更生又是如何发声的呢？她们是以何种策略来与男性话语抗衡的呢？谭大立通过对两位女诗人的大量诗歌的分析，找出了两人共有的特点，他说：

> 她们在写作中使用性别超越策略，在书写过程中有意识地弱化诗作的性别特征，以男性的姿态来发声，以保证诗作对他人的影响力，从而创造了"不朽"（immortality）。②

最终，生活在不同的国家和历史时期的李清照和狄更生，通过她们超越性别的写作，改变了女性在社会中被无视的状态和"被命名"的地位，获得了社会原本只赋予男性的权利，成为最杰出的女诗人。

谭大立在发掘两位诗人共性的同时，对二者的相异之处也予以了深入的分析，指出由于中西社会经济形态以及思维模式的不同，两位作家的民族性格和审美趣味体现出了一定的差异，她们的文学表现手法也呈现出了不一样的特点。

总而言之，谭大立通过平行比较将两位不同国度和不同时代的女诗人联系在了一起，同时也使两位诗人各自的风格特色更为明显地呈现在读者

---

① Dali Tan, "Exploring the Intersection between Gender and Culture-reading Li Qingzhao and Emily Dickinson from a Comparative Perspective", University of Maryland, 1997, p. 5.
② Ibid., p. 35.

面前，让读者更清晰地了解到中美两国女诗人的创作文化背景以及她们诗作的深刻文化内蕴。

三 精神分析学：伊鲁明对唐代女诗人的研究

精神分析学派是19世纪末风靡于欧洲的一种心理学理论，也是20世纪欧美影响最大、延续时间最长的文艺理论流派之一。一个多世纪以来，精神分析作为一种世界观和哲学方法，广泛地影响着伦理、宗教、政治、人类学等领域，尤其被深入运用于文学艺术作品的阐释和研究。在英语世界中国古代女诗人研究领域，也有学者进行了精神分析学的尝试。2008年，美国研究生院的博士生碧翠丝·霍尔兹·伊鲁明（Beatrice Holtz Ilumin）运用心理分析的方法，对唐代女诗人李冶、鱼玄机和薛涛的创作进行分析，形成《汝见我心：李冶、鱼玄机、薛涛选篇中的神圣与荒淫》（"The Sacred and the Erotic in the Selected Works of T'ang Dynasty Poetesses: Li Ye, Yu Xuanji, and Xue Tao"）一文。

碧翠丝·霍尔兹·伊鲁明在"引言"中开宗明义，点明她的研究主旨："本文主要探讨两个问题：精神分析学对理解唐代名妓诗词有何作用？解读唐代名妓诗词会给精神分析学带来什么？"[1] 然后她以荣格的心理学理论为基础，结合中国古典诗歌的历史传统，开始了他对这两个问题答案的探索。

碧翠丝·霍尔兹·伊鲁明认为，唐朝是中国诗歌的黄金时代，这一时期的三位妓女诗人李冶、鱼玄机、薛涛在儒家、佛教、道教的戒律中以她们的诗歌书写了父权制社会的特点。唐代女诗人们通过她们的诗体现了她们坚强的性格，深厚的情感，以及对自然的热爱和对西王母女神的精神追求，实现了与自我的对话。虽然她们的创作必然受中国哲学和宗教的约束，以及人性枷锁的束缚，但是她们通过诗歌发现自我，让自己的灵魂得以重生。

碧翠丝·霍尔兹·伊鲁明援引女性精神分析大师珍妮特·榭尔丝（Janet Sayers）和儿童心理学家安娜·弗洛伊德（Anna Freud）等人的理论观点，认为解读唐代妓女诗人的作品其实就是倾听她们灵魂的声音，类

---

[1] Ilumin, Beatrice Holtz, "You See My Heart, The Sacred and the Erotic in the Selected Works of T'ang Dynasty Poetesses: Li Ye, Yu Xuanji, and Xue Tao", Thesis (Ph. D.) —Pacifica Graduate Institute, 2008, p. iii.

似于心理咨询师在为心理病患者进行治疗的过程一样,需要让她们倾诉,而唐代妓女诗人的作品就是她们内心的情感倾诉载体。她们作品中的离别和思念等情感并不只是简单表达个人的感觉,她们的诗作是尖锐的,充满了对社会的洞察和深刻的见解。而且她们的作品不仅代表着她们自己的内心世界,还有助于人们了解唐代社会的方方面面,因为妓女生活的世界并不是孤立的,从她们的作品中可以听到各种声音:地方、种族、宗教、性别等。碧翠丝·霍尔兹·伊鲁明写道:

> 唐代诗歌的成就必然反映唐代的社会状况和诗人的生活情况。诗人们的生活映射出盛唐的辉煌、走向衰败后对美好过去的记忆、与所爱分离的伤痛,以及时间和空间,衰败和没落的影响,等等,而所有这些都会体现在他们的诗歌中。他们的诗作还包含其他的很多东西——深厚的情感、对自然的爱、友谊和温柔——这加强了男女诗人体验生命和观察世界的能力。总之,唐代诗歌揭示了唐代的生活。[1]

而且碧翠丝·霍尔兹·伊鲁明把薛涛、鱼玄机和李冶看作"中国的女儿"(daughter of China)[2],她认为她们的诗歌将中国古代妇女沉默的声音表达了出来,她们的诗歌传达了女性的内心,每一首诗都是女性与自我的一次对话。她写道:

> 人们可以把一个女人监禁起来,但却监禁不了她的爱,她的诗歌传达了她的爱。被缄默的女人们巧妙地用她们的方式僭越社会规则,去呈现她们周围的世界,"内闱"——家、妓院和皇宫,是她们封闭的情色世界,也是我们发现诗人灵魂和内心世界的地方。唐代名妓有专门的传记,可以肯定,历史上对她们是有所记载的,但她们的私生活却是隐秘的。谁知道在内闱中发生了一些什么事?在唐代名妓的诗

---

[1] Ilumin, Beatrice Holtz, "You See My Heart. The Sacred and the Erotic in the Selected Works of T'ang Dynasty Poetesses: Li Ye, Yu Xuanji, and Xue Tao", Thesis (Ph. D.) —Pacifica Graduate Institute, 2008, p. 5.

[2] ibid., p. 33.

词中，我们可以窥见她们诗意的生活。①

碧翠丝·霍尔兹·伊鲁明认为，对于西方读者来说，阅读和理解中国诗歌最大的问题是缺乏文化背景知识。要成为一名优秀的中国诗歌读者，不仅需要具有想象力和创造力，还需要对中国文化有深入的了解。因此，为了能更好更全面地对薛涛、鱼玄机和李冶的作品进行精神分析，碧翠丝·霍尔兹·伊鲁明首先从宏观的角度对中国古典诗歌的历史传统以及中国传统文化知识等进行了介绍。具体介绍了中国传统社会各个阶层、各种职业的女性，以及女训、弃婴等与女性社会地位有关的知识和信息。重点介绍了唐代的社会历史状况，详细讲述了唐朝时期的妾、乐伎、文人官员等阶层的生活状况，为解读薛涛、鱼玄机和李冶的生活及创作做了细致的背景铺垫。

碧翠丝·霍尔兹·伊鲁明认为，薛涛、鱼玄机和李冶受道教的影响较深。首先她们受道家思想的影响，追求"不朽"的精神。唐代妓女诗人追求中国传统的"龙虎精神"。因为在中国传统文化中，老虎代表能量，龙代表精神，"真正的巢穴"在乳房区间。所以当女性要追求不朽时，她们首先必须在乳房中积聚能量，将龙的精神和虎的能量融合，便形成了女性不朽的创作灵魂。其次，三位女诗人都追求"女神"精神，因为道教重阴，尊重女性，讲求阴阳平衡，追求男女平等。碧翠丝·霍尔兹·伊鲁明还在文中仔细分析了女娲和西王母对唐代诗歌阴性原则的影响，以阐释三位女诗人作品中对女神形象的多种不同形式的建构。

碧翠丝·霍尔兹·伊鲁明还介绍了荣格的心理分析理论，介绍了卫礼贤（Richard Willhelm）翻译的《金花的秘密》和《易经》，阐释了荣格理论对理解唐代名妓诗作的意义。从精神分析的角度对当代中国女性和唐代名妓的诗歌及生活进行了比较研究。

在论文的结论部分，碧翠丝·霍尔兹·伊鲁明说她在文中选译的诗歌代表了中国女性穿越千年的诗歌创作之旅，这些在特定文化背景中描写女性生命体验的诗歌包含着丰富的文化内涵。她说：

---

① Ilumin, Beatrice Holtz, "You See My Heart. The Sacred and the Erotic in the Selected Works of T'ang Dynasty Poetesses: Li Ye, Yu Xuanji, and Xue Tao", Thesis (Ph. D.) —Pacifica Graduate Institute, 2008, p. 105.

中国女性的诗歌是她们艺术能力的明证,不可否认,唐朝名妓遇到了优秀而又活跃的文人官员,因而她们的文学声望远远高于那些在沉默中受苦的女人。她们丰富的想象力,包含着对自然、女神、宇宙的力量,以及对日常生活琐事的描绘,即使是对世俗话题的描写也十分深刻。作为生活在父权制社会中的女性,她们的每一首诗都是勇气的体现。唐代名妓李冶、鱼玄机、薛涛,运用她们所掌握的最好的东西——文字。借巴什拉(Gaston Bachelard)的话来说,她们"使世界成为,超越世界外观的,文字的世界"。[1]

论文的结语与绪论首尾呼应,回答了绪论中提出的两个问题。正如碧翠丝·霍尔兹·伊鲁明自己所说,她是以一个精神分析学家的视角来解读三位唐代女诗人的作品的。她以爱和理解为基础,努力地深入了解中国的历史传统知识和诗学传统,以便能更好地理解唐代妓女诗人的作品。她认为唐代妓女诗人的诗歌里包含着太多的心理体验,故她们的诗歌是为精神分析而作的,她们的声音和文字让她们的心理和精神一直存活下来。文字犹如天使,有一种无形的力量,超越种族和国界,让人类产生精神共鸣。三位唐代妓女诗人的作品对于今天那些仍然还在受男性奴役和歧视的中国女性有着重要的意义,为她们提供了一种尊重自我、表达自我的方式。唐代名妓以诗歌创作将自己的内心从绝望和无助的监禁中释放出来,那是一块男性无法操控的领地。同时,碧翠丝·霍尔兹·伊鲁明认为精神分析学为解读三位唐代妓女诗人提供了最好的方式,因为在她们的诗作中包含着太多等待被挖掘的文字、神话、宗教符号及意象。她说:

唐代女诗人,像今天的许多中国女人一样,没有朋友、家人或社团可以依靠。相反,唐代名妓不依赖于现实世界,她们完全按照自己的设计和想象来建构自己的文学世界。她们创造了以自己为中心的诗歌世界,在她的这个幻想世界里,人们按照她所渴望的眼光和角度去

---

[1] Ilumin, Beatrice Holtz, "You See My Heart. The Sacred and the Erotic in the Selected Works of T'ang Dynasty Poetesses: Li Ye, Yu Xuanji, and Xue Tao", Thesis (Ph. D.) —Pacifica Graduate Institute, 2008, p. 287.

深情地凝视她。①

总而言之，碧翠丝·霍尔兹·伊鲁明以三位唐代女诗人的诗歌文本为研究对象，但又不局限于对文本的分析，而是运用精神分析学的理论，在诗歌文本的基础上进行大胆想象和推测，大大拓展了文本的阐释空间，为英语世界中国古代女诗人研究开拓了新的理论阐释路径。此外，论文整体考察了三千多年的中国女性诗歌创作历史，重点分析了唐代妓女诗人的创作情况，使西方读者真正认识了唐代妓女诗人。很多西方读者通常是通过小说和电影认识中国女性形象的，而这些电影和小说通常是对中国女性进行变形的、不可思议的描绘，中国女性总是被与唐人街妓院和鸦片馆等背景联系在一起，无论外表或行为都有着浓重的色彩，给美国读者留下顺从、无知、迷信等印象。碧翠丝·霍尔兹·伊鲁明的研究不仅为西方读者还原了真实的中国妇女形象，还让他们了解到了中国妓女诗人内心神圣的情感世界。

但是，由于精神分析学方法特别倚重于对材料的细节分析，需要研究者具有宽广的知识和深厚的阐释能力，能够从字里行间、行文、结构中探寻蛛丝马迹，甚至研究者可以进行超文本解读。如果缺乏有效的材料支撑，精神分析法很容易出现过度阐释的情况，而且很容易将超文本阅读浅化为无文本阅读，导致误读或无证据的空想。所以，尽管精神分析学长期受到西方众多学者的青睐，但鉴于原始材料的匮乏，英语世界运用精神分析学方法来解读中国女诗人的学者并不多。

在碧翠丝·霍尔兹·伊鲁明之后，2013 年，艾朗诺（Ronald Egan）在他的论著《才女之累：诗人李清照和她在中国的历史》（*The Burden of Female Talent: The Poet Li Qingzhao and Her History in China*）中也采用了精神分析学的方法对李清照创作《〈金石录〉后序》的心理动机进行了阐释。

长期以来，中外学者都认为《〈金石录〉后序》是李清照抒发怀旧情感的作品，是她在丈夫赵明诚死后对他的一种悼念情绪的表达。艾朗诺独辟蹊径，运用心理分析的方法，结合李清照南渡后的特殊遭际和她的女性

---

① Ilumin, Beatrice Holtz, "You See My Heart. The Sacred and the Erotic in the Selected Works of T'ang Dynasty Poetesses: Li Ye, Yu Xuanji, and Xue Tao", Thesis (Ph. D.) —Pacifica Graduate Institute, 2008, p. 290.

身份，在《〈金石录〉后序》的字里行间中捕捉到了许多通常被人们忽略的信息，使李清照的人性和情感在文本细节中凸显出来，指出李清照写作《〈金石录〉后序》的心理动机并非为了"回忆"，而是为了修复和还原自己因改嫁张汝舟而败坏的个人形象，重新树立她原来的良好社会形象。因为通过写作《〈金石录〉后序》，她可以向世人言说她与赵明诚志同道合、情投意合的情感，也可告知世人她为了赵明诚的金石学所作出的诸多牺牲，还可以解释她在南渡之后因艰难的生活境况而再婚的无奈选择。故她希望撰写《〈金石录〉后序》能为她重新获得"外命妇"的荣誉，修复她与赵明诚兄弟及相关亲属的关系，并最终重新树立她原有的美好形象。

尽管碧翠丝·霍尔兹·伊鲁明和艾朗诺运用精神分析学理论对中国古代女诗人所做的分析略显大胆，结论有待商榷，但他们敢于怀疑，并勇于创新的研究精神，以及他们缜密的论证、清晰的思路无疑是值得国内学者学习借鉴的。

四　女权主义批评：柴杰对汉魏晋女诗人的研究和艾朗诺对李清照接受史的研究

"女权主义批评是 20 世纪六七十年代诞生于欧美的一种文学批评理论，它是女权主义运动高涨并延伸至文学领域的产物。女权主义批评以妇女形象、女性创作和女性阅读等为主要研究对象，以女性的视角对文学作品进行全新的解读，颠覆男性文学笔下的妇女形象，对男性文学歪曲妇女形象的现象进行批判。"[1] 同时，女权主义批评还致力于发掘不同于男性的女性文学传统，对既有的文学史进行重新评价，甚至改写。由于研究对象较为契合，女权主义批评成为英语世界中国古代女诗人研究的最常用理论之一。

在早期的研究者中，洛威尔对薛涛的女性意识有所关注、胡品清对李清照作品中的跨性别书写有所提及，但未进行深入的分析。1991 年，孙康宜在她的《情与忠：陈子龙、柳如是诗词因缘》一书中开始深入运用女性主义批评理论对中国古代女诗人进行分析。孙康宜从女性主义视角审视柳如是，从柳如是时而婉转时而豪放的诗词中察觉到她女性自我意识的表露，她说：

---

[1] 林树明：《多维视野中的女性主义文学批评》，中国社会科学出版社 2004 年版，第 5 页。

柳如是的诗词成就并非暗示歌伎心存和须眉一别，希望另建女人的地位的苗头，而是暗示一种足以泯除男女之间的界限的能力。柳如是以她自身为例，表明歌伎再也不只是"聊天的陪客，或仅仅是个'艺匠'"。在唐代，她们或许的确如此，如今则不然，她们是各有专著的"作家"或"艺术家"，承袭了和男性一样的文学传统，也和男性一样处身于当代的文化气候里。职是之故，她们广受江南知识精英敬重与赞助。当代说曲中出现大量的"才女"，她们或许只是在某种程度"反映女性读者或观众的愿望"，但类如柳如是的歌伎确实是不折不扣的"才女"。①

继孙康宜之后，英语世界开始广泛运用女权主义批评方法来对中国古代女诗人进行研究。恰如曼素恩在1993年发表的文章中所说："在美国，过去的20年间发展起来的女性主义研究给中国妇女史研究者提出了新的挑战与新的机会。"② 自20世纪90年代以来，众多学者从女权主义批评的角度切入，对中国古代女诗人及她们的创作进行深入剖析，尤其是孙康宜、苏源熙、曼素恩、方秀洁等人运用社会性别理论对明清女诗人进行研究的成果层出不穷，关于这一点笔者已经在上一章详细论述，故不再重复讨论。在此，我们将视线聚焦于两部最为典型的运用女权主义批评理论解读中国古代女诗人的论著。

一部是美国加州大学河滨分校2008级比较文学专业博士柴杰（Jie Chai）的学位论文《自我与性别：战国和汉代时期的妇女、哲学和诗歌》（"Self and Gender: Women, Philosophy, and Poetry in Pre-Imperial and Early Imperial China"）。该论文探讨了战国和汉代的女性哲学文本和历史文本中的"自我"概念，以及魏晋时期女性诗歌中的自我表达。柴杰认为：

> 在中国的早期哲学思想中，"自我"是一个追求自我完善和寻求自主性的个体，女性也在不断追求自我完善和自我发展。在女性的诗

---

① ［美］孙康宜：《情与忠：陈子龙、柳如是诗词因缘》，李奭学译，北京大学出版社2012年版，第20页。
② ［美］曼素恩：《女性主义理论对中国史研究的可能贡献》，《近代中国妇女史研究》1993年创刊号。

歌中，她们以女性独特的视角和人生体验书写着不同的人生故事和人生理想。女诗人在由男性诗人所规定的女性传统面前，努力发出自己的声音。①

在西方人的眼里，中国人是"无自我"（selflessness）的。为了批驳西方的这种观点，柴杰专门借助于考察老子、庄子、荀子等中国历史上早期哲学家的文本来阐述中国人的"自我"。并专门研析班昭的《女诫》，以及《列女传》等历史文本，以考察中国女性的自我修养能力。通过对《道德经》《庄子》《孟子》和《荀子》《女诫》《列女传》等哲学文本和历史文本的解读，柴杰认为：

> 中国早期的哲学文本和历史文本为女性打开了找寻"自我"的门，但没有给她们指出完善"自我"的方向，倒是女性在她们创作的文本中提出了女性在日常生活中进行自我修养的途径。班昭的《女诫》是唯一现存的早期中国女性书写的，并且是写给女人的作品。约束自我是女性的美德和行为准则。评判一个好女人的标准是看她的品德，而不是她的才能。班昭在这方面的观念很保守，但她倡导女性接受教育的想法是进步的。我认为这可能正好解释班昭文本中的保守思想和她对女性受教育的激进诉求之间的矛盾，而且这正好是她自己的个人经验的体现。②

在论文第三章中，柴杰专门对汉代的班昭、班婕妤、徐淑、卓文君和蔡琰五位女诗人的作品进行解读，从中探寻她们表达"自我"的方式。柴杰将五位女诗人划分为三种类型加以分析，首先是把班昭和班婕妤划为"女性修养的典范"一类，她们都是博学的、道德高尚的，而且在她们的诗作中都清晰地表达了女性的自我意识。柴杰通过对班婕妤的《怨歌行》和班昭的《针缕赋》《东征赋》《大雀赋》等作品的解读，发掘了两位女诗人诗作中的自我意识表达方式：

---

① Jie Chai, "Self and Gender: Women, Philosophy, and Poetry in Pre-Imperial and Early Imperial China", University of California, Riverside, 2008, p. 1.
② ibid., p. 74.

班昭的诗与汉代其他女诗人的诗不同，她不是表达她自己个人的内在感情，而是书写外部事物，写一些与男性世界有关的事情，比如她写诗劝诫儿子如何做官，因此她的诗作是通过哲理性的隐喻来规诫女性道德上的自我完善。而她的姑母班婕妤则完全不同，她的诗反映出强烈的自我意识，不过她最终还是屈服于命运了。①

柴杰把文人之妻卓文君和徐淑划作"婚姻和谐类"，二人皆以诗歌为载体向丈夫表达自己的感情和思想，但是二人又因婚姻生活状况的不同而产生了不同的书写特点。柴杰通过细读卓文君《白头吟》等诗作，再结合她与司马相如的爱情故事，对卓文君表达自我的方式进行了总结。柴杰说：

《白头吟》这首诗里的女人是不听话、不顺从，不向命运妥协的，她在遭受遗弃时，勇敢表达自己的怨恨，以及她要离开这个背叛她的男人的坚定决心。卓文君年轻时不顾父母的反对，与司马相如私奔，对他的爱忠贞不渝。而当他们老去时，司马相如却对文君不忠。文君憎恶这样的现实，她在诗中要求男人忠于爱情，对妻子不离不弃。她要的是平等互爱的婚姻关系，她宁愿和丈夫分手，而不会容忍丈夫对婚姻的背叛。她与她的诗作都表现出了坚强独立的个性。②

徐淑与卓文君不同，她和丈夫秦嘉二人无比恩爱，但在婚后丈夫前往洛阳任职时，徐淑因为生病回娘家休养而未能陪在丈夫身边，只是和丈夫书信传情，后丈夫病死于任，徐淑的兄弟强迫她改嫁。她为了抗争，"毁形不嫁，哀恸伤生"。柴杰对徐淑的《答秦嘉诗》《为誓书与兄弟》等诗进行了解析，凸显她诗歌中的女性意识表达：

徐淑的诗歌没有复杂的典故意象和华丽辞藻，而是极其简单朴实，以自然、真诚的方式表达自己的感受，这使她的诗歌与男性文人们所描述的女性因相思而写作闺怨诗的传统相悖，与南朝时期的文学

---

① Jie Chai, "Self and Gender: Women, Philosophy, and Poetry in Pre-Imperial and Early Imperial China", University of California, Riverside, 2008, p. 99.
② ibid., p. 101.

传统相悖。在传统的文学中，女性总是被描绘成一种男性心目中的理想化形象，她们是一种文学形象类型，而不是现实生活中的人。男性文人总是把女性描绘成为爱而活，为思念情人而憔悴的形象，她们注定在爱情中逆来顺受，她们总是被描绘成爱情世界的受害者。但徐淑的诗则大为不同，她以最自然最简单的情感传达她对丈夫深深的爱和渴望，这样的风格使她的诗歌具有很高的辨识度。①

最后柴杰把蔡琰单独作为一个类型来分析。蔡琰被匈奴人掳走，然后嫁给了匈奴左贤王，她的诗作通过描述自己非凡的个人经历来呈现国家混乱和蛮族入侵的历史。蔡琰有着矛盾的角色身份，她是汉族的女儿，但她又是一个非汉族领袖的妻子和非汉族子女的母亲。柴杰认为：

> 蔡琰似乎体验到了内在自我的放逐，因为她的复杂身份使她在不同的观点之间动摇，她无法解决这种矛盾，因为这种矛盾是由外部因素引起的。她的情绪显示她无法坦然面对她所遭遇的不公与挫折。如果她是男人，她可能会带孩子离开北方回到中原。然而作为一个女人，她只能被动地接受生活中的不幸，她唯一能做的事就是把她所有的苦难用诗歌表达出来。②

柴杰还提到了《后汉书》中所记载的，关于蔡琰为挽救犯了死罪的丈夫而与曹操辩论的故事。当曹操判她丈夫死刑时，她勇敢地与曹操辩论，问他是否能给她另一个丈夫，曹操遂撤销原判。柴杰认为蔡琰体现出了强大的人格和尊严，以及蔑视权贵的姿态，因此他把蔡琰看作是一个具有高度自我意识的、能保持自我尊严的高贵女性。

在论文第四章中，柴杰又对魏晋时期女性诗歌中的自我表达进行了研究。柴杰首先讨论了魏晋玄学中的自我概念，他认为魏晋玄学注重追求个体自由的价值，尊重不同人的个性。柴杰还分析了《世说新语》中的女性人物形象，他认为《世说新语》中的女性人物，比如《贤媛》中所描述的女子，大多都具有强烈的自尊和自信，有着强烈的女性自主意识，无

---

① Jie Chai, "Self and Gender: Women, Philosophy, and Poetry in Pre-Imperial and Early Imperial China", University of California, Riverside, 2008, pp. 106-107.
② ibid., p. 117.

论在物质或是精神层面都有着主观意志和能动选择,而这与这一时期女性诗人的自我表现是一致的。他还选择了左芬、谢道韫、刘令娴和沈满愿四位魏晋时期的女诗人的诗作来作为例证进行分析。这四位女诗人均出自著名诗人的家庭,柴杰将她们的诗歌与男性诗人所创作的相同主题的诗歌进行比较,试图探究她们是如何在一个以男性话语建构起来的创作空间中进行写作,从而使女性的声音能被听见的。最终柴杰发现,女性诗人使用与男性诗人类似的话语来达到不同的效果,她们通过重写符码和消解政治寓言来改写迎合男性趣味的女性形象。在这一过程中,女性诗人充分地表达了"自我",通过文字表达自己的愿望、见解和情感。

柴杰从女权主义视角出发,通过对女性诗歌文本的细读和对其他背景材料的分析,将早期中国古代女诗人的自我意识表达方式清晰地呈现于读者眼前。柴杰的研究算得上是对中国古代女诗人的一次全新解读,他提出了与前人截然不同的观点和看法,尤其是对班昭的女性意识的解读可谓颠覆了传统。尽管班昭的才华和德行,以及她在史学方面的成就十分突出,令后世赞叹不已,但她的《女诫》却屡屡遭到后人的诟病,毁誉参半。不少学者认为这部被称为中国历史上第一部女训教育的著作处处体现出"女子无才便是德"的封建传统思想。有学者批判说:"《女诫》七篇,也就了不得的压抑了同类女子。"[1] 还有学者认为:"二千多年来中国女性遭到的种种苦难,始作俑者的班昭难逃罪责。"[2] 甚至有学者指责《女诫》"系统地把压抑女性的思想编纂起来,使之成为铁锁一般的牢固,套上了女性的颈子"[3]。然而,柴杰却截然地站在对立面,从女性主义的立场出发,将班昭解读为一个早期女性意识觉醒的典范。柴杰的研究为我们全面、立体地了解班昭提供了更好的线索和角度。

如果说柴杰的研究标新立异、打破传统的话,美国汉学家、加州大学教授艾朗诺(Ronald C. Egan)的研究则更是彻底颠覆了传统。2013年,艾朗诺的《才女之累:诗人李清照和她在中国的历史》(*The Burden of Female Talent: on Li Qingzhao's Song Lyrics and Early Criticism on Her*)一书以女权主义为研究基石,借助文本细读与心理分析等方式,对李清照的作品进行了检视与阐释,对文学史上关于李清照的重要研究成果进行了深入的

---

[1] 陈东原:《中国妇女生活史》,商务印书馆1998年版,第47页。
[2] 章义和、陈春雷:《贞节史》,上海文艺出版社1999年版,第79页。
[3] 谭正璧:《中国女性文学史》,百花文艺出版社2001年版,第43页。

分析与批判，最终得出一些颇具颠覆性的见解和结论。

在中国几千年的文学创作历史上，在数以千计的中国古代女诗人名列中，李清照一直被视作最卓越的标杆和最杰出的典范，同时还被看成是女性的道德楷模。人们认为她不仅才华横溢，而且有着高贵的品格，她是饱受磨难却坚强不屈的女性，是为丈夫日夜思念、愁肠百结，在丈夫死后虽身陷困境却仍能忠贞不渝的贞洁女子。面对这些旧有的李清照评论和赞美，艾朗诺提出了质疑，他认为我们今天看到的李清照形象是不真实的，是被南宋以来的男性学者们精心"重塑"出来的。

艾朗诺高扬女权主义的旗帜，开始了他对李清照真实形象的审视。他在《才女之累：诗人李清照和她在中国的历史》一书的"序言"中宣称女性主义批判是该书所执的文学批判方法。他写道：

> 在本书中，对于李清照的生活与创作的重新审视，得力于最近数十年来海外女权主义文学批评及其成果……研读丽塔·费尔斯基、莎拉·普鲁斯科特等理论家的成果，令我受益匪浅。[①]

艾朗诺站在女权主义的理论立场上，开始对李清照其人其作，以及李清照的接受史进行检视和深入分析。

首先，艾朗诺仔细考察了李清照文学作品的传世情况。他通过梳理和对比宋元迄明清的32种记载有李清照词的选集、总集、别集、类书、笔记，发现在南宋初期到宋末元初，李清照词作的数量是36首，但自明代以后，各类选本中的李清照词作不断增加，到王鹏运编《漱玉集》时，李清照词作的总数已经多达75首。于是艾朗诺对明清以来新增的李清照词的真实性提出了质疑，他认为收入宋代的宋词选本《乐府雅词》《花庵词选》《阳春白雪》《全芳备祖》中的李清照词是最具可信度的。而到了元明以后，李清照词作的真伪就需要仔细分辨了。他说：

> 需要警惕的是，许多研究李清照的当代学者，将李清照去世四百多年后的一些作品归于了她的名下。他们将一些完全弄不清出处的词作，与李清照在世时或去世后不久编辑的选本中出现的署名为李清照

[①] Ronald C. Egan, *The Burden of Female Talent: The Poet Li Qingzhao and Her History in China*, Harvard University Asia Center, 2013, p. v.

的词随意地拼凑在一起，并加以讨论。似乎它们可以等量齐观地揭示出李清照的为文和为人。更糟糕的是，学者们在大量不能确定著者的词作中挑选出所谓"李清照的词作"，只要是符合他们批评理念的作品，他们就欣然信以为真，以此来强调自己的观点或否定别人的观点。职此之故，持不同见解者所编辑的李清照文集，就会有显著的变动。①

结合明清时期的社会历史状况，以及对各种选本中李清照新增词作的细致解读，艾朗诺发现李清照佚作不断出现的原因主要有几个方面，一是商业利益的原因，大量的出版商和选本家在商业利益的驱动下，采取为选集新增作品的方式来提升出售率。二是"易安词"带来的仿效效应，自宋代以来，不少文人模仿"易安体"进行创作，其中部分作品随着时间的推移而混入了真正的易安词集中。三是宋词传播方式带来的结果。宋词兼有文学与音乐的特点，适合表演与口头传播，故容易造成作品署名被改动的情况，甚至经常出现同一首词归于多人名下的情况。而"通常在中国的历史文献中，每当作品的来源处于说不清楚的情况时，越是名家的作品，就越令人起疑心。有名望的人，在其身后，常被追授为某个作品的著者"②。因此，有很多署名不详的作品就被人为地归于李清照名下。除以上几种较为常规的解释之外，艾朗诺还从女权主义的角度提出了另一种较有颠覆性的阐释：一些男性文人出于维护男性权威的目的，有意识地将李清照词集的编选朝着一个特定的方向牵引。他说：

> 当时的以男性为主体的文学界，对那些依赖丈夫且一旦失去丈夫便只剩痛苦的女性十分关注。那些男性文学家通过自己的文学作品，尤其是词作，来不断地改变李清照的形象。当男性词集编选者遇到那些跨越性别进行写作的女性时，他们会被她的仿男性写作的作品——经常出现在主流作家即男性作家词中——的女性形象所吸引。③

---

① Ronald C. Egan, *The Burden of Female Talent: The Poet Li Qingzhao and Her History in China*, Harvard University Asia Center, 2013, p. 102.
② Ibid., p. 99.
③ Ibid., p. 103.

其次，艾朗诺考察了后代文人和评论家对李清照其人其作的接受情况。他认为从作品的接受情况来看，李清照那些表达女性敏感、脆弱，对男性百般依赖的诗词作品是最受男性文人、选本家和评论家青睐的。比如她描写闺阁生活，描绘少女细腻、多情、善感性格的《如梦令》，和她表达对丈夫的切切相思，离愁别绪，欲说还羞，塑造闺中多情女子形象的《醉花阴》一类为爱情而写、为思念丈夫而作的诗词总是被历代文人广泛收入各类文集，从《乐府雅词》到《花庵词选》，从《草堂诗余》到《阳春白雪》，再到《全芳备祖》，均可见到《如梦令》和《醉花阴》一类词作。而《怨王孙》这种描写女性不依赖于男性，独自出游并自得其乐的作品则明显备受冷落，仅被收入《乐府雅词》。艾朗诺认为这种选录标准中所隐藏的男性中心主义观念是不言而喻的。

艾朗诺讨论最多的是李清照是否曾经再婚的问题。李清照在文学史上的声誉不仅来自她卓越的创作才情，也因为她的高贵出身和美满婚姻，一直以来人们都认为李清照和赵明诚的婚姻是金石良缘，伉俪情深。尽管在李清照生前的宋人著作中就有关于李清照在赵明诚死后改嫁张汝舟的记载，而且1962年王汝弼先生也曾在《文史哲》上发文指出李清照曾改嫁的诸多有力证据。但是，主流文学史一直坚持李清照不曾改嫁的观点，认为她一生忠于赵明诚，她诗词中呈现的都是苦苦思念赵明诚的情感。艾朗诺从女权主义视角出发对这一现象做出了解释，他认为后世男性文人对李清照再嫁事实的否认传达出的是父权制社会关于寡妇贞节的礼教观念，以及他们对女作家典范和道德楷模李清照形象维系的需求。"自古夫妇擅朋友之胜，从来未有如李易安与赵德甫者，佳人才子，千古绝唱。"[①] 李清照和赵明诚的爱情模式是中国传统文学中最具典型性的"才子佳人"模式，岂能容忍李清照在赵明诚死后用再婚的行为将这一才子佳人理想模式无情解构！于是，在历史事实和父权制社会价值观念的两难之间，他们依照男性眼中的完美才女和佳人的标准对李清照形象进行"改造"，任由宋代那七八条关于李清照再婚的史料在浩瀚的历史文献海洋中变得暗淡模糊，蓄意将一个德才兼备的完全合乎男性标准的才女形象呈现在世人面前。

为了证明李清照在赵明诚死后的忠贞，历代文人和评论家抓住李清照

[①] 褚斌杰：《李清照资料汇编》，中华书局1984年版，第56页。

作于赵明诚死后的《〈金石录〉后序》大做文章，认为《〈金石录〉后序》是李清照对已逝丈夫的爱情宣言书，表达了她对丈夫无尽的思念和对他们美好婚姻生活的深切回忆。艾朗诺对此则提出了截然相反的观点，他在一次访谈中明确表示："李清照最著名的散文《〈金石录〉后序》被大多数人联想成李清照与赵明诚之间的美好婚姻，但我认为李清照写《〈金石录〉后序》不是那么简单的事情，李清照有她自己的写作目的，她不是那么天真的，她不仅是因为怀念赵明诚而写这篇散文，她另外有一些目的。我认为，人们把李清照理想化、简单化了，她的作品其实是非常复杂的。"① 最后他在《才女之累：诗人李清照和她在中国的历史》一书中形成了自己成熟的看法，他说李清照写《〈金石录〉后序》并非单纯出于对赵明诚的思念和对过去美好生活的回忆，其实她是为了化解时人对她改嫁张汝舟而产生的偏见，《〈金石录〉后序》实为她改变自己尴尬处境的权宜之策。②

艾朗诺对李清照接受史的女权主义批评不仅彻底颠覆了传统文学史中李清照的固有形象，还对众多学者和评论家的观点进行了大胆质疑和批判，他以独特的研究视角和大胆质询的学术勇气为英语世界中国古代女诗人研究注入了新的活力。

第二节　英语世界中国古代女诗人研究的创新性及借鉴意义

由于英语世界研究者身处的学术环境和所操持的学术语言、方法理论及文化观念有异于，甚至有悖于中国传统文学的内在特质和架构体系，故他们在研究中国古代女诗人时，通常会产生特殊的效果，体现出与国内学者所不一样的创新性。

一　西学中用

英语世界研究中国古代女诗人的学者大多置身西方文化背景，且大多

---

① 韩晗、[美]艾朗诺：《学术翻译要加倍小心——对话汉学家艾朗诺》，《中华文化论坛》2010年第4期。

② Ronald C. Egan, *The Burden of Female Talent: The Poet Li Qingzhao and Her History in China*, Harvard University Asia Center, 2013, p. 105.

受过系统的西方学术规训,因此他们通常会自觉地将西方文艺理论运用到对中国古代女诗人的研究之中。正如黄鸣奋先生在《英语世界中国古典文学之传播》一书中所概括:"其一,常以西方的人文和社会科学理论为参照系……其二,广泛运用比较文学的方法……具体的做法有从中国角度看西方作品、从西方角度看中国作品、比较研究、影响研究、类型研究等,不一而足。其三,经常用西方'表现主义者''古典主义者'之类术语标定中国古代作家。"①

韦利用社会学批评的方法来探讨古代女诗人喜好"弃妇"创作主题的原因,将女诗人笔下的弃妇形象与中国古代女性低下的社会地位及悲惨生活境况联系起来进行分析。洛威尔结合中国古代的社会制度和女性生活状况探讨古代女诗人的诗歌创作内容及创作特点。宇文所安运用"细读"法分析李清照的《〈金石录〉后序》。罗溥洛运用文学人类学方法来考证贺双卿的生平及创作。孙康宜、方秀洁、曼素恩等人运用性别社会学理论来解读明清女诗人。胡品清、谭大立等人运用平行研究方法来研究李清照等女诗人……不一而足,可以看出西学中用是英语世界中国古代女诗人研究的鲜明特色。

从某种角度来说,西学中用其实是英语世界研究者身处困境的一种突围策略,因为他们置身的环境有着诸多不利于他们研究中国古代女诗人的因素,所以他们只能独辟蹊径,在危机中寻求转机,将不利条件转化为有利条件,将对中国古代女诗人的研究置于西方读者能够理解和感受的背景中,从西方读者能够接受和明白的角度进行文本分析,从而形成了他们西学中用的研究体系和方法。但这一策略赋予了他们的研究一定的创新性,因为他们不会像国内学者那样受旧有观点的约束和惯用方法的钳制,不会陷于对已有研究成果的重复性描述。所以宇文所安在研究李清照的婚姻生活时,就不会像国内学者那样受到李清照夫妻恩爱、伉俪情深的传统观点的约束,他可以自由地顺着文本探寻结论。他不会像国内学者那样主观性地规避李清照潜藏于《〈金石录〉后序》文字中的忧伤与对丈夫的不满情绪,更不会像他们那样脱离《〈金石录〉后序》文本,为考证赵明诚是否纳妾而陷入材料间的循环佐证,他从头至尾忠实于对《〈金石录〉后序》文本的细读,专注于文本中李清照叙事方式和语气的细微变化,从而找寻

---

① 黄鸣奋:《英语世界中国古典文学之传播》,学林出版社1997年版,第9—10页。

到李清照夫妇或恩爱或反目的证据，得出了与前人不一样的结论和看法。

我们要辩证地看待西学中用的科学性，一方面，英语世界学者的西学中用的研究方法对国内学者来说是有借鉴意义的，他们的研究实践为我们明示了一条处理本国文学研究与外来理论的关系的有效途径，为我们标举了一个个如何将西方文艺理论本土化的成功案例，用黄鸣奋先生的话来说：他们"既为我们提供了本民族文学跨文化传播的实例，有助于认识中华文化的国际影响，又可开启中国古典文化研究的新思路、扩大中国文学批评史的治学视野"[1]。但同时，我们在学习借鉴英语世界研究者的经验时必须谨慎，因为从西方理论出发研究中国古代女诗人，常常会出现忽略中国文化自身传承的现象，如"高彦颐和曼素恩等学者考察明清时代的才女形象或多或少都忽视了秦汉以来才女文化的历史脉络，且未充分重视江南地区才女文化的繁荣与朝廷政策、士大夫文化、区域文化等历史背景的相关性"[2]。因此，我们在运用外来理论时首先要着眼于立足本土，然后再注重汲取有价值的观念思想来创新自我。

二 中西结合，平等对话

近年来，跨文明阐发逐渐成了比较文学研究的常用理论方法。该方法是在20世纪70年代港台学者和海外汉学家的垦拓，20世纪80年代大陆学者的补充和修正下，逐步完善起来的一种比较文学研究范式和理论方法。跨文明阐发是中国比较文学界的创造，但跨文明阐发自产生以来便一直有着争议，是一个"最受人诟病"而又"用力最勤"的研究领域。[3] 因为跨文明阐发研究虽蕴涵着丰富的学术价值和文化价值，但它比较难以操作，充满危险。"因为跨越文明界限借用理论，使理论脱离其生成的文化背景、脱离其固有的应用范围，这就难免不会与所要阐发的对象存在一定的偏差，从而使阐发的效果大打折扣。另外，在具体的阐发实践当中，如何把握阐释方与被阐释方双方的平等、双方的互动？这也实在难以操

---

[1] 黄鸣奋：《英语世界中国古典文学之传播》，学林出版社1997年版，第9—10页。
[2] Ropp, Paul S., "Women in Late Imperial China: a Review of Recent English-Language Scholarship", *Women's History Review*, 1994.3 (2), p.376.
[3] 杜吉刚：《比较文学跨文明阐发研究的学术功能与研究原则》，《学术论坛》2007年第3期。

作。"① 故在具体运用跨文明阐发法时，把握中西结合、平等对话的原则是关键，而在这一点上，英语世界的部分学者已经为我们树立了成功的榜样。

谭大立对李清照和狄更生诗歌的双向阐发就是一个中西结合、平等对话的成功典例。在《性别与文化的交汇：从比较观重读李清照和艾米丽·狄更生》一文中，谭大立一方面运用西方文学理论来解读李清照的诗歌，以西方的话语系统来阐释李清照的诗歌，实现了"西学中用"，也就是"以西释中"；另一方面他"用中国传统的诗学理论和话语来阐释狄更生的诗歌，用中国诗学理论对诗歌的评判标准来重新解读狄更生的诗歌，实现了中西文化交流中的'中学西用'也就是'以西释中'"②。谭大立的研究具有十分重要的意义，这种"跨文化的阅读方式可以凸显两位女诗人作品中被忽略或被认为是微不足道的因素，让人们认识到这些因素的重要性"③。最为可贵的是，谭大立的尝试和创新，让众多研究者看到了中国传统诗学在中西文学交流的过程中摆脱了从属地位，获得与西方文学理论平等的地位和话语权。

1995 年，曹顺庆教授提出中国文论的"失语症"问题，指出："长期以来，中国现当代文艺理论基本上是借用西方的一整套话语，长期处于文论表达、沟通和解读的'失语'状态。"④ 曹教授表达了他对当代中国文论话语状况的一种忧虑，同时也客观地陈述了一种事实。长期以来，众多的中国学者似乎只会运用西方文论来解析文学现象，"一旦离开了西方文论话语，就几乎没有办法说话，活生生一个学术'哑巴'"⑤。中国古代文论话语已经几乎从一般文学理论体系中消失，从当代文学批评实践中消失，仅仅作为一种知识形态而存在。因此，恢复中国古代文论的应用形态，实现古代文论的现代转换是当代学者面临的一大难题。然而谭大立的尝试无疑是成功的，他从道家的思想理论出发观照狄更生，用庄子的"心斋"（mind's abstinence）理论来阐释狄更生诗歌不受社会思潮左右，不受

---

① 杜吉刚：《比较文学跨文明阐发研究的学术功能与研究原则》，《学术论坛》2007 年第 3 期。
② 黄立：《英语世界唐宋词研究》，四川大学出版社 2009 年版，第 237 页。
③ Dali Tan, "Exploring the Intersection between Gender and Culture – reading Li Qingzhao and Emily Dickinson from a Comparative Perspective", University of Maryland, 1997, p. 183.
④ 曹顺庆：《文论失语症与文化变态》，《文艺争鸣》1996 年第 2 期。
⑤ 同上。

传统形式束缚的风格特点等。他的尝试不仅让西方读者了解了中国的诗学理论，还为中国学者以中国文论来阐发西方文学现象提供了一个很好的范本。

乐黛云教授曾经指出："对中国比较文学发展而言，跨文化的文学交流和沟通，既是一个从无到有的过程，同时也是由侧重运用西式研究方式，向中西平等对话、互相发明演变的过程，中西文学研究之间的互相阐发、互为主体，将是比较文学未来发展的重要目标。"[1] 英语世界中国古代女诗人研究已经运用中西结合的方式成功实践了中西平等对话和中西文学研究之间的互相阐发，这对国内学者来说具有重要的启示意义。

三 疑而求新

英语世界的学者在研究中国古代女诗人时，通常具有不受传统约束，不拘泥于已有观点，大胆怀疑，勇于创新的特点。

当国内学者还在纠结于贺双卿其人的真实性时，罗溥洛已经大胆采用田野调查和历史考证等方式，以大量的现实证据充分证明了贺双卿的存在，并阐述了历代文人对贺双卿的看法及想象。当国内学者还在争论李清照是否曾经改嫁张汝舟时，艾朗诺已经通过对宋、元、明、清和现当代李清照诗词选本的考察，以及对李清照创作《〈金石录〉后序》的动机的心理分析，颠覆了中国文学史对李清照的定位和评论观点。当国内学者还在大谈"三从四德""女子无才便是德"等父权制社会传统观念对古代女诗人的影响时，柴杰已经抢着女权主义的利刃，挑开笼罩在中国文学史上几千年的男权面纱，将班昭、班婕妤、卓文君、左芬、谢道韫、刘令娴等古代女诗人作品中的女性意识呈现在了读者面前。

对于国内学者而言，对传统文化及学术观点的深入了解和牢固掌握其实是一把双刃剑，它一方面为研究中国古代女诗人提供了背景知识和学术基础，但另一方面，研究者又往往会囿于成见，不敢创新。在这种情况下，英语世界研究者"对传统观念与固有结论学而能疑，疑而能寻求新的理论和方法，用探幽析微的方式解决问题"[2] 的做法无疑是值得

---

[1] 乐黛云：《比较文学原理新编》，北京大学出版社1998年版，第122页。
[2] 程亚林：《入而能出 疑而求新——简析宇文所安研究中国古诗的四篇论文》，《国际汉学》2004年第2期。

我们借鉴的，恰如叶嘉莹所言："中国文学批评之需要新学说新理论来为之拓展和补充，可以说是学术发展的必然趋势，这是任何人都无法加以阻遏的。"①

---

① 叶嘉莹：《我的诗词道路》，河北教育出版社 1997 年版，第 149 页。

第五章

接受与他国化

"他国化"是曹顺庆先生提出的比较文学变异学理论中的一个学术概念,是"指一国文学在传播到他国之后,经过文化过滤、译介、接受之后发生的一种更为深层次的变异,这种变异主要体现在传播国文学本身的文化规则和文学话语已经在根本上被他国——接受国所同化,从而成为他国文学和文化的一部分"[①]。这个概念主要是针对异质文明中的文学传播研究而言的,是文学在跨文明语境下的一种变异现象。放送国的文学在外国的传播过程中,必然会与接受国的文学规范和文化传统发生碰撞,接受国通常会根据自身的文化背景、社会需要和时代精神对外来文化进行选择、解读、改造、变形、重构甚至误读,直至文学本身所蕴含的放送国的文化规则与话语方式最后成为接受国文学或文化的一部分。对于一国文学的国外传播及影响而言,他国化是一个非常重要的概念,只有放送国的文学演变与生成符合了接受国文化精神与文学规范的话语意义,也即只有文学他国化后才能被他国文化大众所接受,融入他国的主流文学,或成为他国民族文学的一部分。中国古代女诗人在英语世界的传播过程中,也出现了典型的他国化现象。

第一节 叩寂寞以求音:英语世界仿中国古代女诗人的诗歌创作

众所周知,在世界文坛上,中国古诗有着十分独特的魅力:简洁凝练

---

① 曹顺庆:《比较文学教程》,高等教育出版社2010年版,第149页。

的句法、严谨的韵律，独特的东方意识及主题，情景交融的幽远意境……自16世纪末进入英语世界后，中国古诗便以其独特的魅力吸引了无数的诗人和学者，在各国掀起了翻译、仿写、研究中国古诗的热潮，其中对美国20世纪的诗歌创作影响最甚。20世纪初，中国古典诗歌犹如甘霖一般催发了美国的新诗运动，恰如新诗运动的主要刊物《诗刊》（Poetry）的主编蒙洛所说的那样："分析到底，意象派可能是追寻中国魔术的开始。"① 美国意象派从其产生的那一刻起就与中国古典诗歌有着丝丝缕缕的联系。"美国现代诗歌之父"、意象派领袖人物庞德声称："中国诗……是一个宝库，正如文艺复兴从希腊人那里寻找伟大的动力一样，今后一个世纪将在其中寻找同样伟大的推动力，所以本世纪将在中国寻找到新的希腊。"② 果然，在1915年时庞德以他的一本《华夏集》充分展现了他从中国古典诗歌中找到的"伟大动力"，在美国诗坛吹起来一股强劲的中国风。随后，洛威尔开始了她的中国古典诗歌英译，以一本《松花笺》傲然登上美国意象派领袖的宝座，更以她的仿中国诗实现了中国古典诗歌的"他国化"。而后，中国古典诗歌对美国文坛的影响一直持续，寒山诗一度席卷美国文坛，禅宗成为在美国最为流行的东方文化思潮，美国后现代诗歌更是继承了意象派诗歌的传统，在其诗歌的创作中体现出浓厚的东方文化色彩。

在中国古典诗歌西传的过程中，女诗人犹如跃动在中国古典诗歌这一主旋律中的一串婉丽动人的音符，触动了西方女诗人的心灵，引起热烈而长久的诗意回响。从20世纪初的洛威尔到当代的卡洛琳·凯瑟（Carolyn Kizer），她们将中国古代女诗人的诗歌创作技法、诗歌主题和意象等有意无意地渗透进本国文化的话语习惯与心理机制，最终呈现出别具特色的仿中国诗，实现了中国古代女诗人诗歌在美国的他国化。

一 艾米·洛威尔的仿中国诗："新诗运动"中的他国化产品

"新诗运动"又称"美国诗歌复兴"（The American Poetic Renaissance），它是指20世纪初美国的一批新兴诗人针对当时美国诗坛盛行的模仿英国浪漫主义诗歌的"高雅派"（The Genteel Tradition）而进行

---

① 曹顺庆：《世界文学发展比较史》，北京师范大学出版社2006年版，第432页。
② 同上。

的，以反对矫揉造作的抒情方式和雕琢辞藻的表达方式为目的的一场诗歌革新运动。美国的历史较短，文学史也很短，自1776年建国后到20世纪初的百余年里，美国文学一直受英国和欧洲文学的深刻影响，到19世纪末20世纪初时，一群"高雅派"诗人占据着美国诗坛的统治地位，他们以模仿英国维多利亚式浪漫主义诗歌为能事，过分注重诗歌的形式和结构，矫揉造作和无病呻吟式的诗风充斥美国诗坛，美国诗歌没有自己的风格和特色，完全处于英国诗的附庸地位。对于当时的美国来说，"英国诗是异国的，却并非外来的，是它不得不接受但又努力想摆脱的'传统'"[①]。这一状况引起了一批美国新兴诗人的反感，为了摆脱英国诗这"一个可怕的肥料堆"（庞德语），他们纷纷将眼光投向了大洋彼岸的中国，将中国古典诗歌作为他们革新本国诗歌的他山之石。其中尤以"意象派"诗人对中国古诗最为青睐。首先，意象派的领袖人物埃兹拉·庞德于1915年出版英译汉诗集《华夏集》，在美国诗坛引起关注，一时间英译中国古典诗歌在美国蔚然成风，宾纳的《唐诗三百首》、洛威尔的《松花笺》、斯特布勒的《李太白诗选》、惠特尔的《中国抒情诗选》等汉诗英译本纷纷问世。

中国古代女诗人的诗作也随着这一波汉诗英译的浪潮进入美国，并对美国诗坛尤其是美国女诗人造成了较大的影响。洛威尔和埃斯库弗以中国唐代女诗人薛涛的标志性文化象征物"松花笺"为她们的英译诗集命名，并在诗集中译介了班婕妤、杨玉环、江采萍等多位女诗人的诗作。该诗集一发表便成为"新诗运动"中继庞德《华夏集》之后的又一部广受欢迎的汉诗译本，对后来美国的诸多诗人和学者都产生了极大的影响，美国女诗人拉森就是因为受到《松花笺》的影响而对薛涛产生浓厚兴趣，推出了《锦江集：唐代名妓薛涛诗选》。洛威尔沉醉于中国古典诗歌的东方意蕴，译诗不能完全抒发她对中国古典诗歌炽热的情感，于是她在译介《松花笺》的过程中开始了仿中国诗的创作。

所谓"仿中国诗"是指其他国家的诗人在吸纳和融合中国诗歌之后写就的一种具有中国风格和特色的异域本土诗歌，也称作"汉风诗"（Chino series）。洛威尔模拟汉诗的创作手法，娴熟、自然地借鉴汉诗意象，将汉诗意象、中国事物等大量汉诗元素融汇于自己的诗歌中，创作出

---

① 赵毅衡：《美国新诗运动中的中国热》，《读书》1983年第5期。

《来自中国》（From China）、《中国皮影戏》（Ombre Chinoise）等充满中国风情的诗歌，并从中选取《李太白》（Li T'ai Po）、《沉思》（Reflections）、《落雪》（Falling Snow）、《春望》（Spring Longing）、《霜》（Hoar-Frost）、《诗人妻》（A Poet's Wife）、《金叶屏风》（Gold-Leaf Screen）七首得意之作，汇集为《汉风集》（Chino series）组诗，公开发表于她1919年的诗集《浮世绘》中。

在洛威尔的仿中国诗中，我们能够清晰地看出中国古代女诗人诗歌的痕迹。比如《霜》一诗：

HOAR-FROST:
In the cloud-grey mornings
I heard the herons flying;
And when I came into my garden,
My silken outer-garment
Trailed over withered leaves.
A dried leaf crumbles at a touch,
But I have seen many Autumns
With herons blowing like smoke
Across the sky.①

诗一开篇便描绘了一幅清冷凄切的画面，低沉的灰云、远飞的苍鹭，将诗人灰暗的心情和惆怅的离愁定格在一个清寒的晨曦，直白的手法让静态的时间和动态的事物跃然眼前，读者恍若一下陷入李清照"冷冷清清、凄凄惨惨戚戚"的凄凉之中，感受到了《声声慢》的悲楚意绪。又如她的《沉思》一诗（英中文对照详见表5-1）：

表5-1　　　　　　　　洛威尔《沉思》原文及译文

英文原文	中文译文
REFLECTIONS	《沉思》
When I looked into your eyes,	我向你眼中望去，

---

① Amy Lowell, *Pictures of the Floating World*, New York: Macmillan Company, 1919, p. 28.

英文原文	中文译文
I saw a garden	看到了一座花园，
With peonies, and tinkling pagodas,	园内有牡丹，有宝塔，
And round-arched bridges	还有圆拱桥，
Over still lakes.	矗立在平静的湖面之上。
A woman sat beside the water,	一名女子静坐在水边，
In a rain-blue, silken garment.	身着绿罗裙。
She reached through the water	她步入水中，
To pluck the crimson peonies	轻抚水中牡丹的倒影。
Beneath the surface,	
But as she grasped the stems,	当她手握花茎，
They jarred and broke into White-green ripples;	花朵惊然，化作涟漪，
And she drew out her hand,	她把手抽回，
The water-drops dripping from it。	水珠滴落
Stained her rain-blue dress like tears.	将水绿罗裙沾染得如同泪滴。

先是湖静花美，一片安然，可当女子的手碰到水中牡丹须茎的一刹那，花朵猛然受惊，化作涟漪朵朵，静谧的画面突然被打乱，淡然的心境突然风起云涌，让人不由得想起了李清照《如梦令》中被惊起的"一滩鸥鹭"是怎样以一个突然的动态将宁静打破，让诗歌情绪陡然转折、深意无限的。而诗中随处可见的"花园""牡丹""宝塔""圆拱桥""绿罗裙"等则仿佛将读者带入了"溪亭日暮"的中国景致。

但是，洛威尔的仿中国诗绝不仅仅是对中国古典诗歌简单照搬，"并非一味效颦"[①]，她对中国古诗的接受是在遵循西方传统的文化规则与话语方式基础上进行的选择和改造。中国诗词善于写景抒情，常以写景状物来烘托气氛或营造意境，不言人之心与情但情绪早已弥漫在字里行间，而英美诗歌则注重描写景物在人们心里唤起的反应，通常将写景状物与情绪表达相结合，情景相应以表达人的主观意识。在《沉思》一诗中，洛威尔以中国诗歌的手法大量写景状物，但她在第一句中首先点明了"我"，所有的景都出自我所看到的"你的眼中"，景和人浑然一体，这显然遵循

---

① 赵毅衡：《意象派与中国古典诗歌》，《外国文学研究》1979年第4期。

着西方诗歌的传统。而《霜》一诗尽管仿照了李清照《声声慢》那种运用白描手法将客观意象加以呈现的方式,但从诗歌的句法结构来讲,《霜》与《声声慢》又有着明显的差异,在英语诗歌中通常每一个句子都有明确的主语和谓语,而中国古典诗歌的句子结构却迥然不同,通常没有主语,甚至没有谓语。"寻寻觅觅,冷冷清清,凄凄惨惨戚戚。乍暖还寒时候,最难将息。三杯两盏淡酒,怎敌他、晚来风急?雁过也,正伤心,却是旧时相识。"是谁在寻寻觅觅?是谁饮三杯两盏淡酒?是谁正伤心?诗人没有给出主语,主语却又早已存在。但在《霜》一诗中,洛威尔遵循英文诗歌的句法结构,将主语"我"加以明确,并且在短短的几句诗歌中"我(I)"就先后出现了三次。

总而言之,洛威尔在尊重本国文学理论、话语思维方式的基础上,对李清照的诗词有选择地、创造性地接受和改造,从而形成了她"标新立异"的诗歌风格。尽管随着她英年早逝,她的诗名很快便被淹没在浩瀚的美国文学史中。但是她充满中国意趣的"汉风诗"一直受到美国诗人、学者的垂青。以至于雷克斯洛斯评论道:"如果洛威尔今日还有些诗可读,那便是她所译的中国诗与仿中国诗了。"[1]

二 卡洛琳·凯瑟的仿中国诗:美国现代版的闺怨诗

闺怨诗是我国古典诗歌中一个很独特的门类。从内容上讲,闺怨诗以女性心态为描写对象,主要写少妇、少女在闺阁中的离愁别绪和哀怨之情,内容单纯、题材范围狭小,诗歌本身负载的社会信息量很小。从创作特色上说,"怨"是这类诗的基调,闺怨诗总是呈现出一种婉约缠绵幽怨感伤之美,悠长含蓄无尽之味。"古典闺怨诗中,女性叙述者几乎都处于弱势地位,并且通常都以一种卑微且哀怨的口吻向其心目中的男性倾诉衷肠。"[2] "我国最早的闺怨诗当首推《诗经》中的《卫风·伯兮》和《王风·君子于役》等诗篇"[3]。闺怨诗的作者有女性也有男性,我国文学史上闺怨诗的数量较多,较为著名的闺怨诗有男性诗人王昌龄的《闺怨》、

---

[1] Kenneth Rexroth, *American Poetry in the Twentieth Century*, New York: Herder and Herder, 1971, p. 36.
[2] 罗星华:《中国闺怨诗的美国现代版——卡洛琳·凯瑟的仿中国古典闺怨诗》,硕士学位论文,四川外语学院,2012年。
[3] 刘洁:《唐诗题材类论》,民族出版社2005年版,第283页。

李商隐的《为有》、杜荀鹤的《春宫怨》等，还有女性诗人刘采春的《啰唝曲》、张仲素的《春闺思》、李清照的《声声慢》等。我国女诗人所写的闺怨诗传入英语世界的时间较早，1916 年英国汉学家、翻译家韦利的《中国诗选》一书中便译介了四首闺怨诗。

卡洛琳·凯瑟（Carolyn Kizer，1925—2014）是美国著名当代诗人，1985 年普利策诗歌奖的得主。据赵毅衡先生的《卡洛琳·凯瑟的中国之恋》[①] 一文记载，卡洛琳·凯瑟的一家与中国有很深的渊源。卡洛琳·凯瑟小时候便听母亲给她读中国诗歌，二战时期，卡洛琳·凯瑟的父亲曾经在中国重庆工作过，1946 年 22 岁的卡洛琳·凯瑟到过中国，对北京有很深的印象，她认为北京是世界上最美的城市。因为种种渊源，卡洛琳·凯瑟成了中国诗歌的爱好者，1957 年，30 岁的她成为职业诗人，创办了《西北诗刊》（*Poetry Northwest*）。她在诗歌创作过程中走进了中国古典诗歌的殿堂，1965 年她的成名诗集《叩寂寞》（*Knock Upon Silence*）面世，书题取自陆机《文赋》："课虚无以责有，叩寂寞而求音。"全书以中国诗为中心主题。之后又发表《阴》（Yin）和《中国式的爱》（Chinese Love）等仿中国古典诗，在美国当代诗坛引起较大的反响。

卡洛琳·凯瑟的仿中国诗占了她诗作的很大比例。这些诗歌别具特色，"蕴涵了中国古代的审美意识"[②]，而其中成就最高、影响最大的莫过于几首仿中国闺怨诗而作的诗篇。如《夏日河畔》（Summer Near the River）一诗，卡洛琳·凯瑟自己在书中注明了该诗"主题源自《子夜歌》和《诗经》"[③]（themes from the Tzu Yeh and the Book of Songs），她还坦言自己非常喜欢英国翻译家阿瑟·韦利，说自己的仿中国诗中"大多数都是根据韦利的英译中国古诗改写而成的。韦利的翻译启发了我自己对中文以及翻译中文的兴趣，从此成为我人生的一大主题"[④]。

当我们翻开卡洛琳·凯瑟的《仿中国诗》时，清晰地感受到了中国闺阁诗的气息。首先来看看仿汉乐府《子夜歌》和《诗经》而作成的《夏日河畔》：

---

① 赵毅衡：《卡洛琳·凯瑟的中国之恋》，《读书》1986 年第 2 期。
② 朱徽：《中美诗缘》，四川人民出版社 2001 年版，第 551 页。
③ Carolyn Kizer, *Knock upon Silence*, Seattle and London, University of Washington Press, 1968, p. 12.
④ Ibid..

Summer Near the River
themes from the Tzu Yeh and the Book of Songs

I have carried my pillow to the windowsill
And try to sleep, with my damp arms crossed upon it,
But no breeze stirs the tepid morning.
Only I stir...Come, tease me a little!
With such cold passion, so little teasing play,
How long can we endure our life together?

No use. I put on your long dressing-gown;
The untied sash trails over the dusty floor.
I kneel by the window, prop up your shaving mirror
And pluck my eyebrows.
I don't care if the robe slides open
Revealing a crescent of belly, a tan thigh.
I can accuse that nonexistent breeze...

I am as monogamous as the North Star,
But I don't want you to know it. You'd only take advantage.
While you are as fickle as spring sunlight.
All right, sleep! The cat means more to you than I.
I can rouse you, but then you swagger out.
I glimpse you from the window, striding toward the river.

When you return, reeking of fish and beer,
There is salt dew in your hair. Where have you been?
Your clothes weren't that wrinkled hours ago, when you left.
You couldn't have loved someone else, after loving me!
I sulk and sigh, dawdling by the window.
Later, when you hold me in your arms
It seems, for a moment, the river ceases flowing.

从诗歌的内容可以判断，前三段是仿《子夜歌》的内容。《子夜歌》是南朝时期的闺怨诗，现存 42 首，收于《乐府诗集》中。据《晋书·乐志》《宋书·乐志》《旧唐书·乐志》记载，《子夜歌》出自晋代一名叫子夜的女诗人。尽管在国内有学者提出异议，认为《子夜歌》是广大人民创作的民间歌集，但英语世界一直认为《子夜歌》的作者是一位名叫"子夜"的女子。因此，对于卡洛琳·凯瑟而言，《子夜歌》是中国古代一位名叫"子夜"的女诗人所作的诗歌。那么，她在子夜的影响之下创作的仿汉诗与《子夜歌》原诗有着怎样的异同呢？笔者将卡洛琳·凯瑟的英诗翻译过来，并将其与《子夜歌》中汉诗原诗句列表加以对照（见表 5-2）：

表 5-2　　卡洛琳·凯瑟《夏日河畔》与《子夜歌》对比

《子夜歌》	《夏日河畔》（赵毅衡译）①
揽枕北窗卧，郎来就依嬉。小喜多唐突，相怜能几时。	我带着枕头到窗槛上／汗湿的手臂横在枕上／我想睡，但是没有微风吹动这温热的晨／只有我辗转反侧……来呀，逗弄我！／如此寡情，如此拘谨／还有多久我们能一齐忍受生活？
揽裙未结带，约眉出前窗。罗裳易飘飏，小开骂春风。	没用。我披上你的长睡袍／衣带垂下拖在地板的尘埃中／我跪在窗前，对着你刮脸的镜子／修自己的眉毛／我不在乎长袍松开露出一段肚腹，褐色的腿／我可以说这得怪那还没来的风……
侬作北辰星，千年无转移。欢行白日心，朝东暮还西。	我忠贞于爱，就像北极星／但不告诉你，你只会利用我的忠贞／你像春天的阳光那么善变／好吧，睡！／比起我，你更喜欢那猫／我可以激怒你，但你昂然走了。

众所周知，西方很少有以抒发闺怨之情为主题的爱情诗。西方的传统爱情诗歌多以赞美爱情，表达忠贞为主要内容，而且情感往往是热烈奔放如疾风骤雨，较少传达幽怨哀婉的情感。《夏日河畔》无疑是受中国闺怨诗影响而出现的美国现代版中国闺怨诗。卡洛琳·凯瑟独具匠心，巧妙运用中国闺怨诗的意向，以中国闺怨诗独有的哀怨意绪传达出了现代女性对爱情的理解。但是，卡洛琳·凯瑟的仿中国诗并不是完全照搬和硬套中国的诗歌，当我们仔细品味她的这几段诗句时，发现她不过是借用了原中国诗的基本结构和某些元素，巧妙地用"闺阁诗"这一旧瓶装入了现代美

---

① ［美］卡洛琳·凯瑟：《美国当代诗歌四首》，赵毅衡译，《当代外国文学》1986 年第 3 期。

国女性的情爱观这一新酒，是将《子夜歌》的旧词融入《夏日河畔》新的语境中，从而使其获得了新的意境。

正如我国当代著名学者赵毅衡所言："卡洛琳·凯瑟同时献身于两个她认为最值得献身的事业：美国当代社会中的女权运动；美国当代诗坛的师法中国之潮流。应当说，这二者难以契合。中国诗至少无女权思想可言。但是凯瑟琳竟然做到把二者结合在一起，她的'仿中国诗'说出了现代女性的感情和痛苦。"[①] 读者从《夏日河畔》中感受到的不再是中国闺阁诗中一贯的婉约缠绵、幽怨感伤。在幽怨感伤的同时，诗句中还展示了现代女性的坚强睿智与敢于反抗的女权意识。所以在面对"如此寡情"的男性时，她发出"还有多久我们能一齐忍受生活"的呼喊，这不仅是质问，更是一种反抗。她不会哀求寡情的他给她一个怀抱，而是"带着枕头到窗棂上"，宁可独自辗转，也绝不低头示弱。而且即使"我"像北极星一样忠贞于爱情，也"不告诉你"，不让你"利用我的忠贞"，透露出现代女子懂得自我保护的女性意识。而且在失去爱情时，"我"不会顾影自怜，黯然神伤，而是"激怒你"，纵然你"昂然走了"，但"我"也绝不会用忍让换取你一副没有爱的躯壳。卡洛琳·凯瑟笔下的"我"显然已不再是《子夜歌》中那个独守空阁，痴痴思念对方，因情感折磨和煎熬而终日以泪洗面，却又痴心不改、爱意不减，且不敢反抗，一心企盼男人回心转意的柔弱卑贱的女性形象，而是一个拥有独立人格，具有明显的女性自我意识，能够主宰自身命运，敢于维护自己感情的现代美国妇女形象。

尽管卡洛琳·凯瑟的仿中国诗与中国的闺阁诗一样基调幽怨而沉重，但诗中塑造的女性形象却不尽相同，诗歌表达的情感态度迥然相异。卡洛琳·凯瑟是在中国闺怨诗主题与意象的基础上，将闺怨诗的格调和当代女性主义精神融合，表达现代美国女性的生活和思想感情，创造了一种独特的诗歌风格。"这些诗实际上是从中国诗取得灵感'改写'的诗，中国古典诗，尤其是乐府民歌那种清丽的抒情气质，化入了现代美国妇女的生活经验之中。而原诗的一部分意象，与现代美国妇女生活的情景融合在一

[①] 赵毅衡：《诗神远游——中国如何改变了美国现代诗》，上海译文出版社2003年版，第55页。

起，成为一种崭新的感情结合体。"①《子夜歌》经过卡洛琳·凯瑟的变形和改造后，跨越语言层面的时代差异和文化差异，获得了全新的现代意义，开创出了崭新的美国诗风。实现了闺阁诗在美国现代诗坛的"他国化"。

第二节 过天堂而留影：其他文学作品中的中国古代女诗人

随着中国古代女诗人诗歌作品在英语世界的广泛传播和研究的日益深入，中国古代女诗人对英语世界的影响越来越大，除了西方诗人对中国古代女性诗作的仿写之外，一些西方作家还把中国古代女诗人作为他们小说的创作素材，复活了消失在历史长河中的中国古代才女，为这些历史人物赋予了现代意义。

一 《孟沂的故事》与《问流水》中的薛涛形象

1887年，美国罗伯茨兄弟出版社（Roberts Brothers）出版了一本名为《中国鬼故事》（*Some Chinese Ghosts*）的小说，书中共讲述了六则中国鬼怪和灵异故事，其中第二则"孟沂的故事"（The Story of Ming-Y）讲述了明朝时期一位名叫孟沂的秀才偶遇唐代女诗人薛涛的灵魂，并与之相爱相欢的故事。

该书的作者是小泉八云，原名拉夫卡迪奥·赫恩（Lafcadio Hearn，1850—1902）。拉夫卡迪奥·赫恩出生于希腊，父亲为英国人，他的童年和青少年时期主要在爱尔兰和英格兰度过，曾求学于法国。19岁时，他孤身赴美，在美国成了一名记者，并正式踏入文坛。拉夫卡迪奥·赫恩虽然身处西方，却对东方文学和文化有着浓厚的兴趣，并于1890年移居日本，1896年放弃英国国籍，加入日本籍，改名为小泉八云。小泉八云一生创作丰厚，人们通常以他赴日前后为界将他的写作生涯划分为美国与日本两个时期。在美国期间，由于他的记者职业身份的缘故，他主要以写报道、随笔、特写、社会短评、人物素描、讽刺杂文为主，并将大量的法文

---

① 赵毅衡：《诗神远游——中国如何改变了美国现代诗》，上海译文出版社2003年版，第56页。

文学作品批评文本翻译成英文，向美国读者介绍法国当代文学。移居日本后，他主要致力于撰文向西方介绍日本的风俗、宗教和文字，成为近代史上有名的日本通，因其短篇小说集《怪谈》一书在日本影响较大，故被誉为日本"现代怪谈文学的鼻祖"。《中国鬼故事》是小泉八云在美国期间创作的一本以描写人与鬼怪或灵异之间的爱情为主题的故事集，《孟沂的故事》是其中最为凄婉动人的一则。

《孟沂的故事》是小泉八云根据他对荷兰汉学家施古德（G. Schlegel，1840—1903，又译薛力赫）以法文翻译的中国故事"田洙遇薛涛"，以及中国明代白话小说《今古奇观》第三十四回《女秀才移花接木》的楔子进行改写和润色而成的。施古德的"田洙遇薛涛"译自明代小说家李昌祺的《剪灯余话》卷二《田洙遇薛涛联句记》，描写广东秀才田洙（字孟沂）随父亲田百禄到四川赴教官之任，在成都偶遇一个文采美貌过人的女子，两人酌酒吟诗，你唱我和，写下无数佳句美篇，并在诗词的唱和中结下深情，然而数月之后孟沂再也寻不见此女子及其住所，原来此女子是唐代诗人薛涛的灵魂。孟沂后来回到广东，考中进士做了知县，并娶妻生子，但他对薛涛的爱却始终无法释怀，虽从不对他人提及，心中却是时时思念。

《孟沂的故事》虽取材于中国小说中"田洙遇薛涛"的故事，但又与原作故事有着很大的差异，小泉八云以西方人的视角，运用浪漫主义的笔法，将薛涛塑造成了一位才情卓绝、生性浪漫，且热烈大胆的具有西方女性特质的东方才女形象。小泉八云以小说的形式让西方读者了解了薛涛的身世，同时他在小说中翻译的薛涛诗作也让西方读者感受到了薛涛杰出的诗歌才华。小泉八云的小说创作对于薛涛在英语世界的传播和接受具有特殊的价值，中国著名作家、翻译家徐霞村和著名作家赵景深曾在《文学周报》上发文介绍小泉八云的《中国鬼故事》一书，并给予《孟沂的故事》以较高的评价，认为小泉八云是中国人的"好朋友"，他"把这故事写得这样美丽，实是我们中国人的光荣！"[①]

如果说小泉八云的《孟沂的故事》主要在于依照中国传奇故事中的情节向西方读者介绍薛涛的话，那么1969年瑞士女作家埃弗兰·伊顿（Evelyn Eatons，1902—1983）的小说《问流水》（*Go Ask the River*）则更

[①] 赵景深：《小泉八云谈中国鬼》，上海书店影印《文学周报》第六卷，第61页。

多是西方作家根据自己对薛涛其人的印象和对薛涛诗作的感受，结合自己对中国古代女诗人的审美评价和情感定位写作而成的一部薛涛传记，算得上是英语世界对薛涛形象的一种"重塑"。《问流水》同样也讲述了明朝青年田洙与薛涛的灵魂相爱相欢的故事，小说中还大量援引了1968年出版的美国女诗人肯尼迪的《思念：薛涛诗选》[*I am A Thought of You: Poems by Sie Thao（Hung Tu），Written in China in the Ninth Century*] 一书中的37首诗作，以及美国汉学家哈特（Henry H. Hart）的《牡丹园：中国古诗英译集》（*A Garden of Peonies: Translations of Chinese Poems into English Verse*）中元稹和李白的诗作来辅助塑造薛涛形象，将"扫眉才子"薛涛的敏捷才思和她构思新颖纤巧的写作风格呈现在了西方读者眼前。

《问流水》开篇以诗一般的语言对薛涛进行描绘和赞美，让读者感受到薛涛这位才女的美好存在。在进入故事叙述后，埃弗兰·伊顿通过田洙的视角观察和认识薛涛，从外形到内在，从陌生到熟悉，读者跟随田洙一步步走近薛涛，感受这位秀外慧中、冰清玉洁的女子的卓绝才华和高洁心性。在小说所有的情节中，无论是和田洙的酌酒对诗，还是和元稹的吟诗诵词，薛涛的才情都溢满全篇，其蕙质兰心无不为人所动。随着情节的发展，读者和田洙一起渐渐折服于这位东方奇异女子的卓越才华，沉醉于她温婉的爱情之中。而由薛涛的故事辐射开来的唐代社会生活也十分鲜活地呈现在了读者眼前，其间的学者、诗人、官员和薛涛相互映衬，塑造了一个个奇妙而充满活力的中国故事。读罢全篇，读者深深沉醉于薛涛才华横溢的诗歌和热烈且温婉的柔情之中，久久不能放下，或许正如书名《问流水》所示，唯有"请君试问东流水，别意与之谁短长"方可表达心中的情感。

埃弗兰·伊顿的《问流水》在西方受到了不少读者的喜爱，1990年一度再版，2012年，华人太极大师黄忠良（Chungliang AI Huang）又再次将埃弗兰·伊顿的《问流水》付梓，由龙吟出版社（Singing Dragon）在伦敦和费城出版发行，黄忠良专门以汉字草书将李白的"请君试问东流水，别意与之谁短长"这两句诗题于小说扉页，不仅为书名和全书主题做了注解，也为薛涛的女才子形象更增添了几分东方神韵和美感。

二 《天堂过客》中的鱼玄机形象

2004年，英国当代著名作家希尔的小说《天堂过客》（*Passing Under*

Heaven) 一书面世,该书出版后较受欢迎,2005 年 7 月再版,同年获毛姆奖。2013 年,北京第二外国语学院教授张喜华将小说翻译成中文,取名《大唐才女鱼玄机》。该小说的写作始于一卷鱼玄机诗集的翻译,希尔偶然在一本文集中读到鱼玄机的诗歌,便被这位一千二百多年前的东方诗人卓越的诗才深深折服,她短暂又悲情的人生更是令这位当代英国的文学才子扼腕叹息。希尔在该书"后记"中写道:"中国唐朝是一个充满了创造力和多样化的时代。诗人是那个时代的明星。在同时代的女诗人中,鱼玄机的诗歌是最有趣,也是最反传统的声音,但是除了她的诗,我们对她的生活一无所知。"① 希尔一心想把他心中这颗闪亮的中国唐朝明星介绍给本国读者,于是他开始对鱼玄机的 49 首诗歌进行译介。为了便于英国读者了解鱼玄机的生活经历和创作历程,希尔借助原汉诗的注释和介绍,在诗与诗之间用一些描述性的段落来进行串联。这种译介方式促成了希尔将鱼玄机的生平和诗歌创作成为一部小说的想法。当希尔完成对鱼玄机 49 首诗歌的翻译和注释时,在他的头脑中便已经形成了一部完整的小说情节构思。于是希尔就直接将他的译介稿发展成为一部诗歌和故事相互交织的小说——《天堂过客》。

《天堂过客》一书共分为 25 章,每一章以时间为标题,故全书内容看起来像是一部人物传记。但该书并不是真正的传记,因为书中只有鱼玄机的 49 首诗歌是真实的,其余内容都是希尔根据鱼玄机的存世诗歌、民间逸事,以及鱼玄机的多重身份等,再加上他自己的中国经历见闻发挥丰富的想象创作而成的。正如希尔在一次采访中所言:"我能得到一个人一生中所作的 49 首诗歌,并依此写成小说,真是令人迷醉的事情。"② 希尔以鱼玄机的 49 首诗歌为线索将小说中的情节串联起来,创造性地讲述了鱼玄机的生活故事和唐代文化。

鱼玄机是晚唐诗人,长安(今陕西西安)人。初名鱼幼微,字蕙兰。据《唐才子传·鱼玄机传》、唐人皇甫枚《三水小牍》及《全唐诗》卷八百四十等介绍,鱼玄机大约在 15 岁时受养父之命嫁给补阙(为谏官)李亿为妾,婚后两人情爱甚笃,居山西晋水(在山西太原市西南)一带度过一段自由而幸福的生活。但后来因李亿夫人妒忌鱼玄机受宠,故"不能

---

① [英]贾斯汀·希尔:《大唐才女鱼玄机》,张喜华译,安徽文艺出版社 2013 年版,第 265 页。

② Interview with Justin Hill, Elena Fysentzou, June 11, 2005, http:PPwww.moufflon.com.cy.

容",且李亿对她也"爱衰"而弃,不得已出家为女道士,入长安咸宜观,改名鱼玄机。她出家后仍对李亿一往情深,写下了许多柔情蜜意的怀念诗歌。咸通九年(868)因失手笞杀侍婢绿翘而被京兆尹温璋"依法"处死。她死时年仅24岁(一说27岁)。对于鱼玄机笞杀侍婢绿翘的原因史上没有确切的记录,故而众说纷纭,说法最多的是鱼玄机因猜疑和妒忌自己的友人爱上侍婢绿翘而将她打死。鱼玄机的诗作今存世最全的是北京图书馆收藏的南宋刻本《唐女郎鱼玄机诗集》,共收鱼玄机诗49首。对于鱼玄机的诗歌才华,历史上一直有着较高的评价。如明代文学家钟惺在《名媛诗归》中称:"绝句如此奥思,非真正有才情人,未能刻划得出,即刻划得出,而音响不能爽亮……此其道在浅深隐显之间,尤须带有秀气耳。"① 现代作家施蛰存在《唐诗百话》说:"她的诗以五、七言律诗为多,功力在薛涛之上,与李冶不相上下。"等等。但是,由于鱼玄机特立独行、藐视权贵、离经叛道,敢于挑战旧社会的传统道德观念,故北宋的《北梦琐言》、明胡震亨《唐音癸签》等书中均把鱼玄机描述成红颜祸水的形象。如陈振孙的《直斋书录解题》中写道:"唐女冠,坐妒杀女婢抵死。余尝言:妇女从释入道,有司不禁,乱礼法、败风俗有者。"② 进入20世纪以后,学界出现了不少研究鱼玄机的论著,许祎之、谭正璧、缪军、曾志援、张乘健等学者纷纷撰文对鱼玄机的诗歌进行研究,部分学者还努力对史上给她的污名进行洗涤。但直至今日,对鱼玄机的评价仍然褒贬不一,人们总把她的一生与色情、暴力、宗教联系在一起,呈现出一种神秘晦涩的色调。

那么,对于鱼玄机这样一位才华旷世而又备受争议的中国古代女诗人,希尔会以怎样的方式和态度来塑造她的形象呢?翻开《天堂过客》,鱼玄机以"凝结中华文化于一身的女诗人、女道士和真情无望的寻觅者"③ 形象出现在了读者眼前。小说的情节大致为:鱼玄机生于北国边陲,幼年失去双亲,被卖到一位农民家做童养媳,后来被鱼学士收为养女,得到良好的文化教育,长成了才貌双全的大家闺秀。鱼玄机16岁时嫁给官人李亿为妾,婚后三年因爱衰失宠而出家,移居道观。从此身为道

---

① 参见(明)钟惺《名媛诗归》,中国人民大学图书馆藏明刻本,第1页。
② 参见(明)胡震亨《唐音癸签》,上海古籍出版社1981年版,第1页。
③ 张喜华:《幽兰露异域红——贾斯汀·希尔〈天堂过客〉中的中国文化因素》,《中国文化研究》2008年春之卷。

姑的她不再受家庭约束，广交文人政客，渐落风尘。她置身热闹喧嚣却仍旧郁郁寡欢，对李亿和儿子的思念苦苦折磨着她。她期盼李亿回心转意，与她再续前缘，可李亿冷酷绝情，毫无回转之意。她的女伴杨道姑为了让她走出绝望，焚毁了她的友人的来信，强制她断掉对儿子的日思夜想。万念俱灰的鱼玄机情绪失控，失手笞死杨道姑，后被衙门处决。希尔将国内流传甚广的因情爱关系而"妒杀女婢"的情节改为因思念儿子的痛苦而失手打死杨道姑。这不只是一个情节的简单改变，这是作家对诗人品德的重新审视。在希尔的笔下，鱼玄机才思敏捷、个性鲜明，勇于追求独立主体人格，在温驯、忍耐、服从和依恋中透出叛逆、自主和独立。

她对李亿一往情深，柔肠万般，故而写下了《情书寄李子安》《江行》等情意绵绵的作品。她的爱情观是热烈、执着和奔放的，故写下了《赠邻女》《寓言》等热烈奔放的作品。而对于现实的残酷和生活的不如意，她敢于诘问、质疑和反抗，故写下《游崇真观南楼睹新及第题名处》一诗，以敏锐激进的言辞表达了对女性不能参加科举的不满……希尔跨越时空和国界，以一个当代知识分子的情怀给予鱼玄机深沉的灵魂观照。他不仅褒扬鱼玄机的才情，同情她的悲苦命运，还对她自由不羁的叛逆性格进行了大加赞扬。

《天堂过客》发表后在英语世界好评如潮，《英国时代文学增刊》发文称希尔是地道的"中国作家"。《观察家》（*Observer*）上的一篇书评写道："也许是她的不幸，也许是她的宿命。不可否认鱼玄机的故事令人痴迷沉醉，希尔的叙述生动地复活了中国唐代最著名的女诗人。"[①]无论今天令英语世界读者痴迷的是鱼玄机的旷世诗才和悲惨命运，还是希尔细腻笔触和不羁的想象，笔者都感到十分欣慰，为中国古代女诗人在英语世界引起的诗意回响而欣慰，因为这正是本书选题的立题初衷之所在。

而且希尔的回响声并不孤独，早在1968年时，荷兰汉学家高罗佩就在其著名的侦探小说集《狄公断案大观》中以鱼玄机为人物原型，写成《诗人与谋杀》一书，塑造了一个名叫玉兰的女诗人形象。随着中国文化步步深入英语世界，随着英语世界中国古代女诗人研究的日渐深入，我们有理由相信，中国古代女诗人这支绽放在中国古典文学历史中的奇葩，一定会在世界文学史中绽放出更加绚丽的光芒。

[①] Zo Ä Green, "Review on Passing Under Heaven", *The Observer*, Sunday, November 21, 2004.

结　　语

在中国几千年辉煌灿烂的传统诗歌创作史上，女诗人占据着独特的地位，她们以女性特有的细腻情感和敏锐观察力，从特定的视角记录中华民族的生存状态，以女性的方式表达她们对世界的理性审视和感性体会。她们是中华文化殿堂中熠熠发光的文化珍宝。

自19世纪末"跨出国门走向海外"后，中国古代女诗人更是在英语世界绽放出了缤纷的"异域"色彩。如笔者在前面章节中所阐述的那样，从英国外交官翟里斯、弗莱彻到美国诗人洛威尔、雷克斯洛斯、巴恩斯通、拉森、沃德；从曼素恩、高彦颐、方秀洁、梅维恒、伊维德、管佩达、罗溥洛、波德·怀特·豪森、克利里等欧美各国学者，到冰心、初大告、蔡廷干、柳无忌、孙康宜、罗郁正、苏源熙等华人作家和留学生，他们纷纷舞动手中的笔，记录下自己对女诗人精美诗句的理解。他们从不同的视角出发，站在不同的立场、运用不同的理论对中国古代女诗人进行译介和诠释，使中国古代女诗人及其诗作在英语世界呈现出了一派"译彩纷呈，异意生辉"的蓬勃景象。

翻译是中国古代女诗人及其作品在英语世界被接受的最基本的形式，而翻译无论是作为文化现象或思想活动，还是作为一种知识技能或一项谋生职业，总是会打上译者的烙印。具有不同文化背景、知识结构、生活经历的译者对同一首诗歌的翻译总会呈现出不同的风格。哪怕是一两句诗歌的译文都会折射出译者的文化立场和译介态度。比如对李清照词《渔家傲》中"星河欲转千帆舞"一句的翻译，宇文所安的译文"the river of stars is ready to set/a thousand sails dance"和兑莱尔的译文"I long to whirl/one among the thousand dancing sails"，以及梅维恒的译文"Sails in their thousands toss and dance/As the Milky recedes"都显示出学者理性的思维和严谨的遣词造句方式,而雷克斯洛斯的译文"The Milky way appears/Turning overhead"和朱莉叶·兰道的译文"In the River of Stars, a thousand sails dance"则彰显了诗人丰富的想象力和大胆的语言表达。再如对李清照《添字采桑子》中的"点滴霖霪"的翻译:欧美译者雷克斯洛斯的译文"Dien! Di! Dien! Di! Bitter cold. unceasing rain. Drip! Drop! Drip! Drop! Bitter cold. unceasing rain"和朱莉叶·兰道的译文"Clear drop by drop/Cold drop by drop"以生动的拟声词和有节奏的词汇排列从音韵上造成连绵悄长的效果,从形式上成功描绘了一幅雨点滴滴哒哒敲打着芭蕉叶的立体画面;而华人译者许渊冲的译文"Drizzling now and again./Drizzling now and again"和胡品清的译文"Every drop is sadness./Every drop is sadness"则以意象指代物和情感词汇烘托出悲凉凄绝的气氛,传达了诗人内心怀恋故国、故土的幽深之情。

英语世界研究者不仅通过缤纷多彩的译介方式来显示他们对于中国古代女诗人的接受,更以多元的阐释和解读方式来表达了他们对中国古代女诗人的理解。如孙康宜提出"性别面具",用面具概念对明清女性诗作中男女性别越界、声音互换等现象做出了巧妙合理的解释;高彦颐把中国历史和社会性别理论有机结合,对明清女诗人的社会身份进行重新定位,打破了学界对传统女性诗作主题单一,题材单调的定式看法;曼素恩以大量客观的史料重现中国古代女诗人的生活环境,发掘社会性别关系对女诗人创作的影响根源;罗溥洛根据广泛的田野考察和对史料的深入研究阐释贺双卿这一文化偶像的成因及其包含的复杂文化意蕴;管佩达则站在梳理中国女性文学史框架的出发点上,以宏观视野与微观分析相结合的方式力尽所能地呈现中国女性文学创作的总体面貌,反映中国女性文学的总体特征。

总之,英语世界的中国古代女诗人研究可谓角度多元,成果丰硕。当然,由于中西文化具有"异质性"的原因,加上研究者"受其社会、历史、文化语境和民族心理等因素的制约,形成了独特的文化心理与欣赏习惯"[1],因此他们在对中国古代女诗人的接受和研究过程中难免会有选择、变形、叛逆和创新,从而出现文化过滤和文学误读的情况,甚至会因为一

---

[1] 曹顺庆:《比较文学教程》,高等教育出版社2010年版,第99页。

些主客观原因而出现错译和错误理解的现象。这些问题产生的原因是多方面的，有的受制于当时中国的开放程度，有的缘于学者本身的"他者"身份，有的归于从传教士时代开始的汉学研究服务于其国家利益和对外政策的传统。所以，我们应该客观地看待英语世界的研究成果，要客观理性地进行辨析，更要以一种学习的态度，去其糟粕，取其精华，为我们自身的研究获取可资借鉴的经验和启示。

钱锺书先生说："邻壁之光，堪借照焉"，取他山之石，可以攻己之玉。尤其是在今天这样一个全球化的时代，"是用广阔的视野来取代有限的视角的时候了"[①]。我们应该以一种开放的胸怀和开阔的视野，积极主动地取得和西方学界的交流互动，吸收其先进的学术思想。正如张宏生、张雁在《古代女诗人》一书中所言，"任何一种文学研究方法都只意味着一种视角，都只是一种相对的精神接触，只有多元化的切入和深入才是应当努力逼近的目标"[②]。国内研究者应该改变长期以来固有的思维局限，学习英语世界学者独辟蹊径的分析视角和翻译策略，适当借鉴他们的研究方法，结合国内研究现状，寻找新的关注点和切入点，以此寻求突破和创新。在此，笔者认为我们至少有以下几个方面可以向英语世界学习。

首先是学习他们不拘一格，采用多种理论、多种方法来对中国古代女诗人进行多种角度的研究。对此，之前的章节和上一段已做过详细论述，在此不再重复展开。

其次要打破研究惯性，学习他们把研究对象拓展开来，既要关注那些家喻户晓的著名诗人，也要挖掘那些湮没在历史尘埃中的女诗人。既要关注那些出身高贵的宫廷诗人和闺阁诗人，也要关注那些生活在底层的草根诗人。

此外，国内学者还应该学习英语世界研究者那种求真务实的考证态度。罗溥洛在研究贺双卿时，专程从美国来到中国，同南京大学清代文学专家张宏生教授和天津师范大学杜芳琴教授等相关专家探讨贺双卿研究的相关问题，并专程前往文献中记载的贺双卿生活地——江苏金坛薛埠方山对其进行深入的实地考察，获取有力的第一手资料和旁证。魏莎在动笔写

---

① [美]孙康宜、钱南秀：《美国汉学研究中的性别研究——与孙康宜教授对话》，《社会科学论坛》2006年第11期。

② 张宏生、张雁：《古代女诗人研究》，湖北教育出版社2002年版，第49页。

《芳水井》之前也专程从美国来到成都"追寻薛涛生活过的足迹"[①],在锦江畔的望江公园里探访薛涛的遗迹,追忆薛涛的诗魂,搜集各类文献和资料。孙康宜在写《中国历代女作家选集:诗歌与评论》一书之前花了十多年的时间搜集和准备材料,她在一次接受采访时说:"这本选集中的材料多半是我80年代以来花了不少精力、时间和财力才终于收集起来的。"[②]此类事例非常之多,此处不再一一列举,总之西方学者认真求证的精神值得我们敬佩和学习。

古人云:"精骛八极,视通万里",我们应该以更加广阔的胸襟来看待中西文学交流,在学术研究上不能画地自限,域外知音的研究观点与方法可供国人参酌,毕竟真正有价值的文学研究是无国界地域之分的。

---

① Genevieve Wimsatt, *A Well of Fragrant Waters: a sketch of the life and writings of Hung Tu*, Boston: John W. Luce, 1945, p. 9.
② 宁一中、段江丽:《跨越中西文学的边界——孙康宜教授访谈录(上)》,《文艺研究》2008年第9期。

附　录

主要论著中诗人及诗题中英文对照表

序号	诗人	译者	诗人英译名	诗题	诗题英译	著作
1	李清照	柳无忌	Li Qingzhao	《一剪梅》	A Sprig of Plum Blossoms	《中国文学概论》
2	李清照	初大告	Li Qingzhao	《一剪梅》	Love Thoughts	《中华隽词101首》
3	李清照	白之	Li Ch'ing-chao	《一剪梅》	One Spring of Plum	《中国文学作品选集》
4	李清照	肯尼斯·雷克斯洛斯	The Poetess Li Ch'ing-Chao	《一剪梅》	Peach Blossoms Fall and Scatter	《中国诗歌一百首》
5	李清照	肯尼斯·雷克斯洛斯	The Poetess Li Ch'ing-Chao	《一剪梅》	To the Tune "Cutting a Flowering Plum Branch"	《爱与流年：续汉诗百首》
6	李清照	巴恩斯通、周平	Li QingZhao	《一剪梅》	To the Tune of "One Blossoming Spring of Plum"	《安克丛书：中诗英译选集（从古代到现代）》
7	李清照	初大告	Li Qingzhao	《醉花阴》	The Double-ninth Festival	《中华隽词101首》
8	李清照	柳无忌	Li Qingzhao	《醉花阴》	Drunk Under Flower Shadows	《中国文学概论》
9	李清照	肯尼斯·雷克斯洛斯	The Poetess Li Ch'ing-Chao	《醉花阴》	Mist	《中国诗歌一百首》
10	李清照	肯尼斯·雷克斯洛斯	The Poetess Li Ch'ing-Chao	《醉花阴》	To the Tune "Drunk Under Flower Shadows"	《爱与流年：续汉诗百首》
11	李清照	柳无忌、罗郁正	Li Ch'ing-chao	《醉花阴》	Tune: "Tipsy in the Flower's Shade"	《葵晔集：中国诗歌三千年》

续表

序号	诗人	译者	诗人英译名	诗题	诗题英译	著作
12	李清照	格莱温	The Poetess Li Ching-jau	《醉花阴》	Lyrics to the Tune "Tipsy in the Flowers' Shade"	《中国诗歌精神》
13	李清照	巴恩斯通、周平	Li QingZhao	《醉花阴》	To the Tune of "Intoxicated in the Shade of Flowers"	《安克丛书：中诗英译选集（从古代到现代）》
14	李清照	柳无忌	Li Qingzhao	《武陵春》	Spring in Wu-ling	《中国文学概论》
15	李清照	白之	Li Ch'ing-chao	《武陵春》	Spring at Wu-Ling	《中国文学作品选集》
16	李清照	梅维恒	Li Ch'ing-chao	《武陵春》	Tune: "Spring at Wu Ling" Spring Ends	《哥伦比亚中国古典文学选集》
17	李清照	柳无忌、罗郁正	Li Ch'ing-chao	《武陵春》	Tune: "Spring at Wu-ling"	《葵晔集：中国诗歌三千年》
18	李清照	初大告	Li Qingzhao	《武陵春》	Weighed Down	《中华隽词》
19	李清照	特维尔	Li Ch'ing-chao	《武陵春》	Spring at Wu-ling	《企鹅丛书·中国诗歌卷》
20	李清照	格莱温	The Poetess Li Ching-jau	《武陵春》	Lyrics to the Tune "Spring in Wu-ling"	《中国诗歌精神》
21	李清照	巴恩斯通、周平	Li QingZhao	《武陵春》	To the Tune of "Spring at Wuling"	《安克丛书：中诗英译选集（从古代到现代）》
22	李清照	肯尼斯·雷克斯洛斯	The Poetess Li Ch'ing-Chao	《武陵春》	To the Tune "Spring at Wu Ling"	《爱与流年：续汉诗百首》
23	李清照	肯尼斯·雷克斯洛斯、钟玲	Li Ch'ing-Chao	《武陵春·春晚》	Spring Ends: To the tune "Spring in Wu-ling"	《兰舟：中国女诗人诗选》
24	李清照	柳无忌	Li Qingzhao	《声声慢》	Every Sound, lentemente	《中国文学概论》
25	李清照	白之	Li Ch'ing-chao	《声声慢》	EndlessUnion	《中国文学作品选集》
26	李清照	梅维恒	Li Ch'ing-chao	《声声慢》	A Long Melancholy Tune (Autumn Sorrow)	《哥伦比亚中国古典文学选集》
27	李清照	约翰·特纳	Li Ch'ing-chao	《声声慢》	Sorrow	《英译汉诗金库》
28	李清照	肯尼斯·雷克斯洛斯	The Poetess Li Ch'ing-Chao	《声声慢》	A Weary Song to a Slow Sad Tune	《爱与流年：续汉诗百首》

续表

序号	诗人	译者	诗人英译名	诗题	诗题英译	著作
29	李清照	初大告	Li Qingzhao	《如梦令》	Dream Song	《中华隽词101首》
30	李清照	白之	Li Ch'ing-chao	《如梦令》	Dream Song	《中国文学作品选集》
31	李清照	约翰·特纳	Li Ch'ing-chao	《如梦令》	Madrigal: "As in a Dream"	《英译汉诗金库》
32	李清照	叶维廉	Li Ch'ing-chao	《如梦令》	Tune: "Dream Song"	《汉诗英华》
33	李清照	巴恩斯通、周平	Li QingZhao	《如梦令》	To the Tune of "Dream Song"	《安克丛书：中诗英译选集（从古代到现代）》
34	李清照	柳无忌、罗郁正	Li Ch'ing-chao	《如梦令》	Tune: "As in a Dream: A Song," Two Lyrics	《葵晔集：中国诗歌三千年》
35	李清照	肯尼斯·雷克斯洛斯、钟玲	Li Ch'ing-Chao	《如梦令·常记溪亭日暮》	Happy and Tipsy: To the tune "A Dream Song"	《兰舟：中国女诗人诗选》
36	李清照	初大告	Li Qingzhao	《渔家傲》	Putting out to Sea	《中华隽词101首》
37	李清照	梅维恒	Li Ch'ing-chao	《渔家傲》	Tune: "Fisherman's Pride" A Dream	《哥伦比亚中国古典文学选集》
38	李清照	约翰·特纳	Li Ch'ing-chao	《渔家傲》	A Dream	《英译汉诗金库》
39	李清照	巴恩斯通、周平	Li QingZhao	《渔家傲》	To the Tune of "The Fisherman's Song"	《安克丛书：中诗英译选集（从古代到现代）》
40	李清照	肯尼斯·雷克斯洛斯、钟玲	Li Ch'ing-Chao	《渔家傲》	To the tune "The Honor of a Fisherman"	《兰舟：中国女诗人诗选》
41	李清照	肯尼斯·雷克斯洛斯	The Poetess Li Ch'ing-Chao	《渔家傲》	To the Tune "The Boat of Stars"	《爱与流年：续汉诗百首》
42	李清照	白之	Li Ch'ing-chao	《减字木兰花》	Magnolia Blossom	《中国文学作品选集》
43	李清照	梅维恒	Li Ch'ing-chao	《减字木兰花》	Tune: "Magnolia Flowers" (short version)	《哥伦比亚中国古典文学选集》
44	李清照	柳无忌、罗郁正	Li Ch'ing-chao	《减字木兰花》	Tune: "Magnolia Blossoms, Abbreviated"	《葵晔集：中国诗歌三千年》
45	李清照	肯尼斯·雷克斯洛斯、钟玲	Li Ch'ing-Chao	《减字木兰花》	To the short tune "The Magnolias"	《兰舟：中国女诗人诗选》

续表

序号	诗人	译者	诗人英译名	诗题	诗题英译	著作
46	李清照	肯尼斯·雷克斯洛斯	The Poetess Li Ch'ing-Chao	《小重山》	Two Springs	《爱与流年：续汉诗百首》
47	李清照	柳无忌、罗郁正	Li Ch'ing-chao	《小重山》	Tune："Manifold Little Hills"	《葵晔集：中国诗歌三千年》
48	李清照	肯尼斯·雷克斯洛斯、钟玲	Li Ch'ing-Chao	《小重山》	To the tune "A Hilly Garden"	《兰舟：中国女诗人诗选》
49	李清照	巴恩斯通、周平	Li QingZhao	《浣溪沙》	To the Tune of "Silk-Washing Brook"	《安克丛书：中诗英译选集（从古代到现代）》
50	李清照	肯尼斯·雷克斯洛斯	The Poetess Li Ch'ing-Chao	《浣溪沙》	The Day of Cold Food	《中国诗歌一百首》
51	李清照	柳无忌、罗郁正	Li Ch'ing-chao	《浣溪沙》两首	Tune："Sand of Silk-washing Stream, Two Lyrics"	《葵晔集：中国诗歌三千年》
52	李清照	白之	Li Ch'ing-chao	《蝶恋花》	The Butterfly Woos the Blossoms	《中国文学作品选集》
53	李清照	肯尼斯·雷克斯洛斯	The Poetess Li Ch'ing-Chao	《蝶恋花》	Alone in the Night	《中国诗歌一百首》
54	李清照	肯尼斯·雷克斯洛斯、钟玲	Li Ch'ing-Chao	《蝶恋花·泪湿罗衣脂粉满》	The Sorrow of Departure: To the tune "Butterflies Love Flowers"	《兰舟：中国女诗人诗选》
55	李清照	白之	Li Ch'ing-chao	《点绛唇》	Crimson Lips Adorned	《中国文学作品选集》
56	李清照	梅维恒	Li Ch'ing-chao	《点绛唇》	Tune："Rouged Lips" Naivete	《哥伦比亚中国古典文学选集》
57	李清照	柳无忌、罗郁正	Li Ch'ing-chao	《清平乐》	Tune："Pure Serene Music"	《葵晔集：中国诗歌三千年》
58	李清照	柳无忌、罗郁正	Li Ch'ing-chao	《南歌子》	Tune："A Southern Song"	《葵晔集：中国诗歌三千年》
59	李清照	柳无忌、罗郁正	Li Ch'ing-chao	《念奴娇》	Tune："The Charm of Nien-nu"	《葵晔集：中国诗歌三千年》
60	李清照	柳无忌、罗郁正	Li Ch'ing-chao	《采桑子》	Tune：Song of Picking Mulberry	《葵晔集：中国诗歌三千年》
61	李清照	柳无忌、罗郁正	Li Ch'ing-chao	《诉衷情》	Tune：Telling of Innermost Feeling	《葵晔集：中国诗歌三千年》
62	李清照	白之	Li Ch'ing-chao	《永遇乐》	The Approach of Bliss	《中国文学作品选集》

续表

序号	诗人	译者	诗人英译名	诗题	诗题英译	著作
63	李清照	巴恩斯通、周平	Li QingZhao	《临江仙》	To the Tune of "Immortal by the River"	《安克丛书：中诗英译选集（从古代到现代）》
64	李清照	巴恩斯通、周平	Li QingZhao	《孤雁儿》	To the Tune of "Lone Wild Goose"	《安克丛书：中诗英译选集（从古代到现代）》
65	李清照	巴恩斯通、周平	Li QingZhao	《蝶恋花》	To the Tune of "Butterflies Adore Blossoms"	《安克丛书：中诗英译选集（从古代到现代）》
66	李清照	巴恩斯通、周平	Li QingZhao	《钗头凤》	TANG WAN's Reply, to the Tune of "Phoenix Hairpin"	《安克丛书：中诗英译选集（从古代到现代）》
67	李清照	肯尼斯·雷克斯洛斯	The Poetess Li Ch'ing-Chao	《凤凰台上忆吹箫》	To the Tune "A Lonely Flute on the Phoenix Terrace"	《爱与流年：续汉诗百首》
68	李清照	肯尼斯·雷克斯洛斯	The Poetess Li Ch'ing-Chao	《怨王孙》	Autumn Evening Beside the Lake	《中国诗歌一百首》
69	李清照	肯尼斯·雷克斯洛斯	The Poetess Li Ch'ing-Chao	《鹧鸪天》	Quail Sky	《中国诗歌一百首》
70	李清照	肯尼斯·雷克斯洛斯、钟玲	Li Ch'ing-Chao	《好事近》	To the tune "Eternal Happiness"	《兰舟：中国女诗人诗选》
71	鱼玄机	梅维恒	Yu Hsuan-chi	《游崇真观南楼睹新及第题名处》	On a Visit to Ch'ung-chen Taoist Temple I See in the South Hall the List of Successful Candidates in the Imperial Examinations, Translated by Kenneth Rexroth and Ling Chung	《哥伦比亚中国古典文学选集》
72	鱼玄机	托马斯·克利里、周班尼	YuXuanji	《游崇真观南楼睹新及第题名处》	Seeing the New Listing of Successful Degree Candidates	《秋柳：中国黄金时代女诗人诗选》
73	鱼玄机	肯尼斯·雷克斯洛斯、钟玲	Yu Hsuan-Chi	《游崇真观南楼睹新及第题名处》	On a Visit to Chungchen Taoist Temple I See in the South Hall the List of Successful Candidates in the Imperial Examinations	《兰舟：中国女诗人诗选》

附录 主要论著中诗人及诗题中英文对照表 247

续表

序号	诗人	译者	诗人英译名	诗题	诗题英译	著作
74	鱼玄机	戴维·亨顿	Yu Hsuan-Chi	《游崇真观南楼睹新及第题名处》	Visiting Ancestral-Truth Monastery's South Tower, Where The New Graduates Have Inscribed Their Names On The Wall	《中国古典诗歌选集》
75	鱼玄机	巴恩斯通、周平	Yu XuanJi	《游崇真观南楼睹新及第题名处》	Visiting Chongzhen Temple's South Tower and Looking Where the Names of Candidates Who Pass the Civil Service Exam Are Posted	《安克丛书：中诗英译选集（从古代到现代）》
76	鱼玄机	巴恩斯通、周平	Yu XuanJi	《江陵愁望寄子安》	To Zian: Missing You at Jingling	《安克丛书：中诗英译选集（从古代到现代）》
77	鱼玄机	托马斯·克利里、周班尼	YuXuanji	《江陵愁望寄子安》	To Scholar Li, A Melancholy View of theYangtse River	《秋柳：中国黄金时代女诗人诗选》
78	鱼玄机	戴维·亨顿	Yu Hsuan-Chi	《江陵愁望寄子安》	Gazing Out in Grief, Sent to Adept-Serene	《中国古典诗歌选集》
79	鱼玄机	托马斯·克利里、周班尼	YuXuanji	《隔汉江寄子安》	To My Love Across the River	《秋柳：中国黄金时代女诗人诗选》
80	鱼玄机	闵福德、刘绍铭	YuXuanji	《隔汉江寄子安》	Divided by the Han River	《含英咀华集》
81	鱼玄机	肯尼斯·雷克斯洛斯、钟玲	Yu Hsuan-Chi	《春情寄子安》	Sending Spring Love to Tzu-an	《兰舟：中国女诗人诗选》
82	鱼玄机	托马斯·克利里、周班尼	YuXuanji	《春情寄子安》	To a Lover, Spring Feelings	《秋柳：中国黄金时代女诗人诗选》
83	鱼玄机	闵福德、刘绍铭	YuXuanji	《春情寄子安》	Spring Passion	《含英咀华集》
84	鱼玄机	柳无忌、罗郁正	Yu Hsuan-chi	《寄子安》	To Tzu-an	《葵晔集：中国诗歌三千年》
85	鱼玄机	托马斯·克利里、周班尼	YuXuanji	《寄子安》	To an Intimate	《秋柳：中国黄金时代女诗人诗选》

续表

序号	诗人	译者	诗人英译名	诗题	诗题英译	著作
86	鱼玄机	托马斯·克利里、周班尼	YuXuanji	《情书》	Matching Rhymes with a Friend	《秋柳：中国黄金时代女诗人诗选》
87	鱼玄机	戴维·亨顿	Yu Hsuan-Chi	《愁思》	Sorry ang Worry	《中国古典诗歌选集》
88	鱼玄机	闵福德、刘绍铭	YuXuanji	《愁思》	Voicing Deepest Thoughts	《含英咀华集》
89	鱼玄机	托马斯·克利里、周班尼	YuXuanji	《愁思》	Melancholy Thoughts	《秋柳：中国黄金时代女诗人诗选》
90	鱼玄机	戴维·亨顿	Yu Hsuan-Chi	《寄国香》	Crchid Fragrance, Sent Far Away	《中国古典诗歌选集》
91	鱼玄机	托马斯·克利里、周班尼	YuXuanji	《寄国香》	To a Singer	《秋柳：中国黄金时代女诗人诗选》
92	鱼玄机	巴恩斯通、周平	Yu XuanJi	《寄国香》	Sent in an Orchid Fragrance Letter	《安克丛书：中诗英译选集（从古代到现代）》
93	鱼玄机	戴维·亨顿	Yu Hsuan-Chi	《暮春即事》	Late Spring	《中国古典诗歌选集》
94	鱼玄机	托马斯·克利里、周班尼	YuXuanji	《暮春即事》	Late Spring Impromptu	《秋柳：中国黄金时代女诗人诗选》
95	鱼玄机	闵福德、刘绍铭	YuXuanji	《暮春即事》	Vanishing Spring Moves to Regret	《含英咀华集》
96	鱼玄机	托马斯·克利里、周班尼	YuXuanji	《和新及第悼之诗二首》	Two Verses, on Winning a Degree and on Mourning	《秋柳：中国黄金时代女诗人诗选》
97	鱼玄机	柳无忌、罗郁正	Yu Hsuan-chi	《和新及第悼亡诗》	Replying to a Poem by a New Graduate Lamenting the Loss of His Wife	《葵晔集：中国诗歌三千年》
98	鱼玄机	托马斯·克利里、周班尼	YuXuanji	《代人悼之》	Mourning for Another	《秋柳：中国黄金时代女诗人诗选》
99	鱼玄机	戴维·亨顿	Yu Hsuan-Chi	《遣怀》	Free of All Those Hopes and Fears	《中国古典诗歌选集》

附录　主要论著中诗人及诗题中英文对照表

续表

序号	诗人	译者	诗人英译名	诗题	诗题英译	著作
100	鱼玄机	托马斯·克利里、周班尼	YuXuanji	《遣怀》	Clearing My Mind	《秋柳：中国黄金时代女诗人诗选》
101	鱼玄机	戴维·亨顿	Yu Hsuan-Chi	《和人次韵》	After His Poem, Following its Rhymes	《中国古典诗歌选集》
102	鱼玄机	托马斯·克利里、周班尼	YuXuanji	《和人次韵》	Following up Another's Verse	《秋柳：中国黄金时代女诗人诗选》
103	鱼玄机	戴维·亨顿	Yu Hsuan-Chi	《题隐雾亭》	Inscribed on a Wall at Hidden-Mist Pavilion	《中国古典诗歌选集》
104	鱼玄机	托马斯·克利里、周班尼	YuXuanji	《题隐雾亭》	A Mist Enshrouded inn	《秋柳：中国黄金时代女诗人诗选》
105	鱼玄机	托马斯·克利里、周班尼	YuXuanji	《赠邻女》	To a Neighbor Girl	《秋柳：中国黄金时代女诗人诗选》
106	鱼玄机	肯尼斯·雷克斯洛斯、钟玲	Yu Hsuan-Chi	《赠邻女》	Advice to a Neighbor Girl	《兰舟：中国女诗人诗选》
107	鱼玄机	托马斯·克利里、周班尼	YuXuanji	《夏日山居》	Summer Days in the Mountains	《秋柳：中国黄金时代女诗人诗选》
108	鱼玄机	肯尼斯·雷克斯洛斯、钟玲	Yu Hsuan-Chi	《夏日山居》	Living in the Summer Mountains	《兰舟：中国女诗人诗选》
109	鱼玄机	闵福德、刘绍铭	YuXuanji	《卖残牡丹》	Selling Wilted Peonies	《含英咀华集》
110	鱼玄机	托马斯·克利里、周班尼	YuXuanji	《卖残牡丹》	Selling Leftover Peonies	《秋柳：中国黄金时代女诗人诗选》
111	鱼玄机	托马斯·克利里、周班尼	YuXuanji	《感怀寄人》	Feelings for Another	《秋柳：中国黄金时代女诗人诗选》
112	鱼玄机	戴维·亨顿	Yu Hsuan-Chi	《感怀寄人》	Thoughts at Heart, Sent to Him	《中国古典诗歌选集》
113	鱼玄机	巴恩斯通、周平	Yu XuanJi	《送别》	A Farewell	《安克丛书：中诗英译选集（从古代到现代）》

续表

序号	诗人	译者	诗人英译名	诗题	诗题英译	著作
114	鱼玄机	戴维·亨顿	Yu Hsuan-Chi	《送别》	Farewell	《中国古典诗歌选集》
115	鱼玄机	托马斯·克利里、周班尼	YuXuanji	《冬夜寄温飞卿》	Thoughts on a Winter Night	《秋柳：中国黄金时代女诗人诗选》
116	鱼玄机	托马斯·克利里、周班尼	YuXuanji	《寄飞卿》	To a Friend	《秋柳：中国黄金时代女诗人诗选》
117	鱼玄机	托马斯·克利里、周班尼	YuXuanji	《酬李郢夏日钓鱼回见示》	Reply to a Friend	《秋柳：中国黄金时代女诗人诗选》
118	鱼玄机	戴维·亨顿	Yu Hsuan-Chi	《酬李郢夏日钓鱼回见示》	In Reply to Li Ying's "After Fishing on a Summer Day"	《中国古典诗歌选集》
119	鱼玄机	托马斯·克利里、周班尼	YuXuanji	《和友人次韵》	A Love Note	《秋柳：中国黄金时代女诗人诗选》
120	鱼玄机	托马斯·克利里、周班尼	YuXuanji	《次韵西邻新居兼乞酒》	To a New Neighbor, Answering a Verse and Asking for Wine	《秋柳：中国黄金时代女诗人诗选》
121	鱼玄机	托马斯·克利里、周班尼	YuXuanji	《暮春有感寄友人》	To a Friend, Feelings in Late Spring	《秋柳：中国黄金时代女诗人诗选》
122	鱼玄机	托马斯·克利里、周班尼	YuXuanji	《闻李端公垂钓回寄赠》	Hearing a Friend Has Returned from a Fishing Trip	《秋柳：中国黄金时代女诗人诗选》
123	鱼玄机	托马斯·克利里、周班尼	YuXuanji	《题任处士创资福寺》	A Conscientious Objector Builds the Temple of Prosperity	《秋柳：中国黄金时代女诗人诗选》
124	鱼玄机	托马斯·克利里、周班尼	YuXuanji	《酬李学士寄簟》	To Master Scholar Li, In Thanks for a Summer Mat	《秋柳：中国黄金时代女诗人诗选》
125	鱼玄机	托马斯·克利里、周班尼	YuXuanji	《早秋》	Early Autumn	《秋柳：中国黄金时代女诗人诗选》
126	鱼玄机	托马斯·克利里、周班尼	YuXuanji	《欺友人阻雨不至》	To an Awaited Friend Held up by the Rains	《秋柳：中国黄金时代女诗人诗选》

附录　主要论著中诗人及诗题中英文对照表

续表

序号	诗人	译者	诗人英译名	诗题	诗题英译	著作
127	鱼玄机	托马斯·克利里、周班尼	YuXuanji	《重阳阻雨》	Rainbound in Autumn	《秋柳：中国黄金时代女诗人诗选》
128	鱼玄机	托马斯·克利里、周班尼	YuXuanji	《送别二首》	Two Verses on Parting	《秋柳：中国黄金时代女诗人诗选》
129	鱼玄机	托马斯·克利里、周班尼	YuXuanji	《访赵炼师不遇》	Visiting a Master Alchemist, Not Finding Him at Home	《秋柳：中国黄金时代女诗人诗选》
130	鱼玄机	托马斯·克利里、周班尼	YuXuanji	《寓言》	An Allegory	《秋柳：中国黄金时代女诗人诗选》
131	鱼玄机	托马斯·克利里、周班尼	YuXuanji	《迎李近仁员外》	Greeting Lijinren	《秋柳：中国黄金时代女诗人诗选》
132	鱼玄机	托马斯·克利里、周班尼	YuXuanji	《折杨柳》	Saying Goodbye	《秋柳：中国黄金时代女诗人诗选》
133	鱼玄机	托马斯·克利里、周班尼	YuXuanji	《左名场自泽州至京》	A Message Arrives	《秋柳：中国黄金时代女诗人诗选》
134	鱼玄机	柳无忌、罗郁正	Yu Hsuan-chi	《赋得江边柳》	Composed on the Theme "Willows by the Riverside"	《葵晔集：中国诗歌三千年》
135	鱼玄机	柳无忌、罗郁正	Yu Hsuan-chi	《江行》	On the River	《葵晔集：中国诗歌三千年》
136	鱼玄机	戴维·亨顿	Yu Hsuan-Chi	《光、威、裒姊妹三人少孤而始妍乃有是作……因》	Radiance, Regal and Composure Were Three Sisters Orphaned Young Who Become Great Beauties…	《中国古典诗歌选集》
137	鱼玄机	巴恩斯通、周平	Yu XuanJi	《秋怨》	Autumn Complaints	《安克丛书：中诗英译选集（从古代到现代）》
138	薛涛	托马斯·克利里、周班尼	Xue Tao	《秋泉》	A Spring in Autumn	《秋柳：中国黄金时代女诗人诗选》

续表

序号	诗人	译者	诗人英译名	诗题	诗题英译	著作
139	薛涛	巴恩斯通、周平	XueTao	《秋泉》	A Spring in Autumn	《安克丛书：中诗英译选集（从古代到现代）》
140	薛涛	肯尼斯·雷克斯洛斯、钟玲	Hsuen T'ao	《秋泉》	The Autumn Brook	《兰舟：中国女诗人诗选》
141	薛涛	柳无忌、罗郁正	Hsueh Tao	《秋泉》	Autumn Spring	《葵晔集：中国诗歌三千年》
142	薛涛	托马斯·克利里、周班尼	Xue Tao	《送友人》	Sending off a Friend (2)	《秋柳：中国黄金时代女诗人诗选》
143	薛涛	巴恩斯通、周平	XueTao	《送友人》	(Seeing a Friend Off)	《安克丛书：中诗英译选集（从古代到现代）》
144	薛涛	柳无忌、罗郁正	Hsueh Tao	《送友人》	Farewell to a Friend	《葵晔集：中国诗歌三千年》
145	薛涛	托马斯·克利里、周班尼	Xue Tao	《送姚员外》	Sending off a Friend (1)	《秋柳：中国黄金时代女诗人诗选》
146	薛涛	梅维恒	Hsueh T'ao	《风》	Wind	《哥伦比亚中国古典文学选集》
147	薛涛	闵福德、刘绍铭	Xue Tao	《风》	Wind	《含英咀华集》
148	薛涛	托马斯·克利里、周班尼	Xue Tao	《风》	Wind	《秋柳：中国黄金时代女诗人诗选》
149	薛涛	闵福德、刘绍铭	Xue Tao	《蝉》	Cicadas	《含英咀华集》
150	薛涛	托马斯·克利里、周班尼	Xue Tao	《蝉》	Cicadas	《秋柳：中国黄金时代女诗人诗选》
151	薛涛	巴恩斯通、周平	XueTao	《蝉》	Hearing Cicadas	《安克丛书：中诗英译选集（从古代到现代）》
152	薛涛	巴恩斯通、周平	XueTao	《月》	Moon	《安克丛书：中诗英译选集（从古代到现代）》

附录　主要论著中诗人及诗题中英文对照表

续表

序号	诗人	译者	诗人英译名	诗题	诗题英译	著作
153	薛涛	柳无忌、罗郁正	Hsueh Tao	《月》	The Moon	《葵晔集：中国诗歌三千年》
154	薛涛	梅维恒	Hsu eh T'ao	《采莲舟》	Lotus-Gathering Boat	《哥伦比亚中国古典文学选集》
155	薛涛	托马斯·克利里、周班尼	Xue Tao	《采莲舟》	Lotus Picking Boats	《秋柳：中国黄金时代女诗人诗选》
156	薛涛	巴恩斯通、周平	XueTao	《柳絮》	Willow Catkins	《安克丛书：中诗英译选集（从古代到现代）》
157	薛涛	柳无忌、罗郁正	Hsueh Tao	《柳絮》	Willow Catkins	《葵晔集：中国诗歌三千年》
158	薛涛	闵福德、刘绍铭	Xue Tao	《海棠溪》	Crabapple Brook	《含英咀华集》
159	薛涛	托马斯·克利里、周班尼	Xue Tao	《海棠溪》	Aronia Valley	《秋柳：中国黄金时代女诗人诗选》
160	薛涛	巴恩斯通、周平	XueTao	《寄旧诗与元微之》	Sending Old Poems to Yuan Zhen	《安克丛书：中诗英译选集（从古代到现代）》
161	薛涛	肯尼斯·雷克斯洛斯、钟玲	Hsuen T'ao	《寄旧诗与元微之》	An Old Poem to Yuan Chen	《兰舟：中国女诗人诗选》
162	薛涛	托马斯·克利里、周班尼	Xue Tao	《十离诗》	Ten Verses on Separation	《秋柳：中国黄金时代女诗人诗选》
163	薛涛	闵福德、刘绍铭	Xue Tao	《犬离主》	Dog Parted from Her Master	《含英咀华集》
164	薛涛	闵福德、刘绍铭	Xue Tao	《鹦离笼》	Parrot Parted from Her Cage	《含英咀华集》
165	薛涛	梅维恒	Hsu eh T'ao	《听僧吹芦管》	Listening to a Monk Play the Reed Pipes, Translated by Jeanne Larsen	《哥伦比亚中国古典文学选集》
166	薛涛	托马斯·克利里、周班尼	Xue Tao	《春望四首》	Spring Views	《秋柳：中国黄金时代女诗人诗选》

续表

序号	诗人	译者	诗人英译名	诗题	诗题英译	著作
167	薛涛	托马斯·克利里、周班尼	Xue Tao	《池上双鸟》	A Pair of Birds on aLake	《秋柳：中国黄金时代女诗人诗选》
168	薛涛	托马斯·克利里、周班尼	Xue Tao	《别李郎中》	Parting	《秋柳：中国黄金时代女诗人诗选》
169	薛涛	托马斯·克利里、周班尼	Xue Tao	《寄词》	A Message	《秋柳：中国黄金时代女诗人诗选》
170	薛涛	托马斯·克利里、周班尼	Xue Tao	《斛石山晓望寄吕侍御》	Mountain Dawn: To a Friend	《秋柳：中国黄金时代女诗人诗选》
171	薛涛	托马斯·克利里、周班尼	Xue Tao	《赋得江边柳》（鱼玄机）	Ode to Riverside Willows	《秋柳：中国黄金时代女诗人诗选》
172	薛涛	托马斯·克利里、周班尼	Xue Tao	《寄刘尚书》（鱼玄机）	To Ministry President Liu	《秋柳：中国黄金时代女诗人诗选》
173	薛涛	托马斯·克利里、周班尼	Xue Tao	《鸳鸯草》	Mandarin Duck Flowers	《秋柳：中国黄金时代女诗人诗选》
174	薛涛	托马斯·克利里、周班尼	Xue Tao	《贼平后上高相公》	To Prime Minister Gao, After Pacification of a Rebellion	《秋柳：中国黄金时代女诗人诗选》
175	薛涛	托马斯·克利里、周班尼	Xue Tao	《乡思》	Thoughts of Home	《秋柳：中国黄金时代女诗人诗选》
176	薛涛	托马斯·克利里、周班尼	Xue Tao	《和李书记席上见赠》	Reply to a Verse Received in Person from a Statesman	《秋柳：中国黄金时代女诗人诗选》
177	薛涛	托马斯·克利里、周班尼	Xue Tao	《棠梨花和李太尉》	Plum Blossoms	《秋柳：中国黄金时代女诗人诗选》
178	薛涛	托马斯·克利里、周班尼	Xue Tao	《斛石山书事》	Atop a Mountain	《秋柳：中国黄金时代女诗人诗选》
179	薛涛	托马斯·克利里、周班尼	Xue Tao	《九日遇雨二首》	Chrysanthemum Festival Rain	《秋柳：中国黄金时代女诗人诗选》

附录　主要论著中诗人及诗题中英文对照表

续表

序号	诗人	译者	诗人英译名	诗题	诗题英译	著作
180	薛涛	托马斯·克利里、周班尼	Xue Tao	《江边》	By the River	《秋柳：中国黄金时代女诗人诗选》
181	薛涛	托马斯·克利里、周班尼	Xue Tao	《送郑眉州》	To inspector Zheng	《秋柳：中国黄金时代女诗人诗选》
182	薛涛	托马斯·克利里、周班尼	Xue Tao	《和郭员外题万里桥》	Myriad Mile Bridge, Reply to a Friend in Government	《秋柳：中国黄金时代女诗人诗选》
183	薛涛	托马斯·克利里、周班尼	Xue Tao	《菱荇沼》	Water Chestnuts and Floating Hearts	《秋柳：中国黄金时代女诗人诗选》
184	薛涛	托马斯·克利里、周班尼	Xue Tao	《金灯花》	Gold Lantern Flowers	《秋柳：中国黄金时代女诗人诗选》
185	薛涛	托马斯·克利里、周班尼	Xue Tao	《春效游眺寄孙处士二首》	Countryside Views in Springtime to a Friend	《秋柳：中国黄金时代女诗人诗选》
186	薛涛	托马斯·克利里、周班尼	Xue Tao	《赠远二首》	Sent Far Away	《秋柳：中国黄金时代女诗人诗选》
187	薛涛	托马斯·克利里、周班尼	Xue Tao	《罚赴边上武相公二首》	On the Way into Exile, to Commander Wu	《秋柳：中国黄金时代女诗人诗选》
188	薛涛	巴恩斯通、周平	XueTao	《春望》	Spring Gazing	《安克丛书：中诗英译选集（从古代到现代）》
189	朱淑真	肯尼斯·雷克斯洛斯	The Poetess Chu Shu Chen	《生查子》	Lost	《爱与流年：续汉诗百首》
190	朱淑真	巴恩斯通、周平	Zhu ShuZhen	《生查子》	To the Tune of "Mountain Hawthorn"	《安克丛书：中诗英译选集（从古代到现代）》
191	朱淑真	肯尼斯·雷克斯洛斯	The Poetess Chu Shu Chen	《生查子》	Plaint	《中国诗歌一百首》
192	朱淑真	初大告	Zhu Shuzhen	《蝶恋花》	Spring	《中华隽词101首》
193	朱淑真	肯尼斯·雷克斯洛斯	The Poetess Chu Shu Chen	《蝶恋花》	Spring Joy	《中国诗歌一百首》
194	朱淑真	翟里斯	Chu Shu-chen	《初夏》	Summer Begins	《古今诗选》

续表

序号	诗人	译者	诗人英译名	诗题	诗题英译	著作
195	朱淑真	肯尼斯·雷克斯洛斯	The Poetess Chu Shu Chen	《初夏》	Morning	《中国诗歌一百首》
196	朱淑真	肯尼斯·雷克斯洛斯	The Poetess Chu Shu Chen	《旧愁》	The Old Anguish	《中国诗歌一百首》
197	朱淑真	肯尼斯·雷克斯洛斯	The Poetess Chu Shu Chen	《旧愁.其二》	The Old Anguish	《中国诗歌一百首》
198	朱淑真	肯尼斯·雷克斯洛斯	The Poetess Chu Shu Chen	《减字木兰花·春怨》	Alone	《中国诗歌一百首》
199	朱淑真	巴恩斯通、周平	Zhu ShuZhen	《减字木兰花·春怨》	Spring Complaints, To the Tune of "Magnolia Blossoms"	《安克丛书：中诗英译选集（从古代到现代）》
200	朱淑真	肯尼斯·雷克斯洛斯	The Poetess Chu Shu Chen	《鹧鸪天》	Hysteria	《中国诗歌一百首》
201	朱淑真	肯尼斯·雷克斯洛斯	The Poetess Chu Shu Chen	《落花》	Stormy Night in Autumn	《中国诗歌一百首》
202	朱淑真	肯尼斯·雷克斯洛斯、钟玲	Chu Shu-Chen	《赏春》	Spring Joy	《兰舟：中国女诗人诗选》
203	朱淑真	肯尼斯·雷克斯洛斯、钟玲	Chu Shu-Chen	《春夜》	Spring Night	《兰舟：中国女诗人诗选》
204	朱淑真	肯尼斯·雷克斯洛斯、钟玲	Chu Shu-Chen	《谒金门》	To the tune "Panning Gold"	《兰舟：中国女诗人诗选》
205	朱淑真	肯尼斯·雷克斯洛斯、钟玲	Chu Shu-Chen	《咏梅》	Plum Blossoms	《兰舟：中国女诗人诗选》
206	朱淑真	肯尼斯·雷克斯洛斯、钟玲	Chu Shu-Chen	《清平乐·夏日游湖》	Playing All a Summer's Day by the Lake To the tune "Clear Bright Joy"	《兰舟：中国女诗人诗选》
207	朱淑真	肯尼斯·雷克斯洛斯	The Poetess Chu Shu Chen	《浣溪沙（春夜）》	Sorrow	《爱与流年：续汉诗百首》
208	朱淑真	蔡廷干	Chu Shu-cheng	《即景》	The Passing Moment	《唐诗英韵》

附录　主要论著中诗人及诗题中英文对照表　　257

续表

序号	诗人	译者	诗人英译名	诗题	诗题英译	著作
209	朱淑真	巴恩斯通、周平	Zhu ShuZhen	《浣溪沙》	To the Tune of "Washing Creek Sands"	《安克丛书：中诗英译选集（从古代到现代）》
210	李冶	托马斯·克利里、周班尼	Li Ye	《湖上卧病喜陆鸿渐至》	From a Sickbed, Rejoicing in a Friend's Arrival	《秋柳：中国黄金时代女诗人诗选》
211	李冶	肯尼斯·雷克斯洛斯、钟玲	The Taoist Priestess Li Yeh	《湖上卧病喜陆鸿渐至》	A Greeting to Lu Hung-chien Who came to visit me by the lake in my illness	《兰舟：中国女诗人诗选》
212	李冶	闵福德、刘绍铭	Li Ye	《湖上卧病喜陆鸿渐至》	A Greeting to Lu Yu	《含英咀华集》
213	李冶	托马斯·克利里、周班尼	Li Ye	《寄朱放》	To a Friend	《秋柳：中国黄金时代女诗人诗选》
214	李冶	托马斯·克利里、周班尼	Li Ye	《寄朱放》（重复）	To a Friend	《秋柳：中国黄金时代女诗人诗选》
215	李冶	托马斯·克利里、周班尼	Li Ye	《春闺怨》	Springtime Bedroom Lament	《秋柳：中国黄金时代女诗人诗选》
216	李冶	托马斯·克利里、周班尼	Li Ye	《明月夜留别》	Parting on a Moonlit Night	《秋柳：中国黄金时代女诗人诗选》
217	李冶	托马斯·克利里、周班尼	Li Ye	《送韩揆之江西》	Sending off a Friend	《秋柳：中国黄金时代女诗人诗选》
218	李冶	托马斯·克利里、周班尼	Li Ye	《柳》	Willows	《秋柳：中国黄金时代女诗人诗选》
219	李冶	托马斯·克利里、周班尼	Li Ye	《道意寄崔侍郎》	A Taoist Message to an Official	《秋柳：中国黄金时代女诗人诗选》
220	李冶	托马斯·克利里、周班尼	Li Ye	《寄校书七兄》	To a Friend in the Secretariat	《秋柳：中国黄金时代女诗人诗选》
221	李冶	托马斯·克利里、周班尼	Li Ye	《得阎伯钧书》	On Receiving a Letter	《秋柳：中国黄金时代女诗人诗选》
222	李冶	托马斯·克利里、周班尼	Li Ye	《蔷薇花》	Rose Blossoms	《秋柳：中国黄金时代女诗人诗选》

续表

序号	诗人	译者	诗人英译名	诗题	诗题英译	著作
223	李冶	托马斯·克利里、周班尼	Li Ye	《恩命追人，留别广陵故人》	Saying Goodbye	《秋柳：中国黄金时代女诗人诗选》
224	李冶	托马斯·克利里、周班尼	Li Ye	《结素鱼贻友人》	Making Paper Fish for a Friend	《秋柳：中国黄金时代女诗人诗选》
225	李冶	托马斯·克利里、周班尼	Li Ye	《偶居》	While Living Alone	《秋柳：中国黄金时代女诗人诗选》
226	李冶	托马斯·克利里、周班尼	Li Ye	《感兴》	A Temporary Farewell	《秋柳：中国黄金时代女诗人诗选》
227	李冶	托马斯·克利里、周班尼	Li Ye	《相思怨》	The Bitterness of Longing	《秋柳：中国黄金时代女诗人诗选》
228	李冶	托马斯·克利里、周班尼	Li Ye	《八至》	Feeling Excitement	《秋柳：中国黄金时代女诗人诗选》
229	李冶	托马斯·克利里、周班尼	Li Ye	《送阎二十六赴剡县》	Eight Superlatives	《秋柳：中国黄金时代女诗人诗选》
230	无名女诗人	巴恩斯通、周平	Anonymous Female Poet	《醉汉》	Drunk Man	《安克丛书：中诗英译选集（从古代到现代）》
231	无名女诗人	巴恩斯通、周平	Anonymous: "The Girl Who Took the Gold Cup"	《鹧鸪天》	To the Tune of "Partridge Sky"	《安克丛书：中诗英译选集（从古代到现代）》
232	无名女诗人	梅维恒	Anonymous	《子夜歌》	Midnight Songs	《哥伦比亚中国古典文学选集》
233	无名女诗人	梅维恒、安妮·比勒尔	Anonymous	《子夜歌》	Midnight Songs	《哥伦比亚中国文学史》
234	无名女诗人	白之	Anonymous Woman Poet	《醉郎》	The Drunken Young Lord	《中国文学作品选集》
235	无名氏	肯尼斯·雷克斯洛斯、钟玲	Anonymous Courtesan	《点绛唇》	To the tune "I Paint My Lips Red"	《兰舟：中国女诗人诗选》
236	无名氏	肯尼斯·雷克斯洛斯、钟玲	Anonymous Courtesan	《采桑子》	To the tune "Picking Mulberries"	《兰舟：中国女诗人诗选》

续表

序号	诗人	译者	诗人英译名	诗题	诗题英译	著作
237	无名氏	肯尼斯·雷克斯洛斯、钟玲	Anonymous	《华山畿》	On the Slope of Hua Mountain	《兰舟：中国女诗人诗选》
238	无名氏	肯尼斯·雷克斯洛斯、钟玲	Anonymous	《红绣鞋·赠妓》	Courtesan's Songs: To the tune "Red Embroidered Shoes"	《兰舟：中国女诗人诗选》
239	无名氏	肯尼斯·雷克斯洛斯、钟玲	Anonymous Courtesan	未查证到该诗	A Song of the Dice	《兰舟：中国女诗人诗选》
240	黄峨	梅维恒	Huang E	《无题诗》	Title Lost, Translated by Jonathan Chaves	《哥伦比亚中国古典文学选集》
241	黄峨	肯尼斯·雷克斯洛斯、钟玲	Huang O	《北双调·卷帘雁儿落》	To the tune "The Fall of a Little Wild Goose"	《兰舟：中国女诗人诗选》
242	黄峨	肯尼斯·雷克斯洛斯、钟玲	Huang O	《南商调·梧叶儿》	A Farewell to a Southern Melody	《兰舟：中国女诗人诗选》
243	黄峨	肯尼斯·雷克斯洛斯、钟玲	Huang O	《巫山一段云》	To the tune "A Floating Cloud Crosses Enchanted Mountain"	《兰舟：中国女诗人诗选》
244	黄峨	肯尼斯·雷克斯洛斯、钟玲	Huang O	《南中吕·驻云飞》	To the tune "Soaring Clouds"	《兰舟：中国女诗人诗选》
245	黄峨	肯尼斯·雷克斯洛斯、钟玲	Huang O	《北中吕·红绣鞋》	To the tune "Red Embroidered Shoes"	《兰舟：中国女诗人诗选》
246	黄峨	肯尼斯·雷克斯洛斯、钟玲	Huang O	《北双调·折桂令》	To the tune "Plucking a Cinnamon Branch"	《兰舟：中国女诗人诗选》
247	吴藻	肯尼斯·雷克斯洛斯、钟玲	Wu Tsao	《酷相思》	To the tune "The Pain of Lovesickness"	《兰舟：中国女诗人诗选》
248	吴藻	肯尼斯·雷克斯洛斯、钟玲	Wu Tsao	《长相思》	For the Courtesan Ch'ing Lin To the tune "The Love of the Immortals"	《兰舟：中国女诗人诗选》
249	吴藻	肯尼斯·雷克斯洛斯、钟玲	Wu Tsao	《清平乐》	To the tune "The Joy of Peace and Brightness"	《兰舟：中国女诗人诗选》

续表

序号	诗人	译者	诗人英译名	诗题	诗题英译	著作
250	吴藻	肯尼斯·雷克斯洛斯、钟玲	Wu Tsao	《扫花游》	To the tune "Flowers Along the Path through the Field"	《兰舟：中国女诗人诗选》
251	吴藻	肯尼斯·雷克斯洛斯、钟玲	Wu Tsao	《浣溪沙》	Returning from Flower Law Mountain on a Winter Day To the tune "Washing Silk in the Stream"	《兰舟：中国女诗人诗选》
252	吴藻	肯尼斯·雷克斯洛斯、钟玲	Wu Tsao	《满江红．谢叠山遗琴二首，琴名号钟，为新安吴素江明经家藏》	In the Home of the Scholar Wu Su-chiang from Hsin-an, I Saw Two Psalteries of the Late Sung General Hsieh Fang-te	《兰舟：中国女诗人诗选》
253	吴藻	肯尼斯·雷克斯洛斯、钟玲	Wu Tsao	《如梦令》	To the tune "A Dream Song"	《兰舟：中国女诗人诗选》
254	班婕妤	闵福德、刘绍铭	Ban Jieyu	《怨歌行》	Song of Regret	《含英咀华集》
255	班婕妤	特维尔	The Lady Pan	《怨歌行》	Resentful Song	《企鹅丛书·中国诗歌卷》
256	班婕妤	肯尼斯·雷克斯洛斯	Lady P'an	《怨歌行》	A Present from the Emperor's New Concubine	《爱、月、风之歌：中国诗歌》
257	班婕妤	肯尼斯·雷克斯洛斯	LadyP'an	《团扇诗》	A Present from the emperor's New Concubine	《爱与流年：续汉诗百首》
258	班婕妤	翟里斯	The Lady Pan	《团扇诗》	The Autumn Fan	《古今诗选》
259	班婕妤	肯尼斯·雷克斯洛斯、钟玲	Pan Chieh-Yu	《自伤赋》	A Song of Grief	《兰舟：中国女诗人诗选》
260	班婕妤	艾米·洛威尔	Pan Chieh-yu	《怨诗》	Song of Grie	《松花笺》
261	杜秋娘	翟里斯	Tu Ch'iu-Niang	《金缕衣》	Golden Sands	《古今诗选》
262	杜秋娘	弗莱彻	Tu Ch'iu	《金缕衣》	Riches	《英译唐诗选续集》
263	杜秋娘	梅维恒	Autumn Maid Tu	《金缕衣》	The Robe of Golden Thread, Translated by Victor H. Mair	《哥伦比亚中国古典文学选集》

附录　主要论著中诗人及诗题中英文对照表　　261

续表

序号	诗人	译者	诗人英译名	诗题	诗题英译	著作
264	杜秋娘	巴恩斯通、周平	Du QiuNiang	《金缕衣》	The Coat of Gold Brocade	《安克丛书：中诗英译选集（从古代到现代）》
265	杜秋娘	特维尔	Tu Ch'iu-niang	《金缕衣》	译者未译此诗名	《企鹅丛书·中国诗歌卷》
266	苏小小	巴恩斯通、周平	Su XiaoXiao	《减字木兰花》	Emotion on Being Apart	《安克丛书：中诗英译选集（从古代到现代）》
267	苏小小	巴恩斯通、周平	Su XiaoXiao	《苏小小歌》	The Song of West Tomb	《安克丛书：中诗英译选集（从古代到现代）》
268	苏小小	巴恩斯通、周平	Su XiaoXiao	《蝶恋花》	To the Tune "Butterflies Adore Flowers"	《安克丛书：中诗英译选集（从古代到现代）》
269	苏小小	闵福德、刘绍铭	Su XiaoXiao	《咏西岭湖》	A Song of Xiling Lake	《含英咀华集》
270	苏小小	肯尼斯·雷克斯洛斯、钟玲	Su Hsiao-Hsiao	《咏西岭湖》	A Song of Hsi-ling Lake	《兰舟：中国女诗人诗选》
271	管道升	初大告	Kuan Tao-sheng	《我侬词》	You and I	《中华隽词》
272	管道升	初大告	Guan Daosheng	《我侬词》	You and I	《中华隽词101首》
273	管道升	巴恩斯通、周平	Guan DaoSheng	《我侬词》	Love Poem	《安克丛书：中诗英译选集（从古代到现代）》
274	管道升	肯尼斯·雷克斯洛斯	Kuan Tao-Shen	《我侬词》	Married Love	《爱、月、风之歌：中国诗选》
275	管道升	巴恩斯通、周平	Guan DaoSheng	《渔父词》	Letter to Xu Jichen	《安克丛书：中诗英译选集（从古代到现代）》
276	管道升	肯尼斯·雷克斯洛斯、钟玲	Kuan Tao-Sheng	《我侬词》	Married Love	《兰舟：中国女诗人诗选》
277	秋瑾	巴恩斯通、周平	Qiu Jin	《日人石井索君和即用原韵》	A Poem Written at Mr. Ishii's Request and Using the Same Rhymes as His Poem	《安克丛书：中诗英译选集（从古代到现代）》
278	秋瑾	巴恩斯通、周平	Qiu Jin	《寄徐寄尘》	Fisherman's Song	《安克丛书：中诗英译选集（从古代到现代）》
279	秋瑾	肯尼斯·雷克斯洛斯、钟玲	Yu Ch'in-Tseng	《风雨口号》	A Call to Action	《兰舟：中国女诗人诗选》

续表

序号	诗人	译者	诗人英译名	诗题	诗题英译	著作
280	秋瑾	肯尼斯·雷克斯洛斯、钟玲	Yu Ch'in-Tseng	《踏莎行·陶荻》	A Letter to Lady T'ao Ch'iu To the tune "Walking through the Sedges"	《兰舟：中国女诗人诗选》
281	秋瑾	肯尼斯·雷克斯洛斯、钟玲	Yu Ch'in-Tseng	《临江仙》	Two poems to the tune "The Narcissus by the River"	《兰舟：中国女诗人诗选》
282	秋瑾	肯尼斯·雷克斯洛斯、钟玲	Yu Ch'in-Tseng	《满江红》	To the tune "The River Is Red"	《兰舟：中国女诗人诗选》
283	赵鸾鸾	闵福德、刘绍铭	Zao Luanluan	《纤指》	Slender Fingers	《含英咀华集》
284	赵鸾鸾	闵福德、刘绍铭	Zao Luanluan	《檀口》	Red Sandalwood Mouth	《含英咀华集》
285	赵鸾鸾	闵福德、刘绍铭	Zao Luanluan	《柳眉》	Willow Eyebrows	《含英咀华集》
286	赵鸾鸾	闵福德、刘绍铭	Zao Luanluan	《云鬟》	Cloud Hairdress	《含英咀华集》
287	赵鸾鸾	闵福德、刘绍铭	Zao Luanluan	《酥乳》	Creamy breasts	《含英咀华集》
288	孙云凤	肯尼斯·雷克斯洛斯	Sun Yun-Feng	《巫峡道中》	The Trail up Wu Gorge	《爱、月、风之歌：中国诗选》
289	孙云凤	肯尼斯·雷克斯洛斯、钟玲	Sun Yun-Feng	《巫峡道中》	The Trail Up Wu Gorge	《兰舟：中国女诗人诗选》
290	孙云凤	肯尼斯·雷克斯洛斯、钟玲	Sun Yun-Feng	《征程》	On the Road Through Chang-te	《兰舟：中国女诗人诗选》
291	孙云凤	肯尼斯·雷克斯洛斯、钟玲	Sun Yun-Feng	《山行》	Travelling in the Mountains	《兰舟：中国女诗人诗选》
292	孙云凤	肯尼斯·雷克斯洛斯、钟玲	Sun Yun-Feng	《登韬光寺》	Starting at Dawn	《兰舟：中国女诗人诗选》
293	鲍令晖	梅维恒	Pao Ling-hui	《自君之出矣》	Added to a Letter Sent to a Traveler	《哥伦比亚中国古典文学选集》
294	鲍令晖	闵福德、刘绍铭	Pao Ling-hui	《自君之出矣》	In the Key of Farewell	《含英咀华集》
295	鲍令晖	闵福德、刘绍铭	Pao Ling-hui	《寄行人》	Poem Sent to a Traveler	《含英咀华集》

附录　主要论著中诗人及诗题中英文对照表　263

续表

序号	诗人	译者	诗人英译名	诗题	诗题英译	著作
296	鲍令晖	巴恩斯通、周平	Bao LingHui	《题书后寄行人》	Sending a Book to a Traveler After Making an Inscription	《安克丛书：中诗英译选集（从古代到现代）》
297	鲍令晖	肯尼斯·雷克斯洛斯、钟玲	Pao Ling-Hui	《古诗十九首》之一（《青青河畔草》）	After One of the 19 Famous Han Poems	《兰舟：中国女诗人诗选》
298	花蕊夫人	巴恩斯通、周平	Madam HuaRui	《采桑子》	On the Fall of the Kingdom, to the Tune of "Mulberry-Picking Song"	《安克丛书：中诗英译选集（从古代到现代）》
299	花蕊夫人	肯尼斯·雷克斯洛斯、钟玲	Lady Hua Jui	《口答宋太祖》	The Emperor Asks Why	《兰舟：中国女诗人诗选》
300	花蕊夫人	肯尼斯·雷克斯洛斯、钟玲	Lady Hua Jui	《述国亡诗》	My Husband Surrendered	《兰舟：中国女诗人诗选》
301	花蕊夫人	肯尼斯·雷克斯洛斯、钟玲	Lady Hua Jui	《宫词》	Life in the Palace	《兰舟：中国女诗人诗选》
302	聂胜琼	肯尼斯·雷克斯洛斯、钟玲	Nieh Sheng-Ch'iung	《鹧鸪天·寄李之问》	Farewell to Li: To the tune "A Partridge Sky"	《兰舟：中国女诗人诗选》
303	聂胜琼	初大告	Nie Shengqiong	《鹧鸪天》	The Farewell	《中华隽词101首》
304	聂胜琼	巴恩斯通、周平	Nie ShenQiong	《鹧鸪天》	To the Tune of "Partridge Sky"	《安克丛书：中诗英译选集（从古代到现代）》
305	沈满愿	闵福德、刘绍铭	Shen Man-yuan	《咏步摇花》	Her Tiara Flowers	《含英咀华集》
306	沈满愿	闵福德、刘绍铭	Shen Man-yuan	《戏萧娘诗》	Parody of the Other Women	《含英咀华集》
307	孙道绚	巴恩斯通、周平	Sun DaoXuan	《如梦令》	To the Tune of "As in a Dream"	《安克丛书：中诗英译选集（从古代到现代）》
308	孙道绚	巴恩斯通、周平	Sun DaoXuan	《忆秦娥》	To the Tune of "Longing for Qin e"	《安克丛书：中诗英译选集（从古代到现代）》
309	孙道绚	肯尼斯·雷克斯洛斯、钟玲	Sun Tao-Hsuan	《如梦令》	To the tune "A Dream Song"	《兰舟：中国女诗人诗选》

续表

序号	诗人	译者	诗人英译名	诗题	诗题英译	著作
310	魏夫人	巴恩斯通、周平	Madam Wei	《菩萨蛮》	To the Tune of "Bodhisattva Barbarian"	《安克丛书：中诗英译选集（从古代到现代）》
311	魏夫人	巴恩斯通、周平	Madam Wei	《系腰裙》	To the Tune of "Attached to Her Skirt"	《安克丛书：中诗英译选集（从古代到现代）》
312	魏夫人	肯尼斯·雷克斯洛斯、钟玲	Lady Wei	《菩萨蛮》	To the tune "The Bodhisattva's Barbaric Headdress"	《兰舟：中国女诗人诗选》
313	蔡琰	肯尼斯·雷克斯洛斯、钟玲	Ts'ai Yen	《胡笳十八拍》	From 18 Verses Sung to a Tatar Reed Whistle	《兰舟：中国女诗人诗选》
314	蔡琰	闵福德、刘绍铭	Cai Yan	《悲愤诗》	Poem of Sorrow	《含英咀华集》
315	蔡琰	柳无忌、罗郁正	Ts'ai Yen	《悲愤诗》	The Lamentation	《葵晔集：中国诗歌三千年》
316	郑云娘	巴恩斯通、周平	Zheng YunNiang	《咏鞋》	The Song of Shoes	《安克丛书：中诗英译选集（从古代到现代）》
317	郑云娘	巴恩斯通、周平	Zheng YunNiang	《西江月》	To the Tune of "West River Moon"	《安克丛书：中诗英译选集（从古代到现代）》
318	贺双卿	肯尼斯·雷克斯洛斯、钟玲	Ho Shuag-Ch'ing	《湿罗衣》	To the tune "A Watered Silk Dress"	《兰舟：中国女诗人诗选》
319	贺双卿	肯尼斯·雷克斯洛斯、钟玲	Ho Shuag-Ch'ing	《浣溪沙》	To the tune "Washing Silk in the Stream"	《兰舟：中国女诗人诗选》
320	何氏	肯尼斯·雷克斯洛斯、钟玲	Lady Ho	《喜鹊吟》	A Song of Magpies	《兰舟：中国女诗人诗选》
321	卓文君	肯尼斯·雷克斯洛斯、钟玲	Chuo Wen-Chun	《白头吟》	A Song of White Hair	《兰舟：中国女诗人诗选》
322	孟珠	肯尼斯·雷克斯洛斯、钟玲	Meng Chu	《阳春歌》	Spring Song	《兰舟：中国女诗人诗选》
323	子夜	肯尼斯·雷克斯洛斯、钟玲	Tsu Yeh	《子夜歌五首》	Five Tzu Yeh Songs	《兰舟：中国女诗人诗选》

续表

序号	诗人	译者	诗人英译名	诗题	诗题英译	著作
324	武则天	肯尼斯·雷克斯洛斯、钟玲	Empress Wu Tse-T'ien	《如意娘》	A Love Song of the Empress Wu	《兰舟：中国女诗人诗选》
325	关盼盼	肯尼斯·雷克斯洛斯、钟玲	Kuan P'an-P'an	《临殁口吟》	Mourning	《兰舟：中国女诗人诗选》
326	薛琼	肯尼斯·雷克斯洛斯、钟玲	Hsuen Ch'iung	《赋荆门》	A Song of Chin Men District	《兰舟：中国女诗人诗选》
327	韩翠苹	肯尼斯·雷克斯洛斯、钟玲	Han Ts'ui-P'in	《红叶题诗》	A Poem Written on a Floating Red Leaf	《兰舟：中国女诗人诗选》
328	张文姬	肯尼斯·雷克斯洛斯、钟玲	Chang Wen-Chi	《池上竹》	The Bamboo Shaded Pool	《兰舟：中国女诗人诗选》
329	蒨桃	肯尼斯·雷克斯洛斯、钟玲	Ch'ien T'ao	《呈寇公》	Written at a Party Where My Lord Gave Away a Thousand Bolts of Silk	《兰舟：中国女诗人诗选》
330	唐婉	肯尼斯·雷克斯洛斯、钟玲	T'ang Wan	《钗头凤》	To the tune "The Phoenix Hairpin"	《兰舟：中国女诗人诗选》
331	王清惠	肯尼斯·雷克斯洛斯、钟玲	Wang Ch'ing-Hui	《满江红》	To the tune "The River Is Red"	《兰舟：中国女诗人诗选》
332	朱仲娴	肯尼斯·雷克斯洛斯、钟玲	Chu Chung-Hsien	《竹枝词》	To the tune "A Branch of Bamboo"	《兰舟：中国女诗人诗选》
333	马湘兰	肯尼斯·雷克斯洛斯、钟玲	Ma Hsiang-Lan	未查证到该诗	Waterlilies	《兰舟：中国女诗人诗选》
334	邵飞飞	肯尼斯·雷克斯洛斯、钟玲	Shao Fei-Fei	《薄命词》	A Letter	《兰舟：中国女诗人诗选》
335	王微	肯尼斯·雷克斯洛斯、钟玲	Wang Wei	《舟次江浒》	Seeking a Mooring	《兰舟：中国女诗人诗选》
336	俞庆曾	肯尼斯·雷克斯洛斯、钟玲	Ch'iu Chin	《醉花阴》	To the tune "Intoxicated with Shadows of Flowers"	《兰舟：中国女诗人诗选》
337	赵丽华	翟里斯	Chao Li-Hua	《答人寄吴笺》	To an Absent Lover	《古今诗选》

续表

序号	诗人	译者	诗人英译名	诗题	诗题英译	著作
338	赵彩姬	翟里斯	Chao Ts'ai-chi	《暮春江上送别》	To Her Love	《古今诗选》
339	方维仪	翟里斯	Fang Wei-I	《死别离》	译者未翻译此诗名	《中国文学史》
340	卓文君	闵福德、刘绍铭	Zhuo Wenjun	《白头吟》	A Song of White Hair	《含英咀华集》
341	乐昌公主	巴恩斯通、周平	Princess Chen LeChang	《饯别自解》	Letting My Feelings Go at the Farewell Banquet	《安克丛书：中诗英译选集（从古代到现代）》
342	周德华	巴恩斯通、周平	Lady Liu	《杨柳枝词》	To the Tune of 'Yangliuzhi'	《安克丛书：中诗英译选集（从古代到现代）》
343	关盼盼	闵福德、刘绍铭	Guan Panpan	《和白公诗》	Mourning	《含英咀华集》
344	江采萍	艾米·洛威尔	Chiang Ts'ai-p'in	《谢赐珍珠》	Letters of Thanks for Precious Pearls	《松花笺》
345	杨贵妃	艾米·洛威尔	Yang Kuei-fei	《赠张云容舞》	Dancing	《松花笺》
346	丁六娘	艾米·洛威尔	Ting Liu-niang	《十索四首》	One of The "Songs of the Ten Requests	《松花笺》
347	罗爱爱	艾米·洛威尔	Ai Ai	《闺思》	Thinks of the Man She Loves	《松花笺》
348	张碧兰	艾米·洛威尔	Chang Pi Lan [Jade-green Orchid]	《寄阮郎》	Sent to Her Lover Yuan at Ho Nan [South of the River] by Chang Pi Lan [Jade-green Orchid] from Hu Pei [North of the Lake]	《松花笺》
349	秦玉莺	艾米·洛威尔	Ch'in	《忆情人》	the "Fire-bird with Plumage White as Jade", Longs for Her Lover	《松花笺》
350	宋桓公夫人	艾米·洛威尔	Mother of the lord of Sung	《诗经·国风·卫风·河广》	The Great Ho River	《松花笺》
351	未查证到该人	肯尼斯·雷克斯洛斯	The Poetess Ch'en T'ao	未查证到该诗	Her Husband Asks Her to Buy a Bolt of Silk	《爱与流年：续汉诗百首》
352	书启翔	肯尼斯·雷克斯洛斯	Shu Ch'i-Siang	未查证到该诗	Since You Went Away	《爱、月、风之歌：中国诗选》
353	陈玉兰	约翰·特纳	Ch'en Yu-lan	《寄夫》	To Her Husband at the North Frontier	《英译汉诗金库》

附录　主要论著中诗人及诗题中英文对照表

续表

序号	诗人	译者	诗人英译名	诗题	诗题英译	著作
354	刘细君	约翰·特纳	Liu-His-chun	《悲愁歌》	Lamentation	《英译汉诗金库》
355	姚月华	格莱温	The Poetess Yau Ywe-hwa	《阿那曲》	He Does Not Come	《中国诗歌精神》
356	乐昌公主	格莱温	Princess Le-Chang	《饯别自解》	The Farewell Feast	《中国诗歌精神》
357	孟昌期妻孙氏	格莱温	Madame Meng, nee Swun	《闻琴》	On Hearing the Lute	《中国诗歌精神》
358	刘彩春	巴恩斯通、周平	Liu CaiChun	《啰唝曲》	Song of Luogen	《安克丛书：中诗英译选集（从古代到现代）》
359	严蕊	巴恩斯通、周平	YanRui	《卜算子》	To the Tune of "Song of Divination"	《安克丛书：中诗英译选集（从古代到现代）》
360	纪映淮	巴恩斯通、周平	Ji YinHuai	《即景》	Improvised Scene Poem	《安克丛书：中诗英译选集（从古代到现代）》

说明：李清照被译介70次，鱼玄机被译介67次，薛涛被译介51次，朱淑真被译介21次，李冶被译介20次，无名氏被译介10次，黄峨、吴藻、班婕妤被译介7次，管道升、秋瑾被译介6次，杜秋娘、鲍令晖、赵鸾鸾、孙云凤、苏小小被译介5次，花蕊夫人被译介4次，聂胜琼、孙道绚、魏夫人、蔡琰被译介3次，沈满愿、郑云娘、贺双卿被译介2次，其他还有41人被译介1次。

参考文献

中文文献

（一）专著类

冰心：《我自己走过的道路》，人民文学出版社2007年版。
曹顺庆：《中外文学跨文化比较》，北京师范大学出版社2000年版。
曹顺庆：《比较文学论》，四川教育出版社2002年版。
曹顺庆：《跨文化比较诗学论稿》，广西师范大学出版社2004年版。
曹顺庆：《比较文学学》，四川大学出版社2005年版。
曹顺庆：《中西比较诗学》，中国人民大学出版社2010年版。
曹顺庆：《南橘北枳：曹顺庆教授讲比较文学变异学》，中央编译出版社2014年版。
曹大为：《中国古代女子教育》，北京师范大学出版社1990年版。
陈惇、刘象愚：《比较文学概论》，北京师范大学出版社2000年版。
陈惇、孙景尧、谢天振：《比较文学》，高等教育出版社1997年版。
陈良运：《中国诗学批评史》，江西人民出版社2001年版。
陈文华校注：《唐女诗人集三种》，上海古籍出版社1984年版。
邓小南：《唐宋女性与社会》，上海辞书出版社2003年版。
邓红梅：《女性词史》，山东教育出版社2000年版。
段塔丽：《唐代妇女地位研究》，人民出版社2000年版。
杜芳琴：《贺双卿集》，中州古籍出版社1993年版。
杜芳琴：《中国妇女观念的衍变》，河南人民出版社1988年版。

付建州：《两浙女性文学，由传统而现代》，中国社会科学出版社2011年版。

［美］高彦颐：《闺塾师——明末清初江南的才女文化》，李志生译，江苏人民出版社2005年版。

高世瑜：《唐代妇女》，三秦出版社1988年版。

顾伟列主编：《20世纪中国古代文学国外传播与研究》，华东师范大学出版社2011年版。

郭绍虞：《中国历代文论选》，上海古籍出版社1980年版。

何寅、许光华：《国外汉学史》，上海外语教育出版社2002年版。

洪淑苓、梅家玲等：《古典文学与性别研究》，里仁书局1997年版。

黄鸣奋：《英语世界中国古典文学之传播》，学林出版社1997年版。

黄嫣梨：《汉代妇女文学五家研究》，河南大学出版社1993年版。

胡文楷：《历代妇女著作考》，上海古籍出版社1985年版。

［英］贾斯汀·希尔：《大唐才女鱼玄机》，张喜华译，安徽文艺出版社2013年版。

江岚：《唐诗西传史论——以唐诗在英美的传播为中心》，学苑出版社2013年版。

郦青：《李清照词英译对比研究》，上海三联书店2009年版。

李泽厚：《中国古代思想史论》，人民出版社1986年版。

廖美云：《唐伎研究》，台湾学生书局1995年版。

梁乙真：《中国妇女文学史纲》，上海书店1990年版。

林树明：《多维视野中的女性主义文学批评》，中国社会科学出版社2004年版。

陆侃如、冯沅君：《中国诗史》，山东大学出版社1996年版。

刘洁：《唐诗题材类论》，民族出版社2005年版。

吕叔湘：《英译唐人绝句百首》，湖南人民出版社1980年版。

［美］曼素恩：《张门才女》，罗晓翔译，北京大学出版社2015年版。

［美］曼素恩：《缀珍录：十八世纪及其前后的中国妇女》，定宜庄等译，江苏人民出版社2005年版。

马祖毅、任荣珍：《汉籍外译史》，湖北教育出版社2003年版。

闵福德、刘绍铭：《含英咀华集上卷：远古时代至唐代》，中文大学出版社2001年版。

莫砺锋主编：《神女之探寻——英美学者论中国古典诗歌》，上海古籍出版社 1994 年版。

乔以钢：《中国女性与文学》，南开大学出版社 2004 年版。

尚学峰：《中国古典文学接受史》，山东教育出版社 2000 年版。

沈立东：《历代妇女诗词鉴赏辞典》，中国妇女出版社 1992 年版。

施淑仪：《清代闺阁诗人征略》，文海出版有限公司 2003 年版。

施建业：《中国文学在世界的传播与影响》，黄河出版社 1993 年版。

施蛰存：《唐诗百话》，上海古籍出版社 1987 年版。

宋柏年：《中国古典文学在国外》，北京语言学院出版社 1994 年版。

苏者聪：《中国历代妇女作品选》，上海古籍出版社 1987 年版。

苏者聪：《闺帷的探视——唐代女诗人》，湖南文艺出版社 1991 年版。

苏者聪：《宋代女性文学》，武汉大学出版社 1997 年版。

［美］孙康宜：《情与忠：陈子龙、柳如是诗词因缘》，李奭学译，北京大学出版社 2012 年版。

谭正璧：《中国女性文学史》，百花文艺出版社 1984 年版。

唐一鹤：《英译唐诗三百首》，天津人民出版社 2005 年版。

王绊：《空前之迹：中国妇女思想与文学发展史论》，商务印书馆 2004 年版。

王沛霖、王朝晖：《中国古代女作家的故事》，陕西人民出版社 1987 年版。

王大濂：《英译唐诗绝句百首》，百花文艺出版社 1997 年版。

王峰、马琰：《唐诗英译集注、比录、鉴评与索引》，陕西人民出版社 2011 年版。

王峰：《唐诗经典英译研究》，中国社会科学出版社 2015 年版。

王万象：《中西诗学的对话——北美华裔学者中国古典诗研究》，里仁书局 2009 年版。

吴燕娜：《中国妇女与文学论文集》，稻乡出版社 2001 年版。

伍蠡甫、胡经之：《西方文艺理论名著选编》，北京大学出版社 1985 年版。

谢无量：《中国妇女文学史》，中华书局 1916 年版。

谢天振：《译介学》，上海外语教育出版社 1999 年版。

熊文华：《英国汉学史》，学苑出版社 2007 年版。

徐忠杰：《唐诗二百首英译》，北京语言学院出版社1990年版。
许渊冲：《唐诗三百首新译》，中国对外翻译出版公司1988年版。
许渊冲：《文学与翻译》，北京大学出版社2003年版。
许渊冲：《汉英对照宋词三百首》，高等教育出版社2004年版。
阎纯德、吴志良：《英国汉学史》，学苑出版社2007年版。
姚平：《唐代妇女的生命历程》，上海古籍出版社2004年版。
杨纪鹤：《古诗绝句百首英译赏析》，江西高校出版社1991年版。
叶嘉莹：《我的诗词道路》，河北教育出版社1997年版。
叶维廉：《比较诗学》，东大图书公司1983年版。
乐黛云：《比较文学原理新编》，北京大学出版社1998年版。
乐黛云、陈珏主编：《北美中国古典文学研究名家十年文选》，江苏人民出版社1996年版。
张弘：《中国文学在英国》，花城出版社1992年版。
张炳星：《英译中国古典诗词名篇百首》，中华书局2001年版。
张宏生、张雁编：《古代女诗人研究》，湖北教育出版社2002年版。
张宏生编：《明清文学与性别研究》，江苏古籍出版社2002年版。
鲜于煌：《历代名媛诗词选》，重庆出版社1985年版。
赵毅衡：《远游的诗神——中国古典诗歌对美国新诗运动的影响》，中国社会科学出版社1985年版。
赵毅衡：《诗神远游——中国如何改变了美国现代诗》，上海译文出版社2003年版。
钟慧玲：《清代女诗人研究》，里仁书局2000年版。
朱东润：《中国历代文学作品选》，上海古籍出版社1990年版。
周勋初：《唐诗大辞典》，江苏古籍出版社1990年版。
朱徽：《中国诗歌在英语世界——英美译家汉诗翻译研究》，上海外语教育出版社2009年版。
朱徽：《中美诗缘》，四川人民出版社2001年版。

（二）期刊论文类

曹顺庆、王苗苗：《翻译与变异——与葛浩文教授的交谈及关于翻译与变异的思考》，《清华大学学报》（哲学社会科学版）2015年第1期。
陈友冰：《英国汉学的阶段性特征及成因分析——以中国古典文学研究为中心》，《汉学研究通讯》2008年第3期。

丁时良：《一个复杂的群体：中国古代女作家散论》，《郑州大学学报》1988 年第 2 期。

龚维玲：《含泪谱成的乐章：中国古代女性诗才成因析》，《社会科学家》1991 年第 5 期。

郭延礼：《明清女性文学的繁荣及其主要特征》，《文学遗产》2002 年第 6 期。

韩淑举：《古代妇女著述书目举要》，《江苏图书馆学报》1996 年第 1 期。

胡明：《关于中国古代的妇女文学》，《文学评论》1995 年第 3 期。

胡兆明：《女性诗歌自足性的深层探考》，《甘肃社会科学》1995 年第 6 期。

黄鸣奋：《哈佛大学的中国古典文学研究》，《文学遗产》1995 年第 3 期。

黄鸣奋：《美国华人中国古典文学博士论文通考》，《华侨华人历史研究》1994 年第 4 期。

江岚、待麟：《清诗的英译与传播》，《文化与传播》2014 年第 3 期。

兰琳：《好"诗"与坏"译"》，《贵州民族学院学报》（哲学社会科学版）2001 年第 4 期。

乐黛云：《中国女性意识的觉醒》，《文学自由谈》1991 年第 3 期。

李法惠：《我国历代女子诗作简论》，《南都学坛》1992 年第 1 期。

李小江：《中国妇女文学的历史踪迹》，《文艺评论》1986 年第 5 期。

陆汀、王蔚、梁霞：《中国女性文学史的新篇——评〈彤管：中华帝国时代的女性书写〉》，《励耘学刊》（文学卷）2009 年第 1 期。

乔以钢：《中国古代妇女文学的感伤传统》，《文学遗产》1991 年第 4 期。

乔以钢：《中国古代女性文学创作的文化反思》，《天津社会科学》1988 年第 1 期。

乔以钢：《中国女性传统命运及其文学选择》，《天津师范大学学报》1996 年第 3 期。

邱瑰华：《唐代女冠社会交往探析》，《江淮论坛》2001 年第 3 期。

苏者聪：《略论中国古代女作家》，《武汉大学学报》1987 年第 6 期。

孙康宜：《改写文学史：妇女诗歌的经典化》，《读书》1997 年第

2期。

孙艺风：《离散译者的文化使命》，《中国翻译》2006年第1期。

童若雯：《火焰考古：中国女性文学传统源起与疑难》，《中国文化》1997年第15期。

王珂：《女性诗歌：一条渐宽的河流——中国女性诗歌概观》，《名作欣赏》1997年第5期。

王细芝：《论清代闺阁词人及其创作》，《中国韵文学刊》2001年第1期。

王之江：《古代妇女文学散论》，《社会科学辑刊》1993年第3期。

张天健：《唐代妇女诗人诗歌总体观照》，《社会科学研究》1991年第1期。

张喜华：《幽兰露异域红——贾斯汀·希尔〈天堂过客〉中的中国文化因素》，《中国文化研究》2008年春之卷。

赵毅衡：《意象派与中国古典诗歌》，《外国文学研究》1979年第4期。

钟玲：《李清照作品及评介之英文资料》，《中外文学》1984年第5期。

周乐诗：《寄宿在"一间自己的房间"里——论传统女性文学中的女性意识》，《文艺争鸣》1995年第3期。

(三) 学位论文类

段继红：《清代女诗人研究》，苏州大学，博士学位论文，2005年。

黄芸珠：《唐代女性与文学的相关性研究》，博士学位论文，陕西师范大学，2003年。

郦青：《李清照词英译对比研究》，华东师范大学，博士学位论文，2005年。

英文文献

(一) 专著类

Ailing, Alan & Mackintosh, Ducan, *A Collection of Chinese Lyrics*, London: Routledge and Kegan Paul, 1965.

Ailing, Alan & Mackintosh, Ducan, *A Further Collection of Chinese*

Lyrics, London: Routledge and Kegan Paul, 1969.

Amy Lowell & Ayscough, Florence, *Fir-Flower Tablets: Poems From the Chinese*, Boston & New York: Houghton Mifflin, The Riverside Press, 1921.

Amy Lowell & Ayscough, Florence, *Fir-Flower Tablets: Poems From the Chinese*, Westport Connecticut: Hyperion Press.Inc., 1971.

Amy Lowell, *Pictures of the Floating World*, New York: Macmillan Company, 1919.

Amy Lowell & Ayscough, Florence, *Correspondence of a Friendship*, edited by Harley Famsworth MacNair, Chicago: University of Chicago Press, 1945.

Aliki Barnstone& Willis Barnstone Barnstone, *A Book of Women Poets from Antiquity to Now*, Schocken, 1992.

Anna, Gerstlacher, *Woman and Literature in China*, Bochum: Studienverlag Brockmeyer, 1985.

Barnstone, Tony & Chou Ping, *The Anchor Book of Chinese Poetry: From Ancient to Contemporary*, New York: Anchor books, 2005.

Birch, Cyril, ed., *Anthology of Chinese Literature: From Early Times to the Fourteenth Century*, New York: Grove Press, 1965.

Birch, Cyril, ed., *Studies in Chinese Literary Genres*, Berkeley: University of California Press, 1974.

Cao, Shunqing, *The Variation Theory of Comparative Literature*, Springer Berlin Heidelberg, 2013.

Chang, Kang-i Sun & Widmer, Ellen, *Writing Women in Late Imperial China*, Stanford: Stanford University Press, 1997.

Chang, Kang-i Sun, *Six Dynasties Poetry*, Princeton: Princeton University Press, 1986.

Chang, Kang-i Sun, *The Evolution of Chinese Tz'u Poetry: From Late T'ang to Northern Sung*, Princeton: Princeton University Press, 1980.

Chang, Kang-i Sun & Owen, Stephen, *The Cambridge History of Chinese Literature, Volume Ⅰ, to1375*, Cambridge Histories Online Cambridge University Press, 2011.

Chang, Kang-i Sun & Owen, Stephen, *The Cambridge History of Chinese*

Literature, Volume Ⅱ *1375—1949*, Cambridge Histories Online Cambridge University Press, 2011.

Chang, Kang-i Sun, *The Late Ming Poet Ch'en Tzu-lung：Crises of Love and Loyalism*, Yale University Press, 1991.

Chang, Kang-i Sun & Saussy, Haun, *Women Writers of Traditional China：An Anthology of Poetry and Criticism*, Stanford：Stanford University Press, 1999.

Chow, Bannie & Thomas Cleary, trans., *Autumn Willows：Poetry by Women of China's Golden Age*, Ashland, OR：Story Line Press, 2003.

Ch'u Ta-kao, *Chinese lyric*, Cambridge University Press, 2014.

C.H, Kwock &Vincent Mchugh, *Old Friend from Far Away：150 Chinese Poems from the Great Dynasties*, North Point Press, 1980.

Davis, Albert Richard, ed., *The Penguin Book of Chinese Verse*, Kotewall, Trans. by Robert & Smith, Norman L.Penguin Books, 1962.

Davis, Albert Richard, ed., *A Book of Chinese Verse*, Trans. by R.H. Kotewall & N.L. Smith, Hong Kong：Hong Kong University Press, 1990.

Dennis Swann, *Ban Chao：Foremost Woman Scholar of China*, New York：The Century Co., 1932.

Elsie, Choy, *Leaves of Prayer：the Life and Poetry of He Shuangqing, A Farm Wife in Eighteenth-century China*, Hong Kong：Hong Kong University Press, 2000.

Evelyn, Eatons, *Go Ask the River*, Littlehampton Book Services Ltd., 1969.

Evelyn, Eatons, (Author), Chungliang Al Huang (Foreword), *Go Ask the River*, London and Philadelphia：Singing Dragon; Reprint edition, 2011.

Fletcher, W.J.B, *Gems of Chinese Poetry：Translated into English Verse*, Shanghai：Commercial Press, 1918.

Fletcher, W.J.B, *More Gems of Chinese Poetry：Translated into English Verse*, Shanghai：The Commercial Press, 1919.

Hans H, Frankel, *The Flowering Plum and the Palace Lady*, Yale University Press, 1976.

Hans H, Frankel, *The Flowering Plum and the Palace Lady*, Yale University Press, 1984.

Giles, Herbert, *Chinese Poetry in English Verse*, London: B.Quaritch, 1898.

Giles, Herbert, *Gems of Chinese Literature*, Shanghai: Kelly and Walsh, 1922.

Giles, Herbert, *Gems of Chinese Literature*, New York: Paragon Book Reprint Corp., 1965.

Giles, Herbert, *A History of Chinese Literature*, London: William Heinemann, 1900.

Graham, A.C., *Poems of the Late Tang*, Baltimore: Penguin, 1965.

Grace S.Fong and Ellen Widmer, eds., *The Inner Quarters and Beyond: Women Writers from Ming through Qing*, Leiden: Brill Academic Publishers, 2010.

Grace S.Fong, *Herself an Author: Gender, Agency, and Writing in Late Imperial China*, Honolulu: University of Hawaii press, 2008.

Greg Whincup, *The Heart of Chinese Poetry*, New York: Anchor Press, 1987.

Hart, Henry H., *The Hundred Names: Chinese Poetry with Translations*, Berkeley: University of California Press, 1933.

Hart, Henry H., *Garden of Peonies: Translations of Chinese Poems into English Verse*, Stanford: Stanford University Press, 1938.

James, Cryer, trans., *Plum Blossom: Poems of Li Ch'ing Chao*, Chapel Hill, North, Carolina: Wren Press, 1984.

James Robert Hightower, Chia-ying, Yeh, *Studies in Chinese Poetry*, Harvard University Press, 1998.

John Bishop, ed., *Studies in Chinese Literature*, Cambridge, Massachusetts, and London: Harvard University Press, 1966.

John Minford and Joseph S.M.Lau. ed., *Classical Chinese Literature: An Anthology of Translations*, Hong Kong: Chinese University Press, 2000.

Hearn, Lafcadio, *Some Chinese Ghosts*, Roberts Brothers, 1887.

James J.Y.Liu, *The Art of Chinese Poetry*, Chicago and London: The University of Chicago Press, 1962.

James J.Y.Liu, *Essentials of Chinese Literary Art*, Duxbury Press, 1979.

Jeanne, Larsen, *Brocade River Poems*, Princeton: Princeton University Press, 1987.

Jeanne, Larsen, *Willow, Wine, Mirror, Moon: Women's Poems from Tang China*, Rochester: BOA Editions, 2005.

Julie, Landau, *Beyond Spring: T'zu Poems of the Sung Dynasty*, New York: Columbia University Press, 1994.

Lin, Yutang, *Translations from the Chinese: The Importance of Understanding*, World Publishing Company, 1963.

Liu, Wu-chi, *An Introduction to Chinese Literature*, Bloomington: Indiana University Press, 1966.

Liu, Wu-chi, *An Introduction to Chinese Literature*, Indiana University Press, 1973.

Liu, Wu-chi & Lo, Irving Yucheng. ed., *Sunflowers Splendor: Three Thousand Years of Chinese Poetry*, New York: Anchor Books, 1975.

Lucy chao, Ho, *More Gracile than Yellow Flowers: the Life and Works of Li Ch'ing-chao*, Mayfair Press, 1968.

Mary, Kennedy, *I am A Thought of You: Poems by Sie Thao (Hung Tu), Written in China in the Ninth Century*, Worthy Shorts, 2008.

Paul Stanley, Ropp, *Banished Immortal: Searching for Shuangqing, China's Peasant Woman Poet*, University of Michigan Press, 2001.

Peter Harris, eds., *Three Hundred Tang Poems*, London: Everyman's Library, 2009.

Pinqing, Hu, *Li Ch'ing-chao*, New York: Twayne Pub., Inc., 1966.

Rexroth, Kenneth, *Love and the Turning Year: One Hundred More Poems from the Chinese*, New York: New Directions, 1970.

Rexroth, Kenneth, *One Hundred Poems from the Chinese*, New York: New Directions, 1956.

Rexroth, Kenneth & Ling Chung, *The Orchid Boat: Women Poets of China*, New York: New Directions, 1972.

Rexroth, Kenneth, *One Hundred More Poems from the Chinese: Love and the Turning Year*, New York: New Directions, 1956.

Rexroth, Kenneth & Ling Chung, *Li Ch'ing-chao, Complete Poems*, New

York: New Directions, 1979.

Rexroth, Kenneth, *Songs of Love, Moon, & Wind: Poems from the Chinese*, New York: New Directions, 2009.

Rexroth, Kenneth, *American Poetry in the Twentieth Century*, New York: Herder and Herder, 1971.

Ronald, Egan, *The Burden of Female Talent: The Poet Li Qingzhao and Her History in China*, MA and London: Harvard University Asia Center, 2013.

Robert A.Rorex & Wen Fong, *Eighteen Songs of a Nomad Flute: The Story of Lady Wen-Chi*, New York: Metropolitan Museum of Art, 1974.

Roy Earl, Teele, *Through a Glass Darkly: a Study of English Translations of Chinese Poetry*, Columbia University, 1949.

Stephen, Owen, *Traditional Chinese Poetry and Poetics: Women of the World*, Madison: The University of Wisconsin Press, 1985.

Stephen, Owen, *The Poetry of the Early T'ang*, Yale University Press, 1977.

Stephen, Owen, *The Great Age of Chinese Poetry: the High T'ang*, Yale University Press, 1980.

Stephen, Owen, *Remembrances: the Experience of the Past in Classical Chinese Literature*, Cambridge: Harvard University Press, 1986.

Stephen, Owen, *Mi-lou: Poetry and the Labyrinth of Desire*, Harvard University Press, 1989.

Stephen, Owen, *Readings in Chinese Literary Thought*, Harvard University Press, 1992.

Stephen, Owen, *The Making of Early Chinese Classical Poetry*, Harvard Asia Center, 2006.

Stephen, Owen, *The Late Tang: Chinese Poetry of the Mid-Ninth Century (827-860)*, Harvard Asia Center, 2006.

Stephen, Owen & Shuen-fu, Lin, *The Vitality of the Lyric Voice: Shih Poetry from the Late Han to the T'ang*, Princeton: Princeton University Press, 1986.

Stephen, Owen, *Anthology of Chinese Literature*, New York: W.W.Norton, 1996.

Susan, Mann, *The Talented Women of the Zhang Family*, University of California Press, 2007.

Turner, John, *A Golden Treasury of Chinese Poetry*, Hong Kong: The Chinese University Press, 1976.

Ts'ai, Ting-kan, *Chinese Poems in English Rhyme*, The University of Chicago Press, 1932.

Victor, Mair. ed., *The Columbia Anthology of Traditional Chinese Literature*, New York: Columbia University Press, 1994.

Victor, Mair. ed., *The Shorter Columbia Anthology of Traditional Chinese Literature*, New York: Columbia University Press, 2000.

Victor, Mair. ed., *The Columbia History of Chinese Literature*, New York: Columbia University Press, 2001.

Wagner, Marsha L., *The Lotus Boat: the Origins of Chinese Tz'u Poetry*, New York: Columbia University Press, 1984.

Waley, Arthur, *Chinese Poems*, London: Lowe Bros, 1916.

Waley, Arthur, *A Hundred and Seventy Chinese Poems*, London: Constable, 1918.

Watson, Burton, *Chinese Lyricism: Shih Poetry from the Second to the Twelfth Century*, Columbia University Press, 1971.

Wang, Jiaosheng, *The Complete Ci-poems of Li Qingzhao: A New English Translation*, Department of Oriental Studies, University of Pennsylvania, 1989.

Ward, Jean Elizabeth, *Yu Hsuan-chi: Remembered*, Publisher Lulu Enterprises Inc., 2008.

Wei Djao, *A Blossom Like No Other Li Qingzhao*, Seattle: Ginger Post Inc., 2010.

William H. Nienhauser, Jr. & Andre Levy, *Chinese Literature, Ancient and Classical*, Indiana University Press, 2000.

William H. Nienhauser, Jr., *The Indiana Companion to Traditional Chinese Literature*, Bloomington: Indiana University Press, 1986.

Wilt L. Idema & Beata Grant. ed., *The Red Brush: Writing Women of Imperial China*, Harvard University Asia Center, 2004.

Wilt L. Idema, *A Guide to Chinese Literature*, *Center for Chinese Studies*,

University of Michigan, 1997.

Wimsatt, Genevieve, *Selling Wilted Peonies: Biography and Songs of Yu Hsuan-chi, T'ang Poetess*, Columbia University press, 1936.

Wimsatt, Genevieve, *A Well of Fragrant Waters: A Sketch of the Life and Writings of Hung Tu*, Boston: John W. Luce, 1945.

Xu Yuanchong, *Songs of the Immortals: An Anthology of Classical Chinese Poetry*, Penguin Books, 1994.

Yan Haiping, *Chinese Women Writers and the Feminist Imagination*, London: Routledge, 2006.

Yip, Wai-lim, *Chinese Poetry: An Anthology of Major Modes and Genres*, Durham and London: Duke University Press, 1990.

Yu, Pauline, *The Reading of Imagery in the Chinese Poetic Tradition*, Princeton: Princeton University Press, 1987.

（二）期刊论文类

Beahan, Charlotte L., "Feminism and Nationalism in Chinese Women's Press, 1902-1922", *Modern China*, Vol.1, 1975.

Birrell, Anne M., "The Dusty Mirror: Courtly Portraits of Woman in Southern Dynasties Love Poetry", *Expressions of Self in Chinese Literature*, ed. by Robert E. Hegel and Richard C. Hessney, New York: Columbia University Press, 1985.

Chang, Kang-i Sun, "Women's Poetic Witnessing: Late Ming and Late Qing", *Dynastic Decline and Cultural Innovation From the Late Ming to the Late Qing and Beyond*, ed. by David Wang and Wei Shang, Cambridge: Harvard University Asia Center, 2001.

Chang, Kang-i Sun, "Ming-Qing Women Poets and Cultural Androgyny", *Critical Studies (Special Issue on Feminism/Femininity in Chinese Literature)*, ed. by Peng-hsiang Chen and Whitney Crothers Dilley, 2002.

Chang, Kang-i Sun, "Gender and Canonicity: Ming-Qing Women Poets in the Eyes of the Male Literati", *Hsiang Lectures on Chinese Poetry*, ed. by Grace S. Fong, Montreal: Centre for East Asian Research, McGill University, Vol.1, 2001.

Chang, Kang-I Sun, "Questions of Gender and Canon in Ming-Qing Literature", *New Directions in the Study of Ming-Qing Culture*, ed. by Chen-main Wang, Taipei: Wenjin Publishing Company, 2000.

Chang, Kang-i Sun, "Ming-Qing Women Poets and Cultural Androgyny", *Tamkang Review*, 30.2 (Winter), 1999.

Chang, Kang-i Sun, "Ming-Qing Women Poets and the Notions of 'Talent' and 'Morality'", *Culture and State in Chinese History: Conventions, Conflicts, and Accommodations*, ed. by Bin Wong, Ted Huters, and Pauline Yu, Stanford: Stanford Univ. Press, 1998.

Chang, Kang-i Sun, "Ming and Qing Anthologies of Women's Poetry and Their Selection Strategies", *Writing Women in Late Imperial China*, ed. by Ellen Widmer and Kang-i Sun Chang, Stanford: Stanford University Press, 1997.

Chang, Kang-i Sun, "Liu Shih and Hsu Ts'an: Feminine or Feminist?", *Voices of the Song Lyric in China*, ed. by Pauline Yu. Berkeley: University of California Press, 1994.

Chang, Kang-i Sun, "Ming-Qing Women and Their Notion of Canonicity", *Critical Essays on Chinese Women and Literature*, ed. by Yenna Wu, Taipei: Daw-Shiang Publishing Company, 2001.

Chang, Kang-i Sun, "Gender and Readings in Chinese Love Poetry", *Research on Women in Modern Chinese History*, No.6, 1998: 109-118.

Chang, Kang-i Sun, "The Red Brush: Writing Women of Imperial China by Wilt Idema", *Chinese Literature: Essays, Articles, Reviews* (CLEAR), Vol.27, Dec., 2005.

Chung, Ling, "Li Qingzhao: The Molding of Her Spirit and Personality", *Woman and Literature in China*, ed. by Anna Gersllacher, Bochum: Chinathemen, 1985.

Chung, Ling, "Li Ch'ing-chao: Another Side of Her Complex Personality", *Journal of the Chinese Language Teachers Association*, 1975 (10).

Chung, Ling, "The Traditional Past in Modern Chinese Literature", *Books Abroad: An International Literary Quarterly*, 1973 (47).

Daria, Berg, "Book Review: Teachers of the Inner Chambers: Women and Culture in Seventeenth-Century China by Dorothy Ko", *T'oung Pao*, Second Series, Vol.84, Fasc.1/3, 1998.

Ford, Carolyn, "Note on a Portrait of Li Jilan (d. 784)", *T'ang Studies*, Vol.03, 2002.

Fong, Grace S., "Writing from a Side Room of Her Own: The Literary Vocation of Concubines in Ming-Qing China", *Hsiang Lectures on Chinese Poetry*, Vol.1, 2008.

Fong, Grace S., "Gender and the Failure of Canonization: Anthologizing Women's Poetry in the Late Ming", *Chinese Literature: Essays, Articles, Reviews* (CLEAR), Vol.26, Dec, 2004.

Fong, Grace S., "Changing Social and Aesthetic Space: Gender and Classical Verse in Late Qing and Early Republican Women's Journals", Paper presented at the Reconfiguring Forms, Genres, and Social Space in Modern China, Fairbank Center for East Asian Research, Harvard University, April 29-30, 2006.

Frankel, Hans H., "Cai Yan and the Poems Attributed to Her", *Chinese Literature: Essays, Articles, Reviews*, Vol.5, No.1/2, Jul., 1983.

Haaheim, Allen N., "Book Review: Women Writers of Traditional China: An Anthology of Poetry and Criticism by Kang-I Sun Chang; Haun Saussy", *Pacific Affairs*, Vol.73, No.4, Winter, 2000.

Hsu, Kai-Yu, "The Poems of Li Ch'ing-Chao (1084-1141)", *Publications of the Modern Language Association of America*, Vol.77, No.5, Dec., 1962.

John, Bishop, "Book Review: Li Ch'ing-chao by Hu Pin-ching", *Books Abroad*, Vol.42, No.1, Winter, 1968.

Jung-Palandri, Angela, "Book Review: Li Ch'ing-chao; Complete Poems by Rexroth, Kenneth & Chung Ling", *Chinese Literature: Essays, Articles, Reviews* (CLEAR), Vol.3, No.2, Jul., 1981.

Liu, Mengxi, "Chen Yinque and the 'Alternative Biography of Liu Rushi'", *Historiography East and West*, Vol.2, 2003,

Malone, Carroll B., "Book Review: Pan Chao, the Foremost Woman Scholar of China by Nancy Lee Swann", *Pacific Historical Review*, Vol.2, No.2, Jun., 1933.

Pease, Jonathan, "The Clouds Float North: The Complete Poems of Yu

Xuanji", *The Journal of Asian Studies*, Vol.58, 1999, 04: 1128.

Stuart, Sargent, "Book Review: Plum Blossom: Poems of Li Ch'ing-chao by James Cryer", *Chinese Literature: Essays, Articles, Reviews*, Vol.7, No.1/2, Jul., 1985.

Willis, Barnstone, "Reading Li Ch'ing-Chao", *The Massachusetts Review*, 1984, Vol.25, 02: 222.

Wang, Yanning, "Qing Women's Poetry on Roaming as a Female Transcendent", *NAN Nü*, 2010, Vol.12, 01: 65.

Wei, Hua, "The Lament of Frustrated Talents: an Analysis of Three Women's Plays in Late Imperial China", *Ming Studies*; 1994, Vol. 32, 01: 28.

Widmer, Ellen, "The Epistolary World of Female Talent in Seventh-Century China", *Late Imperial China*, 1989, Vol.10.02: 1-43.

Widmer, Ellen, "Xiaoqing's Literary Legacy and the Place of the Woman Writer in Late Imperial China", *Late Imperial China*, Vol. 13, 1: 111-55.1992.

Yu, Pauline, "Li Ch'ing-chao and Else Lasker-Schüler: Two Shattered Worlds", *Comparative Literature Studies*, Vol.20, No.1, Spring, 1983.

Yu, Xuanji, "Another Poem on Riverside Willow Trees", *Shenandoah*, 2005, Vol.55, 03: 56.

Yu, Xuanji, "Calling on the Right Reverend Taoist Mistress Zhao, Who's Not at Home", *Shenandoah*; 2005, Vol.55, 03: 57.

Zhu, Shuzhen, "Poems", *Iowa Review*, 2009, Vol.39, 01: 137.

(三) 学位论文类

Yang, Binbin, "Women and the Aesthetics of Illness: Poetry on Illness by Qing-dynasty Women Poets", Washington University, 2007.

Chang, Chia-Ju, "Mythology, Culture and Female Expression", PhD Diss, Rutgers The State University of New Jersey-New Brunswick, 2004.

Tan, Dali, "Exploring the Intersection between Gender and Culture-reading Li Qingzhao and Emily Dickinson from a Comparative Perspective", University of Maryland, 1997.

Ko, Dorothy Yin-yee, "Toward a Social History of Women in Seventeenth-

Century China", PhD Diss, Stanford University, 1989.

Huang, Yanli, "Study of Chu Shu-chen (1135-1180) and Her Literary Writings", PhD Diss, University of Hong Kong, 1989.

Ilumin, Beatrice Holtz, "You See My Heart. The Sacred and the Erotic in the Selected Works of T'ang Dynasty Poetesses: Li Ye, Yu Xuanji, and Xue Tao", PhD.Diss, Pacifica Graduate Institute, 2008.

Chai, Jie, "Self and Gender: Women, Philosophy, and Poetry in Pre-Imperial and Early Imperial China", University of California, Riverside, 2008.

Li, Pei-jing Carrie, "The Politics and Poetics of Woman/Ufacture: Male Representations of Woman in Chinese HanFu and Roman Love Elegy", The University of Michigan, 2002.

Hu, Qiulei, "Gender and Voice in Early Medieval Chinese Poetry", Harvard University Cambridge, Massachusetts, 2011.

Wang, Yanning, "Beyond the Boudoir: Women's Poetry on Travel in Late Imperial China", PhD Diss, Washington University in St.Louis, 2009.

Xiao, rongli, "Rewriting the Inner Chamber: the Boudoir in Ming-Qing's Women Poetry", Mcgill University, Canada, 2010.

Yang, Haihong, "Hoisting one's own banner': Self-inscription in lyric poetry by three women writers of late imperial China", PhD Diss, The University of Iowa, 2010.